Amanda Frost

Gib mir meinen Stern zurück

Für Ricarda!
Alles Liebe!
Amanda F.
Feb. 2014

Buch:

Dass ausgerechnet ein Chaot wie Rafael seinen Planeten Siria vor dem Aussterben retten soll, hätte er selbst nie für möglich gehalten. Und doch findet er sich plötzlich in München wieder, um mit der bildschönen, aber egozentrischen Schauspielerin Angelina Russo für Nachwuchs zu sorgen. Dummerweise gibt es nichts, was die bissige Diva mehr verabscheut als Kinder. Pech für Rafael – und Glück für Valerie, Angelinas Assistentin. Denn im Gegensatz zu ihrer Chefin ist sie zutiefst von dem attraktiven Mann mit den überirdisch strahlenden Augen fasziniert. Und spätestens als sie ein zottiges Tier in seiner Wohnung findet, das nicht von dieser Welt zu sein scheint, gerät ihrer beider Leben mächtig aus den Fugen.

Autorin:

Amanda Frost war viele Jahre weltweit im Marketing und der Logistik großer Unternehmen tätig und lebte lange in der Schweiz, bevor es sie nach München zog. Und obwohl Amandas männliche Protagonisten allesamt über außerirdische Wurzeln verfügen, ist der Mann an ihrer Seite ihres Wissens nach von dieser Welt. Mit der Veröffentlichung ihres ersten Romans erfüllte sie sich einen lang gehegten überirdischen Traum.

„Gib mir meinen Stern zurück" erschien im April 2013 und hielt sich monatelang in den Charts.

Mit „Sei mein Stern" veröffentlicht Amanda Frost im Oktober 2013 Teil 2 der Siria-Trilogie.

Für alle, die diesen langen und aufregenden Weg mit mir gegangen sind und an mich geglaubt haben. Eure Unterstützung hat mich getragen und dieses Werk ermöglicht.

Vielen Dank

Gib mir meinen Stern zurück

von

Amanda Frost

Roman

Impressum

E-Book

1. Auflage 2013

Lektorat: Sonja Fiedler-Tresp
Umschlaggestaltung: Gerhard Höllisch studio_[works]
Umschlagfoto: © iStockphoto/Petrova_Julia
PR: M. Trottnow, Blumenstr. 35, 85774 Unterföhring
Herstellung und Druck: Create Space

Email: Amanda.frost@aol.com
Homepage: http://www.amandafrost.de
Twitter: http://twitter.com/frostamanda
Facebook: http://facebook.com/amanda.frost.3150

ISBN: 978-3-00-041268-4

Prolog

Planet Siria

Mit einem ohrenbetäubenden Zischen trat der Meteor in die Atmosphäre des kleinen Planeten ein. Es war stockfinstere Nacht und nur sein feuriger Schweif war weithin sichtbar. Unbarmherzig schlug er beim Aufprall einen gigantischen Krater in eine Gebirgskette und wirbelte eine Wolke aus Staub und Trümmern auf, die bis in die obersten Luftschichten aufstieg und ein tödliches Virus freisetzte.

Als sich Wochen später der Staub verflüchtigte, war auf Siria nichts mehr wie zuvor. Ein Großteil der Frauen war tot, die überlebenden unfruchtbar. Zurück blieb ein Gefühl der vollkommenen Hilflosigkeit sowie grenzenlose Angst, das unvermeidliche Aussterben nicht abwenden zu können.

Doch den Kopf in den Sand zu stecken, lag nicht in der Mentalität der fortschrittlichen Sirianer. So entwarfen sie einen Plan. Die Frauen eines anderen Planeten mussten für sie in die Bresche springen.

Tag für Tag durchkämmten seitdem die beiden betagten Regierungsratsvorsitzenden, Zacharias und Gregor, die Weiten des Universums. Auf der Suche nach einer hoch entwickelten Menschenrasse, die mit der ihren kompatibel war.

Und dann, letztendlich, nach drei langen Jahren, kamen sie ernüchtert zu dem Schluss, dass ihnen nur eine einzige Möglichkeit verblieb: der blaue Planet – die Erde.

Neugierig hackten sich die beiden Greise in die Satelliten der Erde und zappten durch die Fernsehkanäle. Ihr Entsetzen steigerte sich von Minute zu Minute.

Gute Güte! Was für ein elendiges Programm!

Missbilligend blickte Zacharias zu Gregor hinüber. „Ich kann es nicht fassen. Diese Erdenbürger sind tatsächlich einfältiger als ein Rudel hungriger Mondbären! Sie lassen sich im Dschungel einsperren und nehmen Maden und Heuschrecken zu sich. Igittigitt! Und um dem Ganzen die Krone aufzusetzen, ergötzen sich Millionen Menschen daran."

Nachdenklich kratzte er sich am Kopf, wobei seine wenigen grauen Haare wirr abstanden. „Und ausgerechnet dieses rückständige Volk soll uns aus der Bredouille helfen?"

Gregor zuckte mit den Schultern. „Ich weiß, dass die Erdenbewohner nicht perfekt sind, aber haben wir eine Wahl?"

„Nicht perfekt!", begehrte Zacharias auf. „Das ist ja wohl die Untertreibung des Jahrhunderts. Schau dir nur das an." Eine Reportage über Schönheitsoperationen flimmerte über den Bildschirm. Angewidert verzog er das Gesicht. „Ja, ist denn das zu glauben? Sie stecken der Frau Kissen in die Brüste! Und erst die sonderbaren Gewänder, in die sie sich hüllen." Er schüttelte fassungslos den Kopf. „Ich hege so meine Zweifel, ob wir von diesem Planeten Gebrauch machen sollten. Die Bewohner nehmen Unmengen gegorenen Gerstensaft zu sich und legen ein Fressverhalten wie die Tiere an den Tag. Kein Wunder, dass sie durch die Bank weg übergewichtig sind."

„Ich weiß, Zach." Gregor blickte ihn ratlos an. „Doch unglücklicherweise befinden wir uns nicht in der Position, Ansprüche zu stellen. Sie sind nun einmal die einzigen Lebewesen in den Weiten des Universums, deren Gene mit den unseren übereinstimmen. Wenn das Aussterben Sirias verhindert werden soll, müssen wir uns zwangsläufig mit diesen Einfaltspinseln kreuzen."

Nun schaute Zacharias noch deprimierter aus der Wäsche. „Tja, dieses Argument ist schwer zu widerlegen. Aber lass uns zumindest das Testobjekt auswählen. Wer weiß, was für einem Weibsstück unsere Jungs in die Falle gehen würden." Unkontrolliert tippte er mit seinen schrumpeligen Fingern auf der Fernbedienung herum. „Und am besten verraten wir den Männern rein gar nichts von dem rückständigen Verhalten der Erdenbürger, ansonsten werden wir nie einen Freiwilligen finden."

In diesem Moment startete auf dem Bildschirm eine Reportage über die anstehende Oscar-Verleihung in Hollywood. Verständnislos starrten die beiden Tattergreise auf die golden glänzenden Figuren. Die Kamera schwenkte auf einen untersetzten Reporter um, der unappetitlich vor sich hinschwitzte, während er den nominierten Stars ein Mikrofon unter die Nase hielt.

„Die da!", rief Zacharias Minuten später aus und fuchtelte wild mit dem ausgestreckten Zeigefinger in der Luft herum.

Kritisch beäugte Gregor die Person, auf die Zacharias' Wahl gefallen war. Ob sein werter Kollege da nicht ein wenig übers Ziel hinausschoss? Diese Frau war die beeindruckendste Schönheit, die ihm jemals vor Augen gekommen war.

Die groß gewachsene Brünette strahlte verführerisch in die Kamera und ließ ihre ebenmäßigen weißen Zähne im Licht der Scheinwerfer blitzen. Dunkle Locken, die sanft um ihren Kopf wogten, schimmerten wie flüssige Seide. Mit weit aufgerissenen schokoladenfarbigen Augen schmachtete sie den Reporter an, als wäre er die personifizierte Männlichkeit.

Und auch Zacharias schien sie bereits den Kopf verdreht zu haben, denn sein entrückter Blick sprach Bände. „Die passt doch hervorragend. Vom Aussehen her könnte sie eine von uns sein. Sie kommt mir richtiggehend bekannt vor. Wie heißt sie? Angelina Russo. Ach, was für ein schöner Name!“, schwärmte der Mann, der normalerweise für nichts zu begeistern war.

Zutiefst entzückt sprang er auf, was er in seinem hohen Alter besser vermieden hätte. Denn Sekunden später krümmte er sich mit schmerzverzerrtem Gesichtsausdruck zusammen und hielt sich mit einer Hand das Kreuz.

„Aber Zach“, unterbrach Gregor ihn todesmutig, „meinst du nicht, dass du die Messlatte eine Nuance zu hoch ansetzt? Die Frau ist eine der angesagtesten Schauspielerinnen der Erde, warum sollte sie ihrem Planeten wegen eines Mannes Knall auf Fall den Rücken kehren? Ihr liegen die Kerle höchstwahrscheinlich reihenweise zu Füßen.“

„Ach, papperlapapp!“, wiegelte Zacharias ab. „Du vergisst unsere körperliche und geistige Überlegenheit. Für jeden Sirianer sollte es ein Leichtes sein, sie um den Finger zu wickeln. Unsere Regierungsräte kommen ja nicht vom Mond. Es sind alles gestandene Männer …“ Er hielt kurz inne. „Nun, von Rafael einmal abgesehen, aber wir brauchen ja nicht gerade ihn zu schicken. Du wirst sehen, das Ganze wird ein Klacks.“

Gregor enthielt sich wohlweislich einer erneuten lautstark geäußerten Meinung, denn aus Erfahrung wusste er: Wenn Zacharias sich etwas in den Kopf gesetzt hatte, führte kein Weg mehr daran vorbei.

Obendrein schien das Glück ihnen ausnahmsweise einmal hold zu sein. Denn ausgerechnet auf der Erde fristete seit Langem ein Sirianer sein Dasein. Dieser hatte seinem Heimatplaneten den Rücken gekehrt und als Magier inmitten der Erdlinge seine Erfüllung gefunden, unter dem Künstlernamen David Chesterfield. Und war somit in der Lage, ihr Wunschexemplar haarklein unter die Lupe zu nehmen.

Was für eine Kette von Ereignissen sie mit ihrer Auswahl jedoch in Gang setzten, konnten die beiden nicht einmal ahnen …

Kapitel 1

Erde

Einmal im Leben nach Hollywood! Auf Du und Du mit den Stars! Und zur Krönung in Beverly Hills shoppen!

Wer hat sich das nicht schon gewünscht?

Wahrscheinlich jeder, bis auf Valerie, denn die sehnte sich gerade ganz weit weg von der Stadt der Engel. Seit über zwei Stunden hastete sie nun von einem hippen Designer-Laden auf dem Rodeo Drive zum nächsten, auf der Jagd nach einer American Express Platinum Kreditkarte. Nämlich der, die ihre Chefin verloren hatte.

„Irgendwo auf dem Rodeo Drive!", war die lapidare Standortbeschreibung gewesen, die Angelina ihr mit auf den Weg gegeben hatte. Und sollte sie das kostbare Stück nicht aufstöbern, käme sie nicht umhin, die Karte erneut sperren zu lassen. Was nur die Spitze des Eisbergs wäre. Denn aus Erfahrung wusste sie, was das hieß: Tagelang Buchungen zu eruieren, da Angelina im Nachhinein keinen blassen Dunst von ihren ausschweifenden Konsumgewohnheiten hatte.

Auf der berühmtesten Einkaufs- und Flaniermeile der Welt glitzerten die protzigen Schriftzüge und goldverzierten Türen der namhaften Geschäfte um die Wette und schenkten den umherschweifenden Touristen staunende Gesichter und leuchtende Augen. Valerie hingegen nahm diese Opulenz kaum mehr wahr. Das Leben im Dunstkreis einer der bekanntesten deutschen Schauspielerinnen hatte seine Spuren hinterlassen.

Die vier silbernen Buchstaben des Dior-Schriftzugs

starrten sie herablassend an, als sie im Begriff war, die schwere Glastür des noblen Ladens zu öffnen. In diesem Moment läutete ihr Handy. Die Strahlen der kalifornischen Frühjahrssonne brachen sich auf dem Display, während sie es aus der Jackentasche zerrte. Ein kurzer Blick darauf genügte. Auch das noch!

„Ja, Angie, was gibt's?"

Sogleich vernahm sie eine um Mitleid heischende Stimme. „Ach, Valerie, die Perlonstrümpfe, die ich heute Abend tragen wollte, sind grauenvoll. Schon bei der kleinsten Berührung bekomme ich Pusteln. Kannst du mir bei Victoria's Secret neue besorgen? Du weißt schon, die exklusiven, die Heidi immer trägt."

Valerie rollte die Augen gen Himmel, doch die Hilfe von oben blieb ihr wie üblich versagt. „Geht klar, sonst noch was?"

„Hmm …" Die grauen Zellen ihrer Chefin schienen im Akkord zu arbeiten. „Nein, im Moment nicht. Um wie viel Uhr kommt noch mal der Friseur?"

„Vierzehn Uhr, die Kosmetikerin um sechzehn Uhr. Auf dem Rückweg hole ich dein Kleid ab, dann ist alles perfekt."

Angelina stöhnte auf. „Ach, was würde ich nur ohne dich machen? Du bist einfach der bestorganisierte Mensch der Welt. Oh, wie ich diesen Stress hasse!" Mit diesen Worten unterbrach sie kurzerhand die Verbindung.

Valerie schüttelte ungläubig den Kopf. Welchen Stress? Meinte Angelina den Ärger beim Herumschikanieren des Hotelpersonals oder die Problematik, den Verlockungen des Whiskeys zu widerstehen? Vielleicht war es aber auch einfach nur unsagbar anstrengend, seine Assistentin seit geschlagenen drei Tagen durch Los Angeles zu scheuchen, da es immer an etwas haperte: angefangen bei Gesichtsmasken über Zigaretten bis hin zur Unterwäsche. Und wenn Valerie erschöpft die Einkaufsliste abgearbeitet hatte, war der sauertöpfischen Diva entweder die Klimaanlage zu laut oder das Badewasser zu kalt.

Doch der absolute Super-GAU stand Valerie noch bevor, falls der heiß begehrte Oscar am Abend erneut an ihrer Chefin vorbeigehen sollte. Denn mit Tiefschlägen konnte diese nur schwerlich umgehen, um nicht zu sagen: so gut wie gar nicht. Und Valerie konnte sich an fünf Fingern abzählen, wer dann wochenlang Madames unkontrollierten Wutattacken ausgeliefert sein würde.

Für logisch denkende Menschen war das Szenario, dass eine deutsche Filmgröße diesen Preis ergatterte, völlig an den Haaren herbeigezogen. Doch Angelina mit ihrem exorbitanten Ego schnallte einfach nicht, dass in der Geschichte der kleinen goldenen Trophäe erst eine einzige Deutsche ausgezeichnet worden war. Ansonsten wanderte der Pokal vorwiegend in die Hände der Schauspieler aus dem englischsprachigen Raum, was mit fast hundertprozentiger Sicherheit auch an diesem Abend passieren würde.

Entnervt schob sich Valerie eine Strähne ihres schulterlangen blonden Haars hinters Ohr und betrat den pompösen Laden. Wie aus heiterem Himmel hatte die hypochondrisch veranlagte Angelina am Morgen festgestellt, dass sie die mondänen Toilettenartikel des Beverly Hills Hotels nicht einen Tag länger auf ihrem Luxuskörper erdulden konnte, ohne Opfer schwerwiegender Allergien zu werden. So war Valerie nicht umhingekommen, loszujagen und den ganzen Krempel zu ersetzen.

Eine der Tüten, die sie mit sich herumschleppte,

verhedderte sich am Griff der schweren Glastür und löste sich erst nach sekundenlangem hektischen Zerren und Ruckeln. Herrje! Heute war wohl wieder einer dieser Tage, an denen ihre Geschicklichkeit sich klammheimlich aus dem Staub gemacht hatte.

Mit einem aufgesetzten Strahlen auf dem Gesicht steuerte sie eine kleine rothaarige Verkäuferin mit Papageienfrisur an. Wie erwartet reagierte der Papagei auf die Frage nach der Kreditkarte jedoch mit einem vehementen Kopfschütteln. Und auch die hohlköpfige Kollegin, Sandy, die gerade einer in Nerz gehüllten wasserstoffblonden Krähe sündhaft teure Handtaschen anpries wie sauer Bier, antwortete nur mit einem verständnislosen Schulterzucken.

Jetzt war Schluss mit lustig! Auf der Stelle würde Valerie dieses entmutigende Unterfangen zu Ende bringen. Denn zu ihrem Leidwesen war sie gezwungen, sich ebenfalls für das abendliche Ereignis in Schale zu werfen. Den nichtsnutzigen Rockmusiker, für den der begehrte Platz neben Angelina eigentlich reserviert war, hatte die Diva kurz zuvor in die Wüste geschickt, was ihre Laune nicht gerade gehoben hatte. Denn die mannstolle Schauspielerin reagierte ausgesprochen schäbig, wenn sie längere Zeit ohne einen testosteronprotzenden Kerl auskommen musste.

Mit hängenden Schultern machte Valerie auf dem Absatz kehrt. Ihre Riemchensandalen verfingen sich bei der Aktion in einem flauschigen Teppich. Mit einem unterdrückten Aufschrei verlor sie völlig das Gleichgewicht. Knirschend brach einer ihrer Absätze ab. Wie ein entrückter Dirigent ruderte sie mit den Armen wild in der Luft herum und versuchte die unvermeidliche Bruchlandung abzuwenden. Da legten sich zwei starke Hände um ihre Schultern, fingen sie geistesgegenwärtig auf und stellten sie sicher auf den Füßen ab.

„Nicht so stürmisch!“, vernahm sie eine belustigte Stimme.

Sie hob den Blick und stand einem dunkelhaarigen, ganz in Schwarz gekleideten Mann gegenüber. Eine riesige Sonnenbrille bedeckte den Großteil seines braun gebrannten Gesichts. Bedächtig ließ er die Hände von ihren Oberarmen gleiten und schob sich lässig die Sonnenbrille auf das glänzende Haar. Dann schenkte er ihr ein so entwaffnendes Lächeln, dass ihr die Knie schlotterten.

Vor ihr stand der wohl bekannteste Magier aller Zeiten.

„Danke“, nuschelte sie, bevor sie blitzartig herumwirbelte, was sie in Anbetracht des fehlenden Absatzes um ein Haar erneut zu Boden geschickt hätte. Im letzten Moment konnte sie sich fangen, ehe sie mit roten Ohren, gebückt wie Quasimodo, schnurstracks nach draußen humpelte.

Während sie auf ihren Wagen zuschlurfte, sammelte sie die Reste ihrer Würde ein. Peinlichkeit, dein Name ist Valerie!, schoss es ihr durch den Kopf. Ausgerechnet vor den Augen des legendären David Chesterfield hatte sie sich bis auf die Knochen blamiert, nur weil sie inzwischen zu dämlich war, sich auf High Heels fortzubewegen. Und das als ehemalige Stuntfrau.

„So warten Sie doch!“, riss eine sonore Stimme sie aus ihrer privaten Gardinenpredigt. Als eine Hand sich vertraulich auf ihre Schulter legte, fuhr sie ruckartig herum – und fand sich erneut Auge in Sonnenbrille mit dem begnadeten Illusionisten wieder.

„Kann ich Ihnen irgendwie behilflich sein?“, setzte er mit einem Seitenblick auf ihren demolierten Schuh an. „Ich befürchte, ein Fußmarsch wird sich schwierig gestalten."

Mit einem schnellen Schritt zur Seite schüttelte sie seine Hand ab. „Was Sie nicht sagen!", grummelte sie, zwang sich dann aber zu einem Lächeln. Er konnte schließlich am allerwenigsten etwas dafür, dass sie sich fühlte wie am Rande eines Nervenzusammenbruchs. „Das liegt auch nicht in meiner Absicht. Mein Wagen parkt da drüben." Mit der Hand wies sie auf eine schwarze Limousine. „Autofahren sollte auch ohne Absatz funktionieren. Aber trotzdem danke. Ich weiß Ihr Angebot zu schätzen." Mit diesen Worten stolperte sie hastig auf den Cadillac zu, in der Hoffnung, dass ihr Retter nicht erneut die Verfolgung aufnahm.

Atemlos rutschte sie auf den weichen Ledersitz. Die Ermüdung zerrte an ihren Gliedern wie ein störrischer Hund an der Leine. Und erst als sie sich vergewissert hatte, dass Mr. Zauberlehrling endgültig die Biege gemacht hatte, begutachtete sie ihren Schuh. Der Absatz baumelte lose nach unten wie ein nicht gänzlich abgebrochener Ast. Von dem schmucken Teil musste sie sich wohl oder übel verabschieden.

Erbost feuerte sie die Sandalen auf den Boden des Beifahrersitzes. Na herrlich, jetzt war sie gezwungen, die restlichen Erledigungen barfuß durchzuführen!

Wie tief konnte ein Mensch denn noch sinken?

Sie krampfte die Hände ums Lenkrad, als wolle sie es erwürgen, und ließ verzweifelt den Kopf darauf fallen. Die Anstrengungen der letzten Tage forderten ihren Tribut. Doch das Spießrutenlaufen durch die kalifornische Metropole war beileibe nicht der einzige zermürbende Faktor. Seit drei langen Jahren tanzte sie nun nach Angelinas Pfeife. Und von Tag zu Tag steigerte sich ihre Aversion gegen diesen Job und die zu ertragenden Erniedrigungen.

Wütend hieb sie mit einer Hand aufs Lenkrad ein. Wie lange wollte sie diese Schmach denn noch erdulden? Und wie zum Henker hatte ihr Leben nur so aus den Fugen geraten können?

Ihre aufregende Kindheit als Tochter eines Diplomaten hatte sie in den exotischsten Ländern der Erde verbracht. Doch seit der Rückkehr nach Deutschland gab es nur Rückschläge zu verzeichnen. Erst dieser verteufelte Unfall, der ihre Karriere als Stuntfrau in Sekundenschnelle zunichtegemacht hatte, und dann ihr Exmann mit seinen nervtötenden Marotten. Schon lange hätte sie Angelina vor den Kopf gestoßen, würde sie nicht jedes Mal ihr schlechtes Gewissen lautstark daran erinnern, dass die exzentrische Diva ihr damals mächtig aus der Bredouille geholfen hatte.

Das schrille Tröten einer Hupe riss sie aus ihrem Anflug von Selbstmitleid. Ruckartig warf sie den Kopf in den Nacken und straffte energisch die Schultern. Sie musste endlich Ordnung in ihrem Leben schaffen, vielleicht ihr Studium zum Abschluss bringen und in der freien Wirtschaft Fuß fassen. Denn ein Dasein als unterdrückte und schikanierte Assistentin war nicht ihr Wunschtraum.

Kochend vor Wut donnerte sie den Zündschlüssel ins Schloss, als sie des Strafzettels gewahr wurde, der an der Windschutzscheibe prangte. Vor Schreck rutschte ihr der nackte Fuß beim Gasgeben vom Pedal, woraufhin die klobige Limousine mit quietschenden Reifen wie ein großer schwarzer Frosch aus der Parklücke hüpfte.

Die Nacht der Nächte steuerte unumstößlich auf ihren Höhepunkt zu. In mörderischen silbernen Louboutins trippelte Valerie hinter Angelina her in den beeindruckend erleuchteten Saal des Dolby Theaters. Die bogenförmige Decken- und Bühnengestaltung sowie die Lichter der Balkone gaben ihr das imposante Gefühl, ein gigantisches Raumschiff zu besteigen. Unablässig wanderten die Lichtkegel der Scheinwerfer durch die Halle wie lange, schmale Finger, die vom Himmel herabgestreckt wurden.

Davon scheinbar unbeeindruckt schwebte ihre Chefin mit wogenden Hüften über den nicht enden wollenden roten Teppich, begleitet von einem Blitzlichtgewitter, das einen nahezu erblinden ließ. Souverän lächelte Angelina in die Kameras, verteilte Kusshändchen und überspielte ihre Anspannung gekonnt. Das knallenge nudefarbene Abendkleid, das ihre beeindruckenden Formen umhüllte, ließ kaum etwas der Fantasie übrig und würde vermutlich für jede Menge Gesprächsstoff sorgen. Immer wieder schüttelte sie die langen, glänzenden Locken, die ihr neckisch um die Schultern tanzten. Und selbst wenn sie den Oscar nicht einsacken würde, wäre sie mit ihrem unbestreitbaren Sinn für sensationelle Auftritte mit Sicherheit der Hingucker des Abends.

Ab und an glitten gierige Männerblicke auch über Valeries schlanken Körper in dem eng anliegenden schwarzen Abendkleid. Doch da sie sich im Einflussbereich dieses Bildes der Perfektion und Extravaganz grundsätzlich vorkam wie eine Vogelscheuche, nahm sie die Avancen nicht einmal wahr.

Minuten später schlossen sich die Türen des großen Saals wie von Geisterhand, alle Lichter erloschen und ein strahlender Billy Crystal betrat die Bühne. Das ultimative Show-Event des Jahres nahm seinen Lauf. Ein Geruch von schwerem Parfum vermischt mit unterdrücktem Angstschweiß waberte durch die Luft. Wo Valerie auch hinsah, entdeckte sie angespannt lächelnde Hollywoodgrößen. Anstatt die allgemeine Euphorie zu teilen, wollte sie jedoch nur hier raus. In den letzten drei Jahren hatte sie viel zu viel Promi-Luft geschnuppert, und diese abgehobenen, problembehafteten Botox Monster verursachten ihr Brechreiz.

Unauffällig schielte sie zu Angelina hinüber, die stocksteif, aber mit einem berauschenden Lächeln auf den Lippen, neben ihr kauerte.

Und dann war es endlich so weit!

In wenigen Sekunden würde das bestgehütete Geheimnis Hollywoods gelüftet werden, nämlich, wer den diesjährigen Oscar für die weibliche Hauptrolle sein Eigen nennen durfte. Da wurde auch schon der Umschlag geöffnet, der Zettel herausgezogen, und …

… der Name „Meryl Streep“ hallte durch den Saal. Valerie hatte es geahnt! Wieder hatte ihre Chefin es nicht geschafft. In diesem Moment fing die Kamera erbarmungslos Angelinas Gesicht ein. Mit statuenhaftem Blick strahlte die dunkelhaarige Schönheit von den großen Leinwänden im Saal. Nach außen hin wirkte sie unbeteiligt, aber Valerie wusste genau, was in Angelinas Innerem vorging.

Und während sich die Preisverleihung unausweichlich dem Ende näherte, nahm Valerie das Geschehen um sich herum gar nicht mehr wahr. Verstohlen wischte sie sich kleine Schweißperlen von der Stirn, betastete prüfend ihre hochgesteckten Haare und dachte verdrossen an die beeindruckende Laudatio, die sie verfasst hatte. Immer wieder hatte sie den Text redigiert, da er nicht Angelinas Zustimmung gefunden hatte. Sogar ihr Studium hatte sie in den letzten Wochen hinten angestellt, da die Showgröße sie von morgens bis abends mit ihren überzogenen Wünschen auf Trab gehalten hatte.

Alles umsonst!

Nun half nur noch eins: Der frustrierten Primadonna in den nächsten Wochen tunlichst aus dem Wege zu gehen. Welch ein Glück, dass Valerie in die Business Class nach München gebucht war, wohingegen sich Angelina wie immer in der First aalte. Die Flugbegleiter taten ihr jetzt schon leid.

Tosender Applaus riss sie aus ihrer Trance. Wie ein einziger Mensch erhob sich die Menge, während grelles Licht aufflackerte und sie einen Augenblick lang blendete. Als sie blinzelnd neben sich schaute, hatte ihre Begleiterin das Weite gesucht. Im Gedränge entdeckte sie noch das Glitzern von Angelinas Kleid, dann schien die Diva wie vom Erdboden verschluckt zu sein. Na, herrlich! Irgendwann würde sie ihr doch noch den Hals umdrehen.

Wie von einer Welle mitgerissen, ließ Valerie sich nach draußen treiben und fühlte sich unsäglich verloren. Im Foyer angekommen türmte sie schnurstracks vor den lauernden Reportern in eine unbeleuchtete Ecke und lehnte sich an eine Wand.

Wie aus weiter Ferne nahm sie das Blitzlichtgewitter wahr, dann versank sie in Gedanken. Die Bilder in ihrem Kopf entstanden auf Basis dessen, was sie schon zu oft erlebt hatte: Angelina würde sich in den nächsten Tagen sinnlos volllaufen lassen, bevor sie exzessive Shoppingtrips in Angriff nähme. Gleichzeitig würde sie die Münchner Schickeria nach potenten Männern durchstöbern und sich mit orgiastischem Sex über Wasser halten, ehe die ersten lebensbedrohlichen Krankheiten ausbrachen, wie todbringender Haarausfall oder stimmbandmordender Husten. Und sobald sie diese Leiden wundersamerweise überlebt hätte, würde sie sich wie ein Aasgeier auf die nächste Filmrolle stürzen.

Valerie konnte nur beten, dass Angelina die Niederlage dieses Jahr ohne Drogen in den Griff bekam, denn letztes Jahr war ihr das nicht gelungen. Und sie clean zu bekommen, war eines der nervenaufreibendsten Unterfangen überhaupt gewesen.

„Neue Schuhe?“, riss sie gänzlich unerwartet eine Stimme zurück in die reale Welt, sodass sie beinahe vor Schreck umfiel. Ein Paar hinlänglich bekannte, tief liegende dunkle Augen, unterzogen sie einer unverhohlenen Musterung.

„Verdammt! Sie haben mich zu Tode erschreckt“, fluchte sie unbeherrscht los. „Verfolgen Sie mich eigentlich?“

David zog eine seiner dichten Augenbrauen hoch. „Mehr oder weniger. Ich hätte vielleicht etwas anzubieten, das ein Lächeln auf Ihr todtrauriges Gesicht zaubern würde.“

„Gut, dann ziehen Sie einfach einen Oscar für Angelina aus Ihrem Zylinder.“

Ein Schmunzeln huschte um seine Mundwinkel. „Sie hat den Preis wohl knapp verpasst?“

Valerie nickte. „Ja, leider. Und was wollen Sie nun von mir?“

„Ein Vöglein hat mir gezwitschert, dass Sie auf der Suche nach einem Bodyguard sind.“

„Woher wissen Sie das denn?“, platzte es überrascht aus ihr heraus.

David lächelte mysteriös. „Ich habe meine Augen und Ohren eben überall.“

„Sogar in Deutschland?“

Er nickte leicht. „Ich verfüge über dicht verflochtene Kontakte in dieses schöne Land. Vielleicht ist Ihnen bekannt, dass ich vor einiger Zeit mit einem deutschen Modell liiert war?"

Sicher, wie mit Modells aus jedem anderen Land der Welt. In dieser Hinsicht war er wahrlich kein unbeschriebenes Blatt.

Er musterte sie von oben bis unten. „Sie erinnern mich übrigens an sie. Ihr deutschen Frauen besitzt einfach etwas Überwältigendes."

Valerie schüttelte schmunzelnd den Kopf. „Sie sind ein Lügner, wenn auch ein charmanter. Denn besagtes Modell überragt mich um Hauptes länge."

David entwich ein herzhaftes Lachen, und das Eis war gebrochen. „Wenn es zu Ihrer Beruhigung beiträgt: Bei gemeinsamen Fotoaufnahmen stand ich grundsätzlich auf einem Telefonbuch." Verschwörerisch legte er den Finger auf die Lippen und kam ihr etwas näher. „Aber hängen Sie das ja nicht an die große Glocke." Er sah sie eindringlich an. „Verraten Sie mir Ihren Namen?"

Sie zögerte einen Moment, bevor sie ihm die Hand entgegenstreckte. „Valerie, Valerie Graf!"

Flugs griff er nach ihren Fingern und hielt sie einen Augenblick länger fest als nötig. Sein angenehmer, warmer Händedruck besänftigte Valerie im Nu. Alle missmutigen Gedanken lösten sich in Wohlgefallen auf. Überrumpelt inspizierte sie sein Gesicht und versank in seinen mysteriösen dunklen Augen. Ach du grüne Neune! Besaß dieser Mann tatsächlich magische Kräfte?

„Darf ich Sie zu einem Glas Champagner einladen?", erkundigte er sich rein rhetorisch, während er ihr schon besitzergreifend die Hand auf den Rücken legte und sie in Richtung einer der Bars schob.

Sie mochte Männer, die nicht lange fackelten, daher schmunzelte sie. „Ihnen ist aber schon klar, dass die Drinks heute umsonst sind, oder?“

„Was Sie nicht sagen?“

Binnen weniger Sekunden hielt sie ein gefülltes Champagnerglas in der Hand und schüttete, unter Davids belustigten Blicken, gierig ein paar große Schlucke in sich hinein.

Er hingegen nippte nur hoheitsvoll an der prickelnden Flüssigkeit. „Zurück zu meinem eigentlichen Anliegen. Ich kann Ihnen den professionellsten Bodyguard vermitteln, den Sie sich vorstellen können. Na, was halten Sie davon?“

Was sie davon hielt? Er machte wohl Witze? Sie würde ihn heiligsprechen. Denn seit Nils, Angelinas langjähriger Chauffeur und Bodyguard, letzte Woche das Handtuch geworfen hatte, hatte sie Himmel und Hölle in Bewegung gesetzt, um adäquaten Ersatz zu beschaffen. Was sich als Mission Impossible entpuppt hatte, da der Arbeitsmarkt in Deutschland leer gefegt zu sein schien. Und ob sie es noch bewerkstelligte, innerhalb von vier Wochen fündig zu werden, wussten nur die Götter.

Nils hatte Knall auf Fall beschlossen, bei einer Münchner Sicherheitsfirma anzufangen, was Valerie nicht sonderlich verwunderte: Angelinas Personal unterlag häufigen Fluktuationen. Trotzdem fand sie es jammerschade, dass der Schwede sie verließ, denn er hatte die Launen der zickigen Diva stets mit stoischer Ruhe ertragen, egal wie schäbig Angelina ihn auch behandelt hatte.

Gespannt wandte sie sich David zu. „Sie sind vermutlich auch darüber im Bilde, dass wir recht schnell jemanden benötigen?“

David hob lässig eine Hand, wobei Valerie seine Hightech-Armbanduhr auffiel, die den Eindruck erweckte, man könnte damit ein Spaceshuttle navigieren. „Gar kein Problem. Mein früherer Bodyguard ist momentan noch im Weißen Haus eingesetzt, beabsichtigt jedoch aus privaten Gründen nach Deutschland zurückkehren. Ich denke, er könnte in drei bis vier Wochen bei Ihnen anfangen. Wie hört sich das an?“

Valerie war versucht, ihn zu küssen, äußerte dann aber mit geschäftsmäßig unbeteiligter Stimme. „Klingt interessant.“ Sie pfriemelte eine Visitenkarte aus ihrer kleinen silbernen Clutch und reichte sie David. „Könnten Sie mir vorab seinen Lebenslauf mitsamt Referenzen zumailen? Sobald ich alles geprüft habe, werde ich mich wieder mit Ihnen in Verbindung setzen.“

David hatte die Visitenkarte noch nicht richtig ergriffen, da schien sie sich schon in Luft aufgelöst zu haben. „Hervorragend, und nachdem wir das Geschäftliche nun erledigt hätten, lassen Sie uns doch zum gemütlichen Teil des Abends übergehen“, verkündete er in einem Tonfall, der unverhohlen offenbarte, was er meinte. Dieser Mann konnte jede Frau haben, und er war sich dessen bewusst.

Valerie musterte ihn verstohlen über den Rand ihres Glases hinweg. Er war der typische Womanizer – gut aussehend und charmant. Und sie verzehrte sich dermaßen nach einem Mann, dass sie kurz in Versuchung geriet, sich in seine starken Arme zu stürzen. Trotzdem haute es sie schier um, als er nach minutenlangem Small Talk direkt zur Sache kam. „Darf ich Sie zu Ihrem Hotel begleiten?“, raunte er ihr ins Ohr.

Erneut taxierte sie ihn, wobei ihr Blick über seine vollen Lippen und seine breiten Schultern bis hin zu seiner schmalen Hüfte glitt. „Sag ja! Lass dich fallen!“, schrie jede Zelle ihres Körpers. Doch dann rief sie sich ins Gedächtnis, dass sie kein Groupie war, mit dem erklärten Ziel, einen Promi ins Bett zu bekommen. Unschlüssig schüttelte sie den Kopf. „O David. Sie bringen mich da in eine Zwickmühle."

Der Geruch seines edlen Rasierwassers umhüllte sie verführerisch, als er nach ihren Händen griff und sie näher an sich zog. Mit einer fließenden Bewegung glitt ein Arm um ihre Taille und zerrte sie an seine harte Brustmuskulatur. Auf einen Schlag fühlte sie sich sicher und geborgen, eine tonnenschwere Last schien von ihr abzufallen. Erschöpft ließ sie den Kopf an seine Schulter sinken.

Er packte sie eine Nuance fester, während seine Lippen sanft ihr Haar berührten. „Wer hat dich so verletzt?", fragte er mit dieser samtig weichen Stimme, die einen Gletscher zum Schmelzen gebracht hätte.

Du liebe Güte! Dieser Kerl schien obendrein über hellseherische Fähigkeiten zu verfügen, denn die Frage stellte sich ihr seit Jahren. War es ihre Jugendliebe Marcel gewesen, den sie immer noch anbetete, obgleich er sie hatte fallen lassen wie eine heiße Kartoffel? Oder doch eher ihr Exmann Alex, der ihr unablässig im Nacken saß und die Personifizierung von allem darstellte, was in ihrer Welt falsch lief? Sie hatte keine Antwort auf diese Frage.

Tatsache war, dass sie nach diesen zwei verkorksten Beziehungen entschieden hatte, in Zukunft einen großen Bogen um feste Bindungen zu machen. Einem gelegentlichen Abenteuer hingegen war sie nicht abgeneigt. Wenngleich es eine Ironie des Schicksals war, dass sie sich nach jedem One-Night-Stand einsamer fühlte als zuvor. Wie auch immer! Um nichts in der Welt würde sie ihr Herz erneut verschenken. Schon gar nicht an einen millionenschweren Magier, der für seine zahlreichen Affären bekannt war.

Na prima! Was stand ihr noch im Wege? Sie war eine erwachsene Frau von siebenundzwanzig Jahren, und ihr Körper hatte Bedürfnisse. Und in dieser Nacht würde sie ihm zuteilwerden lassen, was er so begehrlich forderte.

„Beverly Hills Hotel“, flüsterte sie ohne weitere Umschweife.

Ein triumphierendes Lächeln huschte über seine Lippen, während er nach ihrer Hand griff. Da unterbrach ein Läuten den vertraulichen Moment. Valerie erstarrte mitten in der Bewegung. „Entschuldige bitte.“ Sie kramte ihr Handy aus der Tasche. Beim Blick aufs Display stöhnte sie entnervt auf. „Ja, Angie, was ist jetzt wieder? Und wo steckst du überhaupt?“

Unverzüglich drangsalierte ein lautes Schluchzen ihr Trommelfell. „Ich bin ganz alleine, der Whiskey in meiner Suite ist lauwarm, und meine Zigaretten gehen zur Neige“, schniefte die Diva bemitleidenswert. „Ich brauche dich, Valerie, bitte! Komm schnell!“

Valerie zögerte einen kurzen Moment, begegnete Davids magischen Augen, die vor Leidenschaft dunkel glänzten, senkte dann aber resigniert den Kopf. „Geht klar. Ich bin sofort bei dir.“ Ihre Lippen bebten vor Enttäuschung, als sie das Handy einsteckte. „Es tut mir leid, David. Ich kann nicht. Angelina braucht mich. Vielleicht ein anderes Mal.“

Er sah sie an wie ein Kleinkind, dem man seinen Lieblingsteddy weggenommen hatte. Ruckartig machte sie auf dem Absatz kehrt und flüchtete nach draußen auf die Straße. Dort eilte sie schnurstracks auf ein wartendes Taxi zu.

Frustriert ließ sie sich in die vergammelten Lederpolster des alten Chevys sinken und schloss die Augen, während die Schrottlaube schaukelnd durch das nächtliche Los Angeles rumpelte. Vorbei an den Millionen funkelnder Lichter der gigantischen Großstadt, welche Valerie nicht einmal wahrnahm.

Nur mit Müh und Not widerstand sie der Versuchung, laut aufzuschreien und den Kopf gegen die Plastikscheibe zu schlagen, die sie vom Fahrer trennte. Noch immer vibrierte ihr ganzer Körper, wenn sie an Davids lodernde Blicke dachte.

Aber nein!

Anstatt sich nach Strich und Faden von einem Mann durchvögeln zu lassen, der sie aller Voraussicht nach zum Glühen gebracht hätte, würde sie eine stinkreiche, hysterische Schauspielerin verhätscheln, bis diese irgendwann sternhagelvoll ins Delirium fiel. Sie selbst hingegen würde in dieser Nacht wahrscheinlich kein Auge zutun.

Das Einzige, was sie einen kurzen Moment lang mit Freude erfüllte, war, dass sich zumindest das leidige Thema Bodyguard gelöst zu haben schien.

Kapitel 2

Siria

Die Strahlen der zwei aufgehenden roten Sonnen ließen die Chromteile des Hochgeschwindigkeitsgleiters glitzern, als das Gefährt mit halsbrecherischem Tempo aus der Garage schoss. Die hochgezüchteten Triebwerke verursachten ein kaum wahrnehmbares Summen, das an eine fette Biene auf Honigsuche erinnerte, ansonsten hüllte sich der beschauliche Planet in eine alles beherrschende Stille.

Rafaels widerspenstige dunkle Locken wirbelten ihm im heißen Fahrtwind ungestüm um den Kopf, während er zwischen den silbernen Hochhäusern der Hauptstadt Taro hindurchjagte. Tief sog er den intensiven Eukalyptusduft des anbrechenden Tages ein, der die Atmosphäre tränkte, die Sinne geradezu überflutete und dieses undefinierbare Glücksgefühl hervorrief, das den Planeten seit Jahrhunderten paradiesartig anmuten ließ.

Doch an diesem schicksalhaften Morgen reichte selbst diese allgegenwärtige Droge nicht aus, um Rafael in die übliche Hochstimmung zu versetzen. Denn heute würde sich unumstößlich entscheiden, ob Siria dem Untergang geweiht war oder ob es ein Licht am Ende des Tunnels gab.

Eine Hand lässig am Lenker, warf er immer wieder verstohlene Blicke auf die Uhr im Cockpit und aktivierte schließlich den Protonenschub. Was im Stadtgebiet eigentlich verboten war, doch Regeln hatten ihn noch nie sonderlich beeindruckt. Im Bruchteil einer Sekunde entfalteten die Triebwerke ihre brachiale Gewalt, und das Fahrzeug schoss wie eine gezündete Rakete waagrecht von dannen.

Normalerweise war es für Rafael das Nonplusultra, mit dem fliegenden Geschoss über den Planeten zu preschen, vor allem durch die gezackten Schluchten und tiefen Krater der Berge, heute aber verschaffte ihm der wilde Ritt keinerlei Befriedigung: Er würde trotz allem zu spät kommen – woraus ihm Zacharias, der Vorsitzende des Regierungsrates, mit Sicherheit wieder einen Strick drehen würde. Wie jedes Mal, wenn Rafael etwas vergeigte.

Während im Hintergrund die violetten Bergketten in gleißendes Licht getaucht wurden und überirdisch schimmerten, kam vor ihm das im Sonnenaufgang funkelnde Regierungsgebäude in Sicht. Eine gigantische kupferfarbene Kugel ruhte in schwindelerregender Höhe auf einem pyramidenförmigen Pfeiler und vermittelte den Eindruck, frei im Raum zu schweben. Seit Fertigstellung des Bauwerks wartete Rafael darauf, dass diese mit ohrenbetäubendem Getöse herunterkullerte. Doch die Kugel trotzte der Schwerkraft unermüdlich und war zweifellos die imposanteste architektonische Meisterleistung aller Zeiten.

Rafael leitete den Sturzflug ein und brachte das Gefährt schlitternd auf dem gepflegten roten Rasen am Fuße des Pfeilers zum Stillstand. Wie bei einem Polospiel stoben Grasbüschel auf und jagten wie kleine pelzige Vögel durch die Luft, bevor sie letztendlich zu Boden torkelten. Das sanfte Schnurren der Triebwerke erlosch und ging in ein kaum wahrnehmbares Zischen über.

Kopfschüttelnd blieben vorbeieilende Passanten stehen, denn die Wiese wirkte nun wie frisch durchpflügt. Doch Rafael registrierte die Verwüstung nicht einmal, so schnell spurtete er, mehrere Stufen auf einmal nehmend, die frei schwebende Treppe zum Eingang hinauf. Durch einen beherzten Sprung erwischte er auf Anhieb den gläsernen Fahrstuhl, der ihn lautlos nach oben zu den schalldichten Besprechungsräumen katapultierte.

Durch Zufall und gänzlich gegen seinen Willen war er vor vier Wochen in die Schlussphase eines heiklen Projektes geraten. Denn ausgerechnet, als das Geheimvorhaben „Zukunft“ sich dem Abschluss näherte, war sein Vater, ein Mitglied des Regierungsrates, so schwer erkrankt, dass er sein Amt niederlegen musste. Und aufgrund der Nachfolgeregelung, die auf Siria seit Generationen Geltung hatte, wurde Rafael in einer Nacht-und-Nebel-Aktion in den Rat berufen.

Mit seinen dreißig Jahren war er das jüngste Mitglied, das jemals dem Regierungsrat angehört hatte, und damit Zacharias von Anfang an ein Dorn im Auge gewesen. Der Vorsitzende hielt ihn für einen nichtsnutzigen Faulpelz, und insgeheim kam Rafael nicht umhin, Zacharias Recht zu geben. Es war nicht von der Hand zu weisen, dass er in den letzten drei Jahren, seit Caras Tod, kaum mehr etwas mit Nachdruck verfolgt hatte. Außer vielleicht beim Sport, um sich abzureagieren. In erster Linie jedoch hatte er sich unmotiviert dahintreiben lassen, seit ihm sein Lebensmittelpunkt entrissen worden war.

„Dreißigster Stock, bitte aussteigen!“, holte ihn die wohlklingende Computerstimme des Aufzugs in die Realität zurück. Sekunden später rauschte er in das Besprechungszimmer. Zacharias stand mit dem Rücken an die Wand gelehnt, die Arme vor der Brust verschränkt und blickte ihm mürrisch entgegen. Außer ihm und seinem treu ergebenen Berater Gregor starrten ihn drei weitere Männer an, alle in langweilige weiße Overalls gehüllt.

„Tut mir leid, Zach, die Hydraulikleitung meines Gleiters hatte ein Leck.“ Rafael fuhr sich mit den Fingern durch die verwuschelten Locken und versuchte sie aus dem Gesicht zu schubsen. Ein hoffnungsloses Unterfangen, denn auf der Stelle sprangen sie in ihre Ausgangsposition zurück.

Ihm blieb nicht verborgen, dass Zacharias bei der respektlosen Anrede pikiert zusammenzuckte. Aber warum nur glotzte der Alte ihn an, als hätte Rafael vergessen, sich etwas anzuziehen? Verwundert schaute er zu Boden und nahm von den schwarzen Ölflecken Notiz, die seinen normalerweise blütenweißen Overall übersäten. Als hätte sich eine Horde Spinnen samt Babys auf ihm niedergelassen! Es war unschwer zu erkennen, dass er der Hydraulikleitung in Eigenregie zu Leibe gerückt war.

Zacharias trommelte ungeduldig mit den Fingern auf seinen Oberarm. „Nun, wir waren schon sehr gespannt, welche Ausrede du wohl heute parat hast. Ich wünschte mir, du würdest unser Projekt mit ein wenig mehr Seriosität betrachten. Du bist und bleibst ein Kindskopf!“ Er warf den anderen Männern einen um Bestätigung heischenden Seitenblick zu, erntete jedoch keinerlei Reaktion.

„Gut, nimm dir eine Tasse Kires und begib dich auf deinen Platz, damit wir endlich in die Gänge kommen.“ Mit diesen Worten ließ Zacharias sich vor einem Schaltpult nieder, das wie ein Rohr aus dem Boden ragte, und legte einen roten Schalter um, woraufhin der gigantische Bildschirm an der Wand lautstark rauschend zum Leben erwachte. Wirre Bilder erschienen.

Während Rafael so leise wie möglich auf den letzten freien Stuhl rutschte, verdunkelte sich das grelle Licht im Raum und ging in einen satten Orangeton über. Mit wachen Augen verfolgten alle, wie der blau schimmernde Planet Erde herangezoomt wurde. Die Kamera sauste eine Zeit lang über tiefblaue Ozeane, schneebedeckte Gebirgsketten, Straßen und Häuser, die langsam Konturen annahmen, bis sie schlussendlich auf dem Hollywood-Schriftzug hängen blieb.

Mit einem triumphierenden Lächeln wandte Zacharias sich den ungeduldig wartenden Männern zu. „Gregor und ich, wir haben sie ausfindig gemacht!“, posaunte er großspurig.

Neugierig stierte Rafael auf den Bildschirm. Der Ausdruck Hollywood sagte ihm rein gar nichts. Er schielte zu seinen drei Kollegen hinüber und stellte beruhigt fest, dass auch diese nicht weniger verwirrt dreinblickten. In Erwartung weiterer Fakten beugte er sich ein Stück nach vorne.

Doch Zacharias ließ sie erst sekundenlang schmoren. „Also“, setzte er schließlich an, „die perfekte Kandidatin lebt auf dem Planeten Erde in einer Großstadt namens München. Sie ist von Beruf Schauspielerin und sechsundzwanzig Jahre alt. Momentan befindet sie sich an einem Ort mit Namen Hollywood. Dort zeichnen die Erdenbürger ihre besten Künstler jedes Jahr mit albernen kleinen Goldfiguren aus. Aber egal, ich werde sie euch jetzt präsentieren und bin zuversichtlich, dass sie regen Anklang finden wird.“

Erneut vollführte die Kamera einen rasanten Flug über Häuser und Straßen hinweg, bis sie eine riesige Werbetafel heranzoomte, auf der eine atemberaubend schöne Frau abgebildet war. Sie lag auf einem Sofa, den Kopf zum Betrachter gewandt, wobei ihre langen brünetten Haare in glänzenden Wellen über die Armlehne nach unten wogten. Faszinierende dunkle Augen strahlten in die Kamera. Ihre perfekt geformten Lippen glänzten blutrot, genau wie die krallenmäßigen Fingernägel. Da sie eng anliegende Kleidung trug, blieb kaum ein Detail ihrer wohlproportionierten Figur verborgen.

Einer der Räte stieß einen kurzen, anerkennenden Pfiff aus, womit er sich postwendend einen missbilligenden Blick von Zacharias einhandelte. Dann trat Totenstille ein.

Bis ein lautes Klirren den Raum erschütterte.

Alle außer Rafael schossen erschrocken hoch. Auf dem Boden vor ihm lag seine zerbrochene Teetasse. Der giftgrüne Eukalyptustee hatte sich in tausend kleinen Spritzern weiträumig verteilt und seinen Overall über und über getränkt. Und so langsam wies er Ähnlichkeit mit einer wandelnden Graffitisäule auf. Angewidert wischte sein Nachbar an seinem Hosenbein herum. Doch Rafael starrte nur entgeistert auf den Bildschirm.

„Rafael, du raubst mir irgendwann noch den letzten Nerv!“, schimpfte Zacharias unbeherrscht los. „Was ist denn nun wieder in dich gefahren?“

Erst nach einer gefühlten Ewigkeit entrang sich Rafaels Kehle ein heiseres Flüstern: „Großer Gott! … Sie sieht aus … wie Cara.“ Er reckte den Hals, um die Frau näher in Augenschein nehmen zu können.

Die anderen fünf musterten ihn einen Moment lang irritiert, dann wanderten ihre Blicke zum Bildschirm zurück.

„Tatsächlich“, befand Zacharias nach einiger Zeit. „Sie kam mir gleich so bekannt vor“, nuschelte er zu Gregor gewandt, bevor er sich wieder Rafael widmete. „Du kannst mir glauben, Rafael, die Frau ist das Beste, was das Universum zu bieten hat.“ Er kratzte sich ein wenig linkisch am Kopf. „Stellt das für dich ein Problem dar, dass sie deiner verstorbenen Frau ähnelt?“

„Nein … nein, natürlich nicht“, stotterte Rafael, der die wirren Gedanken kaum in Worte fassen konnte. „Das soll unserem Vorhaben keinesfalls im Wege stehen. Außerdem werde ja nicht ich zur Erde gesandt.“

Er hatte den Satz noch nicht richtig beendet, als Zacharias schon aufsprang, nur um sich – wie so üblich – das schmerzende Kreuz zu reiben. „Gut! Dann müssen wir jetzt nur noch die Entscheidung fällen, wer der Glückliche sein wird. Gregor und ich sind vermutlich ein wenig zu betagt. Damit bleibt nur ihr vier übrig. Freiwillige vor!“ Während Zacharias die Männer eindringlich musterte, trat erneut Totenstille ein. Doch ein Freiwilliger ließ auf sich warten.

Nach einigen Sekunden verschaffte sich der Mann mit dem teegesprenkelten Overall Gehör. „Meine erste Wahl wäre Rafael. Er ist bei Weitem der Attraktivste und Jüngste und hat somit die besten Chancen.“ Wie auf Kommando nickten die beiden anderen Räte zustimmend. Aus Rafaels bleichem Gesicht wich nun noch der letzte Rest Farbe.

Zacharias schluckte hörbar. „Aber die Startphase des Projektes ist komplett an ihm vorbeigegangen.“ Sein Tonfall machte deutlich, wie wenig er dem Jungspund zutraute.

Das aber nagte gehörig an Rafaels Stolz. Empört schnellte er hoch, wobei sein Stuhl bedrohlich wackelte und beinahe zu Boden krachte. „Trotzdem bin ich in der Lage, diesen Auftrag zu übernehmen.“ Er blickte provozierend in die Runde. „Im Gegensatz zu euch habe ich nämlich Ahnung von Frauen. Erinnert ihr euch? Damals war die Hälfte der männlichen Bevölkerung hinter Cara her. Und wer hat sie bekommen?“ Mit einer weit ausholenden Bewegung pikste er sich mit dem Finger in die Brust. „Ich!“ Mit diesen Worten marschierte er schnurstracks nach vorne zum Bildschirm und begutachtete die Frau eingehend. „Wie heißt Sie? Armani? Komische Namen haben die auf der Erde.“

„Blödsinn!“, begehrte Zacharias auf. „Das ist die Hose. Die Frau trägt den wohlklingenden Namen Angelina. Angelina Russo.“

„Ach, auf der Erde haben sogar die Hosen Namen? Das ist ja cool!“, kicherte Rafael.

Zacharias schnaubte laut auf und verdrehte die Augen. Mit gerümpfter Nase fixierte er den Boden, da Rafael bei seinem überstürzten Spurt nach vorne den Raum mit giftgrünen Teespuren verziert hatte. Sein Blick suchte den der anderen Männer und schien zu sagen: *Wollt ihr wirklich diesen Trottel auf die wichtigste Mission aller Zeiten schicken?*

Doch die restlichen potenziellen Kandidaten waren plötzlich überaus beschäftigt. Zwei inspizierten angestrengt die Decke, der Dritte hypnotisierte seine Schuhe. Resigniert wandte Zacharias sich Gregor zu, der aber lediglich mit den Schultern zuckte.

Rafael hingegen riss allmählich der Geduldsfaden. Wollten sie nun, dass er sich für dieses Himmelfahrtskommando zur Verfügung stellte oder nicht? Er hatte sich schließlich nicht aus freien Stücken gemeldet.

„Na schön, dann eben Rafael“, stieß Zacharias stöhnend aus. „Rafael, fühlst du dich allen Ernstes dieser Aufgabe gewachsen? Das Wohlergehen unseres ganzen Volkes hängt am seidenen Faden.“

„Aber klar doch! Eine Erdlingsbraut zu beeindrucken kann doch kein Hexenwerk sein. Die sind doch sicherlich Jahrhunderte zurück. Und dass sie Cara ähnelt, ist eine angenehme Nebenerscheinung.“

Kurz zuckten wieder die bedrückenden Bilder durch seinen Kopf, wie Cara vor ziemlich genau drei Jahren in seinen Armen verstorben war. Ihr war damals das gleiche Schicksal zuteilgeworden wie den meisten jungen Frauen. Nur wenige hatten überlebt, und die waren seitdem unfruchtbar.

„Gut, dann leiten wir jetzt die nächste Phase ein“, konstatierte Zacharias so nüchtern wie möglich. „Gregor und ich werden Rafael instruieren. Euch anderen brauche ich nicht mehr.“ Er hatte noch nicht ausgesprochen, als die drei Männer schon zur Tür hinausstürmten.

„So, Rafael, im Großen und Ganzen bist du ja darüber im Bilde, was auf dich zukommt“, legte Zacharias los, nachdem sie drei Stühle zurechtgerückt und ihre Plätze eingenommen hatten. „Trotzdem muss ich dich erneut darauf hinzuweisen, wie streng geheim dieses Unterfangen ist. Du darfst nicht einmal deine Eltern oder Freunde davon in Kenntnis setzen.“ Um seinen Worten Gewicht zu verleihen, blickte er Rafael herausfordernd in die blauen Augen.

Der rutschte nervös auf seinem Stuhl herum und fuhr sich hektisch mit den Fingern durch die verwuschelten Haare. „Aber wie erkläre ich dann mein plötzliches Verschwinden? Und vor allem was mache ich mit Tristan? Meine Mutter hat eine Mondbärenallergie, ihr kann ich den Süßen unmöglich überlassen.“ Mit schlechtem Gewissen dachte er an das verkuschelte pandaähnliche Geschöpf mit dem rostroten Fell, das sich je nach Gemütszustand chamäleonartig verfärbte. Normalerweise verbrachte er viel Zeit mit dem anhänglichen Wesen, das er sich angeschafft hatte, um nach dem Tode seiner Frau die Leere zu füllen. Und die Erfahrung hatte ihn gelehrt, dass das pelzige Bärchen ganz schön unausstehlich werden konnte, wenn ihm nicht ausreichend Zuwendung entgegengebracht wurde.

„Wir werden die Aktion als Weltraummission zur Erforschung von Nachbarplaneten deklarieren. Und was Tristan betrifft …“ Zacharias seufzte. „Nun, ich denke, wir können ihn unter unsere Fittiche nehmen. Oder, Gregor?“

Rafael schnappte hörbar nach Luft. Die Vorstellung, Tristan zwei Gruftis zu überlassen, die womöglich über Nacht den Löffel abgaben, gefiel ihm genauso wenig wie der Gedanke, all seinen Bekannten das Grüne vom sirianischen Himmel herunterzulügen.

Doch Zacharias ignorierte sein offensichtliches Missfallen und sprach ungerührt weiter. „Wir werden dich in zwei Wochen auf die Erde teleportieren, wo dich ein Sirianer in Empfang nehmen wird.“

Rafael schoss hoch wie eine Sprungfeder. „Teleportieren? Ihr meint Beamen? Mich in meine Einzelteile zerlegen und dann puzzlemäßig auf gut Glück wieder zusammensetzen?“ Wild gestikulierte er mit den Händen vor seinem Körper herum. „Denkt noch nicht mal daran!“

Zacharias und Gregor äußerten sekundenlang kein Wort. Schließlich erhob sich Gregor schwerfällig und legte Rafael beruhigend eine Hand auf die Schulter. „Rafael, mach dir deswegen keinen Kopf. David, der dir auf der Erde zur Seite stehen wird, war früher Weltraumtechniker. Er hat die ganze Prozedur mitentwickelt und sich selbst zigmal der Teleportation unterzogen. Und vertrau mir, bei ihm sitzt noch jedes Körperteil an der richtigen Stelle.“ Mit sanfter Gewalt drückte er Rafael wieder auf den Stuhl.

Blitzschnell schaltete sich Zacharias ein. „Exakt. Leider kann David dir die technischen Details im Vorfeld nicht selbst erläutern. Die Erde hat eine solche Faszination auf ihn ausgeübt, dass er eine Rückkehr nach Siria schlichtweg abgelehnt hat. Einerseits ist das bedauerlich, andererseits haben wir so immer einen Verbündeten vor Ort. Er lebt in einer Stadt namens Las Vegas und betätigt sich als Magier …"

„Und was bitte schön ist ein Magier?", fiel Rafael ihm ins Wort.

„Das lässt du dir am besten aus erster Hand erklären. So richtig habe ich das nämlich nie verstanden. Auf jeden Fall hatte David die hervorragende Idee, dich als Angelinas Chauffeur und Bodyguard einzuschleusen. So kannst du dich problemlos jederzeit in ihrer Nähe aufhalten."

Da huschte ein Strahlen über Rafaels Gesicht, und die Furcht vor dem Beamen war Schnee von gestern. „Als Bodyguard? Soll ich sie vor Aliens beschützen?" Begeistert dachte er an die anspruchslosen Science-Fiction Streifen, mit denen er sich an einsamen Abenden zudröhnte, und sah sich schon gefräßige Riesenwürmer und schleimige Kakerlaken mit einem Lichtschwert zerstückeln. Das konnte ja richtig interessant werden.

„Nein, auf der Erde gibt es keine Aliens, aber wohl lästige Reporter und Fotografen. So hat es mir zumindest David erklärt", erwiderte Zacharias in einem Ton, der Rafael augenblicklich in die Realität zurückschleuderte. „Doch alle Details, die Erde betreffend, wird David dir vermitteln. Deine Aufgabe ist es, dich an Angelina heranzumachen und sie … äh, also … mit ihr …" Zacharias wedelte mit einer Hand vage in der Luft herum. „Du weißt schon, was ich meine. Wie du das anstellst, ist deine Sache. Für den Notfall hast du ja noch unsere Liebestropfen dabei. Und sobald du Erfolg vermelden kannst, schicken wir weitere Männer auf die Erde."

Rafael nickte geistesabwesend. Die beiden konnten ihm viel erzählen. Ob das alles so problemlos über die Bühne ging, stand in den Sternen. Wie war er in die Nummer nur wieder hineingeraten?

Zugegeben – er war ziemlich neugierig auf diesen fremden Planeten, von dem er außer dem Namen nicht viel wusste. Und was hatte er schon zu verlieren? Gut, seine Eltern würden ihm fehlen, und natürlich Tristan. Ansonsten ließ er nur seine Kumpels zurück, mit denen er waghalsige Atmosphärengleiterrennen bestritt oder Weltraumfußball spielte. Sein Beruf als Raketentechniker war zwar spannend, die Aussicht jedoch, sich als Chauffeur und Bodyguard zu versuchen, war auch nicht zu verachten. Und einer handfesten Prügelei war er noch nie aus dem Wege gegangen.

Als das Virus vor drei Jahren zugeschlagen hatte, war für ihn jeglicher Kontakt zum weiblichen Geschlecht versiegt. Kein Wunder, herrschte doch auf dem Planeten seitdem ein immenser Männerüberschuss. Die vielen Junggesellen buhlten mit aller Gewalt um die wenigen übrig gebliebenen Frauen. Da Rafael aber unter ihnen bisher keine gefunden hatte, die ihn wirklich ansprach, und er auch nie gänzlich über Cara hinweggekommen war, hatte er sich aus diesen Hahnenkämpfen herausgehalten und sich auf ein langes Singleleben eingestellt. Und nun eröffneten sich ihm urplötzlich ganz neue Perspektiven. Augenblicklich kehrte seine Abenteuerlust zurück.

In diesem Moment ergriff Zacharias erneut das Wort. „Eine Hypnoseschulung wird dir die essenziellen

Sprachen der Erdenbürger vermitteln. Zusätzlich kannst du dich mit unserem Schaltpult in die Fernsehsender der Erde einwählen. Alles im Zeitraffer natürlich. Des Weiteren erwarten wir, dass du ab und an hier vorstellig wirst und uns auf den neusten Stand bringst."

Gemächlich richtete Zacharias sich auf. „So, ich glaube, das Wesentliche hätten wir damit geklärt. Gregor und ich stehen selbstverständlich jederzeit zur Verfügung. Noch Fragen?"

Obgleich Rafael tausend Fragezeichen durch den Schädel geisterten, schüttelte er den Kopf.

„Rafael, unsere Zukunft liegt in deinen Händen. Ich hoffe, du bist dir dieser Verantwortung bewusst", verkündete Zacharias abschließend in eindringlichem Ton.

Rafaels Blick pendelte zwischen den beiden Alten hin und her, und er konnte sich einfach nicht zurückhalten. „Eine Frage hätte ich noch. Wenn die Hosen auf der Erde Armani heißen, wie nennen sich dann die Schuhe?" Mit einem unterdrückten Schmunzeln ließ er die schockgefrosteten Räte links liegen und befasste sich mit dem Schaltpult.

Kapitel 3

Erde

Rafael materialisierte sich buchstäblich aus heiterem Himmel auf dem Hollywoodboulevard. Sekundenlang knisterte die Atmosphäre, als wäre sie aufgeladen, dann war der Spuk vorbei. Eine fette Frau, die auf ihn zuschlurfte, blieb wie vom Donner gerührt stehen und starrte ihn einen Moment lang argwöhnisch an, bevor sie ihre dreihundert Kilo Lebendgewicht kopfschüttelnd um ihn herumschleppte.

Meine Herren! Ob alle Erdenbürger so walrossähnlich anmuteten? Vorsichtig linste Rafael nach rechts und links. Hatte noch jemand sein unvermitteltes Auftauchen bemerkt? Doch die wenigen Fußgänger, die zu dieser frühen Stunde unterwegs waren, latschten vorbei, ohne ihn auch nur eines Blickes zu würdigen.

Er verharrte noch einige Sekunden wie angewurzelt und versuchte, das fieberhafte Hämmern seines Herzens in den Griff zu bekommen. Zu frisch war noch das Gefühl, vor ein Exekutionskommando zu treten, als ihn Roger, Sirias Weltraumtechniker, in eine Art überdimensionale Dusche geschoben und zur Erde gebeamt hatte.

Schließlich aber fasste er sich ein Herz und sah an sich hinunter. Er registrierte zwei lange, muskulöse Beine, je mit einem Fuß ausgestattet. Wie ein Stripper ließ er das Becken kreisen und seufzte vor Glück. Zumindest seine Männlichkeit schien erhalten geblieben zu sein. Seine Blicke wanderten nach oben, über Hände und Arme, bis sie auf einem breiten Brustkorb hängen blieben. Langsam löste er den silbernen Helm vom Anzug, zog ihn ab und klemmte ihn sich unter den

Arm. Er riss sich die Handschuhe von den Fingern und betastete seine Sinnesorgane.

Heureka! Alles schien an Ort und Stelle zu sein.

Jetzt blieb nur noch zu hoffen, dass er auf dem richtigen Planeten gelandet war.

Nervös nahm er die Umgebung ins Visier. Vor ihm verlief eine mehrspurige Straße, auf der im Schneckentempo Fahrzeuge vorbeikrochen. Er hatte diese Fortbewegungsmittel in Filmen gesehen, jedoch nicht vermutet, dass sie Überbleibsel aus einem vergangenen Jahrhundert waren. Alles schien in Zeitlupe abzulaufen. Nachdenklich atmete er tief ein. Prompt überkam ihn das Gefühl zu ersticken. Ein schwerer, unangenehmer Geruch hing in der Luft, den er nicht deuten konnte.

Von einem heftigen Hustenanfall überwältigt, krümmte er sich zusammen, bis ihm die Tränen in die Augen traten. Seine Lungen fühlten sich an wie mit Paketband zusammengeschnürt. Mit Todesverachtung warf er den Kopf in den Nacken und schaute nach oben, wo er hinter einer leicht grauen Dunstglocke blauen Himmel ausmachen konnte. Welch krasser Gegensatz zu dem giftgrünen, wolkenlosen Firmament über Siria! Sekundenlang stand er da wie belämmert, den Blick starr nach oben gerichtet, und konnte es kaum fassen.

Erst als seine Halsmuskulatur sich schmerzhaft bemerkbar machte, ließ er den Kopf sinken, um sich den Häusern in der Nähe zu widmen, die erschreckend fremdartig anmuteten. Die uralten Gebäude wirkten teilweise verwahrlost, an den Ecken bröckelten Steine ab. Kein Vergleich zu den modernen Aluminium- und Titangebäuden auf Siria.

Er drehte sich um und zuckte irritiert zusammen. Ein paar Meter von ihm entfernt hüpfte Snoopy in

Lebensgröße auf und ab. Rafael hatte den gefräßigen Beagle aus den Zeichentrickfilmen lieb gewonnen, ihn sich jedoch wesentlich kleiner ausgemalt. Gleich neben dem Hund hockte Batman. Bestürzt darüber, dass dieses Nachtschattengewächs am helllichten Tage auf der Straße herumspazierte, ließ Rafael seinen Blick weiter schweifen und erschrak erneut, als er auf einem Dach einen Saurier erspähte.

Man hatte ihn belogen! Es gab sehr wohl Aliens auf der Erde. Oder er war gar nicht auf der Erde. Misstrauisch beäugte er das Tier eine Zeit lang, auf einen Angriff wartend, aber das Wesen schien erstarrt zu sein. Anscheinend hatte es schon jemand kampfunfähig gemacht.

Seine Augen hefteten sich wieder auf die Menschen, die vorbeischlenderten. Manche fixierten ihn aufgrund des silbernen Raumanzuges kurz, marschierten dann aber weiter.

Da flammte in seiner Nähe ein Blitz auf. Erschrocken flog sein Kopf herum. Ein ganzes Rudel kleiner, schwarzhaariger Menschen mit seltsamen Augen trippelte schnurstracks auf ihn zu. Hektisch wich er ein paar Schritte zurück, doch sie verfolgten ihn wie eine wärmegesteuerte Rakete, bevor sie sich großflächig um ihn scharten. Und dann wurde fotografiert, dass sich die Balken bogen. Himmel! Sie schienen ihn für eine Attraktion zu halten. Mit lautem Gekicher ließen sie schlussendlich von ihm ab und machten sich über Batman her.

Da klimperte es in seinem Helm, den er mit der Öffnung nach oben unter dem Arm trug. Verständnislos starrte er auf zwei kleine silberne Münzen, die ihn neckisch anstrahlten.

In diesem Moment legte sich von hinten eine Hand

auf seine Schulter und ließ ihn herumwirbeln. Seine Faust schoss nach oben, bereit, den Angreifer auszuschalten. Doch dann vernahm er eine melodische, dunkle Stimme. „Na, die asiatische Invasion überlebt? Übrigens, ich bin David."

Rafael ließ den Arm sinken und betrachtete den dunkelhaarigen Mann, der fast einen Kopf kleiner war als er selbst. Er konnte einen braunen Teint und wohlgeformte Lippen ausmachen, aber das war auch schon alles, denn der Rest wurde von einer gigantischen Sonnenbrille verdeckt, die Puck, der Stubenfliege, Konkurrenz machte. Und das, obwohl nicht ein Sonnenstrahl zu der Stelle durchdrang, an der sie beide standen.

David schien Rafaels Gedanken zu erraten, denn er lüftete kurz die Brille und zwinkerte ihm aus tief liegenden dunklen Augen besänftigend zu, was Rafael in etwas ruhigeres Fahrwasser lenkte. „Ich bin also wirklich auf dem richtigen Planeten gelandet?"

David grinste. „Nun, der erste Eindruck muss ein ziemlicher Schock für dich sein. So ging es mir auch, als ich vor über dreißig Jahren die Erde betrat. Leider kann der blaue Planet Siria in puncto Sauberkeit nicht das Wasser reichen. Aber glaube mir, auch hier gibt es wundervolle Flecken. Du wirst dich schnell eingewöhnen."

Erst jetzt fielen Rafael die Papierreste, leeren Flaschen und Dosen auf, die überall die Straße säumten. Die verpestete Luft brannte ihm bei jedem Atemzug wie Feuer in der Kehle. Und dieser höllische Lärm! Vorbeituckernde Fahrzeuge attackierten unablässig seine Gehörgänge. Schützend drückte er sich die Handflächen auf die Ohren und schloss die Augen. Er war erst wenige Minuten hier, und schon dröhnte sein Kopf wie ein altes Triebwerk.

Doch es nützte jetzt alles nichts. Kapitulation stand nicht zur Debatte. „Gut, dann hätte die Anreise ja schon mal geklappt. Und damit keine Langeweile aufkommt, was machen wir nun mit dem angebrochenen Tag?“

David lachte herzhaft, legte ihm die Hand auf den Rücken und schob ihn in eine Seitenstraße. „Zu allererst suchen wir mein Appartement auf und du ziehst dir etwas Vernünftiges an, denn in dem Raumanzug fällst du nur hier auf dem Hollywoodboulevard nicht auf – in jedem anderen Stadtteil würden sie dich verhaften. Und dann erkläre ich dir in aller Ruhe, was du wissen musst, bevor wir dich zu Angelina schicken.“

David stoppte vor einem großen schwarzen Wagen und verstaute Rafaels stromlinienförmigen Rucksack mit dem Siria-Überlebenskit im Kofferraum. Neugierig rutschte Rafael auf den Beifahrersitz und studierte das glänzende Armaturenbrett. Unterdessen startete sein Begleiter mit einem kleinen Schlüssel den Wagen, der unverzüglich mit einem vornehmen Dröhnen reagierte. David legte einen Hebel um, trat ein Pedal durch, und schon setzte sich das Gefährt in Bewegung. Rafael frohlockte. Das war ja das reinste Kinderspiel! In diesem Moment startete ein penetrantes Piepen. Suchend blickte er sich um.

David zeigte auf einen kleinen schwarzen Kasten neben Rafaels Kopf. „Du musst dich anschnallen.“

„Und für was soll das gut sein? Hast du Angst, dass ich die Flucht ergreife? Du musst ja einen außergewöhnlichen Fahrstil an den Tag legen.“

David lachte. „Nein, das ist ein Schutz bei Unfällen. So segelst du nicht durch die Scheibe, falls ich etwas rammen sollte.“

„Um Himmels willen, David, wir kriechen! Du

müsstest dir schon große Mühe geben, in diesem Tempo etwas zu erwischen. Können Autos denn nicht schneller fahren?“

David schüttelte grinsend den Kopf. „Ach, Rafael! Am besten nimmst du auf der Stelle Abstand von euren Atmosphärengleitern und gewöhnst dich an das Tempo hier. Natürlich könnten die Autos einen Zahn zulegen, nur ist es nicht erlaubt. Du musst wissen, die Menschen auf der Erde haben wesentlich langsamere Reaktionen als wir. Es wäre purer Selbstmord, sie rasen zu lassen. Selbst in diesem Tempo bringen sie es zustande, sich gegenseitig in die Karre zu fahren.“

Lässig steuerte sein Begleiter das Fahrzeug mit einem Finger. „Du wirst dich bei einigen Dingen umstellen müssen, denn wir Sirianer sind den Erdenbewohnern haushoch überlegen. Setzt man diese Begabung jedoch geschickt ein, lebt man hier wie Gott in Frankreich. Aber mach dir keinen Stress, ich habe mir viel Zeit für dich frei gehalten. Es stehen nur ein paar Auftritte in Las Vegas an, doch da kann ich abends hin- und wieder zurückfliegen.“

Rafael verfiel in nachdenkliches Schweigen und musterte die vielen Knöpfe am Armaturenbrett, die mit kryptischen Zeichen versehen waren. Als er aus einem Impuls heraus einen berühren wollte, zischte David sofort: „Nichts anfassen! Ich werde dir alles erläutern, aber bis dahin lässt du die Finger davon.“

„Na gut“, brummelte Rafael und sah aus dem Fenster. Mit Feuereifer absorbierte er Tausende von fremdartigen Eindrücken, die ihn förmlich zu erschlagen drohten. Was für Menschenmassen sich hier durch die Stadt schoben – wie Viehherden! Sein Blick glitt über die breiten Straßen, die hohen Häuser und die seltsamen Bäume mit dem streichholzartigen Stamm, der nur oben ein paar Blätter aufwies. Überrascht entdeckte er inmitten der Stadt Wasser, das fontänenartig in die Luft gesprüht wurde, und erschrak heftig, als ein Helikopter mit lautem Getöse über sie hinwegratterte.

Mit einer Mischung aus Widerwillen und unverhohlenem Interesse begaffte er die freizügige Kleidung der Menschen: Kurze Röcke und knielange Hosen dominierten das Bild. Trägerlose Tops, die mehr offenbarten als verdeckten, waren allgegenwärtig. Am meisten aber faszinierten ihn die bauchfreien T-Shirts der Damenwelt. So viel nackte Haut hatte er in seinem ganzen Leben noch nicht zu Gesicht bekommen, denn die Frauen auf Siria trugen samt und sonders sackartige Overalls, die ihre Rundungen fast gänzlich verdeckten und jeglichen erotisierenden Gedanken schon im Keim erstickten. Schlagartig schien die Temperatur in seinem Anzug um einige Nuancen anzusteigen.

Plötzlich stoppte David den Wagen ruckartig, um eine dralle Blondine, die ihre Formen auf einem Silbertablett präsentierte, über die Straße zu lassen. Bei der Entscheidung, was er zuerst anglotzen sollte, kam Rafael richtiggehend in Bedrängnis. Denn die gebräunten Oberschenkel des Mädchens fieberten mit ihrem ausladenden Dekolleté geradezu um die Wette. „Großer Gott, David“, flüsterte er mit heiserer Stimme, „ich bin gestorben, und im Paradies gelandet.“

David brach in schallendes Gelächter aus. „Verstehst du jetzt, warum ich nicht zurückgekehrt bin? Ich gebe dir zwei Wochen, dann hegst du ähnliche Gefühle.“

Zwei Wochen? Die Anblicke, die sich boten, hatten ihn jetzt schon in ihren Bann geschlagen und riefen Emotionen in ihm wach, die er noch gestern für gänzlich abgestorben gehalten hatte. Tausend Dinge geisterten durch seinen Schädel, und er kam zu keiner klaren Entscheidung, mit was er David als Erstes löchern sollte. Bis auf eine Sache. „Hast du ein Problem mit den Augen?"

David schaute ihn fragend an, dann dämmerte es ihm. „Ach, wegen der Brille? Nein, natürlich nicht. Ich möchte nur nicht erkannt werden. Gewöhn dich schon mal daran. Denn Bodyguards tragen grundsätzlich dunkle Brillen."

„Warum das denn?"

„Keine Ahnung, vielleicht weil sie so gefährlicher aussehen."

Rafael schüttelte verständnislos den Kopf. „Und wieso soll dich niemand erkennen? Haben wir hier Feinde?"

David quiekte vor Vergnügen, woraufhin Rafael mit dem Gedanken spielte, lieber keine weiteren Fragen mehr aufzuwerfen.

„Quatsch", antwortete David immer noch glucksend. „Es ist nur so, dass ich einer der bekanntesten Magier der Erde bin. Ich habe jede Menge Fans, vor allem weibliche. Die Tarnung verhindert, dass ich plattgemacht werde."

„Plattgemacht?"

„Ja, überrannt eben!"

„Ach so! Sag mal, was genau machst du eigentlich? Ich habe Zauberer im Fernsehen gesehen, die kleine, verängstigte Häschen aus ihrem Zylinder schütteln. Kann man damit so populär werden?" Entnervt verzog Rafael das Gesicht, als David erneut von einem Lachanfall geschüttelt wurde. Da er mühelos zur allgemeinen Erheiterung beitrug, hätte David ihm vielleicht besser eine Anstellung als Angelinas Hofnarr vermitteln sollen.

„Rafael, du weißt doch, ich habe auf Siria das Beamen erfunden“, setzte David an, als er sich wieder eingekriegt hatte. „Basierend auf dieser Technologie konstruierte ich auf der Erde meine eigenen Maschinen. Roger hat mich mit Teilen versorgt, die hier unbekannt sind. Das darf übrigens nie ans Licht kommen!“ Er brach kurz ab und schaute Rafael eindringlich an. „Ich bin in der Lage vor Tausenden von Zuschauern einen Elefanten verschwinden lassen, indem ich ihn in den Raum nebenan teleportiere, oder ein Auto, einen Helikopter. Einmal habe ich sogar die Freiheitsstatue in New York flöten gehen lassen oder mich durch die Chinesische Mauer gebeamt. Da die Menschen mir bisher nicht auf die Schliche gekommen sind, halten sie mich für einen begnadeten Illusionisten.“

Rafael runzelte verständnislos die Stirn.

„Glaub mir, Rafael, schon in wenigen Tagen wirst du spitzkriegen, wie überlegen du bist. Du kannst Gegenstände und elektronische Geräte mit deinem Gehirn manipulieren. Du bist schneller und kräftiger als jeder Mensch und nimmst Schwingungen wahr, die deine Zeitgenossen weder sehen noch hören. Und hätte Siria nicht schon vor Ewigkeiten die telepathische Kommunikation verboten, hätten wir auch das noch drauf. Gut, manchmal erreichen mich vernebelte Signale, doch sie sind zu schwach, um lückenlos hinter die Fassaden meiner Mitmenschen zu blicken. Und jemanden durch schiere Gedankenkraft zu steuern, verlangt mir allerhöchste Konzentration ab. Wie ist das eigentlich bei dir? Dein Vater ist ja ein Genie in dieser Beziehung. Hast du seine Fähigkeiten geerbt?“

Rafael glotzte ihn verdattert an. „Mein Vater?“

„Ja, Hektor beherrscht diese Gabe wie kein Zweiter.

Er kann seine Gegenüber durch reine Willenskraft dirigieren. Sag bloß, das wusstest du nicht?"

Rafael schüttelte ungläubig den Kopf. „Darüber hat er nie ein Wort verloren, und mir ist auch nicht bewusst, dass er sich diese Fähigkeit jemals zunutze gemacht hätte."

„Möglich, er war schon immer grundanständig. Vielleicht schlummert dieses Talent ja tief in dir und du weißt es nur nicht. Du solltest einmal daran arbeiten. Aber egal, so oder so wird es dir ein Leichtes sein, dich auf der Erde zu behaupten. Nur sei auf der Hut, wie du deine Kräfte einsetzt. Denn die Menschen können nicht über ihren Tellerrand hinausschauen. Was ihr Verstand nicht erfassen kann, ruft Nervosität auf den Plan."

„Aber wie kommt es dann, dass sie dir bisher nicht in die Parade gefahren sind?"

„Das ist ganz einfach. Sie vermuten doppelte Böden, optische Täuschungen, Lichteffekte, schwarze Wände und solche Scherze. Wenn sie die Wahrheit wüssten, hätten sie mich längst eingelocht und Versuche mit mir durchgeführt.

„Eingelocht? Das hat was mit Golf zu tun, oder?"

David schmunzelte. „Ja, das auch, aber ich meinte damit eingesperrt."

„Oh!"

„Ja, man glaubt auf der Erde nicht an außerirdische Lebensformen. Also lass das ja nie durchblicken, sonst kann ich dich ganz schnell in der Klapsmühle besuchen."

„Klapsmühle? Sag mal, was sprichst du eigentlich für eine seltsame Sprache? Ich verstehe ja die Hälfte nicht."

David klatschte sich mit der Hand gegen die Stirn.

„Tut mir leid, Rafael. Ich hatte vergessen, dass die sirianischen Sprachcomputer die Umgangssprache nicht kennen. Was für ein Riesenmanko! Sagt dir der Ausdruck Irrenanstalt etwas?“

„Ja, … oh!“ Rafael erblasste und verzichtete auf weitere Fragen.

Als sie Minuten später Davids Appartement betraten, war Rafael vollkommen aus dem Häuschen. Die Wohnung war die pure Gemütlichkeit. Jauchzend warf er sich auf das breite Bett, das entsetzt quietschte, und rollte sich über die flauschigen Teppiche. David lehnte sich grinsend an eine Wand und erklärte ihm, dass das Schlafbedürfnis der Menschen auf der Erde viel höher sei, weswegen sie in kuscheligen, weichen Betten nächtigten und nicht auf schlichten Pritschen.

Nachdem Rafael mit seinem kleinen Computer völlig problemlos Kontakt zu Roger aufgenommen hatte, schälte er sich aus dem störrischen Raumanzug. Er schlüpfte in die fremdartigen Klamotten, die David für ihn bereitgelegt hatte, und scheuchte seinen neuen Verbündeten ungeduldig zur Wohnungstür hinaus. Seine anfängliche Nervosität war verpufft und hatte brennender Neugier Platz gemacht. Er wollte jetzt endlich Hollywood erobern!

Die nächsten zwei Wochen zogen an Rafael mit der Wucht eines Sonnensturms vorbei. Der Versuch, sich möglichst viel von dem einzuprägen, was David ihm vermittelte, bereitete ihm immer wieder heftige Kopfschmerzen. Er paukte Verkehrsregeln, lernte Redewendungen auswendig und zog sich beim Einkaufen mehrfach Davids Spott zu, da er ständig Hugo Boss und Giorgio Armani durcheinanderwarf. Aber wieso waren auch schwarze Anzüge, die einander glichen wie ein Ei dem anderen, mit einem Namen versehen? Rafael fand das mehr als suspekt. Und sogar Handtaschen und Socken erhoben auf diesem verrückten Planeten Anspruch auf eine Kennung!

Wie krank war das denn?

Zu Davids großer Freude war Rafael zum allerersten Mal buchstäblich sprachlos, als er einen Blick auf den endlosen grünblauen Pazifik und die kilometerlangen weißen Sandstrände erhaschte. Die winzigen roten Seen auf Siria erschienen ihm plötzlich wie Pfützen.

Doch nicht alle Begegnungen lösten ein solches Glücksgefühl aus. Geradezu am Boden zerstört war er, als er erfuhr, dass es auf der Erde weder Hobbits noch einen liebenswerten Vampir namens Edward und erst recht keinen Piraten namens Jack Sparrow gab. David stellte ihm zwar in Aussicht, ihn mit Johnny Depp bekannt zu machen, was ihn zunächst besänftigte – bis er erfuhr, dass die Titanic tatsächlich gesunken war. Und selbst Davids Beteuerungen, dass sich weder Kate noch Leonardo an Bord befunden hatten, stellten Rafaels emotionales Gleichgewicht nicht wieder her.

David machte ihn mit Los Angeles und der Umgebung vertraut und präsentierte ihm eines Abends Las Vegas. Und als sich Rafael in dem breiten weißen Ledersessel von Davids Privatjet lümmelte, strahlte er wie ein Honigkuchenpferd, denn die Reisegeschwindigkeit weckte die Erinnerung an seinen Gleiter – ohne Hinzunahme des Protonenschubs, versteht sich.

Las Vegas bei Nacht mit seinen gigantischen Hotels und Millionen Lichtern berauschte ihn im Nu. Doch schon, als er das erste Kasino betrat, brachte ihn das Rattern der Slotmaschinen und die flackernde Beleuchtung beinahe um. Davids magische Show hingegen erschien ihm unspektakulär und durchschaubar, auch wenn das Publikum den Zauberer vom anderen Stern zu lieben schien. Der riesige Saal war bis zum letzten Platz ausverkauft, und die Menge tobte. Gigantische Plakate mit Davids Gesicht zierten das NGN-Hotel. Und zum ersten Mal las Rafael Davids Nachnamen: Chesterfield. Wirklich beeindruckend!

David musste den Nachnamen selbst gewählt haben, denn auf Siria herrschte aufgrund der geringen Bevölkerungszahl dafür kein Bedarf. Sofort ging Rafael im Kopf verschiedene Konstellationen durch: Rafael Bond vielleicht oder Rafael Mclane. Auch Rafael Sparrow war nicht von schlechten Eltern. Glücklich sah er seiner neuen Identität entgegen.

Doch die Show forderte ihren Tribut. Ihm schmerzte höllisch der Kopf, und er kam aus dem Husten kaum heraus. Das Stroboskoplicht, die dröhnende Musik sowie der künstliche Nebel hatten ihm so heftig zugesetzt, dass er an diesem Abend drei Kreuze machte, als er sich endlich in sein weiches Bett rollen konnte.

Manche Dinge flogen Rafael geradeso zu. Wie zum Beispiel das Autofahren. David behauptete zwar, noch nie so viel Knete für Geschwindigkeitsübertretungen berappt zu haben, aber nach zwei Wochen bretterte Rafael durch die Straßen der verschachtelten Metropole wie ein Profi, und hatte letztendlich auch kapiert, wie man mit mentaler Kraft Radargeräte außer Gefecht setzte. Obendrein war ihm klar geworden, dass man nicht wirklich einen Tiger in den Tank packen musste. Genau wie David ihn davon überzeugt hatte, dass es selbst mit einem Toyota Dinge gab, die absolut unmöglich waren.

Allerdings wurde Rafael auch mit echten Herausforderungen konfrontiert. Er war gezwungen, sich an Speisen und Getränke zu gewöhnen, denn auf Siria bestand die komplette Nahrung aus Pillen und Tee. Dass Schlemmen ein himmlischer Genuss sein konnte, war den Sirianern völlig unbekannt. Daher lag ihm zunächst jegliches Essen im Magen wie Backsteine. Selbst Mars machte ihn nicht sonderlich mobil, auch wenn die Medien das behaupteten. Und obwohl er auf Davids Anraten hin immer nur kleine Häppchen zu sich nahm, war ihm nach den Mahlzeiten grundsätzlich speiübel.

Ganz schlecht erging es ihm, als sie eines Nachmittags eine Burgerbude passierten. Der Geruch von gebratenem Fleisch hing so schwer und verführerisch in der Luft, dass Rafael – aller Warnungen zum Trotz – nicht widerstehen konnte. In null Komma nichts hatte er den Burger verschlungen.

Kaum mehr fünf Minuten später fing sein Magen an zu rumoren. Nach weiteren drei Minuten glichen die Töne, die sein Bauch hervorbrachte, einer abgehenden Gerölllawine. Letztendlich übergab er sich unter gruseligen Würggeräuschen in einen Mülleimer am Straßenrand. David lehnte angewidert ein Stück entfernt an einer Häuserwand, verdrehte die Augen, verzichtete aber großzügigerweise auf jeglichen Kommentar. Erst die alte Frau, die vorbeischlurfte und schockiert das Gesicht verzog, zauberte ein Lächeln auf die Lippen des angesagten Magiers. Vor allem, als sie brummelte: „Typisch Jugend, am helllichten Tag schon sternhagelvoll."

Womit sie unbewusst Rafaels nächstes Dilemma angesprochen hatte. Da Alkohol auf Siria gänzlich unbekannt war, versetzte ihn schon ein kleines Bier in seligen, aber komatösen Schlaf. So legte David ihm nachdrücklich ans Herz, von allen Spirituosen die Finger zu lassen. Und da Rafael das grausige Erlebnis mit dem Burger noch zu gut in Erinnerung war, beherzigte er dieses Mal den Rat seines erfahrenen Mentors.

Unendlich aufgeregt bestieg Rafael nach einer fast zweiwöchigen Trainingszeit Davids Privatjet, um die Reise nach Deutschland anzutreten. Er hatte Los Angeles – trotz aller Nachteile, die die Weltstadt ihr Eigen nannte – in sein Herz geschlossen und wurde regelrecht melancholisch, als sie in elftausend Meter Höhe dem europäischen Kontinent entgegenjagten.

Erst Davids wiederholte Beteuerungen, dass München eine der schönsten Städte der Welt sei und man dort wesentlich schneller Auto fahren dürfe als in den Staaten, stimmten ihn vorübergehend versöhnlich. Allerdings jagte ihm die Aussicht, nun im Alleingang auf diesen wundersamen Planeten mit seinen skurrilen Bewohnern losgelassen zu werden, Schauer über den Rücken. Was er David gegenüber natürlich nie zugegeben hätte.

Im Laufe der vergangenen Wochen waren David und er richtiggehend Freunde geworden, auch wenn sie des Öfteren heftige Diskussionen geführt hatten. Ein großes Thema war Sex, denn auf Siria wurde der körperlichen Befriedigung kein allzu hoher Stellenwert zuteil. Und nun hatte David ihm eröffnet, dass dies auf der Erde ein wertvoller und hoch geschätzter Zeitvertreib sei, der mitunter stundenlang ausgelebt wurde, noch dazu in den ominösesten Stellungen. Wohingegen auf Siria ausschließlich die Missionarsstellung bekannt war. Tja, Individualität schien auf dem Hightechplaneten im Laufe der Zeit ein wenig ins Hintertreffen geraten zu sein.

Augenblicklich war Rafael Feuer und Flamme. Frauen hatten ihn schon immer fasziniert, und er hatte mit seiner ungestümen Art und Weise bereits vor Jahren mehr Mädchen flachgelegt als der Durchschnittssirianer in seinem ganzen Leben. So konnte er gar nicht genug über die Sexpraktiken der Erde in Erfahrung bringen, was David hin und wieder in peinlichen Erklärungsnotstand brachte.

Auch das Thema Kondome hatte es in sich, denn es dauerte Lichtjahre, bis Rafael den tieferen Sinn der kleinen bunten Gummiteilchen verstand und ihm allmählich dämmerte, über welches Körperteil sie gezogen wurden. Denn auf Siria waren als Verhütungsmittel ausschließlich Tabletten bekannt.

Rafael lehnte sich in dem bequemen Ledersitz des Learjets zurück und fuhr sich mit der Hand durch die Locken, nur um daran erinnert zu werden, dass diese verschwunden waren. Schon vor Tagen hatte er sich auf Davids Anraten hin die wilde Mähne abschneiden lassen, was ihm beinahe körperliche Schmerzen bereitet hatte. Da Bodyguards jedoch angeblich prinzipiell Kurzhaarschnitte trugen, hatte er gezwungenermaßen eingewilligt.

„So, Rafael“, riss David ihn aus seiner Trance, weg von dem blauen Himmel und den Schäfchenwolken, die gigantischen Watteböllchen glichen. Bedrückt wandte Rafael den Kopf vom Fenster ab. Gerade hatte er eine Wolke entdeckt, die mit ihrer kugeligen Form Tristan ähnelte. Wie es dem kleinen Kerl wohl ging? Ob sein pelziger Freund Zacharias und Gregor inzwischen in den Wahnsinn getrieben hatte? Nicht, dass er Mitleid empfand. Die beiden Greise hatten es ja nicht anders gewollt.

David streckte ihm zwei große Kuverts entgegen. „Hier, deine neue Identität."

Gespannt linste Rafael hinein. Ein Umschlag enthielt Kreditkarten, mehrere Ausweise und einen Führerschein. Von Neugier erfüllt befingerte er alles, dann zog er erstaunt die Augenbrauen hoch. „Wie heiße ich jetzt? Rafael Schmitt? Das ist ja grässlich! Du hast so einen melodischen Namen." Frustriert warf er die Arme in die Luft. „Und ich? … Schmitt? Das ist doch hoffentlich ein Scherz?"

David lächelte. „Nein, ich habe dir mit Absicht so einen Namen verpasst."

„Warum, damit ich schon beim Vorstellen dastehe wie ein Vollidiot?"

„Blödsinn! Schmitt gibt es Millionen Mal! Falls jemand auf die Idee kommen sollte, deine Identität zu überprüfen, ist es nahezu unmöglich, etwas in Erfahrung zu bringen. In dem zweiten Kuvert befinden sich übrigens Zeugnisse, die bescheinigen, dass du lange für mich und später in Washington im Weißen Haus eingesetzt warst. Das habe ich auch alles schon Angelinas Assistentin gefaxt, aller Voraussicht nach wird sich keiner mehr für die Unterlagen interessieren."

„Wow!", rief Rafael, und sein Frust über den Namen war vergessen. „Im Weißen Haus, etwa beim Präsidenten?"

David grinste. „Wenn dich jemand danach fragen sollte, verweigerst du einfach die Aussage. Denn alles, was beim Secret Service passiert, ist streng geheim."

David verschränkte die Finger vor der Brust. „So, ich denke, du weißt jetzt alles Notwendige. Und ich bin zuversichtlich, dass du ohne mich klarkommst. Möge deine Mission erfolgreich verlaufen." Er blickte auf seine Hände. „Noch eine Sache …", druckste er herum.

Unverzüglich stellten sich Rafael die Nackenhaare auf. Was kam denn nun? Unsicherheit passte genauso wenig zu David wie Bescheidenheit.

„Ich habe mich über Angelina noch ein bisschen schlaugemacht“, setzte dieser nach einigen Sekunden des Schweigens wieder an. „Sie soll nicht einfach sein.“

„Was genau willst du damit ausdrücken?“

„Auf der Erde bezeichnet man das als ‚Starallüren‘. Ihre Angestellten wechseln häufig und haben keine hohe Meinung von ihr. Sie treibt sich nächtelang in Klubs herum und soll einen ausufernden Männerverschleiß haben, von Drogen und Alkohol ganz zu schweigen. Seltsamerweise ist mir das in der Zeit, in der ich sie für Zacharias bespitzelt habe, nicht aufgefallen. Aber mach dir keine Gedanken, womöglich sind das ja alles nur Gerüchte. Denn sobald ein Mensch auf der Erde Erfolg hat, lassen die Neider nicht lange auf sich warten. Nichtsdestotrotz würde ich mich darauf einstellen, dass es kein Pappenstiel sein wird, sie für Siria zu gewinnen. Könnte sein, dass du auf die Liebestropfen zurückgreifen musst.“

Er warf einen Blick aus dem Fenster. „Ich habe übrigens die Bekanntschaft ihrer Assistentin gemacht. Sie ist ein richtiger Hingucker und scheint sehr umgänglich zu sein, auch wenn sie aus irgendeinem Grund mit Männern auf Kriegsfuß steht. Ich musste wirklich tief in die Trickkiste greifen, um sie herumzukriegen. Und ohne meine telepathischen Fähigkeiten hätte ich vermutlich auf Granit gebissen.“

Rafael hustete, da er sich an der Cola verschluckt hatte, seinem neuen Lieblingsgetränk. „Ich fasse es nicht! Versuchst du mir gerade mitzuteilen, dass du mit Angelinas Assistentin geschlafen hast?“

David zuckte mit den Schultern. „Viel hat nicht gefehlt. Im letzten Moment hat mir leider Angelina die Tour vermasselt. Aber vielleicht kreuzen sich unsere Wege ja irgendwann wieder."

Rafael sprang auf und wanderte gedankenverloren in dem kleinen Jet umher, bevor er wieder auf den Sitz plumpste. „Du liebe Zeit! Wie stehe ich denn nun da? Mein vermeintlich früherer Arbeitgeber schaufelt einfach so meine zukünftige Kollegin an. Wie peinlich ist das denn?"

David schüttelte entnervt den Kopf. „Das heißt anbaggern oder angraben, nicht schaufeln. Und jetzt mach dich endlich mal locker. Auf der Erde gelten andere Gesetze." Er klopfte Rafael ermutigend auf die Schulter. „Und solltest du bei Angelinas Verführung Schiffbruch erleiden, ruf mich an. Mit Frauen kenne ich mich ein wenig aus."

Kapitel 4

Wütend hieb Valerie auf die Hupe, als ihr ein klappriger roter Golf die Vorfahrt nahm. Verflixt und zugenäht! Heute war schlicht und ergreifend der Wurm drin. Zuerst hatte sie am Morgen Ewigkeiten mit dieser engstirnigen Bankangestellten herumdiskutiert, die nicht verstehen wollte, warum Angelina schon wieder eine neue Kreditkarte benötigte. Danach hatte sie Berge von Klamotten aus der Reinigung geschleppt, mit denen man halb Afrika hätte einkleiden können, und nun war wegen Bauarbeiten auch noch der Mittlere Ring nur einspurig befahrbar und glich eher einem Parkplatz als einer Straße.

Zum geschätzt hundertsten Mal spähte sie auf die Uhr ihres Kleinwagens. Angelina würde ihr aller Wahrscheinlichkeit nach den Kopf abreißen, sollte sie die Ankunft des neuen Bodyguards verpassen. So blieb nur zu hoffen, dass dieser ebenfalls im Münchner Verkehrschaos gestrandet war.

Die schräg einfallenden Strahlen der Frühjahrssonne blendeten sie, als sie sich in halsbrecherischem Tempo dem abgeschotteten Prachtbau am Ende der schmalen Straße näherte. Und als ob sie in eine andere Welt eintauchte, umhüllte sie von einem Moment auf den nächsten eine fast gespenstige Ruhe. Eine Ruhe, die vor allem den Millionären vorenthalten war, die hier im noblen Grünwalder Villenviertel residierten.

Wie in Zeitlupe glitt das monströse, weiße Rolltor zur Seite, als Valerie die Fernbedienung betätigte. Sie trat das Gaspedal bis zum Anschlag durch, raste schlingernd in die Einfahrt hinein und zuckte zusammen, als ein dunkler Schatten über sie hinwegjagte. Entsetzt stieg sie auf die Bremse und schirmte mit der

Hand die Augen vor den gleißenden Sonnenstrahlen ab.

Augenblicklich nahm der Schatten Gestalt an.

Ein Mann im schwarzen Anzug schwirrte mit der Geschwindigkeit eines Geschosses durch die Luft. Mitsamt Gepäck schlug er nach einem spektakulären Salto so hart im grauen Kies der Einfahrt auf, dass die kleinen Steinchen voller Entsetzen in alle Richtungen davonstoben. Oje! Hatte sie ihn etwa angefahren? Aber das hätte sie doch merken müssen …

Da stieß Margot, die bayerische Haushälterin, die in ihrem blau-weißen Alltagsdirndl am Tulpenbeet stand, einen hysterischen Schrei aus. Hastig riss Valerie die Autotür auf. Der dunkelhaarige Mann, der ein paar Meter von ihr entfernt auf dem Boden hockte, hatte schützend die Arme um einen Rucksack geschlungen und rang unübersehbar nach Luft. Sein Koffer war hinter ihm auf dem Rasen gelandet.

Valerie stolperte zu ihm hinüber und sackte neben ihm auf die Knie. „Mein Gott, haben Sie sich verletzt? Es tut mir furchtbar leid. Ich bin aber auch immer so ungeschickt!“, quiekte sie, während sie unbeholfen an seinen kräftigen Armen herumtatschte, um ihn auf Verletzungen hin zu untersuchen. Ohne Zweifel hatte sie soeben beinahe Angelinas neuen Bodyguard ins Jenseits befördert.

Rafael runzelte verärgert die Stirn. Gerade hatte er sich aufrappeln wollen, um voller Unmut den grauen Kiesstaub von seinem nagelneuen Designer-Anzug zu klopfen, als eine schlanke Blondine in tief sitzenden Jeans und bauchfreiem schwarzen T-Shirt aus dem roten Kleinwagen auf ihn zustürzte und anfing, nervös an ihm herumzufingern. Ein Paar weit aufgerissene tiefblaue Augen fixierten ihn angsterfüllt. Mehrere glänzende Haarsträhnen hatten sich aus ihrem Pferdeschwanz gelöst und hingen ihr wirr ins Gesicht.

Interessiert inspizierte er die blonden Haarbüschel, die vor seiner Nase hin und her wippten. Schon seltsam, auf Siria gab es ausnahmslos Dunkelhaarige. Daher hatte er bereits in Los Angeles auf Menschen mit hellen Haaren äußerst zurückhaltend reagiert. Und nun berührte ihn zum allerersten Mal so ein fremdartiges Wesen, und überraschenderweise überkam ihn nicht auf der Stelle der unbändige Drang, zurückzuzucken.

Weit gefehlt! Die schlanken Hände, die gerade über seinen Brustkorb glitten und das Revers seines Anzugs betasteten, schickten wohlige Wärme durch seinen Körper. Und wäre er, ob der unerwarteten Attacke auf sein Leben, nicht so durch den Wind gewesen, hätte er den Anblick sicherlich genossen, den die verstörte junge Frau bot. Denn ihr kurzes T-Shirt entblößte mehr und mehr von ihrem braun gebrannten Bauch.

Mit einer schnellen Bewegung griff Rafael nach ihren forschenden Fingern, die ihn gänzlich aus dem Konzept brachten, und hinderte sie daran, als Nächstes sein Hemd in Angriff zu nehmen. „Nein, nein, keine Angst, ich bin unversehrt. Allerdings bin ich mir nicht sicher, ob für meinen Anzug das Gleiche gilt“, unternahm er den Versuch, sie zur Ordnung zu rufen.

Behände sprang er auf. Nachdem er sich vergewissert hatte, dass die Nähte seines Anzugs die unfreiwillige akrobatische Einlage überstanden hatten, zog er die Blondine hoch. Sie war leicht wie eine Feder. Kein Wunder! Denn selbst als sie stand, überragte er sie um Haupteslänge.

Wie paralysiert starrte sie ihn an. Dann schielte sie nach unten. Mit einem Ruck entzog sie ihm ihre Hände, die immer noch in seinen ruhten, und versuchte den Staub von ihren gertenschlanken Beinen zu klopfen, wobei Rafael nicht umhin kam, erneut das Stück Haut zu bewundern, das zwischen ihrem T-Shirt und der Jeans herauslinste. Wirklich eine geniale Erfindung, diese bauchfreien Oberteile und die tief sitzenden Hosen, die einen unablässig in der freudigen Erwartung ließen, von den Hüften der Trägerin zu rutschen.

Mit Verwunderung nahm Rafael zur Kenntnis, dass besagte Trägerin zitterte wie Espenlaub, wo doch eigentlich er hätte unter Strom stehen müssen. Er durfte sich gar nicht ausmalen, was passiert wäre, wenn die Autoreifen seinen Computer und die lebenswichtigen Utensilien überrollt hätten. Zwar war es für ihn ein Kinderspiel gewesen, dem wild gewordenen Fahrzeug auszuweichen, aber bei dem Versuch, seine beiden Gepäckstücke zu schnappen, die er zuvor bei Margots Begrüßung neben sich deponiert hatte, war er an seine Grenzen gestoßen. Die Arbeit hier fing ja turbulent an.

Am besten, er stellte sich der niedlichen, kleinen Rennfahrerin erst einmal vor und brachte in Erfahrung, ob sie ihm in Zukunft häufiger in die Quere kommen würde. Doch in diesem Moment ertönte hinter ihm ein schriller Schrei, gefolgt von einer hässlichen Schimpftirade: „Verdammt, Valerie! Wann zur Hölle lernst du endlich Autofahren?“

Rafael wirbelte herum und sein Blick erstarrte zu Eis. Fassungslos glotzte er die Frau an, die auf ihren hohen Hacken die drei Stufen der weißen Villa herabstolzierte. Die Ähnlichkeit mit Cara versetzte ihm einen Messerstich mitten ins Herz. Entsetzt schloss er die Augen. Erst Sekunden später blinzelte er wieder mutig in Richtung Haus.

War Angelina vielleicht nur eine Vision?

Nein, Caras Ebenbild war allgegenwärtig und wirkte

quicklebendig. Und bei genauerer Betrachtung musste er sich eingestehen, dass sie seine verstorbene Frau an Schönheit sogar übertraf. Sie war größer, mit wohlgeformten, ellenlangen Beinen und hatte einen gewaltigen Busen, der sich unter dem engen weißen Kleid unübersehbar abzeichnete. Eine lange goldene Kette schwang über ihren Brüsten hin und her, während ihre hochhackigen silbernen Sandalen geradezu über den Boden zu schweben schienen.

Wenige Zentimeter vor ihm blieb die Herrin des Hauses wie festgetackert stehen und musterte ihn mit unverhohlenem Interesse. Grundgütiger, wie groß sie war! Gut, ihre Füße waren mit mörderischen Absätzen bestückt, aber im Normalfall schaute er mit über eins neunzig auf jede Frau hinab. Angelinas Augen hingegen befanden sich mit seinen auf einer Höhe.

Unfähig, seinen Blick von ihr abzuwenden, starrte er sie vermutlich an, als hätte er nicht mehr alle Ziegel auf dem Dach. Sein Hirn schien momentan nur aus einer großen, matschigen Masse zu bestehen. Er kramte tief in seinem Gedächtnis, aber ihm fiel einfach keine halbwegs vernünftige Begrüßung in Deutsch ein, und das, wo doch alle gängigen Sprachen der Erde unwiderruflich in seinem Kopf verankert waren.

Nach ein paar weiteren schweigsamen Sekunden huschte gänzlich unerwartet ein schwaches Lächeln über Angelinas zuvor so todernstes Gesicht. Perfekte weiße Zähne blitzten ihn an. „Hallo, ich nehme an, Sie sind Herr Schmitt.“ Sie streckte ihm eine übermäßig beringte Hand entgegen, die er ein wenig linkisch ergriff.

„Ja, Rafael Schmitt.“ Wie er diesen bekloppten Namen hasste! Am liebsten hätte er David den Hals umgedreht. „Aber nennen Sie mich doch bitte Rafael.

Schön, Sie kennenzulernen." Jetzt kam ihm die fremde Sprache zum Glück doch noch über die Lippen. In der Hoffnung Eindruck zu schinden, setzte er sein charmantestes Lächeln auf. Doch Angelinas Mimik änderte sich kein Stück. Seltsam, zu Hause waren ihm die Frauen daraufhin immer ratzfatz zu Füßen gelegen … wenngleich er zugegebenermaßen leicht aus der Übung war.

„Gut, das kommt mir entgegen. Ich habe es auch nicht so mit Nachnamen." Ruckartig wandte sich seine potenzielle Ehefrau der Blondine zu, deren Anwesenheit ihm vollkommen entfallen war. Von einer Sekunde auf die nächste wich alle Freundlichkeit aus Angelinas Gesicht und sie wetterte los: „Valerie, bist du denn von allen guten Geistern verlassen? Rafael kann von Glück reden, dass er den ersten Tag lebend überstanden hat."

Rafael hob beschwichtigend die Hände. „Halb so wild, mir geht es gut", versuchte er das Gift, das Caras Ebenbild verstreute, zu neutralisieren.

Doch diese war eindeutig auf Krawall gebürstet. „Was einem Wunder gleichkommt. Letzten Sommer hat Valerie mit ihrem unkontrollierten Fahrstil meinen geliebten Kater Balduin zur Strecke gebracht. Sie ist der tollpatschigste Mensch, der mir je in die Quere gekommen ist." Die tellergroßen Ringe an Angelinas Fingern klirrten, als sie hektisch in der Luft herumfuchtelte.

„Und, Rafael, seien Sie auf der Hut, wenn Sie Ihre Terrasse betreten. Da Valerie über Ihnen wohnt, laufen Sie Gefahr von einem Blumentopf erschlagen zu werden … Ansonsten", fasste die aufgebrachte Diva ihren Unmut weiterhin in Worte, „wenn sie nicht gerade versucht, unschuldigen Menschen das Licht auszublasen, ist sie meine Assistentin. Sie ist Ansprechpartner in allen organisatorischen Dingen, egal ob es sich um Gehalt, Autos, Reisen oder sonst irgendetwas handelt. Ich möchte mit solchem Kleinkram nicht behelligt werden."

Rafael drehte sich zu besagter Assistentin um, die hinter seinem breiten Kreuz in Deckung gegangen war. Den Blick starr zu Boden gerichtet, schien sie gerade nach dem Loch zu suchen, in dem sie verschwinden konnte. Kaum verwunderlich, bei den scharfen Vorwürfen, denen sie ausgesetzt war. Aber warum nur unternahm sie nicht den Hauch eines Versuches, sich zu wehren?

Und dann fiel ihm eine Erkenntnis wie Schuppen von den Augen. Gute Güte! Das war die Frau, die um Haaresbreite in Davids Bett gelandet wäre! Unglaublich! Sie war strohblond! Seinem magiebehafteten Freund schien aber auch gar nichts heilig zu sein. Doch wie ging man mit der Beinahe-Geliebten seines Mentors um, die einen nahezu über den Haufen gefahren hatte und obendrein einer Spezies angehörte, die einem alles andere als geheuer war? Kurz entschlossen streckte er ihr die Hand entgegen und zwinkerte ihr zu. „Hallo, wie bereits erwähnt, ich bin Rafael. Sie sind also meine neue Nachbarin. Ich muss zugeben, so eindrucksvoll hat sich selten jemand bei mir vorgestellt."

Zaghaft sah sie zu ihm auf, griff dann aber nach seiner Hand. „Valerie, Valerie Graf", krächzte sie. Anscheinend hatte der aufgewirbelte Staub ihr nicht nur die Fassung, sondern auch die Stimme geraubt. Sie räusperte sich. „Ich hoffe, Sie tragen mir das nicht bis in alle Ewigkeit nach. Falls Ihr Anzug etwas abbekommen hat, werde ich die Kosten natürlich übernehmen." Mit einem Anflug von Argwohn beäugte sie ihn.

Oh ja, sie stand definitiv mit Männern auf Kriegsfuß. Schmunzelnd hielt er ihrem Blick stand, bis sich ihre Gesichtszüge entspannten und er in ihren Augen einen erleichterten Glanz zu entdecken glaubte.

„Gut“, unterbrach Angelina schroff das Geschehen, „dann hätten wir das mit der Vorstellung ja auch erledigt. Valerie wird Ihnen das Anwesen, Ihre Wohnung und die Umgebung zeigen. Ich benötige Sie heute nicht mehr. Meldet euch bitte morgen früh um zehn, … ach nein, sagen wir lieber um elf bei mir. Ich muss dringend shoppen gehen.“

Mit diesen Worten machte sie auf dem Absatz kehrt und stolzierte mit einem Hüftschwung, der Shakira hätte erblassen lassen, auf die gigantische Villa zu. Kurz vorm Eingang hielt sie noch einmal inne und rief über die Schulter: „Ach übrigens, ich haue mich jetzt ein Weilchen aufs Ohr. Also, verhaltet euch leise.“

Einige Sekunden lang stand Rafael wie festgefroren da und starrte auf die Eingangstür, die mit einem gewaltigen Rums hinter Angelina ins Schloss gefallen war.

Wow, was für eine Frau! So bildhübsch hatte er sie sich in seinen kühnsten Träumen nicht vorgestellt. Aber was für ein Problem hatte sie mit dem Ohr? Oder handelte es sich mal wieder um eine dieser verflixten Redewendungen?

Unwillkürlich wanderten seine Gedanken abermals zu Cara. Die Warmherzigkeit, die sie zeitlebens ausgestrahlt hatte, kam ihm in den Sinn. In Angelinas Augen jedoch hatte er nicht ein Fünkchen Güte oder Lebensfreude erkannt. Im Gegenteil, die Schauspielerin vermittelte einen gehetzten Eindruck, als wäre sie auf der Flucht oder stünde unter enormem Druck. Versonnen fuhr er sich mit der Hand durchs Haar. Auf Siria war immer er der Hektiker gewesen und Cara der ruhende Pol. Doch gegen die beiden überdrehten Frauen hier im Garten kam er sich geradezu vor wie eine Oase des Friedens.

Ob alle Erdenmenschen so kaltschnäuzig und durchgeknallt waren? Und wie er wohl auf Angelina gewirkt hatte? Er konnte sich des Eindrucks nicht erwehren, dass sie sich nicht die Bohne für ihn interessierte. Ob es ihm tatsächlich gelang, sie für sich und Siria zu gewinnen? Natürlich ohne diese dämlichen Liebestropfen, die eigentlich für den Artenschutz der Mondbären entwickelt worden waren.

Da riss ihn ein leises Räuspern in die Gegenwart zurück. Er fuhr herum und begegnete Valeries Blick, die geduldig neben ihm ausharrte. Anscheinend hatte sie inzwischen ein wenig Vertrauen zu ihm gefasst, denn sie schenkte ihm ein zaghaftes Lächeln. Und als er in ihren Augen versank, erkannte er, dass es auch auf der Erde Menschen mit einer warmen und freundlichen Aura gab.

Während Rafael auf Gedeih und Verderb jedes noch so kleine Detail des Anwesens unter die Lupe nahm, packte Valerie die Gelegenheit beim Schopfe und begutachtete ihn heimlich. Mr. Bodyguard hatte seinen trapezförmigen Rucksack lässig über die Schulter geworfen und schleppte ihn ohne Unterlass wie einen wertvollen Schatz mit sich herum. Ihre Aufforderung, das Gepäckstück doch abzustellen, hatte er geflissentlich ignoriert. Das Teil schien von enormer Wichtigkeit zu sein.

Ihr Blick schweifte über den schwarzen Anzug, der seinen sportlichen Körper maßgeschneidert umhüllte und höchstwahrscheinlich wertmäßig ihren Kleinwagen in den Schatten stellte. Mit der dunklen Krawatte und dem weißen Hemd verkörperte Rafael schlichtweg den Mann von Welt. Noch dazu war er gerade drauf und dran, sich am allerersten Tag das komplette Anwesen zu verinnerlichen. Er schien seinen Job mit Nachdruck zu verfolgen.

Valerie musste sich eingestehen, dass sie zutiefst beeindruckt von dem kräftigen, groß gewachsenen Mann mit dem festen Händedruck und den leuchtend blauen Augen war. Wobei das Wort blau fast untertrieben war. Noch nie hatte sie Pupillen gesehen, die mit einer solchen Intensität strahlten. Und als er ihr die Hand geschüttelt hatte, war ihr allen Ernstes der Gedanke durch den Kopf geschossen, wie sich seine Finger wohl auf ihrer nackten Haut anfühlen würden. Nur um sich gleich darauf zu fragen, ob sie noch im Vollbesitz ihrer geistigen Kräfte war.

Im ersten Moment, mit der dunklen Brille, hatte er einen verwegenen Eindruck vermittelt. Doch der war wie weggeblasen, als er lächelte und lässig die Brille nach oben schob. Sein Blick erschien ihr vertrauenserweckend, und in seinen Augen lauerte der Schalk. Und trotz der hohen, markanten Wangenknochen wirkten seine Gesichtszüge weich, mit unglaublich sinnlichen Lippen. Gelinde ausgedrückt war er der Inbegriff des Traummannes schlechthin.

Immer noch inspizierte ebendieser Traummann hingebungsvoll das Grundstück. Gerade peilte er den Rasen vor der Villa an und musterte die aufwendig angelegten Blumenbeete mitsamt Springbrunnen. Fast genießerisch hielt er eine Hand unter den Wasserstrahl, der aus dem kupfernen Fischmaul sprudelte, und beobachtete fasziniert, wie sich die glitzernden Wassertröpfchen in dem runden Steinbrunnen um Kopf und

Kragen stürzten.

Dann nahm er mit seltsamem Interesse eine Biene in ihrem Pelzmäntelchen in Augenschein, die ihn erst umsummte, bevor sie sich in einer gelben Tulpe verkroch. Er fuhr herum und heftete seine Augen auf den geschwungenen Kiesweg, der in einiger Entfernung vor einem beschaulichen roten Backsteinhaus und einer ausladenden Garage endete. Sein Blick wanderte über die hohen Kastanienbäume und die pittoreske Natursteinmauer, die das weitläufige Anwesen umschloss.

Die Vermutung lag nahe, dass Rafael gerade das Gleiche durch den Kopf geisterte wie ihr selbst, als sie das Areal zum ersten Mal betreten hatte. Was konnte eine einzelne Person nur dazu bewegen, in dieser kleinstadtähnlichen Anlage mit den Ausmaßen eines Club Med zu leben? Doch mittlerweile war Valerie zu der Erkenntnis gekommen, dass Angelinas abgehobene Schauspielerkollegen allesamt in ähnlichen Residenzen logierten. Also hatte auch die Münchener Diva in nichts nachstehen wollen.

Das Licht der Frühjahrssonne brach sich auf der geheimnisvoll glitzernden Oberfläche seines Rucksacks, als Rafael ohne Vorwarnung herumwirbelte und sie erwartungsvoll anblickte. Anscheinend hatte er die Inspektion beendet.

„Gut, äh … Rafael“, stammelte sie unbeholfen und hoffte, dass ihm nicht aufgefallen war, dass sie ihn angestiert hatte wie jemand, der mitten in einer Fastenkur ein köstliches Schokoladentörtchen erspähte. Obendrein schien sie verlernt zu haben, zusammenhängende Sätze von sich zu geben. Gott, er würde sie für ein zurückgebliebenes Blondchen halten, das der deutschen Sprache nicht mächtig war! Fahrig strich sie mit den Fingern ein paar Haarsträhnen hinters Ohr und versuchte, einen kühlen Kopf zu bewahren. „Also, wenn Sie möchten, zeige ich Ihnen jetzt Ihre Wohnung. Den Rucksack nehme ich gerne im Auto mit nach hinten, aber der Koffer ist zu groß. Tut mir leid, den müssen Sie wohl oder übel schleppen."

In Windeseile zog Rafael besagten Rucksack näher an sich. „Nein, danke, nicht nötig. Ich kann beides tragen."

Valerie starrte ihn bass erstaunt an. Dann eben nicht! Was er wohl in dem Gepäckstück aufbewahrte, das er hütete wie ein kostbares Juwel? Waffen vielleicht? Was dafür sprach, die Finger davonzulassen.

So schlenderte sie zu ihrem Wagen, der immer noch mitten im Weg parkte. „Wie Sie wollen. Treffen wir uns doch einfach an der Garage." Mit diesen Worten hüpfte sie ins Auto. Der Motor heulte leidend auf, als sie, eine Staubwolke hinter sich herziehend, den Kiesweg entlangbretterte. Die durchdrehenden Reifen schleuderten knirschend kleine Steinchen in die Luft und verbreiteten den Geruch eines Öl-Gummi-Gemischs.

In der Garage parkte sie den Nissan ein gutes Stück von Angelinas schwarzem Daimler, dem roten BMW-Cabriolet und dem silbernen Porsche entfernt. Da Angelina Valeries Fahrstil nicht über den Weg traute, hatte sie strikte Anweisung, immer einen beträchtlichen Sicherheitsabstand zwischen ihrer Schrottlaube und den Luxuskarossen zu belassen. Doch vermutlich hatte Angelina einfach nur Angst vor Flugrost.

Als sie wieder nach draußen kam, stand wie aus dem Nichts Rafael vor ihr. Wie ein Pilz schien er aus dem Boden geschossen zu sein. Erschrocken bremste sie ab. Wie war er mit dem schweren Gepäck nur so schnell hierhergekommen? Geflogen?

Er würdigte sie jedoch keines Blickes, sondern beäugte aufmerksam die drei teuren Schlitten und vor allem das Motorrad, das sich hinter Valeries Kleinwagen verbarg. „Wow!“, stieß er begeistert aus. „Wer fährt denn hier Motorrad?“

„Äh, ich. Aber es steht Ihnen jederzeit zur Verfügung, ich nutze es in letzter Zeit eher selten.“

Auf einen Schlag hatte sie seine Aufmerksamkeit. Verwunderung stand ihm ins Gesicht geschrieben, als er ihre schmächtige Figur betrachtete, wobei seine Augen unverhältnismäßig lange auf ihrem Bauch verharrten. „Sie fahren diese schwere Maschine? Das ist eine Harley, oder?“

„Mhm, ich war früher Stuntfrau, aber dann hatte ich einen Unfall und musste den Beruf aufgeben.“ Sie zuckte mit den Schultern. „Das Motorrad ist ein Überbleibsel von damals.“

Ungläubig zog er eine Augenbraue hoch. „Oh, das erklärt, den brennenden Reifen, den Sie fahren.“

„Wie bitte?“ Valerie schoss herum und musterte verdattert die Räder ihres Kleinwagens.

„Sagt man das nicht?“, stammelte er ein wenig unbeholfen. „Für einen schnellen Fahrstil?“

Valerie lachte glucksend. „Ach, Sie meinen heißen Reifen?“

„Äh, ja natürlich. Allem Anschein nach ist mein Deutsch in den Staaten ein bisschen auf der Strecke geblieben.“

Rafael stapfte verstimmt in Richtung Haus. Diese blöde Sprache würde ihn noch ans Messer liefern. Warum nur war die Umgangssprache der Erdenbürger nicht in die Tiefen seines Gehirns gebrannt worden? Gleich neben der fehlenden Anleitung zum Motorrad fahren, denn dieses Erlebnis wollte er auf keinen Fall missen. David hätte sich wahrlich keinen Zacken aus der Krone gebrochen, wenn er ihn mit der Technik vertraut gemacht hätte.

Verwundert über seinen unvermittelten Abgang heftete Valerie sich an seine Hacken. Unwillkürlich nahm sie seine stattliche Erscheinung erneut in Augenschein und wünschte sich, er würde die Jacke ablegen und etwas mehr von seinem Astralkörper enthüllen. Doch sogleich schalt sie sich im Stillen eine Idiotin. Was sollte dieser Blödsinn? In letzter Zeit fingen ihre Hormone regelmäßig Feuer, wenn ein gut gebauter Mann auch nur in ihre Nähe kam.

Gut, ihr letzter intensiver Kontakt zum männlichen Geschlecht lag über ein halbes Jahr zurück, als ihr bei einem Sommerfest ein stattlicher blonder Kameramann eine aufregende Nacht beschert hatte. Und auch wenn ihr Gehirn das Thema Männer ganz gut verdrängte, war sie immer noch im Körper einer leidenschaftlichen jungen Frau in den besten Jahren gefangen. Dennoch würde sie sich jetzt am Riemen reißen und aufs pure Anschauen beschränken.

Das war ja wohl erlaubt.

Ihr Magen verknotete sich kurzzeitig, als sie sich Angelinas Gesichtsausdruck in Erinnerung rief, während diese Rafael taxiert hatte. Denn auch wenn ihre Chefin ihre Mimik perfekt im Griff hatte, konnte sie Valerie nicht aufs Glatteis führen. Sie hätte ihren Hintern dafür verwettet, dass die Diva an dem Mann Interesse hegte. Rafaels Tätigkeit würde sich aller Voraussicht nach nicht auf die des Chauffeurs und Bodyguards beschränken.

Betrübt dachte Valerie an Erdogan, den stolzen türkischen Gärtner vom letzten Jahr. Genauso ein

Traummann. Schon nach wenigen Tagen hatte er seine Berufung in Angelinas Bett gefunden. Doch als er ihr nach einigen Wochen zu dominant wurde, hatte sie ihn gnadenlos vor die Tür gesetzt. Nun konnte Valerie nur beten, dass Rafael nicht ein ähnliches Schicksal bevorstand. Denn die Vorstellung, dass dieser groß gewachsene Mann mit den überirdisch strahlenden Augen von nun an nur ein paar Meter von ihr entfernt beheimatet sein würde, floss ihr wie süßer griechischer Wein durch die Adern. Ein Gefühl, das ihr lange nicht mehr untergekommen war.

Kapitel 5

Rafael war von seinem neuen Zuhause auf Anhieb begeistert. Voller Neugier folgte er Valerie durch die gemütlichen Räume, bevor sie dezent nach oben in ihre eigene Bleibe entschwand. Schade eigentlich! Denn ihre Nähe ließ ihn ein wenig zur Ruhe kommen. Gerne hätte er noch ein paar Takte mit ihr geplaudert und mehr über seine geheimnisvolle Ehefrau in spe in Erfahrung gebracht. Brennend interessierte ihn, ob diese immer so ungehalten und übellaunig war, oder ob ihr heute eine ganz spezielle Laus über die Leber gekrochen war. Nun, vielleicht bot sich ja im Laufe des Nachmittags noch die Gelegenheit, sein Wissen auszubauen.

Fürs Erste inspizierte er ausgiebig sein Appartement und verstaute die Wagenladung neuer Klamotten, die David ihm verpasst hatte. Gut gelaunt wanderte er immer wieder durch die gemütlich eingerichtete Zweizimmerwohnung mit der kleinen weißen Küche und dem geräumigen Kühlschrank. Wie ein Schneekönig freute er sich über den gigantischen Flachbildschirm. Im Schlafzimmer warf er sich bäuchlings auf das bequeme Bett. Grinsend lauschte er dem gequälten Quieken der Federn, die erschüttert unter seinem Gewicht in die Knie gingen.

Ein paar Minuten lang schwebte er tagträumend auf der weichen Matratze und sog den frühlingshaften Duft der Bettwäsche ein. Dann hievte er sich hoch und betrat die geflieste Terrasse, die sich vor dem Wohnzimmer erstreckte und von gepflegten kleinen Bäumchen und bunten Blumen umgeben wurde, die in so wunderschönen Farben erstrahlten, dass es ihm beinahe die Tränen in die Augen trieb.

Ein breites Schmunzeln breitete sich auf seinem Gesicht aus, als sein Blick an dem zweistöckigen Häuschen hinaufwanderte und er sich Angelinas Worte bezüglich herunterstürzender Blumentöpfe ins Gedächtnis rief. Niemals dürfte seine Zukünftige Wind davon bekommen, dass Chaos auch sein zweiter Vorname war.

Nachdem er sich alles bis ins letzte Detail verinnerlicht hatte, hielt er Ausschau nach einem geeigneten Versteck für seine Siria-Mitbringsel, das er dann auch in einem der Wandschränke fand. Vorsichtshalber platzierte er Heerscharen von T-Shirts darüber. Auf keinen Fall durfte irgendjemand des Computers oder des Sammelsuriums an Pillen ansichtig werden.

Als er gerade im Begriff war, es sich vor dem Fernseher gemütlich zu machen, stand seine entzückende Nachbarin auf der Matte und erbot sich, ihm die Alarmanlage und die Villa zu präsentieren.

Kurz darauf bestaunte er mit aufgerissen Augen das Funksystem, das samt und sonders mit ausgeklügelten Bewegungs- und Öffnungsmeldern ausgestattet war. Zähneknirschend musste er sich eingestehen, dass er einem rückständigen Planeten wie der Erde eine solch raffinierte Technik niemals zugetraut hätte.

Als er danach den ersten Schritt in die Villa setzte, kam er erst einmal beeindruckt zum Stillstand. Der hallenähnliche Vorraum mit dem glänzenden weißen Marmorboden vermittelte den Eindruck, ein Schloss zu betreten. Nicht, dass er jemals ein Schloss von innen zu Gesicht bekommen hätte, aber dieses Haus kam seiner Vorstellung davon ziemlich nahe.

Die überdimensionale Fensterfront des Wohnzimmers im oberen Stockwerk offenbarte einen freien Blick auf die schneebedeckten Alpen. Schnee! Er kannte ihn nur aus dem Fernsehen und hätte ewig einfach nur dastehen und glotzen können. Doch Valerie war bereits auf dem Weg in die Küche, wo er erneut staunend abbremste. Das riesige U-förmige Teil, in dem die roten Hochglanzschränke mit den Chromleisten um die Wette strahlten, war überwältigend.

Ausgiebig begutachtete er auch die restlichen, in seinen Augen jedoch völlig überflüssigen, Zimmer. Alle, außer Angelinas Schlaf- und Ankleideräumen, denn vor dieser Tür legte Valerie den Zeigefinger auf die Lippen und bedeutete ihm, die schlafende Diva nicht zu stören.

Was ihn erneut begeisterte waren die vielen kuschelig weichen Teppiche, die sich mancherorts niedergelassen hatten. Vor seinem geistigen Auge stellte er sich die flauschigen Teile in seinem sterilen Haus in Siria vor. Tristan würde sie lieben. Und in diesem Moment traf er die Entscheidung, bei seiner Rückkehr ein paar grundlegende Dinge auf dem kleinen Planeten zu verändern. Etwas mehr Farbe würde den langweiligen Häusern sicherlich guttun.

Die Aluminiumteile des riesigen Fitnessstudios glänzten im Licht der Deckenstrahler, als Valerie das Untergeschoss beleuchtete. Sie öffnete die Tür zur finnischen Sauna und zum Dampfbad und eine fast schon vergessene Hitze hüllte Rafael ein wie ein dicker Wintermantel. Allmächtiger! Auf Siria herrschte ganzjährig eine Durchschnittstemperatur von fünfzig Grad Celsius, sodass er Wärme wirklich gewöhnt war, aber die Luftfeuchtigkeit, die sich in der kleinen Holzhütte eingenistet hatte, raubte ihm kurzzeitig den Atem.

Durch eine getönte Glastür gelangten sie in einen parkähnlichen Garten, in dessen Mitte sich ein beachtlicher Swimmingpool breitgemacht hatte. Rafael schnappte ungläubig nach Luft. Luxus und Extravaganz bis zum Abwinken, aber mehr Grundstück als ein einzelner Mensch jemals gebrauchen konnte. Wie zur Hölle konnte man in so einem Monstrum glücklich sein?

Nachdem sie ihre Besichtigungstour beendet hatten, lud Valerie ihn zum Ausklang des ersten Tages auf einen Kaffee ein. Rafael hasste den bitteren Geschmack des dunklen, undefinierbaren Gebräus mit dem durchdringenden Aroma, doch in Erwartung weiterer Informationen nahm er die Einladung an.

Der Grundriss ihrer Wohnung ähnelte der seinen, mutete aber durch die heimelige Einrichtung wesentlich gemütlicher an. Überall hatte Valerie Akzente gesetzt, mit duftenden Blumen oder farbenträchtigen Fotos von bizarren Landschaften und herrlichen Sonnenuntergängen. Er erkannte die Skyline von Hongkong und den Tafelberg und stellte sich die Frage, was seine Nachbarin mit diesen Orten verband.

Ach, was würde er dafür geben, diese exotischen Gegenden zu erkunden! Aber da die Flugzeuge der Erdenbewohner mit der Geschwindigkeit einer altersschwachen Schnecke um den Globus schlichen, erschien ihm die Aussicht darauf verschwindend gering, denn dummerweise war seine Zeit auf diesem aufregenden Planeten begrenzt.

Da fiel sein Blick auf einen Schreibtisch. Neben einem aufgeklappten Laptop stapelten sich Kohorten von Büchern, in trautem Einklang mit dicken Leitzordnern. „Sie stecken wohl bis zum Hals in Arbeit“, konstatierte er und nickte in Richtung der Unterlagen.

Valerie fuhr überrascht herum. „Ach, das. Nein, das hat nichts mit Angelina zu tun. Ich absolviere gerade ein Fernstudium in Betriebswirtschaft.“

„Wofür benötigen Sie das denn?"

„Im Moment eigentlich gar nicht. Aber ich kann unmöglich bis zum Ende meiner Tage Angelinas Kindermädchen spielen. Ich möchte mein Leben wieder selbst in die Hand nehmen."

„Ist Ihre Chefin darüber im Bilde?"

Valerie nickte. „Ja, und sie bringt Verständnis dafür auf. Es ist ja auch nicht so, dass ich sie von heute auf morgen hängen lasse." Mit einer ausladenden Handbewegung forderte sie Rafael auf, im Wohnzimmer Platz zu nehmen, wo sie ihm Kaffee und Schokoladenkuchen reichte.

Er registrierte ihre nicht enden wollende Bestürzung, als er acht Stück Würfelzucker in seiner Tasse versenkte und den Kuchen in vogelfutterartige Krümel verwandelte, die er zögerlich in seinem Mund verschwinden ließ.

„Schmeckt er Ihnen nicht? Ich habe ihn selbst gebacken. Sie müssen wissen, für ein Stück Kuchen würde ich töten", schwärmte sie.

„Doch, doch, er ist hervorragend. Sagen Sie, gibt es eigentlich etwas, das ich über Angelina wissen müsste?", versuchte er in belanglosem Tonfall, das Thema zu wechseln. „Für einen Bodyguard ist es extrem wichtig, jede kleine Marotte seines Schützlings zu kennen."

Sie rutschte auf den Sessel ihm gegenüber. „Welche Infos benötigen Sie denn?"

„Ach, das ist schwer zu sagen. Alles eben."

Sie lächelte und schüttelte leicht den Kopf. „Nein, so viel Zeit haben wir nicht. Glauben Sie mir, wenn Sie nur ein paar Tage an Angies Seite verbringen, werden Sie mehr über sie in Erfahrung bringen, als Ihnen lieb ist." Sie schnappte ihre Kaffeetasse und sah ihn über den Rand hinweg durchdringend an. „Auf jeden Fall sind wir heilfroh, dass Sie so schnell anfangen konnten. Oh, da fällt mir was auf: Sie tragen genau die gleiche Uhr wie David!"

Rafaels Kopf zuckte nach unten. Bestürzt musterte er den wuchtigen Chronografen, den David ihm für intergalaktische Notfälle überlassen hatte. „Äh, ja, die hat er selbst designt, sie stammt aus seiner Kollektion, sozusagen."

„Darf ich mal sehen? Davon wusste ich gar nichts." Sie griff nach seinem Arm, beugte sich darüber und strich mit den Fingern über das protzige Zifferblatt. „Wow, sieht teuer aus und kompliziert."

Rafael atmete erleichtert auf, als sie von ihm abließ, ohne versehentlich Codes zu aktivieren, die postwendend den Krieg der Welten lostraten oder einem gefechtsbereiten Raumzerstörer Starterlaubnis erteilten. Immerhin schien seine Nachbarin David in der Tat verdächtig nahe gekommen zu sein, wenn sie sich auf Anhieb an seine Uhr erinnerte.

Er erwog gerade, das heikle Thema auf den Tisch zu bringen, als ihr schon die nächsten Worte aus dem Mund sprudelten: „Und Sie waren tatsächlich im Weißen Haus angestellt? Darf ich fragen, was dort Ihr Aufgabengebiet war?"

Nicht unglücklich, dass sie dem Intermezzo zwischen sich und David keinerlei Bedeutung beimaß, antwortete er: „Ich darf leider keine Einzelheiten preisgeben. Berufsgeheimnis, Sie verstehen?" Lässig zuckte er die Achseln. „Aber es war ein ähnlicher Job. Ich war Fahrer und Bodyguard."

„Bei wem?"

„Auch darüber kann ich keine Auskunft geben."

„Och, das ist aber schade." Sie zog die Mundwinkel nach unten und rührte versonnen in ihrem Kaffee herum. „War es ein hohes Tier?“, versetzte sie nach wenigen Sekunden blitzschnell.

„Ein Tier? Ach so … Ja, doch schon“, stotterte Rafael gänzlich überrumpelt.

Ihre Augen waren plötzlich groß wie Satellitenschüsseln. „Jetzt sagen Sie aber nicht, Sie waren für den Präsidenten zuständig! … Oder? Doch, genau, das ist es!“, schrie sie aufgeregt, als Rafael nicht zu einem Dementi ansetzte. „Deshalb lassen Sie sich nicht in die Karten schauen! Es war der Präsident, oder?“

Rafael lächelte geheimnisvoll, woraufhin sie in lauten Jubel ausbrach. „Nein, ich kann es kaum fassen! Und nun wohnen sie nur ein paar Meter von mir entfernt. Das ist ja der Wahnsinn!“

Klirrend stellte sie ihre Tasse ab und schoss aufgeregt durch die Wohnung. Nachdem sie mit lautem Getöse eine Blumenvase über den Haufen gerannt hatte, ließ sie sich zu Rafaels Beruhigung vergnügt quietschend wieder in den Sessel plumpsen. „Ich glaube, in Zukunft werde ich doppelt so gut schlafen wie bisher. Nun muss ich mir keine Sorgen mehr machen.“

„Aber warum sollten Sie sich denn Sorgen machen?“

Das Lächeln fiel ihr vom Gesicht und schien auf dem Boden in klitzekleine Einzelteile zu zerspringen. „Ach, das ist eine lange Geschichte“, stotterte sie und fuchtelte mit ihren schlanken Händen in der Luft herum. „Es ist … ein Mann, wissen Sie?“ Sie senkte den Blick.

„Nein, ich weiß nicht! Bitte weihen Sie mich ein, damit ich mich für etwaige Ereignisse wappnen kann.“

Langsam hob sie den Kopf, sah ihm nachdenklich in die Augen und schien einen inneren Kampf mit sich auszufechten. „Ich habe mich vor fast drei Jahren von meinem Exmann getrennt“, begann sie zögerlich. „Seitdem gibt er keine Ruhe. Es ist nicht so, dass er mich in Angst und Schrecken versetzt, aber er raubt mir irgendwann noch den letzten Nerv. Können Sie das verstehen?“

Rafael verteufelte seine Indiskretion. Hatte er nicht schon genügend eigene Probleme am Hals? Er konnte sich unmöglich auch noch um Valeries Privatangelegenheiten kümmern. Er stieß einen unterdrückten Seufzer aus. „Hören Sie, Valerie. Wenn dieser Typ hier auftauchen sollte, trampeln Sie einfach mit dem Fuß auf den Boden oder werfen einen Blumentopf auf meine Terrasse. Dann bin ich in null Komma nichts bei Ihnen. Einverstanden? Und jetzt verraten Sie mir doch bitte, welchen Bezug Sie zu diesen atemberaubenden Fotos haben.“

Schon huschte der Anflug eines Lächelns über ihr Gesicht. „Mein Vater war Diplomat, und ich habe meine Kindheit in vielen Ländern verbracht. In der Türkei, Dubai, Hongkong, Südafrika, Bratislava … Ach, einfach überall.“

„Interessant. Sind Ihnen diese ständigen Umzüge denn nicht schwergefallen?“

Ihr glänzender Pferdeschwanz wippte neckisch, als sie den Kopf schüttelte. „Nein, eigentlich nur der letzte – aus Bratislava. Als ich siebzehn war, hat mein Vater seinen Ruhestand angetreten und ist nach München zurückgekehrt.“

„Sie mögen München nicht?“

Sie zögerte kurz. „Doch, aber es gab da einen Mann.“ Wie auf Kommando griff sie nach dem Ring an der Kette um ihrem Hals, dem einzigen erkennbaren Schmuckstück, das sie trug.

Verwirrt runzelte Rafael die Stirn. „Ihr Exmann?“

„Herrje, nein!“ Sie verdrehte die Augen und bedachte ihn mit einem Blick, der offenbarte, dass sie ihn für ziemlich schwer von Begriff hielt. „Das war lange vor meiner Ehe. Er hieß Marcel.“

„Ich verstehe“, log Rafael, um nicht erneut einen zurückgebliebenen Eindruck zu vermitteln. Doch das Thema ließ ihn nicht los. So nickte er in Richtung Ring. „Von ihm?“

„Mhm.“

„Und was hat Sie daran gehindert, bei ihm zu bleiben?“

„Mein Vater.“ Ihre strahlend blauen Augen wirkten nun umnebelt, als hätte jemand einen Schleier darübergezogen.

„Aber hätte dieser Marcel Sie nicht nach München begleiten können?“

Valerie schluckte. „Ach, das war alles so schwierig. Er steckte mitten im Medizinstudium. Auf den Studienplatz hatte er ewig gewartet. Nachdem ich endlich volljährig war, habe ich ihm einen Besuch abgestattet, aber da hatte er sich bereits anderweitig getröstet.“ Ein melancholischer Ausdruck breitete sich auf ihrem Gesicht aus, während sich ihre Gedanken auf die Reise begaben …

… zu Marcel, ihrer ersten und einzigen großen Liebe. Diesem bildhübschen, romantischen Slowaken, der ihr vor fast zehn Jahren den Ring geschenkt hatte, bevor er später ein gutes Stück zu ihrer Desillusionierung beigetragen hatte.

Im zarten Alter von sechzehn war sie Marcel im strömenden Regen von Bratislava buchstäblich in die Arme gestolpert, und von da an waren sie unzertrennlich gewesen. Bis ihr Vater sie zur Heimkehr nach Deutschland gezwungen hatte. Doch dummerweise waren nicht nur ihr Herz und ihre jugendliche Unbeschwertheit in Bratislava geblieben, sondern bald auch ihr Vertrauen in die männliche Spezies.

Nie würde sie den Tag ihrer Rückkehr ein Jahr später in die Slowakei vergessen. Im Bruchteil einer Sekunde waren all ihre romantischen Wunschträume erbarmungslos ruiniert worden.

Sie erinnerte sich daran, als wäre es gestern gewesen. Ein paar Wochen nach ihrem achtzehnten Geburtstag waren ihre Eltern zu einem vierwöchigen Trip nach Teneriffa aufgebrochen. Keinen Tag später war sie ins Flugzeug geklettert und nach Bratislava gejettet, um sich endlich wieder in Marcels starke Arme zu werfen. Sie vermisste ihn geradezu schmerzhaft. Alles an ihm: seine samtweiche Stimme, sein rauchiges Lachen, seine verträumten dunklen Augen, die sie immer hatten glauben machen, sie wäre die einzige Frau auf der Welt. Und dann natürlich seinen herrlichen, muskulösen Körper, der sie regelmäßig in den schieren Wahnsinn getrieben hatte.

Zu ihrem Leidwesen hatte ihr Vater nie ein gutes Haar an dem groß gewachsenen Slowaken gelassen und ihr nach dem Umzug nach Deutschland jeglichen Kontakt zu ihm untersagt. Nun aber hielten sie keine zehn Pferde mehr zurück, sie musste ihn sehen! Und sie war bereit, alle Konsequenzen in Kauf zu nehmen, sollten ihre Eltern davon Wind bekommen.

Nervös wie eine Erstklässlerin hämmerte sie an die Tür seiner heruntergekommenen Studentenbude. Und hatte das Gefühl, ihr würde der Boden unter den Füßen weggezogen und sie stürzte geradewegs in die Hölle, als ein spärlich bekleideter russischer Vamp mit flammend rotem Haar und einer Figur zum Niederknien die Tür öffnete. Im ersten Moment hatte sie noch die Hoffnung gehegt, sie hätte sich im Stockwerk vertan, doch als Sekunden später Marcel mit nacktem Oberkörper auftauchte, musste sie der schrecklichen Wahrheit ins Auge sehen.

Sie war hier nicht länger gefragt!

In ihrem ganzen Leben hatte sie sich noch nicht so gedemütigt gefühlt. Tränenüberströmt hatte sie Reißaus genommen, war stundenlang ziellos durch die Stadt geirrt und schließlich aller Zukunftsträume beraubt nach Deutschland zurückgeflogen.

„Aber Sie lieben ihn noch immer, sonst würden Sie seinen Ring nicht mehr tragen, oder?“, riss Rafaels Stimme sie unvermittelt aus ihrer Trance.

Ihre Gesichtszüge wurden weicher, als sie von ihrer Reise in die Vergangenheit zurückkam. Sie starrte ein tunnelgroßes Loch in die Luft. „Ich werde ihn wohl immer lieben“, flüsterte sie kaum vernehmlich, „weiß der Geier, warum. Immerhin hat er mich zutiefst verletzt.“ Sie zuckte mit den Schultern und ließ sich ruckartig in den Sessel zurückfallen.

Was veranstaltete sie hier nur? Breitete sie wirklich gerade peinliche Details ihres erbärmlichen Liebeslebens vor einem wildfremden, abgebrühten Security-Typen aus?

Das konnte doch nicht wahr sein!

Wie hatte er sie nur so weit gebracht, dermaßen aus dem Nähkästchen zu plaudern! Über Dinge, die sie schon vor langer Zeit in der dunkelsten Ecke ihres Herzens weggeschlossen hatte und eigentlich vergessen wollte.

Ernüchtert straffte sie die Schultern. „Was ist mit Ihnen, Rafael? Sind Sie verheiratet?“, fiel sie mit der Tür ins Haus, als hätte ihr Mund ein Eigenleben entwickelt.

Nun war es an Rafael, betrapst dreinzublicken. Mit hektischen Handbewegungen jagte er ein paar Kuchenkrümel vom Tisch. Oje, hatte sie mit ihrer Frage etwa in ein Wespennest gestochen? Sie erwog gerade, sich für ihre Taktlosigkeit zu entschuldigen, als er mit Grabesstimme kundtat: „Meine Frau ist vor über drei Jahren gestorben."

Entsetzt klatschte sie sich die Hand vor den Mund. „O Gott! Das tut mir leid. Ich und meine verdammte Neugier!"

Seine Mundwinkel verzogen sich zu einem gequälten Lächeln. „Schon gut. Ich bin darüber hinweg."

Gerne hätte sie Näheres über die Umstände erfahren, aber sie brachte den Mut nicht auf, tiefer in ihn zu dringen. Seine versteinerte Miene strafte seine Worte Lügen. Der Mann vermittelte den Eindruck, mit Reißnägeln zu gurgeln, aber unter der rauen Schale schien ein weicher, sentimentaler Kern zu ruhen. Und es lag wahrlich nicht in ihrer Absicht, alte Wunden aufzureißen. „Erzählen Sie mir doch etwas über Ihr Leben in den Staaten", unternahm sie den lahmen Versuch, von dem Fauxpas abzulenken.

Glücklicherweise entspannten sich Rafaels Gesichtszüge in Windeseile. „Ach, eigentlich gibt es da nicht viel zu berichten. So ein Job als Bodyguard raubt einem jegliche Freizeit. Wollen Sie mir nicht doch lieber ein paar Interna über Angelina verraten?", löcherte er sie erneut.

Irritiert musterte sie ihn. Auf was wollte er eigentlich hinaus? Sie würde ihre zickige Chefin nicht gleich am ersten Tag in die Pfanne hauen. Sollte er doch selbst in die Untiefen ihres Charakters eintauchen. In den letzten drei Jahren hatte sie einige Leibwächter kommen und gehen sehen, aber so detailliert hatte sich bisher keiner mit dem Job auseinandergesetzt.

Gut, wahrscheinlich war Rafael bei Weitem der Professionellste, sollte er tatsächlich den amerikanischen Präsidenten beschützt haben. Aber warum nur hatte er dem mächtigsten Mann der Welt den Rücken gekehrt? Sicher nicht, um seine Hand in Zukunft über eine kratzbürstige deutsche Schauspielerin zu halten. Am liebsten hätte sie ihn direkt darauf angesprochen, doch es war zu befürchten, dass auch das unter den Mythos Berufsgeheimnis fiel.

Sie begegnete seinen blauen Augen und versank darin. Einen Moment lang schien die Zeit stillzustehen. Völlig desorientiert riss sie sich von seinem Blick los und widerstand nur mit Mühe und Not der Versuchung, ihm alles auf die Nase zu binden, was er wissen wollte.

Himmel, was auch immer hier gerade ablief, sie musste unter allen Umständen dagegen ankämpfen, ihm blindlings ihr Vertrauen zu schenken. Seine einfühlsame, verständnisvolle Art würde sie noch in Teufels Küche bringen. Wer sagte ihr denn, dass das nicht nur eine Masche war, um ihr Geheimnisse zu entlocken? „Rafael, es ist gerade mal ein paar Stunden her, dass ich Ihre Bekanntschaft gemacht habe", setzte sie vorsichtig an. „Ich kann Sie genauso wenig in Angelinas intimste Verhaltensmuster einweihen, wie Sie Informationen aus dem Weißen Haus zum Besten geben dürfen. Also, was ist jetzt? Erzählen Sie mir eine Anekdote aus Ihrem Leben?"

Als Rafael einige Zeit später die Stufen zu seiner Wohnung hinunterschlenderte, drehten sich seine Gedanken im Kreis. Nicht nur, dass er in der letzten Stunde in einen Morast aus Lügen eingetaucht war, nein, noch dazu hatte er nichts von dem erfahren, was ihm unter den Nägeln brannte. Diese kleine Maus war seinen Fragen geschickter ausgewichen als sein Atmosphärengleiter einem Hindernis. War das nun Zufall, oder hatte sie die diplomatischen Fähigkeiten ihres Herrn Vater geerbt? Und obwohl er im Umgang mit Frauen ziemlich bewandert war, fühlte er sich seltsam gehemmt. Es war allerhöchste Zeit, diese beklemmende Distanz Blondinen gegenüber zu überwinden.

Doch es waren nicht nur ihre Haare. Jedes Mal, wenn sie ihn mit ihren wunderschönen blauen Augen anblickte, stürzte er in unbekannte Abgründe. Was war das nur, was ihn aus den Tiefen ihrer Seele ansprang und ihm das Gefühl gab, sie seit Urzeiten zu kennen?

Er hatte keinen blassen Schimmer.

Und was ihn noch mehr um den Verstand brachte, war ihr kurzes T-Shirt, das immer wieder nach oben gerutscht war und erschreckend viel von ihrem flachen, braun gebrannten Bauch entblößt hatte. Er wagte zu bezweifeln, dass ihr bewusst war, welch aufregende Einblicke sie bot. Für die Männer auf der Erde wahrscheinlich zum Sterben langweilig, reagierte er auf diese so einladend zur Schau gestellte nackte Haut wie ein Stier aufs rote Tuch.

Seit er den Fuß auf die Erde gesetzt hatte, tanzten seine Hormone unaufhörlich Tango. Seit Jahren unter Verschluss, schienen sie nun mit aller Macht an die Oberfläche zu drängen. Störrisch hatte er trotzdem Davids Vorschlag abgetan, die eine oder andere willige Schönheit an Land zu ziehen, um das Defizit der letzten Jahre zu relativieren.

Doch nun dämmerte ihm, dass er die Ratschläge seines erfahrenen Beraters hätte befolgen sollen, denn sowohl Angelinas Kurven als auch Valeries nackter

Bauch verursachten einen Aufruhr in seinen Lenden, der blitzartig die Blutzufuhr zu seinem Gehirn außer Kraft zu setzen schien. Er musste diesen Kontrollverlust um jeden Preis in den Griff bekommen, denn eine erfahrene Frau wie Angelina setzte mit Sicherheit hochtrabende Erwartungen in ihre Liebhaber, von ihrem zukünftigen Ehemann ganz zu schweigen.

Zurück in seiner Wohnung ließ er sich auf das behagliche Sofa fallen und zappte begierig durch die Fernsehkanäle der Erde. Mit wachsendem Interesse sah er seinem ersten Arbeitstag entgegen.

Hätte er jedoch geahnt, wie unspektakulär ebendieser Tag verlaufen würde, hätte das seine Laune sicherlich getrübt.

Kapitel 6

Das Aufregendste des ganzen Tages war die hitzige Diskussion im Fond der Limousine. Denn Angelina und ihre Assistentin vertraten extrem kontroverse Ansichten darüber, welche Bilder als Werbeaufnahmen für eine große Fast-Food-Kette geeignet waren und welche nicht. Wobei Valerie ihrer Chefin unmissverständlich vor Augen führte, dass ein Großteil des Zielpublikums Kinder waren, und aufreizende Fotos daher nicht zur Diskussion standen.

Fasziniert beäugte Rafael die beiden Frauen im Rückspiegel, die grundverschiedener nicht hätten sein können – fast wie Tag und Nacht. Die aufgetakelte dunkelhaarige Diva hatte einen Schmollmund aufgesetzt, da ihre Assistentin mit dem frech wippenden blonden Pferdeschwanz eindeutig am längeren Hebel saß.

Rafael konnte sich ein Schmunzeln nicht verkneifen. Das hätte er der drolligen, kleinen Kamikazepilotin gar nicht zugetraut. Doch dann rief er sich ins Gedächtnis, wie sie ihn am Tag zuvor aus der Reserve gelockt hatte, wohingegen er nicht den Hauch einer Information über Angelina erhalten hatte. Erneut zuckte ein Lächeln um seine Mundwinkel. Das Kätzchen schien in der Tat zu wissen, wie man die Krallen ausfuhr.

Seine gute Laune gehörte jedoch bald der Vergangenheit an. In der luxuriösen Maximilianstraße angekommen, wo sich ein Nobelladen an den Nächsten reihte, bestand seine anspruchsvolle Aufgabe darin, die beiden Grazien am Eingang eines Geschäfts abzusetzen, um nach jahrzehntelangem Ausharren Unmengen von Tüten ins Auto zu schleppen. Dieses Spiel wiederholte sich dreimal, und seine Nerven lagen blank, als Valerie unerwartet neben ihn auf den Beifahrersitz rutschte, während Angelina hüftschwingend über den nächsten Laden herfiel. Überrascht schaute er auf. „Was wird denn jetzt gespielt?"

Valerie grinste. „Agent Provocateur! Da bin ich fehl am Platze."

„Bitte was?"

Valerie verdrehte die Augen. „Na Unterwäsche, eben!"

„Ich verstehe nicht!"

„Ach, Rafael! Angelina und ich haben ziemlich widersprüchliche Ansichten zum Thema Dessous. Daher macht sie das auf eigene Faust."

Bei Rafael war der Groschen immer noch nicht gefallen, doch er verzichtete darauf, erneut nachzuhaken. Alles wollte er nun auch nicht wissen.

Nach einer weiteren gefühlten Ewigkeit rauschte Angelina schließlich an. An ihrem Handgelenk baumelte eine winzige Tüte, die den Namen als solche kaum verdiente. Rafaels Blick wanderte über den ausladenden Busen und den straffen Hintern der drallen Schauspielerin, und er konnte sich beim besten Willen nicht vorstellen, dass in dieser Miniaturausgabe von einer Verpackung irgendetwas Platz fand, was diese Formen auch nur ansatzweise bedecken könnte.

Währenddessen ließ Angelina sich stöhnend in die weichen Lederpolster des Daimlers fallen, als wäre sie einen Marathon gelaufen. „Nach Hause!", jammerte sie theatralisch.

Dort angekommen verschwand sie flinker als jeder durchtrainierte Leichtathlet in der Villa und ließ Rafael mit ihrer gelangweilt wirkenden Assistentin und einer Wagenladung Einkaufstüten zurück.

„So hatte ich mir den Job irgendwie nicht vorgestellt", grummelte er, während er und Valerie die Einkäufe in den Vorraum der Villa schleppten.

Lächelnd drehte Valerie sich zu ihm um und quietschte laut los, als sie ihn wie einen Weihnachtsbaum behängt ins Haus wanken sah. Die vielen glänzenden Einkaufstüten wiegten bei jedem Schritt rhythmisch hin und her. „Warten Sie, ich nehme Ihnen etwas ab." Schnell pflückte sie ein paar der kleineren Tütchen von ihm herunter. „Was hatten Sie denn erwartet?"

„Ich weiß auch nicht, aber mit Personenschutz hat das relativ wenig zu tun."

Valerie klemmte sich eine Tüte unter den Arm. „Stimmt, aber keine Panik, solche ausgedehnten Shopping-Trips unternimmt Angie nur, wenn sie extrem gefrustet ist, und das kommt glücklicherweise nicht sehr oft vor."

Rafael hielt perplex inne. „Sie ist frustriert? Warum denn?"

„Das hat mehrere Gründe. Vor allem leidet sie darunter, dass der Oscar mal wieder an ihr vorbeigegangen ist. Wie sieht es aus, Rafael, Lust auf einen Kaffee?", schob sie das Thema blitzschnell beiseite.

Rafael nickte wortlos. Ihm schwante, dass er auch an diesem Tag keine bahnbrechenden Neuigkeiten über Angelina erfahren würde.

Als am Abend ein protziger silberner Jaguar mit quietschenden Reifen vor Angelinas Garage zum Stillstand kam, schnellte Rafael aus dem gemütlichen Fernsehsessel hoch. Niemand hatte ihn über einen Besucher informiert!

Flugs griff er nach Krawatte und Jacke und war im

Begriff hinauszuspurten, als er durchs Fenster zwei ellenlange Beine in High Heels erblickte, die sich aus dem Gefährt schoben – gefolgt von einer kurvigen Rothaarigen in einem engen kiwigrünen Kostümchen. Wie vom Blitz getroffen erstarrte er mitten in der Bewegung. Fasziniert beobachtete er, wie das Farbwunder mit wippendem Gang und wehenden Locken auf seine Tür zustolzierte.

Doch statt ihn mit ihrer Anwesenheit zu beehren, erklomm sie die Treppe und läutete bei Valerie. Wer dieses Rasseweib wohl sein mochte? Eine Freundin von Valerie? Allerdings hatte sie einen geschäftsmäßigen Eindruck vermittelt, nicht, als käme sie auf einen Plausch vorbei.

Minuten später wanderte er von Neugier getrieben um den silbernen Jaguar herum, bei dem es sich um ein nagelneues Modell mit Starnberger Nummernschild handelte. Nach einer weiteren Viertelstunde hielt er es nicht mehr aus. Mit großen Schritten hastete er die Stufen hinauf und hämmerte gegen die Tür.

Valerie öffnete lachend. „Rafael, stimmt etwas nicht?", fragte sie perplex.

„Nein, aber … Der Wagen, ich kann ihn nicht zuordnen."

„Oh, Sie haben recht. Ich habe vergessen, Ihnen Bescheid zu geben. Er gehört Angelinas Agentin. Kommen Sie doch herein, dann kann ich sie Ihnen vorstellen." Mit einer ausholenden Handbewegung bat sie ihn in die Wohnung, was er sich nicht zweimal sagen ließ.

Als er das Wohnzimmer betrat, sauste das rothaarige Prachtstück hoch wie von einem Katapult abgeschossen und musterte ihn unverblümt. Länger als der Anstand gebot, verweilte ihr Blick auf seinen breiten

Schultern und der kräftigen Brustmuskulatur. Dann erst schaute sie ihm in die Augen. Mit einer katzenhaften Bewegung schlängelte sie sich um den Tisch herum und marschierte mit unverhohlenem Interesse auf ihn zu.

Rafael sah ihr wie hypnotisiert entgegen. Die sinnliche Energie, die diese Sirene ausstrahlte, raubte ihm jeglichen Verstand. Unter dem engen grünen Jäckchen wogte bei jedem Schritt ein gigantischer Busen. Ihre bestrumpften Beine mit den mörderischen High Heels erschienen ihm endlos. Die knallrot geschminkten Lippen schimmerten verführerisch, als sie sich mit der Zunge darüber fuhr. Die schamlose Art, in der sie mit ihm flirtete, verwirrte ihn zutiefst. Und während sich eine unbändige Hitze in seinem Körper breitmachte, entkleideten ihre Augen ihn geradezu – langsam aber sicher – Stück für Stück.

Hätte ihm jemand vor Wochen prophezeit, dass irgendwo in der Galaxis eine solch aufreizende Frauenrasse existierte, hätte er das für die Erfindung eines notgeilen Filmemachers gehalten. Er schien einerseits im Paradies gelandet zu sein, andererseits befand er sich auf direktem Weg zur Hölle, denn er war im Begriff, die Kontrolle zu verlieren. Ein Glück, dass sein Sakko die Entstehung einer ausgewachsenen Erektion gänzlich verbarg, ansonsten wäre er vermutlich vor Scham im Boden versunken.

Wie durch einen Schleier vernahm er Valeries Stimme: „Rafael, das ist Clarissa Janssen, Angelinas Agentin … Clarissa, Rafael Schmitt, Angelinas neuer Bodyguard."

Valerie, der keinesfalls entgangen war, welche Funken durch ihr Wohnzimmer schossen, registrierte missmutig, wie Clarissa ihm raubtiermäßig die Hand mit den kirschroten Krallen entgegenstreckte, die er ergriff und nicht mehr zurückgab. Herrgott! Wenn das so weiterging, würde sie in absehbarer Zeit draußen in eine Hecke kotzen. Auffallen würde ihr Fehlen sicherlich keinem. Ob einmal im Leben ein Mann so von ihr fasziniert sein mochte? Wohl eher nicht.

Ein heftiger Gewittersturm braute sich in ihr zusammen. Lautstark zog sie einen Stuhl unter dem Tisch hervor. „Rafael, möchten Sie sich nicht setzen?“ Ironie dominierte den zuckersüßen Ton, den sie angeschlagen hatte.

Rafaels Kopf zuckte herum. Mit einem Gesichtsausdruck, als käme er gerade aus den unendlichen Weiten des Universums zurück, nickte er. Gemächlich ließ er Clarissas Hand los und peilte den Tisch an.

„Trinken Sie auch ein Glas Champagner?“, offerierte Valerie zähneknirschend.

Er brachte erneut nur ein Nicken zustande.

Während Valerie im Stechschritt in die Küche marschierte, hörte sie Clarissas schnurrende Stimme: „Wo waren Sie zuvor angestellt, Rafael? Auch bei einem Promi?“

„Äh, ja, ich habe die letzten Jahre in Amerika gelebt“, druckste er hilflos herum.

„Ach, wo denn?“

„Nun …“

„Er hat den Präsidenten der Vereinigten Staaten beschützt“, äußerte Valerie lapidar, als wäre das die profanste Beschäftigung der Welt. Unwirsch knallte sie das Champagnerglas auf den Tisch, nachdem die beiden Turteltäubchen endlich Platz genommen hatten.

Clarissa riss die grünen Augen auf. „Das ist ein Scherz, oder?“

Rafael schüttelte schweigend den Kopf.

Als Clarissa sich in dem Stuhl zurückfallen ließ, schien ihr prächtiger Busen die Jackettknöpfe zu sprengen. „Ich fasse es nicht. Und was zur Hölle hat Sie ausgerechnet hierher verschlagen?“

Ja, die Frage stellte sich Valerie seit Tagen. Erwartungsvoll fieberte sie Rafaels Antwort entgegen.

„Ich wollte zurück nach Deutschland. Da hat David Chesterfield mir diesen Job besorgt.“

Erneut riss Clarissa die schimmernden Katzenaugen auf. „*Der* David Chesterfield?“

Rafael nickte abermals wortlos. Tja, rhetorische Grundkenntnisse gehörten wohl eher nicht in das Anforderungsprofil eines Bodyguards.

„Aber sagen Sie, ist das nicht ein ziemlicher Abstieg, vom mächtigsten Mann der Welt zu einer deutschen Schauspielerin?“, versetzte Clarissa unverblümt.

Valerie musste innerlich grinsen. Zumindest insofern konnte man sich auf die rothaarige Venus verlassen. Sie nahm niemals ein Blatt vor den Mund.

Rafael zerrte nervös an seiner Krawatte herum und wand sich sichtlich. „Nun ja, so auf die Schnelle gab es nicht viele Optionen.“

„Und was hat Sie so kurzfristig in Ihre Heimat zurückgezogen?“, hakte das katzenäugige Biest hartnäckig nach.

„Mein Vater ist leider erkrankt.“

Die Aussage schien das Kätzchen zu befriedigen. Sie beugte sich nach vorne und ließ ihre roten Klauen Rafaels Arm hinaufwandern. Dann tauchte sie mit ihren Augen wieder in seine ein. „Ich gehe davon aus, dass Sie eine Menge einflussreiche Leute in den Staaten kennen“, flüsterte sie verschwörerisch, „oder?“

„Ja, mehr oder weniger.“

„Oh, Rafael, das ist ja fantastisch!“, triumphierte

Clarissa. „Wir beide sollten uns nicht aus den Augen verlieren. Rufen Sie mich doch mal an!“ Sie pfriemelte eine Visitenkarte aus ihrer Louis Vuitton Tasche und schob sie über den Tisch. „Ich kann es kaum erwarten, mich mit Ihnen auszutauschen“, setzte sie mit anzüglichem Unterton hinzu.

Gedankenverloren starrte Rafael auf die Karte, zeigte aber keinerlei Reaktion auf diese unverblümte Anmache.

Clarissas diamantenbesetzte Armbanduhr schimmerte protzig, als sie einen Blick darauf warf. Sie ließ den Arm sinken, leerte zügig das Champagnerglas und sprang auf. „Entschuldigt mich bitte, ich muss los.“ Hastig schnappte sie ihre Handtasche. „Du bekommst das neue Drehbuch in spätestens zwei Wochen, Valerie.“ Mit diesen Worten stürzte sie auf Rafael zu, der sich in der Zwischenzeit gentlemanlike erhoben hatte, pflanzte ihm vertraulich rechts und links ein Küsschen auf die Wange und flüsterte ihm etwas zu, was Valerie anscheinend nicht zu Ohren kommen sollte. Und dann war der knallrote Steppenbrand verschwunden und hinterließ jede Menge verbrannte Erde. Gleich darauf hörte man im Hof das Knirschen von Autoreifen, die sich im Eiltempo entfernten.

Rafael fiel wieder auf seinen Stuhl, griff nach dem Champagnerglas und nippte nachdenklich daran. „Großer Gott, was war das denn?“, flüsterte er nach einigen Sekunden.

„Wie bitte?“

Mit Fragezeichen in den Augen schaute er Valerie an. „Auf was ist die Frau aus? Auf meinem Körper oder meine Beziehungen?“

Ein unerwartetes Glücksgefühl durchströmte Valerie. Hatte ihr Instinkt sie also doch nicht irregeführt?

Rafael war eindeutig anders als die meisten Männer. Und sie hatte schon befürchtet, Clarissa hätte ihn in einen sabbernden Idioten verwandelt. Versonnen lächelnd zuckte sie die Achseln. „Vermutlich auf beides. Sie ist eine der mächtigsten Agentinnen Deutschlands, und sie geht über Leichen. Tja, das wird nicht einfach für Sie werden, sie sich wieder vom Hals zu schaffen."

„Na, herrlich!"

Zögerlich klemmte sie sich eine Haarsträhne hinters Ohr. „Darf ich Sie etwas fragen, Rafael?"

„Natürlich."

„Geht es Ihrem Vater sehr schlecht."

Verdattert blickte er auf. „Meinem Vater?"

„Ja, Sie sagten doch, er sei krank."

Kurz flatterten Rafaels Augenlider. „Ach so, klar. Sein Herz macht ihm Probleme. Er ist vor ein paar Wochen in den Ruhestand getreten. Ich denke, das wird ihm guttun."

„Verstehe. Wo hat er denn gearbeitet?"

„Oh, er war … in der Regierung, aber entschuldigen Sie mich, Valerie. Ich muss noch etwas erledigen." Mit diesen Worten sprang er auf und hetzte zur Tür hinaus, als wäre eine Horde Elefanten hinter ihm her.

Noch lange hockte Valerie gedankenverloren am Tisch, stierte auf das volle Champagnerglas, das Rafael vor allem mit Verachtung gestraft hatte und auf Clarissas Visitenkarte, die er vergessen hatte. Und nachdem sie ihr Glas gelehrt hatte, machte sie sich über seins her. Derweil zerbrach sie sich den Kopf über seine Laufbahn in den Staaten. Die dubiose Geschichte mit seinem Vater irritierte sie ebenso, und sie hätte Stein und Bein geschworen, dass hier etwas im Argen lag.

Kapitel 7

Wie angewurzelt blieb Valerie stehen, als sie Rafael am Morgen auf der Harley sitzend vorfand. Ihr stockte der Atem. So viel geballte Männlichkeit war mehr, als sie um diese Uhrzeit ertragen konnte.

Die Sonnenbrille hatte er leger auf das glänzende schwarze Haar geschoben, während die Anzugjacke an der geöffneten Vordertür des Daimlers baumelte. Ihr Blick wanderte über seine breiten Schultern und kräftigen Oberarme. Hach! Wie er sie jetzt an Tom Cruise in Top Gun erinnerte, der mit seiner schwarzen Kawasaki Ninja lässig über die Highways jagte!

Leise, um ihn ja nicht aufzuschrecken und diese herrliche Vision zu zerstören, ließ sie sich mit dem Rücken gegen die Garagenwand sinken. Ach, das waren noch Zeiten gewesen, als sie als Stuntfrau ihre Brötchen verdient hatte.

Wie sehr hatte sie diesen Job geliebt!

In Erinnerungen schwelgend, ging sie all die Motorradstunts durch, die sie für deutsche Krimiserien wie Tatort und Cobra Elf gedreht hatte. Einmal hatte Angelinas Hartnäckigkeit sie sogar mitten in einen Hollywood-Blockbuster hineinkatapultiert. Und auch wenn der Film nicht wirklich die Charts gestürmt hatte, war es ein unwiederbringliches Erlebnis gewesen, mit Nicolas Cage zu drehen.

Experten hatten ihr eine kometenhafte Karriere in dem Business vorhergesagt, doch von einem Tag auf den anderen war ihre heile Welt zusammengebrochen, als sich dieser alles vernichtende Unfall in dem provisorischen Tunnel zugetragen hatte.

Ganz unerwartet fiel das Licht aus, weil irgendein Trottel über das Stromkabel gestolpert war. Im Bruchteil einer Sekunde wurde sie von tiefster Dunkelheit umhüllt und verfehlte das fahrende Auto um Millimeter. Hart schlug sie mit der Schulter und dem Helm auf dem Asphalt auf. Nie würde sie das bestialische Knirschen vergessen, als ihre Knochen barsten und das Schultergelenk zersplitterte. Glücklicherweise verhinderte der Spezialhelm Schlimmeres.

Und was dann folgte, kam ihrer persönlichen Vorstellung von der Hölle ziemlich nahe. Denn sie war gezwungen gewesen, minutenlang in absoluter Finsternis mit bestialischen Schmerzen auszuharren, in panischer Angst, das nächste Fahrzeug könnte sie bei lebendigem Leibe überrollen, bevor endlich jemand die Notbeleuchtung aktivierte.

Das war ihr Ende beim Film und der Urbeginn all ihrer Albträume gewesen. Und seitdem kroch sie vor Angelina zu Kreuze und ertrug stillschweigend die Launen der bissigen Schauspielerin.

Sie seufzte leise auf. Was würde sie dafür geben, einmal wieder auf ein fahrendes Auto aufspringen zu dürfen, sich aus dem dritten Stock zu stürzen oder auf einem Motorrad einen Wheelie hinzulegen! Aber mit den vielen Titanplatten in der Schulter war das gänzlich unmöglich, wenngleich sie das am Anfang nicht hatte wahrhaben wollen. Und nur den besten Münchner Chirurgen war es zu verdanken, dass sie überhaupt noch problemlos Auto und Motorrad fahren konnte, auch wenn ihr bei längeren Ausflügen der Arm höllisch schmerzte.

Wahrscheinlich durch ihren Seufzer auf sie aufmerksam geworden, richtete Rafael sich auf. „Oh, Guten Morgen!“, rief er beschwingt und stand wie aus heiterem Himmel neben dem Motorrad.

Sie musste ziemlich in ihren Tagträumen gefangen

gewesen sein, denn sie hatte glattweg verpasst, wie er so schnell von der klobigen Harley heruntergekommen war. Ungläubig schüttelte sie den Kopf. „Hallo … Rafael“, stammelte sie. „Sie sollten die Maschine vorher starten, das erhöht den Fahrspaß.“

„O ja, sobald ich Zeit habe.“ Leichtfüßig hüpfte er neben den Wagen und hielt ihr die Hintertür mit einem solch entwaffnenden Strahlen auf, dass ihr Herz einen unkontrollierten Hopser vollführte. Fassungslos ob dieser ungewohnten Gefühlsregung glotzte sie Rafael sekundenlang stillschweigend an. „Ich glaube, ich sitze heute lieber vorne“, förderte sie schließlich ein paar schwache Worte zutage, während sie auf den Beifahrersitz kletterte. „Es steht ein Fotoshooting an. Da geht man Angie am besten aus dem Weg.“

Geschockt starrte Rafael Minuten später auf das braune Pelzteil, das Angelina sich um die Schultern geworfen hatte, denn es erinnerte ihn schmerzlich an Tristan. Ohne ein Wort vom Stapel zu lassen, dafür aber mit unerträglicher Leidensmiene, rutschte die Diva auf den Rücksitz des Daimlers. Verstohlen zwinkerte Valerie ihm zu. Und nun kapierte auch er, warum sie vorne Platz genommen hatte.

Während Valerie ihn an die Isar dirigierte, bläute sie ihm ein, dass seine Hauptaufgabe darin bestünde, ihrer Chefin lästige Touristen und Gaffer vom Leibe zu halten, vollkommen egal wie. In Windeseile hob sich seine Laune, denn diese Aufgabe mutete schon etwas anspruchsvoller an als der tranige Shoppingtrip vom Vortag.

Am Wasser angekommen, hielt er vergeblich nach Sandstrand Ausschau. Wo er auch hinblickte, entdeckte er nur unförmige Steine, und der schmale Fluss, der gelangweilt vor sich hinplätscherte, war im Vergleich zum Pazifik auch nicht wirklich beeindruckend. Er stoppte die Limousine neben einem kleinen Transporter, der mit Bergen von Equipment beladen war, ähnlich der Ausstattung, die er in Hollywood bei Filmdrehs schon mehrfach bestaunt hatte.

Angelina kletterte eilig aus dem Wagen. Als das tote Tier, das sie um ihren Körper drapiert hatte, achtlos zu Boden glitt, bekam Rafael kurzzeitig Stielaugen. Nur ein paar winzige Stoffstücke bedeckten ihre Blöße. Ansonsten sah er nur noch nackte Haut, mehr als er jemals zuvor an einer Frau gesehen hatte, und das auf schätzungsweise einen Meter achtzig verteilt.

Er schluckte und zog nervös an seinem Hemdkragen herum. Du liebe Güte, wohin hatte sich nur der ganze Sauerstoff verflüchtigt? Seine Körpertemperatur schoss katapultartig in die Höhe, während Angelina mitleiderregend vor sich hin schlotterte. Und in diesem Moment hätte er dafür getötet, sie in die Arme reißen zu können und seine überschüssige Energie mit ihr zu teilen.

Mit wachen Augen verfolgte er, wie drei Frauen auf die Schauspielerin zuflitzten und sie zu einem grell ausgeleuchteten Stuhl führten, wo sie sie einölten, puderten, schminkten und frisierten. Angelinas konstantes Genörgel und ihr zickiges Gehabe ignorierte die Filmcrew beharrlich. Jahrelange Praxis mit den Größen des Showbusiness hatte sie offensichtlich abstumpfen lassen. Und selbst das theatralische Niesen angesichts des vermeintlich minderwertigen Puders nahm die Visagistin auf die leichte Schulter.

Doch dann, auf einen Wink des Fotografen hin, veränderten sich Angelinas Gesichtszüge. Als hätte jemand bei ihr ein Licht angeknipst, strahlte sie von einer Sekunde zur nächsten bis über beide Ohren und rekelte sich verführerisch. Das miesepetrige Frauenzimmer von eben gehörte der Vergangenheit an. Und so langsam steuerte Rafaels Körper auf den Siedepunkt zu. Es konnte sich nur noch um Sekunden handeln bis sein Blut vom flüssigen in den gasförmigen Aggregatzustand überging. Mit angehaltenem Atem begutachtete er die bildhübsche, fast nackte Frau, die sich vor ihm auf dem Boden wälzte. Und zum allerersten Mal war er ausnahmslos von Zacharias' und Gregors Auswahl überzeugt.

Angelinas lasziv geöffnete Lippen schimmerten betörend. Die halb geschlossenen Augen drückten Leidenschaft pur aus. Ihre glänzenden Locken tanzten im Wind und ihre straffen Brüste wogten eindrucksvoll bei jeder Bewegung. Rafaels Blick flog über ihre schlanke Taille und saugte sich an dem Tattoo auf ihrer rechten Hüfte fest. Alter Schwede! Ein Skorpion! Wie gebannt glotzte er auf den erhobenen Stachel des Tieres.

Hektisch pulsierte Rafaels Blut und bahnte sich schnurstracks einen Weg in den Unterleib. Das stechende Gefühl in den Lenden schien ihn förmlich zu zerreißen. Und mit erschreckender Intensität wurde ihm eins bewusst: Es spielte keine Rolle, wie zickig diese Frau war, er wollte sie! Er musste sie besitzen!

Sie würde ihn nach Siria begleiten und seine Kinder bekommen!

Erst ein Seitenhieb von Valerie, die unbemerkt neben ihm aufgetaucht war, ließ ihn aufschrecken. Mit einer wegwerfenden Handbewegung wies sie auf ein paar jugendliche Gaffer hin, die sich klammheimlich von der Seite angepirscht hatten, während er in anderen Sphären geschwebt hatte. Mit Gewalt riss er sich von Angelinas verlockendem Anblick los und verscheuchte die Jungs ungewöhnlich barsch.

Was mussten sie auch stören?

Und um ja nichts zu verpassen, wirbelte er auf der Stelle herum und widmete sich erneut der fleischgewordenen Göttin, die sich ohne zu murren mit einem hinreißenden Lächeln auf den Lippen mindestens zweihundert Mal ablichten ließ, und dies in den unbequemsten Posen und bei eisigen Temperaturen. Hätte er es nicht besser gewusst, wäre die Vermutung nahegelegen, dass es ihr Spaß bereitete. Und schlagartig begriff er, warum Angelina so gefragt war.

Valerie hingegen vernachlässigte ihren Job wie selten zuvor, denn sie hatte nur noch Augen für Rafael. Wie jeder Mann innerhalb einer Dreimeilenzone stierte er den makellosen Körper ihrer Chefin an. Dieser Blödmann! Prompt fühlte sie sich versucht, ihn mit dem Kugelschreiber in ihrer Hand zu erstechen.

Hatte sie eigentlich nicht mehr alle Tassen im Schrank gehabt, als sie gemutmaßt hatte, er wäre anders als seine Artgenossen? Wäre erhaben über weibliche Reize?

Wie dämlich konnte ein Mensch nur sein?

Ein vermummter Attentäter hätte neben dem Herrn Bodyguard einen Sprengsatz zünden können, ohne dass dieser dessen gewahr worden wäre. Immer wieder zerrte er nervös an seiner Krawatte und dem Hemdkragen herum, der anscheinend zu eng saß. Valerie wollte gar nicht so genau hinsehen, ob ihm zumindest seine Hose noch passte. Wie hatte sie nur glauben können, der Märchenprinz könnte an Aschenputtel Gefallen finden, wenn doch nebenan Cinderella wohnte? Sie würde wohl nie erwachsen werden.

Erst das überstürzte Aufbrechen der Crew rief ihr ins Bewusstsein, dass das Shooting beendet war. Angelina torkelte hoch, streckte sich stöhnend, klaubte mit fahrigen Fingern ihren Pelz auf und warf ihn sich über. Dann taumelte sie auf Rafael zu, drückte ihm wortlos ihre Dreitausend-Euro-Tasche in die Hand und hakte sich bei ihm unter. Eng an ihn geschmiegt, stakste sie gefährlich strauchelnd auf ihren High Heels durch den Kies. In Windeseile flogen seine Hände um ihre Taille und fingen sie auf. Und da ihr der schwere, teure Pelz immer wieder von den nackten Schultern rutschte, schlang ihr übereifriger Bodyguard schließlich einen Arm um sie und manövrierte sie souverän und zielsicher zum Wagen.

Kurz formierten sich in Valeries Kopf Bilder, wie er auf einer mehrspurigen Prachtstraße den Präsidenten der Vereinigten Staaten abschirmte, und sie zermarterte sich erneut das Gehirn darüber, warum dieser umwerfende Bodyguard sich mit einer relativ bedeutungslosen Schauspielerin zu Frieden gab. Sie würde zu Hause noch einmal haarklein seine Referenzen durchforsten, um Licht ins Dunkel zu bringen. Allerdings schwante ihr, dass sie sich an seiner vermeintlichen Tätigkeit beim Secret Service die Zähne ausbeißen würde.

Flugs trippelte sie hinter Rafael und dem bemitleidenswerten Bündel in dessen Arm her, da sie kein gesteigertes Interesse daran hegte, mitten in der Pampa vergessen zu werden. Zähneknirschend musste sie mit ansehen, wie Angelina ihren Kopf hoheitsvoll auf seine Schulter sinken ließ und sich noch näher an ihren stattlichen Bodyguard schmiegte. Geradezu entrückt schwebten die beiden dem Wagen entgegen, als befänden sie sich in einer anderen Galaxie. Es fehlte nur noch, dass der edle Ritter das unglückselige Burgfräulein auf seine starken Arme hob und sie über den unebenen Kiesweg trug, damit sie sich ihre empfindlichen

Füßchen nicht verletzte.

Außer sich vor Wut kickte Valerie die unschuldigen Steinchen vor ihren Füßen durch die Gegend, die knirschend um sie herum zu Boden torkelten. Noch nicht einmal ihr Schmerzensschrei, als ein größeres Exemplar sie zum Stolpern brachte, rüttelte die beiden Träumer auf.

Frustriert humpelte sie weiter.

Der Zwischenfall, der sich dann ereignete, lenkte sie jedoch blitzschnell von den Schmerzen ab.

Sie hatten gerade die Straße erklommen und waren im Begriff den Wagen zu besteigen, als drei kleine Mädchen in bunten Mäntelchen und Mickey Mouse-Stiefeln torpedoartig angeschossen kamen. Sie wedelten mit Zetteln und Stiften und flitzten auf Angelina zu, begierig auf ein Autogramm, wobei sich die Eltern verschmitzt lächelnd im Hintergrund hielten. Valerie erwartete Rafaels Eingreifen, doch da dieser in den Kleinen keine Gefahr zu sehen schien, ließ er den Geschehnissen ihren Lauf.

Entsetzt schlug sie sich eine Hand vor den Mund. Offensichtlich hatte er nicht den Hauch einer Ahnung, was als Nächstes passieren würde!

Wie ein scharfer Dolch durchschnitt der gellende Schrei die kühle Frühlingsluft. „Rafael, jagen Sie sie weg. Na los! Auf was warten Sie denn noch!“, quiekte das Burgfräulein, als wäre ein Rudel hungriger Wölfe hinter ihr her.

Die Mädchen hielten wie vom Donner gerührt inne und verwandelten sich binnen Sekunden in Heulbojen. Fassungslos sauste Rafaels Blick zwischen Angelina und den plärrenden Würmern hin und her und suchte in allen Richtungen nach der vermeintlichen Gefahr. Doch außer den wartenden Eltern, denen es inzwischen das Lächeln mächtig verhagelt hatte, war weit und breit kein Mensch in Sicht.

„Aber es sind doch nur Kinder“, startete er den Versuch, die leidende Showgröße zur Ordnung zu rufen.

„Richtig!“, kreischte diese schrill. „Schaffen Sie sie weg, und lassen Sie nie wieder solche Monster in meine Nähe. Es gibt nichts auf der Welt, was ich abgrundtiefer hasse als Kinder. Sie sind wie Ratten. Sie übertragen Krankheiten.“

Rafaels entsetzter Gesichtsausdruck würde Valerie wohl für alle Ewigkeit im Gedächtnis haften bleiben. Es war gekommen, wie sie ihm prophezeit hatte: Er hatte binnen kürzester Zeit mehr über Angelina erfahren, als ihm lieb war.

Kapitel 8

„David, David! Sie hasst Kinder!“, kreischte Rafael hysterisch ins Telefon, während er hektisch in seiner Wohnung auf und ab wanderte.

„Nun mal langsam mit den jungen Pferden“, vernahm er eine beruhigende Stimme. „Wer hasst Kinder?“

Er verdrehte die Augen. „Blöde Frage! Angelina natürlich!“

„Oh!“, war die sprachgewandte Antwort des unübertroffenen Magiers. Sekundenlang herrschte Stille, bis er sich wieder zu Wort meldete. „Nun, ich muss gestehen, dass mich das nicht sonderlich überrascht. Ich habe dir ja vorhergesagt, dass die Frau nicht einfach ist. Aller Voraussicht nach will sie erst noch an ihrer Karriere basteln, bevor sie sich mit dem Thema Familie auseinandersetzt … Gut unterrichtete Quellen haben mir übrigens geflüstert, dass man ihr in einem der kommenden Blockbuster eine Hauptrolle angeboten hat. Lustigerweise soll es sich um einen Science-Fiction-Film handeln. Wenn das mal kein Zufall ist.“

David lachte leise. „Tja, davon wirst du sie nur schwerlich abbringen können. Und so ein Filmdreh kann schon mal ein halbes Jahr dauern.“

Schön, dass sich zumindest einer amüsierte, dachte Rafael, während er sich verzweifelt die Haare raufte. „Ja, aber was soll ich denn jetzt tun? Damit ist doch alles geplatzt. Zacharias und Gregor werden glauben, dass ich ein Blödmann bin und es vermasselt habe.“

Am anderen Ende der Leitung trat abermals Funkstille ein. David schien angestrengt nachzudenken. „Tropfen, die einen Kinderwunsch auslösen, gibt es auf Siria nicht, oder?“

Rafael sinnierte kurz. „Meines Wissens nach nicht."

„Gut, Rafael, dann gibt es jetzt folgende Optionen: Entweder du brichst die Mission ab und trittst den Rückzug an, auch auf die Gefahr hin, dass man dich für einen Versager hält. Oder aber du lässt Zacharias und Gregor in dem Glauben, dass alles wunderbar läuft und streckst indessen deine Fühler nach einer anderen Frau aus. Alternative Nummer drei wäre, die Wissenschaftler auf Siria solche Tropfen entwickeln zu lassen. So könntest du einerseits Zeit schinden und andererseits auf die Tropfen zurückgreifen, falls alle Stricke reißen sollten … Aber mal ganz davon abgesehen, wie gefällt dir Angelina denn? Bist du ihr schon näher gekommen?"

„Die Frau ist eine Wucht", schwärmte Rafael, „auch wenn sie die eine oder andere Marotte an den Tag legt. Doch das würde ich in Kauf nehmen, wenn ich sie bekommen könnte. Bisher hat sie sich mir gegenüber leider sehr distanziert verhalten, aber heute Abend werden wir einen Klub unsicher machen. Vielleicht bietet sich ja da die Möglichkeit, sie ein wenig besser kennenzulernen." Geistesabwesend starrte er aus dem Fenster. „Aber die Vorstellung, Angelina mit Tropfen gefügig zu machen, behagt mir nicht. Ich würde ja ihren Charakter komplett verändern."

Ruhelos marschierte er erneut mit dem Telefon am Ohr durchs Wohnzimmer und überlegte fieberhaft. „Vielleicht ist die Idee, mir Zeit zu verschaffen, gar nicht so schlecht. Das setzt mich nicht so unter Druck. Und falls das mit Angelina nichts werden sollte, könnte ich wirklich eine andere anpeilen. Hier laufen ja jede Menge Prachtexemplare herum. Sag mal, David, was hältst du eigentlich von rothaarigen Frauen?"

David lachte. „Warum, hast du eine bestimmte im

Visier?"

„Nein, es ist eher umgekehrt. Sie mich."

„Ach, sieh mal einer an. Nun, man sagt Rotschöpfen nach, ausgesprochen rassig zu sein. Aber ich kann das nicht bestätigen, da ich einfach ein Faible für Blondinen habe. Warum wagst du nicht einen Versuch? Ich bin nach wie vor der festen Überzeugung, dass man nach jahrelangem Sexentzug nicht der beste Liebhaber ist. Noch dazu sind die Frauen auf der Erde wesentlich enthemmter als auf Siria. Ich kann dir nur erneut raten, ein wenig Druck abzubauen, bevor du dich mit Angelina einlässt."

Rafael nickte. Als ob er sich seiner Situation nicht schon selbst bewusst geworden wäre! „Ja ja, schon klar. Ich werde das in Erwägung ziehen. Und inzwischen bewege ich die Wissenschaftler auf Siria dazu, diese Tropfen zu erfinden, ob ich sie später einsetze oder nicht, ist eine andere Sache."

„Das hört sich vernünftig an. Dann wünsche ich dir viel Glück. Ich weiß aus eigener Erfahrung: Zacharias und Gregor von etwas zu überzeugen, ist keine Kleinigkeit. Sag mir bitte sofort Bescheid, wenn es Neuigkeiten gibt."

Nachdem David die Verbindung unterbrochen hatte, verharrte Rafael noch eine Zeit lang mitten im Wohnzimmer. Nun musste er wohl oder übel in den sauren Apfel beißen und Siria einen Besuch abstatten. Heute war das unmöglich, da er Angelina in diesen Klub begleiten sollte, aber für den morgigen Abend stand noch nichts Wichtiges an.

Am besten würde er sich bei Dunkelheit aus dem Garten beamen lassen und die Rückkehr antreten, bevor die Dämmerung einsetzte; so war die Gefahr am geringsten, entdeckt zu werden. Gesetzt den Fall, sie ließen ihn überhaupt zurück.

Er konnte es selbst kaum fassen, doch nach dem jahrelangen Junggesellendasein hatte er Blut geleckt. Er sehnte sich geradezu nach einer Partnerin, und vor allem lechzte er nach hemmungslosem Sex. Und bis er endlich Angelina in die Finger bekäme, konnte er unmöglich warten. Die Reizüberflutung auf der Erde war zu übermächtig. Er musste sich Erleichterung verschaffen.

Und so wie ihn die holde Weiblichkeit durch die Bank weg anstarrte, schien dies ein relativ einfaches Unterfangen zu sein. Da brauchte er nur an Clarissa zu denken. Die Frau hatte ihn zwar mit ihren unverblümten Avancen im ersten Moment aus der Bahn geworfen, doch er war überzeugt davon, dass sie ihm binnen kürzester Zeit aus der Hand fressen würde, sollte er den richtigen Schalter bei ihr umlegen. Aber vorerst war vor allem eines vonnöten: nämlich Zeit – und die musste er sich auf Teufel komm raus beschaffen.

Lügen entsprach mitnichten seinem Naturell, dazu war er viel zu kerzengerade erzogen worden. Er und sein zwei Jahre jüngerer Bruder Simon waren wohlbehütet, teilweise sogar ein bisschen verwöhnt, aufgewachsen. Ihr Vater, als wichtiges Mitglied des Regierungsrates, arbeitete zwar häufig rund um die Uhr, dafür las ihre Mutter ihnen jeden Wunsch von den Augen ab. Unter der Woche pflegten sie viel Zeit in den Schluchten zu verbringen, wo sie sich den kleinen Mondbären widmeten. Und am Wochenende betätigten sie sich sportlich, ob beim Weltraumfußball, Asteroidentennis oder dem jährlichen Planetenmarathon.

Zu seinem sechzehnten Geburtstag überraschte sein Vater ihn mit einem Orion Hochgeschwindigkeitsgleiter, und Rafael konnte endlich den spektakulären

Rennsportveranstaltungen beiwohnen. Sehr zum Leidwesen seines kleinen Bruders, der zwangsläufig ab und an als Sozius mitfahren musste und ihm dann meistens nach der ersten Kurve in den Nacken kotzte. Denn im Gegensatz zu Rafael war Simon ein fürchterliches Weichei. Bei allem, was schneller Fahrt aufnahm als ein Dreirad, rebellierte sein Magen. Bei jedem harmlosen Flug durch die Krater wurde er seekrank und litt dann tagelang wie ein Hund. In dieser Beziehung waren sie definitiv nicht aus dem gleichen Holz geschnitzt.

Bei dem Gedanken an Simon musste Rafael lächeln. Der Kleine war empfindlich wie eine Mimose und unselbstständig wie ein Rudel Mondbären, aber der gewiefteste Programmierer, den Siria je hervorgebracht hatte. Und er liebte ihn, wie man einen Bruder nur lieben konnte.

Liebe … Wie immer wenn er an Siria dachte, wanderten seine Gedanken zu Cara. Er hatte sie angebetet wie keine andere je zuvor. Kennengelernt hatten sie sich in einem Tierheim, in dem verletzte Mondbären, die ältesten Bewohner des kleinen Planeten, behandelt wurden. Genau wie er vergötterte Cara die verkuschelten Geschöpfe mit den großen, dunklen Knopfaugen und stattete den Heimen einen Besuch ab, wann immer ihr straffer Zeitplan es zuließ.

Als er Cara zum allerersten Mal erblickte, kniete sie auf dem Boden und kitzelte eins der Bärchen, das sich vor Lachen nahezu kringelte. Dieses Bild würde er in seinem ganzen Leben nicht vergessen. Es war unwiderruflich in sein Gedächtnis eingeprägt. Ihre langen dunklen Locken wippten dabei um ihren Kopf, ihre gleichmäßigen weißen Zähne blitzten im Licht der Ionenlampen, und selbst mit dem langweiligen pinkfarbenen Overall, der ihren Singlestatus anzeigte, war sie die erregendste Erscheinung, die ihm jemals vor Augen gekommen war. Ohne zu zögern, hatte er sich zu ihr hinuntergebeugt und sich vorgestellt.

Und als sie ihn voller Verwunderung anlächelte, war es um ihn geschehen. Erst Tage später war er zu der Erkenntnis gelangt, dass dies die Frau war, um die einige seiner Freunde seit Ewigkeiten buhlten. Was seinen Ehrgeiz, dieses rehäugige Geschöpf sein Eigen zu nennen, nur umso mehr angespornt hatte.

Von diesem Tag an trafen sie sich regelmäßig und unternahmen stundenlange Ausflüge, meistens begleitet von kleinen, brummeligen Mondbärchen, die irgendwann des Laufens müde waren und ihre Unlust mit klagenden Lauten kundtaten. Kein Jahr später machte er Cara am Rande eines verlassenen Kraters bei Sonnenuntergang einen Heiratsantrag, den sie ohne zu zögern annahm.

Sein Leben glich einem lebendig gewordenen Traum. Cara entwarf ihnen ein wunderschönes Haus, und sie zogen ohne weitere Verzögerung zusammen. Der Sex mit dieser wundervollen, hingebungsvollen Frau war das Fantastischste, was er je erlebt hatte. Und sie lebten in trautem Einvernehmen darüber, dass die Familienplanung noch Aufschub vertragen konnte, da ihre momentanen Kinder, die anhänglichen Mondbären, sich als enorm zeitraubend outeten.

Doch was dann geschah, war kaum in Worte zu fassen. In gerade mal drei Wochen hatte das todbringende Virus Cara dahingerafft. Aus der sportlichen jungen Frau war ein bedauernswertes, menschliches Wrack geworden. Noch heute musste er bei dem Gedanken an ihre leidvollen letzten Tage mit den Tränen kämpfen. Flugs versuchte er diese schreckliche Erinnerung abzuschütteln und zerrte seinen Computer aus dem

Rucksack. Nachdenklich wanderte er auf die Terrasse und stellte die Verbindung zu Siria her. Nun musste er sich nur noch stichhaltige Argumente ausdenken, die ein weiteres Verbleiben auf der Erde rechtfertigten. Denn keinesfalls wollte er diesem herrlichen Planeten so schnell den Rücken kehren.

Obwohl Pünktlichkeit nicht seine Stärke war, verweilte Rafael abends um Punkt elf im Auto, begierig darauf, Angelina in das „P1" zu begleiten, den wohl spektakulärsten Münchner Klub. Doch wer nicht auftauchte, war Angelina. Um halb zwölf riss ihm der Geduldsfaden. Er stieg aus und läutete. Nichts!

Er läutete erneut. Gerade wollte er nach dem Schlüssel in seiner Hosentasche kramen, als er von innen lautes Gemaule vernahm. Angelina riss im Bademantel die Tür auf und spuckte Gift und Galle. „Verflucht, noch mal! Was soll denn dieses Theater? Verpasse ich den Weltuntergang, oder was?"

Der Schock ließ ihn erstarren. „Nein … aber wir wollten doch um elf los."

Angelina schielte auf ihre protzige Armbanduhr, dann warf sie theatralisch die Arme in die Luft. „Ich fasse es nicht! Es ist gerade mal halb zwölf. Deswegen das Gedrängel? Die halbe Stunde macht den Kohl auch nicht fett." Mit diesen Worten feuerte sie die Haustür von innen wieder zu.

Rafael stand sekundenlang da wie ein begossener Pudel, bevor er mit hängenden Schultern auf den silbernen Porsche zuschlurfte, den er heute fahren sollte. (Laut Angelina kam der spritzige Sportwagen cooler daher als der spießige Daimler.) Bohrende Enttäuschung gewann die Oberhand, während er auf den tiefen Ledersitz rutschte. Pünktlichkeit gehörte also auch nicht zu ihren Tugenden.

Nach weiteren zwanzig Minuten flanierte Angelina endlich hoch erhobenen Hauptes aus der Villa. Das Haar kunstvoll hochgesteckt, sodass es ihren schlanken Hals, um den eine breite silberne Kette lag, ins rechte Licht rückte, war sie in ein Oberteil gehüllt, das einem Hauch von nichts gleichkam.

Ein schmales Band silbriger Pailletten hatte sich um ihren prächtigen Busen drapiert, der die Gesetze der Schwerkraft gnadenlos zu ignorieren schien. Das Teil war trägerlos und endete knapp unter der Brust, sodass ihr durchtrainierter, tiefbrauner Bauch uneingeschränkt zu bewundern war. Ein gutes Stück weiter unten hatte sich der dazugehörige Rock niedergelassen, genau genommen ein Gürtel, dessen Stoff sie nicht einmal unzulänglich umhüllte. Und während Rafael noch die mörderischen silbernen Stilettos an ihren ellenlangen Beinen musterte, stellte sich ihm die Frage, durch welche Zauberkraft die beiden Kleidungsstücke wohl halten mochten.

Und so wollte diese Frau das Haus verlassen? Das konnte nur ein schlechter Scherz sein. Dieses Outfit hätte man in den meisten Ländern der Welt verboten. Doch Angelina marschierte zielstrebig auf den Porsche zu.

In jeder seiner Bewegungen lag Widerwille, als er ihr die Beifahrertür öffnete. Dann versank er in einer Parfümwolke. Und während er noch röchelnd nach Luft japste, ließ sich die Diva graziös im Auto nieder. Er war versucht, sie ins Haus zurückzuschicken, um sich etwas Vernünftiges anzuziehen. Aber da sie ihn mit Sicherheit für geisteskrank erklärt hätte, biss er die Zähne zusammen und schwor tausend Eide, heute Abend keinen Millimeter von ihrer Seite zu weichen.

Jede männliche Konkurrenz musste bereits im Keim erstickt werden.

Doch Fehlanzeige!

Denn anders als gedacht, war es mitnichten Angelinas Intention, ihren Bodyguard mit in den Klub zu nehmen. Nein, seine einzige Aufgabe bestand darin, sie bis zur Tür zu bringen, um sie auf Abruf wieder dort aufzugabeln. Herrje, was für ein Reinfall!

Als der Porsche grollend vor dem „P1" zum Stillstand kam, pulsierte dort eine lärmende Menschentraube hinter einer Absperrung. Ein roter Teppich führte auf eine unauffällige graue Tür zu, über die zwei Furcht einflößende Bullterrier in schwarzen Anzügen wachten. Angelina gab ihm Anweisung, direkt vor dem Läufer zu stoppen. Wollte sie etwa die wartende Menschenmenge umgehen? Nun gut, sie war mit den Spielregeln vertraut. Behände hüpfte er aus dem flachen Sportwagen, sauste leichtfüßig darum herum – und zuckte zusammen.

Wieso blitzte es plötzlich? Ein Gewitter?

Endlich!

Er hatte dieses phänomenale Wetterschauspiel noch nie in natura erlebt. Von Neugier erfüllt schaute er gen Himmel, bis er einen heftigen Tritt gegen das Schienbein bekam.

„Du Hornochse, willst du jetzt Vögel beobachten, oder was? Hilf mir endlich hier raus!", pfiff Angelina ihn an.

Verwirrt ergriff er ihren Arm und zog sie aus dem tiefen Schalensitz. Gänzlich unbeabsichtigt flog sein Blick erneut nach oben, doch das Firmament hüllte sich in ernüchternde Dunkelheit. In Windeseile fuhr er herum, als er schätzungsweise zehn Fotografen mit Kameras und Fotoapparaten bemerkte, die im Laufschritt auf sie zueilten. Ritterlich postierte er sich vor seiner Begleiterin und schubste zwei extrem aufdringliche Pressevertreter so rabiat zur Seite, dass sie strauchelten und um ein Haar der Länge nach hinschlugen.

Ein Klaps auf den Hinterkopf ließ ihn zusammenzucken.

„Herrgott noch mal! Die doch nicht, Trottel!“, giftete seine anscheinend nur schwer zufriedenzustellende Chefin. „Wir sind doch hier nicht in Amerika. Als Nächstes pustest du ihnen noch den Kopf weg.“ Sie schob ihn vehement zur Seite, setzte ihr strahlendstes Lächeln auf und schwebte, von Blitzlichtgewitter umgeben, an den Fotografen vorbei.

Schon auf den nächsten Anschiss gefasst, schnappte Rafael ein paar in Aufruhr geratene Mädels, die sich an Angelinas Fersen geheftet hatten. Doch dieses Mal schien er vorschriftsgemäß gehandelt zu haben, denn Angelina nickte ihm anerkennend zu. Als die zwei schwarz gekleideten Monster am Eingang von dem Spektakel Wind bekamen, stapften sie flugs auf die halb nackte Diva zu, nahmen sie schützend in ihre Mitte, und schoben sie zielsicher in den Klub, bis die schwere Tür hinter ihr ins Schloss fiel.

Und da stand er nun, mit laut knirschenden Zähnen, und kam sich vor wie ein Vollidiot. Wütend stiefelte er zum Wagen zurück, ließ sich in den Fahrersitz fallen und stellte sich auf einen todlangweiligen Abend ein. In weiser Voraussicht würde er sich beim nächsten Mal eine Lektüre mitnehmen.

Da erst fiel ihm etwas auf. Angelina hatte ihn gerade geduzt! Schlagartig verbesserte sich seine Laune.

Unterdessen thronte Angelina am Ende der blau beleuchteten Bar, kippte sich den zweiten Whiskey Sour hinter die Binde und wippte im Rhythmus der markerschütternden Technomusik, während sie das männliche Publikum inspizierte.

Verflixt und zugenäht! Nicht ein halbwegs interessanter Mann hatte in der letzten Stunde ihren Weg gekreuzt. Missmutig leerte sie den Rest ihres Drinks in sich hinein und aktivierte den Pager, um ihren Chauffeur herbeizuzitieren. Wenn nicht hier, dann würde sie es eben woanders versuchen.

Ganz egal wie! Ein Mann musste her!

Denn ein gut gebauter, potenter Kerl und zügelloser Sex fehlten ihr ebenso schmerzlich wie die kleine goldene Trophäe, die man ihr vorenthalten hatte. Wie lange lebte sie eigentlich schon so enthaltsam? Wirklich seit sie Charlie den Laufpass gegeben hatte? Das war über zwei Monate her – eindeutig zu lange.

Überrascht blickte sie auf den Pager, der ihr durch Aufleuchten signalisierte, dass Rafael bereits parat stand. Kaum hatte sie das „P1“ verlassen, packte er sie auch schon am Arm und manövrierte sie mit sanfter, aber bestimmter Gewalt durch die Meute der gierig wartenden Paparazzi. Ein paar drängelnde Jugendliche, die nach einem Autogramm lechzten, schob er ohne ersichtliche Probleme zur Seite. Sekunden später fand sie sich wohlbehütet in dem flachen Sportwagen wieder.

Bewundernd blinzelte Angelina zu ihm hinüber. Eines musste man ihm lassen. Der Mann verstand sein Handwerk. Urplötzlich konnte sie sich vorstellen, dass dieser Kerl tatsächlich den amerikanischen Präsidenten beschützt hatte, was sie zuerst ungläubig belächelt hatte. Und in diesem Moment fühlte sie sich sicher wie in Abrahams Schoß. „Rafael, bring mich bitte ins Pascha. Hier ist heute leider tote Hose“, flötete sie vergnügt.

„Tote Hose?“

Ihre gute Laune löste sich schlagartig in Luft auf. Nahm er sie jetzt auch noch auf den Arm? „Ja, verdammt! Fahr zu!“

Doch im nächsten Klub wiederholte sich das Drama. Auch wenn dieses Mal ein paar Bekannte zugegen waren, rangierte das männliche Publikum um Lichtjahre unter ihrem Niveau. Sie seufzte verhalten. Vielleicht sollte sie für heute die Flinte ins Korn werfen. Obwohl … was war eigentlich mit ihrem gut gebauten Chauffeur?

Zweifellos, Rafael sah sagenhaft aus, aber er schien auch ein überdurchschnittlich qualifizierter Bodyguard zu sein. Auf keinen Fall war sie erpicht darauf, ihn aufgrund einer schnellen Nummer zu verlieren, so wie Erdogan, den Gärtner. Nachdem sie ein paar Mal mit dem rassigen Türken geschlafen hatte, bekam der einen solchen Höhenflug, dass sie letztendlich keine andere Alternative gesehen hatte, als ihn an die Luft zu setzen.

Nachdenklich rappelte sie sich hoch, um sich auf der Toilette für etwaige vorm Ausgang herumlungernde Fotografen zu stylen. Ab und an ein paar Bilder in einem frechen Outfit hatten sich stets als unbezahlbare Werbung erwiesen. Doch noch bevor sie die Toilettentür erreichte, legte sich ihr ein Arm um die nackten Schultern und zerrte sie unsanft herum.

„Hallo, Süße“, lallte der blonde Mann, der ihr viel zu dicht auf die Pelle rückte, „wie wär's denn mal wieder mit uns beiden?“

Ein unangenehmer Alkoholgeruch waberte Angelina entgegen. Mit einem großen Schritt nach hinten versuchte sie sich aus der lästigen Umarmung zu befreien, doch der Kerl ließ nicht locker. Erbost schubste sie ihn zur Seite, wobei sich mehrere Locken ihrer sorgfältig hochgesteckten Haare lösten und ihr über die Schultern fielen. „Verdammt, Michael, nimm auf der Stelle deine Pfoten von mir, oder ich alarmiere den Sicherheitsdienst. Meinst du, nur weil ein zweitklassiger Schauspieler wie du mich einmal in einem Film küssen durfte, hättest du irgendwelche Rechte?“

Doch der Mann schien an ihren Worten nicht die Bohne interessiert zu sein. Im Gegenteil, er riss sie enger an sich, wobei ihr Top sich seinen Weg nach unten bahnte. Hektisch warf sie einen Arm über ihren nahezu entblößten Busen und schaute sich verzweifelt nach einem Security-Angestellten um. Typisch, immer wenn man diese Kerle brauchte, machten sie Pause!

Voller Furcht, dass ihr Äußeres noch mehr derangiert werden könnte, fummelte sie in ihrer Tasche herum und betätigte den Notknopf des Pagers, in der Hoffnung, dass die Türsteher Rafael ohne Umschweife Einlass gewährten.

Gerade als sich der brotlose Kollege anschickte, ihr die Zunge in den Mund zu schieben, wurde dieser unerwartet von ihr gerissen und mit einem glucksenden Geräusch gegen die Wand geklatscht. Völlig überrumpelt blickte sie in Rafaels blaue Augen, die sogar in der Dunkelheit des Klubs leuchteten, und atmete erleichtert auf.

Wo war der nur so schnell hergekommen? Vollkommen egal! Instinktiv ließ sie sich an seine breite Brust fallen und spürte, wie sich ein kräftiger Arm um ihre Schultern legte.

„Bring mich sofort hier raus!“, quiekte sie schrill. „Und halt mir die Paparazzi vom Leib. In diesem Zustand möchte ich auf keinen Fall abgelichtet werden.“

Ratzfatz entledigte er sich seiner Jacke und warf sie ihr über. Wie ein schützender Mantel bedeckte das voluminöse Teil ihre Blöße, und ihre verrutschten Klamotten waren Geschichte. Dann zog er Angelina wieder in seine Arme und dirigierte sie schnurstracks zur Ausgangstür, die er so schwungvoll mit dem Fuß auftrat, dass sie gegen die Wand krachte. Aus den Augenwinkeln heraus nahm sie wahr, wie sich die zwei Türsteher stöhnend vom Boden aufrappelten.

„Ach du meine Güte! Was hat sich denn hier abgespielt?“, stammelte sie.

„Nichts weiter, die beiden wollten mich nur nicht passieren lassen.“

„Ach so. Gut, ja klar …“

In diesem Moment hörte sie das verhasste Geräusch, das ihr im Nu eine Gänsehaut verursachte. Das unverkennbare Surren laufender Kameras, verbunden mit dem Klicken von Fotoapparaten und grellen Blitzlichtern.

„Rafael, mach doch etwas. Keiner soll mich so sehen“, drängte sie, das Gesicht nun in seinem Hemd vergraben. So blieb ihr verborgen, dass er kurz die Augen schloss und sich konzentrierte, woraufhin schlagartig das Brummen der Kameras aussetzte und alle Lichter im Umkreis erloschen. Neugierig hob sie den Kopf. Es war stockdunkel, und eine Horde Fotografen schraubte wie verrückt an ihren Kameras herum. Dass Rafael sie in den Wagen bugsierte und das Auto davonschoss, ging in dem ganzen Tohuwabohu komplett unter.

„Nach Hause?“

„Ja, bitte. Äh, Rafael, was war da eben los?“

„Wo denn?“, fragte er beiläufig.

„Na mit den Kameras und den Lichtern.“

„Keine Ahnung, muss wohl ein Kurzschluss gewesen sein.“

Zu Hause fing sich Angelina schnell und nahm sofort wieder das Spiel mit dem Feuer auf. „Rafael, würdest du mir noch ein wenig Gesellschaft leisten? Ich bin immer noch völlig neben der Spur und möchte jetzt nicht allein sein."

„Geht klar, ich bringe nur kurz den Wagen weg. Bin gleich zurück."

Was er dann auch war. Angelina hatte gerade im Wohnzimmer ein paar Kerzen angezündet und zwei Whiskeygläser eingegossen, als es schon wieder klopfte. Da sie immer noch seine Jacke trug, war es ihr zum ersten Mal vergönnt, seinen athletischen Körper genauer unter die Lupe zu nehmen. Das, was sie sah, war einfach nur lecker, und alle moralischen Erwägungen lösten sich in Sekundenschnelle in Wohlgefallen auf. Sie bot ihm einen Platz an, drückte ihm einen Whiskey in die Hand und ließ sich mit einstudierter Anmut auf dem Sessel gegenüber nieder, was in dem kurzen Rock mit Sicherheit aufreizend wirkte.

Rafael schnüffelte an dem Drink, rümpfte die Nase, als hätte er an etwas Vergammeltem gerochen, und fragte dann zu ihrem Erstaunen: „Was ist das?"

„Du meinst, welche Sorte? Ich glaube ein schottischer."

„Nein, was ist das für ein Getränk?"

„Rafael, willst du mich aufheitern oder verarschen?"

Er schüttelte energisch den Kopf. „Nein, das ist mein voller Ernst. Ich trinke nichts Hochprozentiges. Und ich nehme an, hierbei handelt es sich um so etwas, oder?"

„Ja, natürlich, das ist Whiskey." Argwöhnisch, ob er sich nicht doch auf ihre Kosten amüsierte, beäugte sie ihn.

Vehement stellte er das Glas vor sich ab, ohne auch nur daran genippt zu haben. „Das kann ich nicht trinken. Ich vertrage es nicht."

„Möchtest du etwas anderes? Einen Cognac? Wodka vielleicht?"

„Nein, danke. Eigentlich bin ich im Moment wunschlos glücklich." Er lehnte sich ein Stück zurück. „Wie geht es dir? Und wer war der Kerl? Kennst du ihn?"

Entrüstet, dass sie ihren Bodyguard nicht mit Alkohol in Versuchung führen konnte, leerte sie ihr Glas in einem Zug und zog hektisch an einer Zigarette. Dann füllte sie das Glas erneut. „Nun, so langsam habe ich den Schreck überwunden. Du kennst den Typen nicht? Das war Michael Morgen, ein Schauspieler. Aber man muss ihn auch nicht unbedingt kennen. Er besetzt vorwiegend Nebenrollen. Ich habe letztes Jahr einen Liebesfilm mit ihm gedreht, und das hat ihn wohl zu der Annahme veranlasst, ich wäre auch privat zu haben. Dieser arrogante Idiot!"

Und nachdem sie noch den Inhalt des zweiten Glases innehatte, stand sie auf, stakste mit wippenden Hüften um den Tisch herum und ließ sich neben Rafael auf die Couch gleiten. Schwungvoll warf sie ihren Kopf auf seine Schulter und kuschelte sich an seinen Arm. „Aber immerhin hat sich mir so die Gelegenheit eröffnet, meinen neuen Bodyguard näher kennenzulernen." Sie hob den Kopf und blinzelte ihn mit großen Augen an. „Rafael, ich weiß nicht, was ich heute ohne dich gemacht hätte. Es war eine hervorragende Wahl, dich einzustellen."

Rafael wusste im ersten Moment nicht, wie ihm geschah. Als sie sich an ihn schmiegte, benötigte er seine ganze Beherrschung, um ein wollüstiges Zittern zu unterdrücken. Unglücklicherweise umströmte ihn aber auch der strenge Geruch ihres Haarsprays, was sofort wieder die übliche Atemnot auslöste, die ihn in der Nähe von Chemikalien regelmäßig überkam. Doch als sie sich enger an ihn drückte, waren die Beschwerden urplötzlich vergessen. Da hatte er sich nun tagelang den Schädel zerbrochen, wie er ihr näher kommen konnte, und nun war es so kinderleicht.

Er versuchte der Gedanken Herr zu werden, die gerade wie ein Tornado durch seinen Kopf tobten. Sein letzter Kontakt mit dem weiblichen Geschlecht hatte vor Urzeiten stattgefunden, und er hatte dummerweise nicht die geringste Ahnung, wie die Frauen der Erde in sexueller Hinsicht tickten.

Warum zum Geier hatte er nicht auf David gehört? Jetzt blieb ihm nichts anderes übrig, als zu improvisieren. Langsam schob er einen Arm um Angelinas Schultern, darauf gewappnet einen Anschiss zu kassieren, da er alles in den falschen Hals bekommen hatte. Sie vergrub jedoch den Kopf in seiner Halsbeuge und schnurrte wie ein Kätzchen, das sich über eine Schüssel warme Milch hermachte.

Gut, Schritt eins war vollbracht, was nun?

Sollte er sie nun an sich ziehen und küssen, ihr auf der Stelle die spärlichen Klamotten vom Leib reißen, oder sich vorsichtshalber erst einmal in Geduld üben? Während er noch überlegte, spürte er Angelinas Hand an seiner Brust. Sie glitt mit ihren ringbestückten Fingern ein paar Mal zärtlich über sein Hemd, bevor sie so lange an seinem Krawattenknoten herumnestelte, bis sie ihm die Krawatte über den Kopf ziehen konnte. Achtlos ließ sie das Teil hinters Sofa fallen.

Danach pfriemelte sie seine Hemdknöpfe auf und ließ ihre Hand über seine bloße Haut wandern. Sofort schnellte seine Körpertemperatur blitzartig nach oben. Von einer Sekunde zur nächsten fühlte er sich wie ein Hai, der Blut gewittert hatte. Er verlor völlig die Kontrolle.

Angelina hatte sich inzwischen unbemerkt der Jacke entledigt, was seinen Körper noch heftiger reagieren ließ. Ihr ohnehin kurzer Rock war hochgerutscht und gewährte freie Aussicht auf ein winziges schwarzes Höschen. Wohingegen sich das Oberteil gefährlich weit nach unten bewegt hatte, sodass ihre Brüste nur noch bis kurz über die Brustwarzen bedeckt waren. Schwarze Spitzen von einem nicht auszumachenden BH vertieften den erregenden Anblick zusätzlich. Die Erdenbürger besaßen wirklich überaus anregende Erfindungen. Wenn er an die spießige Siria-Unterwäsche dachte, schüttelte es ihn.

Er war nicht imstande, seine Augen von dem heißen Frauenkörper abzuwenden und hätte sich am liebsten auf der Stelle über sie hergemacht, um sich endlich Erleichterung zu verschaffen. Doch mit einer solch überstürzten Aktion würde er aller Wahrscheinlichkeit nach keine Pluspunkte sammeln. Und während er sich noch eine Schlacht mit den vermaledeiten inneren Dämonen lieferte, die langsam aber sicher von ihm Besitz ergriffen, drückte sie ihre Lippen auf seine Wange. Dann glitt ihre warme, feuchte Zunge sanft über sein Gesicht, bis hin zu seinem Mund.

Das gab ihm den Rest.

Angelina stöhnte begehrlich auf, als er nach ihr griff und sie an sich riss. Und nach wenigen Sekunden wusste er, dass das Prinzip des Küssens im gesamten Universum das Gleiche war. Nur das Wohlgefühl, das ihn bei Caras Küssen immer erfasst hatte, blieb aus. Denn durch den penetranten Whiskey- und Nikotingeschmack, den Angelina verströmte, musste er unentwegt ein Husten unterdrücken. Was fand sie nur an diesen widerwärtigen Glimmstängeln? Doch da musste er jetzt wohl durch. Das Thema Nikotin würde er bei passender Gelegenheit mit ihr erörtern.

Als hätte er nie etwas anderes getan, wanderten seine Hände über ihre Brüste, ihren Po und ihre Schenkel, was sie mit einem leidenschaftlichen Seufzen honorierte. Ihre Formen machten ihn wahnsinnig. Cara war zwar auch eine gut gebaute Frau gewesen, aber im Vergleich zu Angelinas Rundungen verließ er gerade das Mittelgebirge und bestieg den Himalaja.

„O Rafael, tu doch endlich was!", hauchte sie mit heiserer Stimme nahe an seinem Ohr, und plötzlich war das stechende Drängen in seinem Unterleib kaum mehr zu ertragen. Himmel hilf! Er sah sich schon hier auf der Couch in seiner Anzughose explodieren, und sie hatten sich gerade mal einem Bruchteil ihrer Klamotten entledigt. Es war höchste Zeit, etwas gegen die Reizüberflutung zu unternehmen. Nur was?

Angelinas Lippen glitten inzwischen seine nackte Brust hinunter, wohingegen ihre Finger gierig sein geöffnetes Hemd aus der Hose zerrten.

„Meine Herren, du hast es aber eilig!", flüsterte er mit rauer Stimme.

Sie stöhnte erneut entrückt auf, während sie mit ihrer Zunge eine seiner Brustwarzen liebkoste und ihn damit an den Rand des Erträglichen trieb.

„Nun komm schon. Schaff mich nach oben", wimmerte sie, wobei ihre Hand sich in Richtung Süden bewegte. „Wow!", flüsterte sie ehrfurchtsvoll, als ihre Finger die knallharte Beule in seiner Hose ertasteten. „Das fühlt sich nach jeder Menge Spaß an."

Zischend ließ Rafael die Atemluft entweichen und

wäre beinahe gekommen, als sie ihn durch den weichen Stoff der Anzughose hindurch umfasste.

Grundgütiger! Was sollte er nur tun? Er würde sich bis auf die Knochen blamieren. Er versuchte gegenzusteuern, indem er seine Gedanken auf etwas Schreckliches lenkte. Hmm, Dinosaurier, King Kong, Godzilla, Darth Vader … alles nicht abstoßend genug. Da entdeckte er das gefüllte Whiskeyglas auf dem Tisch. Vielleicht war das ja die Rettung? Das Zeug roch dermaßen widerlich, dass es ihn bestimmt auf andere Gedanken brachte. Und so wie Angelina den Fusel inhalierte, konnte er nicht sonderlich stark sein.

„Kleinen Moment mal. Gib einem Mann eine kurze Pause." Mit diesen Worten schob er sie mit sanfter Gewalt von seinem Gürtel weg, an dem sie gerade herumriss, erhob sich wie in Trance, griff mit Todesverachtung nach dem Whiskeyglas und kippte die honigfarbene Plörre auf ex in sich hinein. Die scharfe Brühe explodierte brennend auf seinem Gaumen und schien ihm Löcher in die Speiseröhre zu ätzen. Er schüttelte sich und schloss für einen Moment die Augen, um die aufsteigenden Tränen zurückzuhalten.

Angelina quiekte verblüfft auf, als er sie unter Armen und Beinen packte und hochhob wie ein kleines Mädchen. Mit einem Ausdruck der Verwunderung musterte sie ihn, während er sie die breite Marmortreppe nach oben in ihr Schlafzimmer bugsierte.

Als er sie vorsichtig auf dem Bett ablegte, nutzte sie die Gelegenheit, ihn zu sich herunterzuziehen, wobei ihre Finger schon wieder an seinem Gürtel zerrten. Teufel aber auch, die Frau legte ein Tempo vor! Vage erinnerte ihn ihr Gesichtsausdruck an eine fleischfressende Pflanze.

Erneut griff er nach ihren Händen und bremste sie

ein. „Schätzchen, ich habe ja Verständnis dafür, dass du es kaum erwarten kannst, aber lass es uns doch langsam angehen." Mit diesen Worten startete er den Versuch, sie aus ihren Klamotten zu schälen, scheiterte jedoch kläglich, da er den Verschluss des verflixten Oberteils nicht fand. Seine unbeholfenen Bemühungen schienen Angelina zu langweilen, denn mit einem Ruck schob sie die beiden Kleidungsstücke herunter und lag nun in durchsichtiger Unterwäsche vor ihm, die so gut wie nichts mehr im Verborgenen ließ.

„Gott, bist du heiß", raunte er, während er sie entrückt anstarrte. Er konnte sich gar nicht sattsehen an ihren vollen Brüsten und den herrlichen bronzefarbenen Brustwarzen. Das Ganze beanspruchte ihn dermaßen, dass sich wie aus heiterem Himmel die Welt um ihn herum zu drehen begann. Er musste sich wohl erst an so einen Anblick gewöhnen.

So richtete er sich auf, atmete tief durch und zählte im Stillen bis zehn. Angelina schnurrte wohlig, wahrscheinlich mutmaßte sie, dass er sich jetzt wie ein wildes Tier die restlichen Klamotten vom Leib reißen würde. Doch danach stand ihm partout nicht der Sinn. Stattdessen legte das Kettenkarussell in seinem Kopf noch einen Zahn zu, und eine plötzliche Übelkeit überkam ihn.

Da kapierte er, dass die rasante Achterbahnfahrt nicht von dem heißen Frauenkörper verursacht wurde, sondern von dem vermaledeiten Whiskey. Er hatte sich sein eigenes Grab geschaufelt.

Das war sein letzter Gedanke, bevor ihm schwarz vor Augen wurde und er mit einem heftigen Schlag nach hinten ins Bett umkippte. Nur Bruchteile einer Sekunde später schlummerte er tief und fest.

Kapitel 9

Als Valerie am Morgen vom Balkon lugte, bot sich ihr ein erschütterndes Bild. Leise vor sich hinschlurfend schleppte Rafael sich durch den Garten, wobei er den Eindruck vermittelte, unter einen fahrenden Intercity geraten zu sein. Seine Haltung war gebückt, den Kopf hielt er gesenkt, was kein Stück zu seiner sonst so aufrechten Statur passte. Das Hemd hing ihm offen über den Schultern. Jacke und Krawatte schienen ihm abhandengekommen zu sein. Geschwind ging sie hinter einem Blumentopf in Deckung und beobachtete, wie er langsam im Haus verschwand. Nachdem sich seine Wohnungstür geschlossen hatte, trat eine nahezu ohrenbetäubende Stille ein.

Du lieber Gott! Was war nur mit dem Mann passiert?

Ob er in eine Schlägerei geraten war und Hilfe benötigte? Oder steckte Angelina dahinter? Sicher, ihre sexsüchtige Chefin verspeiste Männer in der Regel zum Frühstück, aber dass sie einen stattlichen Typen wie Rafael so zurichtete, war schon ein wenig abwegig. Vielleicht sollte sie ihr trotzdem auf den Zahn fühlen. So schlich sie auf leisen Sohlen die Treppe hinunter und flitzte zur Villa hinüber. Und obwohl sie im Besitz eines Schlüssels war, ließ eine Eingebung sie vorsichtshalber läuten.

Es dauerte nur ein paar Sekunden bis Margot, wie so üblich in ein blau-weißes Dirndl gehüllt, öffnete und sie fragend anglotzte. Margot war der Inbegriff der zeitlosen Ur-Bayerin und stand seit Ewigkeiten in Angelinas Diensten. Ungeachtet der Tatsache, dass sie das Pulver nicht erfunden hatte, konnte sie so schnell nichts erschüttern.

„Äh, ist Angelina da?", erkundigte Valerie sich dümmlich, da ihr so Knall auf Fall nichts Besseres einfiel.

Ihre geflochtenen Zöpfe wippten, als Margot nickte. Kurz und bündig verkündete sie auf bestem Bayerisch: „Sauna. Ja ned störn. Is granddig."

Dass Valerie sie verstand, verdankte sie ihrer ausgeprägten Eloquenz, denn die meisten Menschen hinterließ Margot ratlos. „Geht es ihr denn ansonsten gut?"

„Glaub schoa", versetzte das Sprachgenie mit fragender Miene. „War no was?", fügte sie hinzu, als Valerie keinerlei Regung zeigte. Dabei verschränkte sie die Arme vor der Brust wie ein kompromissloser Türsteher. Fehlte nur der Kommentar des bekannten Komikers: „Du kommst hier nicht rein."

„Äh, nein, nein, alles in Ordnung. Angelina wird sich schon bei mir melden, falls sie mich braucht." Schnell wirbelte sie herum und schickte sich an zu entschwinden.

„Valerie!", hörte sie da Margot rufen. „Könntns was mitnehma?"

Das Dirndl verkrümelte sich ins Haus und kam kurz darauf mit einer dunklen Jacke und einer Krawatte zurück. Wortlos drückte sie der erstarrten Valerie die Klamotten in die Hand. Und während diese noch ungläubig auf die Krawatte schielte, als wäre sie eine giftige Natter, schwappte eine Woge der Wut, verbunden mit nagender Enttäuschung, durch ihren Körper. Erst nach einigen Sekunden setzte sie sich stockend in Bewegung.

Vor Rafaels Tür spitzte sie nachdenklich die Ohren. In der Wohnung herrschte Grabesstille. Was hatte Angelina nur mit ihm angestellt? Alkohol? Drogen? Oder hatten sie sich einfach nur das Hirn herausgevögelt? Aber dann müsste Angelina doch besser drauf sein?

Zögerlich klopfte sie an. „Hallo, Rafael, ich bin's Valerie. Geht es Ihnen gut? Kann ich irgendetwas für Sie tun?", rief sie, ein Ohr an die Wohnungstür gelegt.

Nichts passierte.

Ob sie ihn in Ruhe lassen sollte? Wahrscheinlich legte er momentan keinerlei Wert auf Besuch. So huschte sie lautlos wie eine Diebin von dannen.

Doch als sie gerade die Treppe erreichte, vernahm sie hinter sich ein leises Quietschen. Langsam drehte sie sich um. Rafael hatte sich mit einem Arm von innen an den Türrahmen gelehnt und spähte durch die halb geöffnete Tür heraus. Seine Augen machten einen glasigen, abwesenden Eindruck. Die Pupillen waren beängstigend geweitet.

Valerie konnte es kaum fassen. Drogen! Dabei hatte sie so gehofft, dass das leidige Thema der Vergangenheit angehörte. Und nun hatte diese Verrückte anscheinend sogar Rafael mit hineingezogen. Langsam näherte sie sich ihm. Er machte einen bedauernswerten Eindruck. Da er sich noch nicht die Mühe gemacht hatte, sein Hemd zuzuknöpfen, erhaschte sie unwillkürlich einen Blick auf seine muskulöse, unbehaarte Brust. Sie atmete tief ein. Die Männlichkeit, die er selbst in dieser miserablen Verfassung ausstrahlte, war kaum zu ertragen. Sein Oberkörper glich einer Skulptur von Michelangelo, und sie war nicht in der Lage ihre Augen von ihm loszureißen.

Du liebe Güte, was machte denn das für einen Eindruck, wenn sie nur wortlos dastand und glotzte? Und trotzdem schoss ihr immer wieder die eine Frage durch den Kopf: Wie es sich wohl anfühlen würde, seine Brust zu berühren? Sie räusperte sich und zwang sich, ihm ins Gesicht zu schauen. „Ich habe mir Sorgen gemacht. Geht es Ihnen gut?"

„Nein, nicht besonders", wisperte er. „Oh, ich sehe, Sie haben meine Jacke und Krawatte. Irgendwie sind die beiden Teile gestern unter die Reifen gekommen." Wortlos streckte er die Hand aus, um ihr die Kleidungsstücke abzunehmen.

„Räder", murmelte sie, während sie ihm seine Klamotten reichte und ihre Blicke erneut zu seinen stahlharten Bauchmuskeln abrutschten, die sich durch die Bewegung angespannt hatten. „Aber was ist denn passiert?"

„Alkohol!", flüsterte er.

Irritiert sah sie auf. „Bitte?"

Er schüttelte leicht den Kopf. „Ja, dummerweise habe ich mich zu Whiskey hinreißen lassen. Ich trinke normalerweise nichts Hochprozentiges. Es erschließt sich mir nicht, wie Angelina dieses Gift in solchen Mengen zu sich nehmen kann."

„Oh, das ist einfach. Es ist ihr Lieblingsgetränk. Sie konsumiert es flaschenweise", rutschten Valerie die gehässigen Worte heraus. Als sie jedoch seinen entgeisterten Gesichtsausdruck bemerkte und ihr auffiel, in was für ein Licht sie ihre Chefin gerade gerückt hatte, wechselte sie unverzüglich das Thema. „Soll ich Ihnen etwas gegen die Kopfschmerzen holen?"

„Nein, danke, ich habe hervorragende Mittel. Ich befinde mich auch schon auf dem Weg der Besserung." Seine Hand krampfte sich um den Türrahmen. „Äh, Valerie … darf ich Sie etwas fragen? Sie kennen Angelina besser als ich. Ich vermute, sie ist sauer auf mich. Wie verhalte ich mich denn nun am besten?"

„Verraten Sie mir den Grund?"

Verlegen blickte Rafael zu Boden. Seine Finger

schienen den Türrahmen geradezu zu erdrosseln. Und tatsächlich vernahm sie ein leichtes Knarzen, als das Holz unter dem Druck seiner Hand gepeinigt aufjaulte. Ruckartig zog er den Arm zurück, und als er wieder aufschaute, zierten ein paar rote Flecken seine Wangen.

„Tja, das ist schwer zu erklären. Ich glaube, sie wollte gestern … äh, noch ein wenig Unterhaltung. Doch aufgrund des Whiskeys bin ich eingenickt. Als ich zu mir kam, hatte sie das Weite gesucht." Er schloss die Augen und ließ den Kopf gegen den Türrahmen sinken. „Ich hatte vorhin nicht die Kraft, ihr gegenüberzutreten. Ich musste mir zuerst ein paar Tropfen einverleiben, damit das Hämmern in meinem Schädel aufhört." Mit einem Ruck hob er den Kopf. „Meinen Sie, ich sollte rübergehen und mich entschuldigen?"

Valerie gab sich alle erdenkliche Mühe, doch sie konnte ihr Grinsen nur unzureichend unterdrücken. Er hatte in der Tat die große Angelina Russo abblitzen lassen. Das war der Lady in ihrem ganzen Leben noch nicht passiert. Sollte sie den unglückseligen Tropf darüber in Kenntnis setzen, dass Angelina ihm das nie und nimmer verzeihen würde, oder war der arme Kerl schon fertig genug?

„Nun", antwortete sie, immer noch unterdrückt schmunzelnd, „mein Tipp wäre, ihr tunlichst aus dem Weg zu gehen, bis Gras über die Sache gewachsen ist. Kommen Sie ihr auf keinen Fall zuvor in die Quere. So wie ich Angelina kenne, ist sie momentan nicht ansprechbar."

Rafael bedachte sie mit einem verzweifelten Blick. „Im Ernst jetzt?"

„Ja, so leid es mir tut. Gehen Sie rein und schlafen Sie sich aus. Zu Kreuze kriechen können Sie, sobald sie sich wieder eingekriegt hat. Im Normalfall dauert das so zwei bis drei Tage.“

„Gut, danke für den Tipp. Ja, ich glaube, ich lege mich jetzt wirklich hin.“

„Ich werde mich auch extrem leise verhalten“, flüsterte sie, schon auf dem Weg nach oben. „Gute Besserung.“

Kaum hatte sie ihre Wohnungstür hinter sich geschlossen, entwich ihr schallendes Gelächter. Erschrocken schlug sie sich die Hand vor den Mund, denn auf keinen Fall durfte Rafael sie hören. Dann aber hielt sie es nicht mehr aus, kippte rückwärts gegen die Wand und kugelte sich nahezu vor Lachen. Tränen liefen ihr aus den Augen, und sie musste ihre volle Konzentration aufwenden, um nicht in lautstarkes Gequieke auszubrechen.

Es dauerte Minuten, bis sie sich wieder einigermaßen gefangen hatte. Und sie konnte sich beim besten Willen nicht daran erinnern, wann sie das letzte Mal so herzhaft gelacht hatte.

Drei Tage später wanderte Angelina immer noch kettenrauchend mit der Laune eines gereizten Tigers durchs Haus. Sie hatte sich bereits eine Stunde auf dem Stepper abreagiert und war fünfzig Bahnen in dem beheizten Pool geschwommen, aber all das hatte nichts geholfen. Ihr Leben glich zurzeit einer nicht enden wollenden Katastrophe.

Begonnen hatte alles mit der Trennung von ihrem Exfreund Charlie vor fast drei Monaten. Sie hatten sich ein halbes Jahr zuvor bei einer Gala-Veranstaltung kennengelernt, nach der sie ratzfatz zusammen in der Kiste gelandet waren. Charlie entpuppte sich als Gott im Bett, doch leider boten sich nur wenige Gelegenheiten für gemeinsame Schäferstündchen, da Angelina die meiste Zeit bei irgendeinem Filmdreh verbrachte. Was Charlie nicht davon abhielt, ihr wie aus heiterem Himmel einen Heiratsantrag zu machen.

Der Typ war doch völlig durchgeknallt!

Als ob sie sich mit ihren sechsundzwanzig Jahren schon an einen Mann binden würde. Noch dazu an einen ausgeflippten Rocksänger. Doch Charlie wollte die Hochzeit um jeden Preis, und so hatte sie keine andere Möglichkeit gesehen, als ihn aus ihrem Leben zu verbannen. Jammerschade, denn im Bett war er eine Granate gewesen.

Und seitdem war alles so richtig aus dem Ruder gelaufen. Wochenlang hatte sie sich für diese blöde Oscar-Verleihung gewappnet und gelebt wie eine Nonne, nur um diese verfluchte Statue dann nicht zu bekommen. Und dafür war sie fast ein halbes Jahr als durchgeknallte Serienmörderin mit grässlicher Kurzhaarperücke herumgestiefelt und hatte sich schauspielerisch bis an ihre ureigenen Grenzen verausgabt!

Wenn hier jemand den Oscar verdient hatte, dann sie!

Aber dass Meryl Streep in Hollywood mächtige Protektoren ihr Eigen nannte, war ihr schon mehrfach zu Ohren gekommen. Nur deswegen war Angelina ins Hintertreffen geraten. Oh, wie sie diese ganze scheinheilige Gesellschaft hasste!

Schließlich hatte zu allem Elend auch noch Nils, ihr hoch geschätzter Bodyguard, Hals über Kopf gekündigt. Dann die Pleite in den beiden Klubs und als krönender Abschluss das Dilemma mit diesem Vollpfosten von Rafael. Was nützte der Körper eines Adonis, wem man nichts damit anzufangen wusste? Da draußen gab es Millionen Männer, die alles darum gäben, mit ihr ins Bett zu springen, und ausgerechnet diesen Blindgänger musste sie an Land ziehen.

Im ersten Moment hatte sie noch befürchtet, er wäre einem Herzinfarkt erlegen. In heller Panik hatte sie ihn geschüttelt und war schon im Begriff gewesen, den Notarzt zu alarmieren. Doch dann war ihm ein leises Grunzen entfahren, und ihr war gedämmert, dass er einfach so vom Schlaf übermannt worden war. Ungläubig hatte sie ihn eine Zeit lang angestarrt, bevor sie wutentbrannt mit einer Whiskeyflasche ins zweite Schlafzimmer gerauscht war. Hätte sie nur ein paar Sekunden länger gezögert, hätte sie ihm die Flasche über den Kopf gezogen. So eine Blamage hatte sie in ihrem ganzen Leben noch nicht erlebt, und seitdem haderte sie mit sich, ob sie ihn feuern sollte.

Nur die Aussicht, dann schon wieder ohne Bodyguard dazustehen, hatte sie bisher davon Abstand nehmen lassen. Zwar hatte Rafael mehrfach versucht bei ihr vorzusprechen, doch Margot hatte strikte Anweisung, diesem Trottel den Zugang zum Haus zu verwehren. Und zumindest auf Margot war immer Verlass, was man von der Mehrheit ihrer Angestellten nicht gerade behaupten konnte. Immerhin war Rafael intelligent genug, sich nicht gewaltsam Zutritt zur Villa zu verschaffen. Oder aber er legte einfach nur Feigheit vor dem Feind an den Tag.

Zu allem Überfluss hatte ihr Valeric dann am Morgen mitgeteilt, dass Angelinas Anwesenheit in Paris gefordert war, da ein paar Szenen ihres letzten Filmes nachgedreht werden mussten. Auch das noch! Sie hasste es, Dinge auszubaden, die irgendwelche Dilettanten vergeigt hatten. Griesgrämig spähte sie aus ihren raumhohen Wohnzimmerfenstern in Richtung Alpen.

Wie konnte es anders sein? Schlechtwetterwolken zogen auf, und der Ausblick war plötzlich genauso düster wie ihre Stimmung. Mit fahrigen Fingern steckte sie sich die nächste Zigarette an.

Sie musste hier raus!

Und sie brauchte dringend einen Mann!

Da schossen ihr Bilder einer leidenschaftlichen Liebesnacht mit einem französischen Filmregisseur durch den Kopf. Pierre war eingefleischter Single und lebte in … Paris.

Genau, das war es!

Pfeilschnell sauste sie zum Telefon. „Valerie, verbinde mich bitte mit Pierre, Pierre Coustard."

„Allo?", meldete sich Sekunden später eine rauchige Stimme mit sexy französischem Akzent. Ein wohliges Schaudern kroch ihr über den Rücken.

„Hallo, Pierre, hier spricht Angelina, Angelina Russo", flötete sie ins Telefon.

„Cherie! Was für eine Überraschung. Wie geht es dir? Wo bist du?"

„Im Moment noch in München, aber ich drehe nächste Woche in Paris, und da dachte ich, falls du am Wochenende Zeit hättest, könnte ich vielleicht eher fliegen."

„Für dich doch immer. Das wäre wundervoll."

Ein Strahlen breitete sich auf ihrem Gesicht aus. „Hervorragend. Ich lasse meine Assistentin den nächstmöglichen Flug buchen. Ich freue mich auf dich", fügte sie lasziv flüsternd hinzu.

„Oh, ich kann es kaum erwarten, dich wieder in meinen Armen zu halten. Ich werde dich ganz langsam entkleiden. Stück für Stück." Seine Stimme war pure Lust und brachte ihren Körper zum Kribbeln. „Ich werde dich zum Schreien bringen, darauf gebe ich dir mein Wort."

„Himmel, Pierre, hör auf. Mir ist gerade nicht nach

Telefonsex. Ich will dich spüren. So schnell wie möglich."

Kaum hatte sie aufgelegt, befahl sie Valerie einen Flug zu buchen. Koste er, was er wolle. Sie überlegte noch kurz, ob jemand von ihrer Entourage vonnöten war, aber eigentlich stand ihr der Sinn nicht danach. Für das, was ihr unter den Nägeln brannte, konnte sie keinen Klotz am Bein gebrauchen.

Sie fegte ins Ankleidezimmer, zerrte drei große Koffer hervor und durchforstete die begehbaren Schränke. Vor allem heiße Unterwäsche und Negligés durften nicht fehlen. Und als ihr Valerie Minuten später mitteilte, dass sie einen Flug am heutigen Abend arrangiert hatte, war Angelinas heile Welt wieder hergestellt.

Rafael hingegen staunte nicht schlecht, als er den Auftrag erhielt, sie in zwei Stunden zum Flughafen zu bringen und sie nicht im Entferntesten daran dachte, ihn mitzunehmen. Mit großen Schritten marschierte er zur Villa hinüber, wo ihn das geschlechtlose Monster im Dirndl erneut eiskalt abblitzen ließ. Also blieb ihm nur die Möglichkeit, während der Fahrt mit Angelina ins Reine zu kommen.

Den nächsten Schock bekam er, als er erfuhr, dass sie volle zwei Wochen weg sein würde. Er hatte seinen Besuch auf Siria unter einem Vorwand verschoben, da er nach dem verkorksten Abend nicht die geringste Ahnung hatte, was die Zukunft für ihn bereithielt. In den nächsten Tagen jedoch musste er zum Rapport antanzen. Zacharias und Gregor warteten schon voller Ungeduld auf ihn. Wie sollte er ihnen nur begreiflich machen, dass sich alles um weitere zwei Wochen verzögerte?

So harrte er drei Stunden später erwartungsvoll vor

Angelinas Villa aus. Wie üblich allerdings als Einziger.

Wo blieb die Frau nur wieder? Ihm lief die Zeit davon.

Erleichtert atmete er auf, als sich endlich die Haustür öffnete und ein Traum in Hellblau herausschwebte. Angelina trug einen perfekt sitzenden Hosenanzug mit passenden Pumps und wirkte wie aus dem Ei gepellt. Ihre langen dunklen Locken hatte sie unter einem tief ins Gesicht gezogenen Hut versteckt, der nahtlos in eine riesige Sonnenbrille überging. Kein Mensch würde sie so erkennen.

Ohne ihn auch nur ansatzweise zu beachten, ließ sie sich elegant auf den Rücksitz des Daimlers gleiten und ignorierte seine verzweifelten Bemühungen, die drei monströsen Gepäckstücke im Kofferraum unterzubringen – ein aussichtsloses Unterfangen. Letztendlich kam er zu dem Schluss, dass der große braune Koffer auf den Beifahrersitz musste, auch wenn er ihn beim Fahren mächtig behindern würde.

Als alles verstaut war, hechtete er ins Auto und raste los. Im Rückspiegel nahm er zur Kenntnis, dass Angelina ihn keines Blickes würdigte.

Oje, die Zeichen standen eindeutig auf Sturm.

„Angelina, ich muss mit dir reden“, setzte er vorsichtig an.

„Keine Lust!“, kam die Antwort wie ein Hammerschlag.

„Ich weiß, dass du angefressen bist, und es tut mir furchtbar leid. Aber deswegen möchte ich dir ja eine Erklärung liefern.“

„Ich bin nicht interessiert!“, verwies sie ihn schroff in seine Grenzen.

Da war es um seine Beherrschung geschehen. Mit einem Schlenker, der Angelina mit einem lauten Klimpern ihrer riesigen Ringe gegen die Seitenscheibe warf, steuerte er den Wagen auf den Standstreifen und schaltete den Motor aus.

„Rafael, bist du nun völlig durchgeknallt? Ich habe nicht alle Zeit der Welt. Ich muss zum Flughafen, los, beeil dich!", wetterte sie los.

Langsam und bedrohlich drehte er sich um, und sein ganzer Frust brach sich Bahn. „Nicht, bevor du mir zugehört hast!", warnte er sie mit dröhnender Stimme. „Und keine Bange, ich werde dich pünktlich zu dem verfluchten Flieger bringen. Und nimm verdammt noch mal die Sonnenbrille ab, wenn ich mit dir rede!"

Rafaels Tonfall musste ziemlich barsch gewesen sein, denn Angelina griff augenblicklich nach der Brille, ließ sie unachtsam neben sich auf den Sitz fallen und glotzte ihn entgeistert an. Sie öffnete kurz den Mund, um etwas kundzutun, klappte ihn in Ermangelung von Worten jedoch wieder zu. Zum ersten Mal erlebte er sie eingeschüchtert. Und zum ersten Mal in seinem Leben hatte er lautstark geflucht, denn mit dieser Unsitte waren Sirianer nicht vertraut.

Mit einer gewaltigen Wut im Bauch taxierte er die Frau auf dem Rücksitz, die sich gerade zutiefst desorientiert mit der Zunge die vollen, roten Lippen befeuchtete. Und obgleich er ihr am liebsten den Hals umgedreht hätte, törnte ihn diese Geste an, und er musste dem plötzlichen Verlangen widerstehen, sie in seine Arme zu zerren und ihr den blauen Anzug vom Leib zu reißen. Verflixt und zugenäht, warum nur konnte sie ihn nicht ebenso begehren?

In diesem Moment griff Angelina nach ihrem Hut, rupfte ihn sich mit einer hektischen Handbewegung vom Kopf und warf ihn hinter sich. Lasziv schüttelte sie die dunklen Locken, die sich im Nu ihren Weg nach unten bahnten. Dann packte sie das Revers ihres Jacketts und riss es ruckartig auseinander. Zwei kleine blaue Knöpfe schossen an Rafaels linkem Ohr vorbei und klimperten gegen die Windschutzscheibe, bevor sie auf das Armaturenbrett purzelten.

Rafael erstarrte in der Bewegung. Seine Begleiterin ließ gerade die Jacke von den Schultern rutschen und war nur noch mit einer schwarzen Korsage bekleidet, die ihre Brüste nur unwesentlich bedeckte. Ihre Finger glitten zum Bund ihrer Hose und nestelten an dem Knopf herum. „Los, Rafael, nimm mich. Hier und jetzt. Ich will dich", raunte sie mit tiefer Stimme.

Rafael schluckte, denn seine Kehle war schlagartig staubtrocken. Er beugte sich nach hinten und bemächtigte sich ihrer Hände, die im Begriff waren, ihre Hose von den Hüften zu streifen. „Herrje, Schätzchen. Dir ist schon klar, dass der Ort ziemlich schlecht gewählt ist, oder?" Er schaute um sich. „Mitten auf einer viel befahrenen Autobahn. Lass uns doch besser ein Hotel am Flughafen ansteuern." Seine Blicke huschten über ihren fast nackten Körper, und sein Unmut verrauchte so schnell, wie er sich aufgebaut hatte.

Da zuckte Angelina zusammen, warf den Kopf nach unten und stieß einen schrillen Schrei aus. Erschrocken ließ er ihre Hände los. Panisch zerrte sie die Hose wieder an Ort und Stelle, grapschte nach dem Jackett, schlüpfte hinein und unternahm den Versuch, es zu schließen. Irritiert starrte sie auf die verwaisten Fäden, an denen sich einmal Knöpfe befunden hatten. „Rafael, was ist passiert? Was habe ich nur getan?", flüsterte sie voller Bestürzung.

„Ehrlich gesagt habe ich keine Ahnung. Ich wollte eigentlich nur mit dir reden. Aber wir können dieses

Gespräch auch gerne in einem Hotelzimmer weiterführen." Ein süffisantes Lächeln zuckte um seine Mundwinkel.

„Gott bewahre!", wehrte sie mit einer stürmischen Handbewegung ab. „Ich muss gerade einen Aussetzer gehabt haben. O Nein! Das kann nur ein Gehirntumor sein. Es war, als hätte eine fremde Macht von mir Besitz ergriffen. Ich muss dringend einen Arzt aufsuchen." Mit fahrigen Fingern stopfte sie die Locken wieder unter den Hut. „Du wolltest mir etwas mitteilen."

Ernüchtert setzte Rafael sich auf. Sah ganz danach aus, als ob es jetzt doch keinen Sex gäbe. Angestrengt versuchte er, sich den Text wieder ins Gedächtnis zu rufen, den er sich zurechtgelegt hatte. „Gut, also, hör zu. Angelina, du bist die schönste und begehrenswerteste Frau, die mir in meinem ganzen Leben begegnet ist, und ich bin ein Esel. Ich habe dir gesagt, dass ich keinen Whiskey vertrage, und nur weil ich vor Nervosität beinahe umgekommen bin, habe ich das Zeug dann doch in mich hineingeschüttet."

Bestürzung blitzte in ihren Augen auf. „Du und nervös? Aber warum?"

„Kannst du dir das nicht denken? Angelina, ich will dich, seit ich dich zum ersten Mal zu Gesicht bekommen habe. Mein Problem ist, dass ich schon seit sehr langer Zeit mit keiner Frau mehr zusammen war."

„Warum wundert mich das nicht? Wenn du immer vorher einpennst, wird sich daran auch nichts ändern", versetzte sie ihm einen Schlag unter die Gürtellinie.

Prima, sie war wieder ganz die Alte! Die fremde Macht schien ihren Kopf mit fliegenden Fahnen verlassen zu haben. Frustriert schlug er auf den kostbaren Louis Vuitton Koffer auf dem Beifahrersitz. „Das ist jetzt nicht der richtige Zeitpunkt, um Gehässigkeiten auszuteilen. Ich entschuldige mich gerade bei dir. Hör zu, meine Frau ist vor über drei Jahren gestorben, und seitdem hatte ich kaum mehr Kontakt zum weiblichen Geschlecht."

Die Erschütterung war ihr im Gesicht abzulesen. „Oh, das tut mir leid … also, das mit deiner Frau. Aber warum hattest du die ganze Zeit keinen Sex?"

„Ich hatte schlichtweg kein Interesse. Die erste Frau, die seitdem meine Beachtung gefunden hat, bist du. Vielleicht leuchtet dir jetzt ein, warum ich mich so linkisch angestellt habe." Er bedachte sie mit einem flehentlichen Blick. „Angelina, ich bitte dich nur um eines. Streich diesen Abend aus deinem Gedächtnis, und gib mir noch eine Chance."

Seine Chefin konzentrierte sich auf ihre rot lackierten Fingernägel. „Über drei Jahre hast du gesagt? Mein Gott, wie kann man denn das aushalten?"

„Sehr gut, wenn man jemanden geliebt hat."

Die Unterhaltung schien sie nervös zu machen, denn sie rutschte unruhig auf der Sitzbank hin und her. Dann fing sie an, hektisch in ihrer Handtasche herumzukramen. Hatte sein offenes Geständnis ihn gerettet oder für alle Zeiten disqualifiziert?

Sie zog ein kleines Kästchen aus ihrer Tasche, dem sie zwei Sicherheitsnadeln entnahm. „Sorry, aber das ist jetzt ein ziemlicher Schock für mich. Du wirkst, als ob du jeden Abend ein anderes Mädchen vernaschst. Mit absoluter Enthaltsamkeit hätte ich nie und nimmer gerechnet. Warum hast du das nicht vorher gesagt?"

„Weil ich nicht dastehen wollte wie ein Trottel." Rafael schüttelte leicht den Kopf. „Aber nun habe ich es ja doch hinbekommen."

Ein schwaches Lächeln huschte über ihr Gesicht,

und ihm fiel ein Stein von Herzen. Sie pfriemelte ihren Blazer mit den Sicherheitsnadeln zusammen und blickte hastig auf die Uhr. „Rafael, wir sollten jetzt fahren, sonst verpasse ich noch meinen Flug. Ich werde mir in Paris durch den Kopf gehen lassen, ob ich noch einen Versuch mit dir starte oder ob sich unsere Beziehung auf rein beruflicher Ebene weiterbewegen wird. Ich hätte natürlich auch Verständnis dafür, wenn du dir unter diesen Umständen lieber einen anderen Job suchst. Obgleich ich das bedauern würde, denn du scheinst ein fähiger Bodyguard zu sein.“ Demonstrativ schob sie sich die Sonnenbrille auf die Nase und bekundete somit das Ende des Gesprächs. „So, und jetzt bring mich endlich zum Flughafen.“

Während Rafael sich umdrehte, den Wagen startete und schließlich mit durchdrehenden Reifen losschoss, umspielte ein glückliches Lächeln seine Lippen. Sobald Angelina aus Paris zurückkam, war sie fällig. Dann würde er Nägel mit Köpfen machen. Bis dahin blieben ihm zwei Wochen, die er sinnvoll nutzen konnte. Gleich morgen würde er eine Frau aufreißen, um Sex auf der Erde auszutesten.

Obendrein könnte es hilfreich sein, sich einmal mehr mit seinem erfahrenen Mentor über das Thema auszutauschen, wenngleich er sich dabei in Grund und Boden schämte. Doch momentan konnte Rafael jede erdenkliche Hilfe gebrauchen. Aber nichtsdestotrotz schien er die Situation erst einmal gerettet zu haben. Nun konnte er auch Siria mit reinem Gewissen Bericht erstatten.

Ein Blick in den Rückspiegel signalisierte ihm, dass Angelina gerade die letzte Locke unter dem Hut versteckte. So ganz konnte er immer noch nicht fassen, was soeben im Fond des Wagens abgelaufen war. Davids Worte über Telepathie hallten wieder durch seinen Kopf. Ob *er* für diesen kleinen Ausbruch verantwortlich gewesen war? Hatte er es wirklich geschafft, von ihrem Gehirn Besitz zu ergreifen? Doch wie zur Hölle hatte er das angestellt? Und falls er wirklich so eine Gabe besaß, warum hatte er das früher noch nicht bemerkt?

Vielleicht weil er in seinem ganzen Leben noch nie so gedemütigt und aufgebracht gewesen war wie in den letzten Tagen, da der Eukalyptusgeruch auf Siria konstant alle Aggressionen aus der Luft filterte. Aber wie er Wut heraufbeschwören konnte, um seine Gabe kontrolliert einzusetzen, war ihm schleierhaft.

Der Münchner Flughafen kam in Sicht. Majestätisch erhob sich eine silbrig glänzende Boeing in die Lüfte. Gedankenverloren verfolgte Rafael mit Blicken die Maschine, die durch die Strahlen der untergehenden Sonne in orangefarbenes Licht getaucht wurde. Da blitzte vor seinem geistigen Auge ein ähnliches Bild auf: die kleine Urnenrakete mit Caras Asche, die bei Sonnenaufgang in den unendlichen Weiten des Weltalls verschwand. Und in diesem Moment erinnerte er sich daran, dass er doch schon einmal so fuchsteufelswild gewesen war, nämlich an dem Tag, als man ihm untersagt hatte, Caras Asche an sich zu nehmen.

Entsetzt schloss er sekundenlang die Augen, als ihm die Tragweite dessen bewusst wurde, was sich damals abgespielt hatte. Auf Knien hatte er den Beerdigungsrat angefleht, ihm die Asche auszuhändigen, doch dieser war unerbittlich geblieben. Und als der Mann Anstalten machte, mitsamt Urne das Gebäude mit den Brennkammern zu verlassen, war Rafael dermaßen der Kragen geplatzt, dass ihn kurzzeitig nicht einmal mehr die eukalyptusgetränkte Atmosphäre besänftigen konnte. Er hatte dem Mann eine wüste Standpauke gehalten und ihm die Beulenpest an den Hals gewünscht.

Und dann hatte sich etwas Sonderbares zugetragen. Gänzlich unerwartet hatte der Bestatter die Urne fallen lassen, sich auf den Boden geworfen und sich gekratzt, als hätte man einen Sack voll Flöhe auf ihn losgelassen. Minutenlang war er zuckend und zappelnd auf dem Boden herumgekugelt und erst wieder zur Vernunft gekommen, als seine Haut an manchen Stellen zu bluten anfing. Was nach neuestem Kenntnisstand daran liegen konnte, dass sich Rafael indessen der Urne bemächtigt hatte und seine Wut verraucht war. Der Mann jedoch musste noch Wochen später mit beruhigenden Pillen versorgt werden, da er aus Angst vor einer abermaligen Attacke nachts keine Ruhe mehr fand.

Rafaels Finger krampften sich ums Lenkrad. Potz Blitz! Sollte tatsächlich er dieses Ereignis heraufbeschworen haben? Nein, wahrscheinlich war alles nur ein Riesenzufall. Ansonsten wäre die Gabe der Telepathie eine ernst zu nehmende Gefahr. Ob sie deswegen verboten worden war? Er kam wohl nicht umhin, sich bei nächster Gelegenheit einmal mit seinem Vater auszutauschen. Er musste sich Gewissheit verschaffen, ob er mit einer Fähigkeit gesegnet war, die todbringend sein konnte.

Mit quietschenden Bremsen brachte er Minuten später die Limousine vor dem belebten Franz Josef Strauß-Flughafen zum Stehen. Etwas grünlich um die Nase torkelte Angelina heraus und wankte schnurstracks zum Lufthansaschalter. Rafael hechtete mit den drei ausladenden Koffern hinterher, die er übereinandergestapelt wie Bauklötze balancierte.

Gerade noch rechtzeitig checkte die Diva am First Class Schalter ein und gab glücklicherweise alle Gepäckstücke auf. Vor der Sicherheitskontrolle blieb sie ruckartig stehen, umarmte ihn und platzierte ein zartes Küsschen auf seiner Wange, was sofort wieder ein begehrliches Rumoren in seinem Körper lostrat.

„Ach, Rafael, eine Bitte hätte ich noch. Könntest du ein Auge auf Valerie haben? Geh ein- oder zweimal mit ihr aus. Das arme Ding kommt ja sonst nie aus dem Haus. Setz ihr einfach die Pistole auf die Brust, falls sie Widerstand leistet."

„Pistole …? Äh ja, natürlich." Er hatte zwar keine Ahnung, was sie damit ausdrücken wollte, hatte jedoch das Gefühl, dass dies nicht der geeignete Zeitpunkt für dämliche Fragen war.

Er konnte gerade noch „Guten Flug" rufen, da war Angelina schon mit wippenden Hüften hinter dem Schalter verschwunden. Beschwingt schlenderte er zum Auto und sah mit Freuden ihrer Rückkehr entgegen. Sie schien doch ein gutes Herz zu haben, sonst würde sie sich kaum um ihre Assistentin sorgen. Aber warum eine hübsche Frau wie Valerie so gut wie nie ausging, entzog sich komplett seiner Kenntnis. Es war jetzt über eine Woche her, dass er sich unter ihr einquartiert hatte, und seines Wissens nach hatte sie nicht ein einziges Mal abends ihre Wohnung verlassen.

Doch schnell schob er das Thema beiseite, denn er hatte wahrlich andere Probleme. Es war so weit. Er musste sich für den unangenehmen Besuch auf Siria wappnen.

Kapitel 10

Mit einem dümmlichen Grinsen im Gesicht und wieder erwachtem Selbstvertrauen schwebte Rafael mitten in der Nacht aus einer kleinen Wohnung in Schwabing. Nachdem Roger aufgrund einer ungünstigen Planetenkonstellation den Besuch auf Siria um zwei Tage verschoben hatte, war Rafael Hals über Kopf in eine Bar marschiert. Und zwar mit dem erklärten Ziel, eine Frau abzuschleppen. Und er konnte immer noch nicht fassen, was für ein Kinderspiel das gewesen war.

Wild entschlossen hatte er in dem Laden die auffälligste und hübscheste Brünette angesprochen. Und zu seiner grenzenlosen Überraschung klebte das langbeinige Wesen mit dem Gesicht einer Porzellanpuppe Minuten später an seinem Oberarm, bereit, mit ihm in jede Parallelwelt zu entschwinden. Was er schamlos ausgenutzt hatte. Fluchtartig hatten sie die Kneipe verlassen und waren in ihrer kleinen, heruntergekommenen Bude gelandet. Dort roch es zwar, als wäre hier kurz zuvor ein Iltis verendet, doch in Anbetracht der Lage schenkte Rafael dieser Tatsache keinerlei Aufmerksamkeit.

Wie ein wild gewordener Stier war er über die gazellenartige Schönheit hergefallen. Zuerst hatte sie mit einem entsetzten Quieken reagiert, als er innerhalb von Sekunden kam, nachdem er in sie eingedrungen war. Doch glücklicherweise war sein Stehvermögen genauso schnell wieder hergestellt wie sein Selbstbewusstsein. So hatten sie es zwei weitere Male hemmungslos miteinander getrieben und den Geräuschen nach zu urteilen, die die Kleine von sich gegeben hatte, schien sie es mehr als genossen zu haben. Obendrein hatte sie ihm Dinge ins Ohr geraunt, die er nie aus dem Mund einer

Frau für möglich gehalten hätte. Und zum ersten Mal in seinem Leben war er über die hinlänglich bekannte Missionarsstellung hinausgekommen, und alle Anspannung hatte sich in Wohlgefallen aufgelöst.

Einzig die traurigen Augen des Mädchens hatten seine Hochstimmung leicht getrübt, als ihr beim Abschiednehmen gedämmert war, dass sie ihn nicht wiedersehen würde.

Wie entfesselt bretterte er nun mit dem silbernen Porsche nach Hause. Er musste den Erdenbewohnern zugestehen, dass das Gefährt aus der Stuttgarter Sportwagenschmiede ein Ausbund an Kraft und Technik war. Wirklich allererste Sahne! Ein paar winzige Modifikationen und das Teil würde abheben wie ein Sternenkreuzer. Aber warum nur hatte noch niemand diese Idee nachverfolgt? In mancherlei Hinsicht waren die Menschen auf der Erde tatsächlich auf den Kopf gefallen.

Als er sich Minuten später wie ein Schwerverbrecher in seine Wohnung schlich, schien Valerie gottlob tief und fest zu schlafen. So machte er es sich vor dem Fernseher gemütlich, schob eine der DVDs, die er bei Beate Uhse erstanden hatte, in den Rekorder und zerbrach sich den Kopf darüber, welches Getränk er als Erstes in Angriff nehmen sollte. Am Nachmittag hatte er einen Großeinkauf in einem Spirituosenladen gestartet. Verschiedene Whiskeysorten, Wodka, Martini, Gin und andere hochprozentige Flüssigkeiten lauerten seitdem auf dem Wohnzimmertisch.

Denn er war fest entschlossen, Nutzen aus Angelinas Abwesenheit zu ziehen und seine Trinkfestigkeit zu trainieren. So ein peinlicher Zwischenfall wie neulich abends durfte sich einfach nicht wiederholen. Selbst vor dem Kauf einer Stange Zigaretten war er nicht zurückgeschreckt, denn in Angelinas Nähe ständig von unterdrückten Hustenkrämpfen geschüttelt zu werden, war extrem störend.

Er griff nach einer bauchigen Flasche und goss sich einen Whiskey ein. Mit Todesverachtung steckte er sich eine Zigarette an. Allmächtiger! Schon beim ersten Zug hatte er das Gefühl, seine Lunge würde auseinanderfliegen wie ein angestochener Luftballon. Schnell schnappte er das Whiskeyglas und schüttete einen Schluck in sich hinein. Ein pfeifendes Geräusch entwich seiner Kehle. Nun hatte er zusätzlich zu dem Hustenkrampf noch ein Brennen im Hals, als hätte er mit Tabasco gegurgelt. Die Zigarette fiel erschrocken aus seinen Fingern und brannte ihm an einer extrem heiklen Stelle ein Loch in die Jeans. Panisch schoss er hoch und wedelte die Kippe mitsamt Asche von der Hose.

Und während er noch einen wilden Regentanz vollführte, markierte die Zigarette auf dem glänzenden Parkettboden unverkennbar ihr Revier. Schnell erwürgte er den Glimmstängel im Aschenbecher und schob die Schachtel verschnupft zur Seite. Dann fiel er schwer atmend in den bequemen Fernsehsessel und schaltete das Gerät an.

Der Pornofilm startete mit einer für seine Ohren extrem nervtötenden Musik. Doch als sich Minuten später splitternackte Körper aneinander rieben, war das Gedudel Nebensache. Mit weit aufgerissen Augen beäugte er Stellungen, die er sich in seinen kühnsten Träumen nicht vorgestellt hätte. Manche faszinierten ihn, doch es gab auch Szenen, die ihn erschreckten oder sogar anwiderten. Ob eine Frau wirklich wollte, dass man ihr die Augen verband, sie fesselte und ihr ausnahmslos jede Körperöffnung füllte? Das konnte er sich nicht einmal ansatzweise vorstellen.

Verärgert zerrte er die DVD aus dem Rekorder und schob die nächste ein. Doch was war das? Hier hielten gleich mehrere Frauen einen einzigen Mann in Schach. Sicher, die Szenen hatten einen ausgesprochen erotischen Touch, aber war das realistisch? Genervt schaltete er auch diesen Film aus. Diese Streifen verwirrten ihn mehr, als dass sie ihm auf die Sprünge halfen. Er würde wohl nicht umhinkommen das Thema erneut mit David zu erörtern.

Nachdenklich nippte er abermals an dem Whiskey. Pfui Spinne! Schmeckte das Zeug widerlich! Wieso bloß war Angelina so verrückt danach? Er nahm noch ein paar kleine Schlucke und registrierte, dass einmal mehr Schwindel einsetzte. Oje, da lag noch ein langer, steiniger Weg vor ihm. Mit weichen Knien torkelte er ins Schlafzimmer und schaffte es gerade noch, sich halbwegs zu entkleiden, bevor er in den Tiefschlaf fiel.

Nachdem er um die Mittagszeit aus dem Koma erwacht war, startete er einen erneuten Versuch, sein sexuelles Defizit auszugleichen. Er schlenderte durch die bevölkerte Münchner Fußgängerzone und begutachtete die Damenwelt. Todesmutig nahm er heute Rothaarige und Blonde ins Visier, die für ihn immer noch ziemlich exotisch anmuteten, vor allem die Blonden. Sein Blick fiel auf eine dralle Rothaarige, die alleine am Tisch eines Straßencafés saß.

„Darf ich Ihnen Gesellschaft leisten?“, erkundigte er sich höflich, nachdem er die Sonnenbrille auf den Kopf geschoben und das Jackett zurechtgerückt hatte.

Ein Paar große dunkle Augen sondierten ihn von oben bis unten. „Ja, bitte“, flüsterte die rassige Schönheit nach kurzer Bedenkzeit.

Eine halbe Stunde später ruhten ihre Finger auf seinem muskulösen Oberarm und seine Augen auf ihrem Dekolleté. Nach drei weiteren Stunden hatte er in einem Fünfsternehotel in der Münchner City einige der obskuren Praktiken ausprobiert, die ihm in den Pornos ins Auge gestochen waren. Verschmitzt grinsend musste er zugeben, dass die Erdenbewohner definitiv wussten, was Spaß bereitete. Vor allem die Nummer unter der Dusche, zu der ihn die unersättliche Rothaarige am Schluss animiert hatte, hatte einen bleibenden Eindruck bei ihm hinterlassen.

Während sie sich mit einem leidenschaftlichen Kuss von ihm verabschiedete, schob sie ihm wortlos ihre Visitenkarte zu, und auch wenn er nicht an ein Wiedersehen glaubte, würde er das gute Stück vorerst einmal aufbewahren. Mit gestrafften Schultern und geschwellter Brust verließ er das Hotel und nahm sich fest vor, es am nächsten Tag mit einer Blondine zu versuchen, der größten Herausforderung schlechthin.

Die Klingel ertönte. Valerie schreckte hoch.

Wer konnte das sein?

Auf dem Grundstück herrschte Totenstille, seit Rafael gegen Mittag ausgegangen war. Geschlagene zwei Tage hockte sie nun am Schreibtisch und suchte Belege für Angelinas Steuererklärung zusammen. Eine frustrierende Aufgabe, nicht nur, weil die Rechnungen teilweise bis zur Unkenntlichkeit zerrupft oder in Rotwein getränkt waren, sondern, weil ihr auch jegliches Verständnis für den Sinn und Zweck mancher Ausgaben fehlte. Der Steuerberater würde zutiefst entzückt sein, wenn sie ihn mit ausufernden Rechnungen über Kosmetikbehandlungen, Wellness und Abendgarderobe aufs Finanzamt losließ.

Nachdenklich blickte sie zur Tür, bevor sie langsam die Schreibtischschublade aufzog und nach der Waffe griff, die sie sich während des Scheidungsprozesses zugelegt hatte. Da hörte sie Rafaels Stimme. „Valerie, sind Sie da? Ich bin es."

Erleichtert schloss sie die Schublade wieder. Eine bedrückende Unruhe hatte sie am gestrigen Abend überfallen, als Rafael verkündet hatte, dass er in die Stadt fuhr. Denn auch wenn das Haus schwerer zu knacken war als Fort Knox, hasste sie es, mutterseelenallein auf dem riesigen Anwesen auszuharren. Erst als sie am frühen Morgen den blubbernden Sound des Porsches vernommen hatte, war sie beruhigt eingeschlafen. Am Nachmittag allerdings hatte Rafael das Grundstück erneut verlassen, und sie hatte ihn nicht zurückkommen gehört. Aber da sich dieser Mann mit der Geschmeidigkeit und Präzision einer gigantischen Wildkatze bewegte, war das nicht weiter verwunderlich.

Ob es eine Frau in seinem Leben gab? Wenngleich er das nie erwähnt hatte, wäre es weiß Gott keine Überraschung. Mit seinem himmlischen Aussehen war der Mann mitnichten gezwungen, ein Single-Dasein zu fristen und spielte wahrscheinlich frauentechnisch in seiner ganz eigenen Liga. Denn wer würde diesen Kerl schon von der Bettkante schubsen?

Als sie die Tür öffnete, lehnte er im Halbschatten an der Wand des Hausgangs, da er wie üblich auf jegliche Beleuchtung verzichtet hatte. Einmal mehr stellte sie sich die Frage, ob dieser Typ über ein eingebautes Nachtsichtgerät verfügte. Sie tastete nach dem Lichtschalter, und als die Vierzigwattbirne an der Decke Rafael in ein mattes, goldenes Licht tauchte, verschlug es ihr kurzfristig die Sprache. Zum ersten Mal begegnete er ihr in Freizeitkleidung, und sie musste sich eingestehen, dass er in den engen Jeans und dem beigefarbenen Hemd eine mindestens genauso gute Figur abgab wie im dunklen Anzug.

„Hallo, Rafael“, krächzte sie in dem Versuch, sich zusammenzureißen. Hoffentlich hatte er nicht bemerkt, dass sie ihn angeglotzt hatte wie ein verführerisches Tiramisu.

Doch er lächelte nur und seine blauen Augen strahlten herzlich wie immer. „Komme ich ungelegen?“

Sie winkte ab. „Nein, nein. Nur langweilige Steuerrechnungen. Kein Problem.“

„Schön. Hören Sie, Valerie, ich würde Sie gerne morgen Abend zum Essen ausführen, damit wir uns mal etwas besser kennenlernen. Was meinen Sie?“

„Ach, Rafael, das ist wirklich nett, aber ich gehe eher selten aus.“ Valerie blickte in seine faszinierenden Augen und hätte sich im gleichen Moment am liebsten in den Hintern getreten. Hatte sie diesem süßen Kerl gerade allen Ernstes einen Korb gegeben?

„Aber Valerie!“, bettelte er. „Sie werden sich doch hier nicht eineseln wollen?“

Irritiert guckte sie ihn an. „Igeln.“

„Ja, natürlich. Dieses Amerikanisch hat mir ganz schön die Muttersprache verschweint.“

Dieses Mal unterließ sie es, ihn zu verbessern.

„Sie könnten mir ein paar nette Restaurants zeigen“, quasselte er unbeirrt weiter. „Ich kenne mich hier doch gar nicht aus. Bitte! Mir zuliebe!“

„Also gut“, hörte sie sich überrascht sagen, so als ob sich ihre Stimme vom Gehirn abgekoppelt hätte. „Ich reserviere uns einen Tisch für morgen Abend. Was mögen Sie denn? Bayrisch, italienisch, französisch?“

„Das überlasse ich Ihnen. Übrigens, gilt ihr Angebot mit dem Motorrad noch?“

„Ja, natürlich."

„Möchten Sie vielleicht morgen früh ein paar Runden mit mir kreisen?"

„Drehen", stammelte sie, während sie sich als Sozia fest an ihn gepresst sah und die Temperatur um sie herum plötzlich um zehn Grad zu steigen schien. Nur was für ein Problem hatte der Mann mit der Sprache? „Ihr Deutsch ist wirklich lustig", befand sie. „Ehrlich gesagt ist es mir noch ein bisschen zu frostig fürs Motorrad. Aber nutzen Sie es, wann immer Sie wollen. Der Schlüssel steckt. In der Garage liegen jede Menge Helme. Irgendeiner wird schon passen."

Rafael war schon lange verschwunden, als sie immer noch wie versteinert hinter der Eingangstür ausharrte. Doch als sie erneut die Rechnungen in Angriff nehmen wollte, war jegliche Konzentration dahin. Ständig schweiften ihre Gedanken zu ihrem Nachbarn ab. Und es waren nicht nur sein Aussehen und seine liebenswerte Art und Weise, was sie in Unruhe versetzte. Nein, da war noch etwas anderes!

Seine Sprache irritierte sie mindestens genauso wie seine Vorgeschichte. Sie tippte seinen Namen bei Google ein, wo sich annähernd drei Millionen Ergebnisse aufbauten. Herrje, der Name Schmitt war aber auch zu gängig! Sie versuchte alle möglichen Varianten, in Verbindung mit David Chesterfield und den letzten amerikanischen Präsidenten, kam jedoch keinen Krümel weiter. So zerrte sie das Kuvert aus der Schreibtischschublade, in dem sich Rafaels Referenzen befanden. Das Zeugnis, das David Chesterfield ihm ausgestellt hatte, war erstklassig. Genau wie das Schriftstück aus dem Weißen Haus. Makellos, aber extrem nichtssagend.

Sie blickte auf die Uhr und griff nach dem Telefonhörer. Wenn sie schon Verbindungen nach Hollywood hatte, warum sie nicht nutzen?

Am nächsten Morgen wurde sie früh durch das satte Blubbern der Harley aus dem Schlaf gerissen. Grollend schien das Motorrad aus seinem Winterschlaf zu erwachen. Während sie sich ins Bad schleppte, hörte sie das Knirschen des aufspritzenden Kieses, verursacht durch durchdrehende Reifen. Wehmütig lehnte sie sich mit dem Rücken an die Badezimmertür, bevor sie schließlich unter die Dusche trottete.

Nachdem sie ausgiebig gefrühstückt hatte, widmete sie sich zähneknirschend erneut dem Rechnungs-Tohuwabohu. Doch seltsamerweise konnte sie sich heute noch weniger konzentrieren. Immer wieder sah sie im Geiste hochgezüchtete Motorräder, waghalsige Stunts und letztendlich einen dunkelhaarigen Bodyguard mit strahlend blauen Augen.

Irgendwann hielt sie die Anspannung nicht mehr aus und gab sich in Gedanken einen Tritt.

Schluss mit dem Eremitenleben!

Es war allerhöchste Zeit, aus diesem Gefängnis auszubrechen. Kampfeslustig wischte sie mit der Hand den Papierkram beiseite. Scheppernd flogen ein paar Kugelschreiber zu Boden. Rechnungsbelege und Kreditkartenabrechnungen flatterten unkontrolliert durchs Zimmer. Sie ließ alles liegen, sprang auf und stürzte auf ihren Kleiderschrank zu.

Fieberhaft riss sie Kleider, Blusen und Röcke heraus. Glitzernde Abendroben mischten sich mit schicken Cocktailkleidern und geschäftsmäßigen Kostümchen. Gute Güte, sie hatte schon so lange kein Date mehr gehabt, dass ihr völlig entfallen war, wie man sich für einen solchen Anlass kleidete.

Als Rafael Punkt sieben bei ihr läutete, staunte er nicht schlecht. Die Nachbarin mit dem Pferdeschwanz hatte sich in eine elegante junge Dame verwandelt. Sie trug ein enges schwarzes Kleid, das kurz oberhalb des Knies endete und ihre gertenschlanke Figur vorteilhaft umhüllte. Die blonden Haare fielen ihr glänzend über die Schultern und die Lippen schimmerten in dezentem Rot. Die schönen blauen Augen hatte sie dunkel umrandet, was sie riesengroß wirken ließ. Er konnte sich nicht erinnern, sie jemals geschminkt gesehen zu haben, aber es schmeichelte ihr ungemein. Wie er es von David gelernt hatte, bot er ihr galant den Arm und führte sie zum Wagen.

Valerie hatte einen Tisch in dem aufregenden Drehrestaurant 181 auf dem Münchner Olympiaturm reserviert. Wie elektrisiert klebte Rafael den Abend über mit der Nase an der Scheibe, da er sich an der beleuchteten Stadt gar nicht sattsehen konnte. Millionen von Lichtern schimmerten unter ihnen, als hätten sich Horden von Glühwürmchen großflächig verteilt.

Er hatte die verrückte bayerische Metropole inzwischen lieb gewonnen. Die Stadt lebte zu jeder Tages- und Nachtzeit und hatte so viel zu bieten: den schicken Marienplatz, die ellenlange Fußgängerzone und pulsierende Ortsteile wie Schwabing und das Glockenbachviertel. Nur die konstant Bier trinkenden Männer in Lederhosen blieben ihm suspekt, genau wie die Frauen in Dirndln mit ihren ausladenden Dekolletés. Und dummerweise schien der sirianische Sprachcomputer auch keine Dialekte zu beherrschen, was Rafael ab und an enorme Verständigungsschwierigkeiten bereitete. Denn mit den eingefleischten Ureinwohnern Bayerns zu kommunizieren war ein Ding der

Unmöglichkeit.

Am Morgen hatte er mit Erstaunen festgestellt, was für ein Katzensprung es von München in die Alpen war. Unter Missachtung sämtlicher Verkehrsregeln hatte er es mit der Harley in sage und schreibe fünfundzwanzig Minuten geschafft. Und auch wenn die Maschine auf den ersten Kilometern hin und wieder geruckt und gezuckt hatte, war er in Windeseile auf den Trichter gekommen, wie man das Geschoss in halsbrecherischem Tempo über die Bergstraßen jagte. Das Glücksgefühl lag im ähnlichen Bereich wie bei einem wilden Ritt mit dem Gleiter durch Sirias Schluchten, wenn auch die Geschwindigkeit des Motorrads jede Menge Potenzial nach oben bot.

Aber Valerie hatte recht behalten, in den Bergen war es empfindlich kühl, und so hatte er gegen Mittag mit klammen Fingern und eisigen Zehen den Rückzug angetreten. Er hoffte nur, dass es ihm vergönnt sein würde, den Sommer noch in vollen Zügen auf der Erde auszukosten, um längere Touren in Angriff zu nehmen. Dummerweise hatte er während der Ausfahrt komplett die Zeit vergessen und es somit an diesem Tag verwirkt, sich eine willige Blondine zu angeln.

Gedankenverloren glitt sein Blick jetzt über Valeries glänzendes Haar und ihre schimmernden Lippen, bevor er sich an ihrem kleinen Busen festsaugte, der unter dem engen Kleid fest und straff wirkte. Als gänzlich unerwartet eine Hitzewelle durch seinen Körper jagte, fuhr er sich mit den Fingern hektisch in den Hemdkragen. Himmel, er sollte es lieber unterlassen, sie in Gedanken zu entkleiden. Um nichts in der Welt durfte er seine Nachbarin als Versuchsobjekt benutzen.

Valerie musterte ihn irritiert. Hatte sie seine Reaktion etwa bemerkt? Schnell befasste er sich mit der

Speisekarte, ließ dann aber seine Begleiterin die Auswahl treffen, da die meisten Gerichte für ihn wie böhmische Dörfer anmuteten. Und während Rafael stur auf Mineralwasser beharrte, tat sie sich an einem leckeren Chardonnay gütlich.

„Sie trinken überhaupt keinen Alkohol?“, fragte sie mit verhaltener Neugier.

„Ganz selten. Ich vertrage leider keinen. Das war schon immer so. Muss ein genetischer Defekt sein.“

Valerie lachte. „Nun, das ist ja wohl kein Beinbruch.“

Dann verebbte das Gespräch, und während Rafael wieder nach draußen starrte, lauschten sie dem Geturtel eines verliebten Pärchens am Nebentisch.

„Erzählen Sie mir etwas von sich, Valerie“, unterbrach er schließlich die bedrückende Stille, als ihre Nachbarn mit gegenseitigen Fütterungsaktionen den Vogel abschossen.

„Ach, da gibt es nicht viel Erwähnenswertes. Ich opfere gerade große Teile meiner Freizeit dem Studium. Ansonsten chatte ich mit weit entfernten Freunden, die ich schon seit Ewigkeiten nicht mehr zu Gesicht bekommen habe. Aber das wissen Sie ja alles schon.“

„Und warum statten Sie Ihren Freunden nicht einfach einen Besuch ab? Ich würde es lieben, die Welt zu bereisen, wenn ich nur die Zeit dazu hätte.“

Valerie pikste die Gabel in ein Salatblatt. „Das habe ich ja vor, nur hat es bisher nicht geklappt.“ Nervös jagte sie eine Kirschtomate über den Teller.

Doch Rafael ließ nicht locker. „Eines interessiert mich. Wie sind Sie überhaupt bei Angelina gelandet?“ Ihm blieb nicht verborgen, dass die junge Frau sich kurz versteifte. War er mit der Frage wieder mal übers

Ziel hinausgeschossen? Abwartend heftete er die Augen auf seine Nachbarin.

Diese schwieg eine Zeit lang, bevor sie leise seufzte. „Das ist eine längere Geschichte. Angie fuhr den Wagen, der meiner Karriere als Stuntfrau ein Ende bereitet hat. Aber sie traf absolut keine Schuld. Die Beleuchtung ist wie aus heiterem Himmel ausgefallen und machte sie blind wie einen Maulwurf. Trotzdem hatte sie ein schlechtes Gewissen.

Als ich meinen Mann verlassen habe und nicht so recht wusste, wohin, hat sie mir bei sich Unterschlupf gewährt. Eine Zeit lang habe ich noch die Hoffnung gehegt, erneut ins Stuntgeschäft einsteigen zu können. Doch leider wurde durch den Unfall meine Beweglichkeit zu sehr eingeschränkt. Und als dann überraschend Angelinas Assistentin gekündigt hat, kam ich zu dem Job wie die Jungfrau zum Kind.“ Sie kratzte fahrig mit der Gabel über ein Stück Gurke, dann warf sie den Kopf in den Nacken und blickte ihn frustriert an. „Aber ich möchte eigentlich nicht darüber reden, ich verbinde das nur mit unangenehmen Erinnerungen.“

Sie nahm einen tiefen Schluck Wein und stellte das Glas mit einem deutlich vernehmbaren Klirren auf dem Tisch ab. Das Thema schien sie ziemlich zu berühren.

Nun war es Rafael doch peinlich, dass er so tief in sie gedrungen war. „Entschuldigen Sie. Ich wollte Sie nicht bedrängen. Lassen Sie uns doch über Angelina sprechen.“

Valerie verzog entnervt das Gesicht. „Was wollen Sie denn jetzt schon wieder wissen?“

Rafael zuckte mit den Schultern. „Ich werde aus ihr einfach nicht schlau. Sie ist manchmal so kalt und abweisend. Liegt das in ihrem Naturell, oder bin ich der

Auslöser dafür?“ Erleichtert bemerkte er, dass Valerie lächelte. Da hatte er ja gerade noch mal die Kurve gekriegt.

„Nein, das liegt mit Sicherheit nicht an Ihnen. So ist sie eben. Sie hatte keine einfache Kindheit. Sie ist mit einem herrischen Vater und einem üblen Bruder aufgewachsen. Ihre Mutter hat irgendwann das Weite gesucht. Ich glaube, sie hat nie mehr etwas von ihr gehört.“

Nachdenklich nippte sie an ihrem Wein. „Ich denke, deswegen hat sie sich eine so harte Schale zugelegt. Noch dazu will sie ständig unter Beweis stellen, dass sie die Beste ist. Das vermittelt nach außen hin oft den Eindruck maßloser Arroganz. Aber glauben Sie mir, im Grunde ihres Herzens ist sie ein sehr einsamer Mensch.“ Sie legte den Kopf schief und schaute ihn herausfordernd an. „Doch nun genug von Angelina. Warum reden wir zur Abwechslung nicht mal über Sie? Sie haben doch in Ihrem Leben schon so viel erlebt. Warum sind Sie eigentlich beim Secret Service ausgestiegen? Nur wegen Ihres Vaters? Und wo leben Ihre Eltern überhaupt?“

Eine Erbse purzelte vor Schreck von seiner Gabel. „Nun, die Krankheit meines Vaters war der Auslöser“, flunkerte er, und es wurmte ihn maßlos, dass Valerie erneut den Spieß umgedreht hatte. So kam er einfach nicht weiter. „Und meine Eltern wohnen ein gutes Stück von München entfernt.“

Valerie lehnte sich nach vorne. „Wie sind Sie auf die Idee gekommen, Bodyguard zu werden? Waren Sie zuerst beim Film?“

„Nein, eigentlich bin ich Techniker … Raketentechniker.“

Sie riss die Augen auf. „Raketentechniker? O mein

Gott! Sie waren bei der NASA?“

„Äh, ja“, log Rafael weiter, und es widerstrebte ihm heftig, dass er sie schon wieder hinters Licht führen musste. Was sollte er ihr nur erzählen? „David und ich, wir waren quasi … Nachbarn.“ Zumindest das entsprach der Realität, ohne den eigentlichen Tatsachen auch nur im Entferntesten nahezukommen. „Und als er auf der Suche nach einem Bodyguard war, habe ich mich einfach angeboten.“

„War es denn nicht interessant bei der NASA?“

„Doch, aber ich hatte Lust auf Veränderung. Ach, sehen Sie, da kommt das Essen.“ Das verschaffte ihm zumindest eine Verschnaufpause.

Hungrig stürzte sich Valerie auf den Fisch, wohingegen er auf winzigen Happen herumknabberte.

„Vertragen Sie auch keinen Fisch? Sie nehmen ja kaum etwas zu sich“, fragte sie schließlich.

„Ich esse eigentlich immer so wenig.“

Erstaunt glitten ihre Blicke über seinen kraftstrotzenden Körper. „In der Tat, eindeutig unterernährt. Bei den Muskeln …“

„Ach, das ist nur vom Sport.“

„Und Sportler verschlingen im Normalfall Berge von Kohlehydraten.“

Gott, war die Frau hartnäckig! So viel zum Thema Verschnaufpause. „Ja, das tue ich ja auch. Aber in der Regel zur Mittagszeit.“ Konzentriert stierte er aus dem Fenster. „Es hat aufgehört zu regnen. Wollen wir später noch einen kleinen Spaziergang machen?“

Angeheitert durch den Wein kam Valerie eine andere Idee. „Auf der Theresienwiese ist Frühlingsfest. Da war ich schon seit Jahren nicht mehr. Hätten Sie Lust, mich dorthin zu begleiten?“

Kapitel 11

Das gigantische Volksfest sprengte Rafaels Vorstellungskraft. Wie berauscht von den bunten Lichtern, die Buden und Fahrgeschäfte funkeln ließen, schlängelte er sich zwischen den Menschenmassen hindurch. Er war zwar mit David einmal über den Santa Monica Pier spaziert, doch verglichen hiermit war das ein Kinderspielplatz. Himmlische Gerüche folterten seine Nasenflügel. Es duftete nach Gegrilltem und gebrannten Mandeln, aber er hatte seinen Magen mit dem Abendessen schon genug drangsaliert und konnte ihm unmöglich mehr zumuten. Denn sicher hatte seine Begleiterin wenig Verständnis, wenn er in die nächste Mülltonne reiherte.

Valerie hatte sich inzwischen locker bei ihm eingehakt und fand mehr und mehr Gefallen an dem Abend. Das zweite Glas Wein hatte sie ein wenig enthemmt, und so kostete sie es vorbehaltlos aus, am Arm dieses aufregenden Mannes über das Festgelände zu bummeln. Seine imposante Erscheinung in dem eleganten dunklen Anzug beeindruckte sie immer wieder, wenngleich ihr Begleiter ständig abbremste, um mit großen Augen die vielfältigen Attraktionen zu inspizieren.

In mancher Hinsicht war er wie ein kleiner Junge. Diesen dreißigjährigen, welterfahrenen Mann konnten die winzigsten Details faszinieren. So ließ er es sich nicht nehmen, ihr einen riesigen silbernen Luftballon in Form einer Harley zu kaufen und ihr mit ruhiger Hand gekonnt einen kuscheligen Pandabären zu schießen, den er lange mit einem fast wehmütigen Gesichtsausdruck anguckte. Ein großes Lebkuchenherz mit der Aufschrift „I love Munich“ pendelte bereits an ihrem Hals hin und her.

Behängt wie ein Weihnachtsbaum tippelte sie neben ihm her und fing immer wieder die Blicke von Frauen auf, die Rafael lüstern begafften. Was sie veranlasste, sich besitzergreifend an ihn zu drücken. Nein, zumindest an einem Abend gehörte dieser Traummann ihr. So beschwingt und glücklich hatte sie sich seit Jahren nicht mehr gefühlt.

Dieses Potpourri aus Gerüchen, bunten Lichtern und lachenden Menschen – ach, wie sie das alles vermisst hatte! Die ganzen Impressionen legten sich um ihre Sinne wie eine kuschelige Jacke. Denn tief im Grunde ihres Herzens wünschte sie sich nur eines: Sie wollte ihr altes Leben zurück. Sie hatte es so satt sich in Angelinas Bunker zu verkriechen. Die Welt sollte sie endlich wieder haben.

Und just in diesem Moment schwor sie sich, dieses Ziel ab sofort intensiv zu verfolgen. Mit dem Beginn ihres Studiums hatte sie den Grundstein gelegt. Jetzt musste sie nur noch den Ekel davor überwinden, womöglich Alex wiederzusehen, und sich nach draußen trauen. Und am besten würde sie das Karatetraining wieder aufnehmen, das sie nach dem Unfall aufgegeben hatte. Was ihrem Selbstwertgefühl sicherlich zusätzlichen Auftrieb verleihen würde. In Gedanken versunken rumpelte sie gegen etwas. Erschrocken sah sie zu einem blonden Hünen in Lederhosen auf, der beunruhigend schwankte. „Tschuldigung", murmelte sie kleinlaut.

Doch der Mann lallte mit bedrohlichem Unterton: „Kannste nich aufpassn!"

Rafael, der gerade fasziniert eine gigantische Schiffschaukel unter die Lupe nahm, fuhr irritiert herum.

„Ist schon gut, es tut mir leid!" Valerie hob beschwichtigend die Hände und versuchte, mitsamt ihres

Begleiters einen Bogen um den Wikinger herum zu machen.

Doch dieser baute sich bedrohlich vor ihnen auf und musterte Rafael von oben bis unten.

O nein, auch das noch!

„Wass iss, Dressman?“, brabbelte Wickie. „Wer gewinnt, kriegt die Kleine.“

Verzweifelt schaute Valerie sich nach einem Security-Angestellten um. Im Eifer des Gefechts war ihr dabei komplett entfallen, dass sie an diesem Abend die Security auf Schritt und Tritt bei sich hatte. Denn schon flog der Besoffene nach hinten wie von unsichtbaren Fäden zurückgerissen, und krachte so heftig gegen eine Würstchenbude, dass die kleinen, knackigen Würstchen kurzfristig entgeistert über dem Grill schwebten. Verdattert blieb die Schnapsdrossel an der Theke hängen, begleitet von empörten Schreien der Budenbesitzerin.

Valerie riss vor Überraschung Mund und Augen auf. Sie hatte überhaupt nicht mitbekommen, was passiert war. Mit einer blitzschnellen, kaum wahrnehmbaren Bewegung seines Armes hatte Rafael den stattlichen Riesen zur Seite gefegt wie einen halb vollen Mehlsack.

„Alles klar?“, flüsterte der Mann neben ihr und zwinkerte ihr verschmitzt zu.

Sie nickte fassungslos.

„Gut, gehen wir weiter.“

Rafael grinste innerlich über Valeries verdutzte Miene. Auch wenn ihm David mehrfach eingebläut hatte, zurückhaltend mit seinen schnellen Bewegungen und der übermenschlichen Kraft umzugehen, konnte er es manchmal einfach nicht lassen. Schon letzte Woche im Pascha hatte er mit den beiden Türstehern seine wahre Freude gehabt. David lag ja so was von richtig. Er war den Erdenbürgern um Lichtjahre voraus, und er liebte diese Gabe.

Er schielte zu Valerie hinüber, die ihn immer wieder versonnen begutachtete. Ein geheimnisvoller Glanz hatte von ihren Augen Besitz ergriffen und die Sorgenbündel, die normalerweise ihr ständiger Begleiter waren, schienen wie welke Blätter von ihr abgefallen zu sein. Sie strahlte mit den Neonlichtern des Volksfestes um die Wette und ließ ihn vergessen, dass er eigentlich eine schwierige Mission zu erfüllen hatte.

Aber eine Sache brachte ihn fast um. Wie hatte dieser Scheißkerl von Exmann eine solch fantastische Frau dazu gebracht, sich komplett von der Außenwelt abzuschotten? Urplötzlich wünschte er sich, dieses Drecksstück einmal in die Finger zu bekommen.

Rafael kannte Gewalt vorwiegend aus Filmen und von den kleinen Faustkämpfen mit seinen Kumpels auf Siria, wo es normalerweise um Fouls beim Weltraumfußball ging. Doch aufgrund des beruhigenden Eukalyptusgeruchs konnte man dieses alberne Gerangel kaum für bare Münze nehmen – was auf die Erde leider nicht zutraf. Gewalt schien hier allgegenwärtig zu sein. Angelina und Valerie Schutz zu gewähren war manchmal nur mit purem Körpereinsatz möglich, was für ihn glücklicherweise ein Klacks war. Und es lag auf der Hand, dass er bisher nur an der Oberfläche dessen gekratzt hatte, was mit seinen Fähigkeiten tatsächlich machbar wäre.

Erneut flogen seine Blicke zu Valerie, die mit strahlenden Augen die Wagen einer Achterbahn musterte, die sich ratternd in die Tiefe stürzten. Immer wieder kitzelte der Hauch ihres dezenten Parfums seine Nasenflügel. Sie verströmte einen durch und durch natürlichen, ansprechenden Geruch, im Gegensatz zu Angelina, die mit ihren vielen Sprays stets in einer chemischen Wolke zu schweben schien.

Vor einem gigantischen Riesenrad blieb er wie angewurzelt stehen und schaute hinauf. Auch wenn es nicht gerade von der schnellen Truppe war, faszinierte ihn die Höhe. „Was ist, Valerie? Hätten Sie Lust?"

Sie grinste. „Warum nicht!"

Just in dem Moment, als sie im Begriff waren, eine der Gondeln zu besteigen, drang ein verdächtiges Knacken an Rafaels Ohr. Er wirbelte herum und entdeckte neben der Einstiegsstelle den ratternden Motor. Er schärfte seine Sinne und registrierte, dass die Maschine nicht rund lief. Mit Geisteskraft versuchte er die Zahnräder zu synchronisieren, doch da er die Struktur des Antriebs nicht im Detail kannte, misslang dies.

Ohne eine weitere Sekunde zu zögern wandte er sich dem untersetzten Mitarbeiter in Lederhosen zu, der beim Einsteigen behilflich war. „Hören Sie, mit dem Motor ist etwas nicht in Ordnung. Er wird in nächster Zeit ausfallen."

Der Bayer glotzte ihn ungläubig an. „Ach, redns koan Schmarrn. Woins jetz fahrn oda ned?"

„Was hat er gesagt?", fragte er Valerie verständnislos.

„Er sagt, wir sollen endlich einsteigen. Kommen Sie schon!", zischte sie und versuchte ihn in die Gondel zu ziehen. Doch genauso gut hätte sie den Versuch unternehmen können, das Matterhorn zu verschieben.

„Nein, wirklich", redete Rafael weiterhin mit Engelsgeduld auf den Mann ein, der ihn nur entgeistert ansah. „Hören Sie, ich bin Techniker. Wenn ich Ihnen sage, dass der Motor einen Defekt hat, können Sie mir getrost glauben."

Nun bekam der kleine Bayer einen roten Kopf. Wie ein Bluthund blähte er die Nasenflügel. „Entweda steigns jetz a, oda gehns weida. Es woin noch mehr Leite fahrn."

Und tatsächlich, hinter ihnen erhoben sich murrende Stimmen. Da kamen ihm Davids warnende Worte wieder in den Sinn. Er lauschte noch ein paar Sekunden dem ungleichmäßigen Einrasten der Zahnräder, befürchtete aber keine akute Gefahr für die Menschen. Das gigantische Rad würde in wenigen Minuten mit einem unangenehmen Knirschen zum Stillstand kommen. So fuhr er herum, packte Valeries Hand und zog sie mit sich. „Kommen Sie, wir fahren nicht mit dem Ding."

Valerie blickte ihn verdutzt an, tappte dann aber bereitwillig hinter ihm her. Schweigend verließen sie das Volksfest. Rafael hielt noch immer ihre Hand und sie fühlte sich wie im siebten Himmel, auch wenn sie sein Verhalten soeben als ziemlich peinlich empfunden hatte. Doch gerade als sie Anstalten machte in den Porsche zu klettern, wurden hinter ihnen Schreie laut. Sie wirbelte herum und entdeckte, dass das Riesenrad zum Stillstand gekommen war.

Mit offenem Mund starrte sie zum Festplatz, wo sich Hektik ausbreitete. Männer hetzten auf das Gefährt zu, das im flackernden Licht der Millionen Glühbirnen nun geradezu gefährlich anmutete, dann setzte lautstarkes Gehämmer ein. Doch der Riese aus Stahl verharrte unbeweglich. Immer wieder waren verängstigte Rufe aus den Gondeln in schwindelerregender Höhe zu vernehmen. Mit weit aufgerissenen Augen gaffte Valerie Rafael an, der ihr mit beiläufiger Miene die Autotür aufhielt.

„Kommen Sie. Steigen Sie ein. Ich habe es ja prophezeit. Aber dieser Ignorant wollte einfach nicht hören. Jetzt müssen sie sehen, wie sie die Leute herunterbekommen. Ich hoffe nur, dass niemand zu Schaden kommt."

Valerie schluckte und rutschte ins Auto. Hektisch schoss ihr Blick zwischen Rafael und dem defekten Riesenrad hin und her. Urplötzlich fiel ihr das Telefonat vom Nachmittag wieder ein. Die befreundete Agentin aus Hollywood hatte ihr mitgeteilt, dass trotz ausgiebiger Nachforschungen niemand in der Branche einen Bodyguard oder Chauffeur namens Rafael Schmitt kannte oder jemals beschäftigt hatte. Auch nicht in Verbindung mit David Chesterfield. Und was im Weißen Haus vor sich ging, war sowieso nicht nachvollziehbar. Obendrein hielt sie es für ein Ding der Unmöglichkeit, dass ein Deutscher den Präsidenten beschützt hätte, da für diesen Job fast ausnahmslos amerikanische Landsleute ausgewählt wurden.

Argwöhnisch hatte Valerie daraufhin den Telefonhörer sinken lassen, im Laufe des Abends jedoch die ganzen Ungereimtheiten vergessen. Jetzt aber war ihr Misstrauen wieder geweckt. Wer war der Mann an ihrer Seite tatsächlich?

Scheinbar unbeeindruckt startete ebendieser den Porsche und düste los in Richtung Grünwald. Schon nach wenigen Minuten leerten sich die Straßen, und nur noch vereinzelte Fahrzeuge kreuzten ihren Weg. Schweigsam kauerte Valerie auf dem Beifahrersitz und warf immer wieder ungläubige Blicke zu Rafael hinüber. Dabei fiel ihr auf, dass er die Augen konstant auf den Rückspiegel geheftet hatte.

Was sollte das nun wieder?

Warum konzentrierte er sich nicht auf die Straße?

So langsam begannen ihre Nerven zu flattern. Unauffällig spähte sie in den Außenspiegel und bemerkte in einiger Entfernung die Lichter eines weiteren Autos. Als sie in die kleine, friedliche Seitenstraße zu Angelinas Villa einbogen, registrierte sie mit hellem Entsetzen, dass der Wagen ihnen folgte. Was ging hier vor sich? Im Normalfall begegnete man in diesem Stadtteil selten Anwohnern, und schon gar nicht zu solch nachtschlafender Uhrzeit.

Sie wollte gerade ihre Bedenken zum Ausdruck bringen, als ihr Chauffeur ruckartig in die Eisen stieg und sie in den Sicherheitsgurt geschleudert wurde. Schmerzgepeinigt schrie sie auf und griff nach ihrer lädierten Schulter. Die Fahrertür wurde aufgerissen, und als sie wieder hinübersah, schien Rafael sich in Luft aufgelöst zu haben.

Sie warf den Kopf herum und blinzelte in die Scheinwerfer des anderen Fahrzeugs, das ein paar Meter hinter ihnen ebenfalls zum Stillstand gekommen war. Geblendet schloss sie die Augen. Sofort kehrte das mulmige Gefühl zurück, das sie jedes Mal außerhalb der schützenden Villa empfand. Da erst wurde ihr bewusst, dass sie es den Abend über komplett vergessen hatte.

Was, wenn Alex schon wieder die Verfolgung aufgenommen hatte? Und wo zum Henker war Rafael?

Mit zittrigen Fingern löste sie den Gurt und öffnete die Beifahrertür. Aus der Richtung des anderen Wagens hörte sie laute Stimmen. Sie zögerte noch kurz, doch dann hüpfte sie hinaus und spurtete die Straße entlang.

Und als sie näher kam, traute sie ihren Augen nicht.

Kapitel 12

Das Fahrzeug, das sich an ihre Fersen geheftet hatte, parkte schräg auf der Straße, die Fahrertür weit offen. Im Lichtkegel der Scheinwerfer erkannte Valerie Rafael, der ein schimpfendes Bündel mit einer Hand hochhielt und gegen einen Baum drückte. Wobei die Füße des Bündels ungefähr einen Meter über dem Boden baumelten. Rafael schien seinem hilflosen Opfer gerade gehörig den Marsch zu blasen, jedoch in einer undefinierbaren Sprache, die Valerie nicht einmal annähernd zuordnen konnte. Verwundert lauschte sie dem ungewöhnlichen Singsang, der sie vereinzelt an die schrillen Klick- und Pfeiftöne von Walen erinnerte.

Langsam bewegte sie sich auf die beiden Kampfhähne zu. Dann entfuhr ihr ein gellender Schrei. Bei dem Mann, der da von Rafael malträtiert wurde, handelte es sich um niemand anderen als ihren verhassten Exmann Alex – ihre ganz persönliche Nemesis.

Durch ihren Schrei aufgeschreckt, zuckten die Köpfe der beiden Männer unisono in ihre Richtung.

„Hase, sag diesem Idioten, dass er mich auf der Stelle loslassen soll!“, befahl der in der Luft hängende Mann mit lauter Stimme. „Der hat sie doch nicht mehr alle!“

„Nenn mich nicht Hase!“, zischte Valerie ungehalten.

Rafaels Blicke schossen ungläubig zwischen Valerie und dem unbekannten Individuum hin und her. Der Typ kannte sie? Er hatte ihn für einen Sirianer gehalten, den man zu seiner Beobachtung abgestellt hatte. Zu offensichtlich war er ihnen die ganze Strecke vom Festplatz immer im Abstand von ein paar Wagenlängen gefolgt.

Er bemerkte, wie seine Begleiterin schützend die Arme um ihren schlanken Körper schlang und mit erschrockenem Gesichtsausdruck zurückwich. Ein übler Verdacht keimte in ihm auf. „Hase, wer ist der Mann?"

„Rafael, lassen Sie das! Das ist … Das ist Alex", stotterte sie. „Mein Exmann."

Rafaels Kopf flog herum. Der dunkelhaarige Mann starrte ihn aus braunen, weit aufgerissenen Augen angriffslustig an. Der Kategorie Feigling konnte man diesen Kerl eindeutig nicht zuordnen. Der Typ trug einen dunklen Nadelstreifenanzug und vermittelte einen gepflegten und wohlhabenden Eindruck. Noch dazu war er nicht unattraktiv. An irgendjemanden erinnerte er Rafael, er kam aber nicht dahinter, an wen.

„Valerie, was hat der Kerl hier zu suchen?" Er ließ Alex immer noch mit einer Hand über dem Boden schweben, als handelte es sich um eine Schaufensterpuppe.

„Überhaupt nichts. Es gibt sogar einen Gerichtsbeschluss, dass er sich mir nicht nähern darf. Nur hält er sich nicht daran. Er rückt mir seit Jahren unablässig auf den Leib."

„Valerie", erkundigte sich Rafael lauernd, „erlauben Sie mir, dass ich ihn zu Püree schlage?"

„Zu Püree? Sie meinen wohl zu Brei?"

Rafael verdrehte die Augen. „Meinetwegen. In Washington sagt man Püree."

Valerie seufzte abgrundtief. „Nein, tun Sie ihm nichts. Auch wenn er eine Abreibung verdient hätte. Er ist Anwalt. Er wird Sie verklagen."

„Genau!", pflichtete Alex bei, der die seltsame Kommunikation stirnrunzelnd verfolgt hatte und sich eindeutig vernachlässigt zu fühlen schien. „Lassen Sie mich runter, Sie Arschloch. Sonst werde ich Sie vor Gericht zerren. Ausnahmsweise hat der Hase einmal recht.“

Er hatte noch nicht richtig ausgesprochen, als Rafaels freie Faust krachend in seinem Gesicht landete. Ein widerliches, knirschendes Geräusch durchschnitt die nächtliche Stille. Dann spritzte Blut in alle Richtungen. Die braunen Augen ungläubig aufgerissen, stieß Alex einen markerschütternden Schrei aus, bevor er grunzend zu Boden plumpste, da Rafael ihn losgelassen hatte. Doch genauso schnell hatte er ihn wieder hochgezogen, nur um den nächsten Schlag in seinem Magen zu platzieren. Wie ein nasser Sack flog Alex nach hinten, wo er stöhnend auf dem Rücken landete.

Sofort baute Rafael sich bedrohlich vor ihm auf und stemmte die Arme in die Hüften, wie er das in einem Western gesehen hatte. „Hören Sie mir gut zu, denn ich werde das nicht zweimal sagen!“ Er versuchte, seiner Stimme einen gefährlichen Unterton zu geben. „Ich will Sie nie wieder in Valeries Nähe sehen, sonst verarbeite ich Sie wirklich zu Püree oder Brei, was auch immer.“

Er beugte sich noch ein Stück nach vorne. „Und das mit dem Anzeigen lassen Sie ebenfalls schön bleiben. Denn glauben Sie mir, sollte ich Sie nicht erwischen, dann tut es einer meiner Freunde. Und von denen habe ich jede Menge“, log er gänzlich enthemmt weiter und klopfte sich dabei im Geiste stolz auf die Schulter.

Zu seiner Überraschung schien er Glaubwürdigkeit auszustrahlen, denn eine Heidenangst zeichnete sich nun auf Alex’ Gesicht ab, bevor dieser sich wimmernd aufrappelte und in Richtung Auto krabbelte. Rafael erwog gerade, ihm einen weiteren Hieb zu versetzen, als sanft an seinem Ärmel gezupft wurde. Er fuhr herum und registrierte Valeries entsetzte Miene. Dicke Tränen kullerten über ihre Wangen, und sie blickte drein, als hätte sie gerade einen Flugzeugabsturz beobachtet. Ohne groß nachzudenken, schloss er sie in die Arme, woraufhin sie sich zitternd an ihn schmiegte.

„Ganz ruhig, Valerie. Es ist alles gut. Hab keine Angst. Dieser Typ wird dich nie mehr belästigen. Dafür werde ich sorgen." Minutenlang redete er beruhigend auf sie ein und drückte sie fester an sich, als sie von einem erneuten Weinkrampf geschüttelt wurde. Und erst als ihr herzzerreißendes Schluchzen verebbte, schob er sie langsam in Richtung Wagen.

Zu Hause manövrierte er sie in ihre Wohnung, sank mit ihr zusammen aufs Sofa und legte beschützend den Arm um sie. Ratzfatz lag ihr Kopf wieder an seiner Brust. Wortlos hielt er sie fest und streichelte über ihr samtweiches Haar. Wie reine Seide fühlte es sich an. Duftend und zart. Und im Nachhinein betrachtet war das wohl der Moment, in dem sein Interesse an Blondinen erwachte.

Ebendiese Blondine putzte sich soeben lautstark und kein bisschen ladylike die Nase. „Weißt du, ich war noch sehr jung, als ich ihn kennengelernt habe", fing sie nach einiger Zeit stockend an zu erzählen. „Gerade mal siebzehn. Alex ist der beste Freund meines Vaters und hat uns in Starnberg ein Haus besorgt, als wir nach Deutschland zurückkehrten." Sie schluckte hörbar und rang um Fassung. Ihre Stimme klang rau.

„Valerie, du brauchst dich nicht vor mir zu rechtfertigen."

„Doch, doch", schniefte sie. „Vielleicht tut es ja gut, mal darüber zu reden. Es sei denn, ich langweile dich."

Ihre fragenden, tränenfeuchten Augen brachten ihn kurzzeitig aus dem Konzept. Er räusperte sich. „Schätzchen, du kannst mir alles erzählen, was du auf dem Herzen hast."

„Ich glaube, jetzt ist nicht der richtige Moment, um mit mir zu flirten." Nichtsdestotrotz hatte das Kosewort ein schwaches Lächeln auf ihr Gesicht gezaubert. „Außer meinen Eltern kennt die ganze Geschichte nur eine einzige Person … Angelina."

„Angelina?"

„Ja, sie ist seine Schwester."

Die Erkenntnis traf ihn wie ein rechter Haken. Jetzt wusste er, an wen ihn Alex' Augen erinnert hatten. Verwirrt schüttelte er den Kopf.

„Heute könnte ich auch mal einen Whiskey vertragen", befand Valerie indessen. „Nur habe ich keinen im Haus."

„Kein Problem, ich hole dir welchen." Schon war er aufgesprungen und auf dem Weg zur Tür.

„Nein, bitte, lass mich nicht alleine. Du musst jetzt nicht extra zur Villa hinüberlaufen", flehte sie ihn an.

„Tue ich nicht. Ich habe welchen unten."

„Du hast Whiskey? Ich denke, du verträgst keinen."

Er zuckte mit den Schultern. „Ich versuche gerade, mich daran zu gewöhnen." Er sprang auf und kehrte Sekunden später mit einer Flasche in der Hand zurück. In Valeries Küche goss er ein Wasserglas halb voll, woraufhin sie schwach lächelte.

„Willst du mich etwa abfüllen?"

„Abfüllen, was soll das heißen?"

„Na betrunken machen eben. Sag mal, du hast aber ganz schön Schindluder mit deiner Muttersprache getrieben. Und was hast du eigentlich vorhin mit Alex gesprochen?"

„Oh, das war … Russisch, Hase."

Sie boxte ihn gegen die Brust. „Nenn mich nicht Hase!", fauchte sie.

Hatte er sie erfolgreich abgelenkt?

Nein, denn sie runzelte die Stirn. „Seltsam, ich spreche diese Sprache fließend. Doch ich habe kein Wort verstanden. Aber wieso hast du ihn auf Russisch angebrüllt?"

„Ach, da kann man so richtig schön fluchen. Hatte ich nicht erwähnt, dass ich eine Zeit lang in Russland gelebt habe?"

„Wo in Russland?"

Rafael kramte in seinem Gedächtnis. „Novosibirsk", rief er dann erleichtert. Wie gut, dass er sich sämtliche James Bond Filme einverleibt hatte.

Valerie schaute ihn ungläubig an und nahm einen großen Schluck Whiskey. Sie verzog das Gesicht und hustete. Nun, zumindest war er nicht der Einzige, dem die Brühe Probleme bereitete. Aber wenn er sich nicht am Riemen riss, würden ihn seine mangelnden Sprachkenntnisse noch ans Messer liefern. Denn das war eindeutig sein wunder Punkt. Die Umgangssprache der Erdenbewohner musste schnellstmöglich in die sirianischen Computer einprogrammiert werden. Das konnte doch wirklich kein Hexenwerk sein. Bei nächster Gelegenheit würde er seinen Bruder Simon darauf ansetzen, denn wenn einer zu so etwas imstande war, dann er.

Valerie hatte sich inzwischen einen weiteren großen Schluck gegönnt und lehnte sich mit geschlossenen Augen zurück. Offensichtlich reichte ihr das fürs Erste als Information. „Wo war ich stehen geblieben? … Ach ja. Alex hat mich rührend getröstet, als ich aus Bratislava zurückkam und mein Leben in Scherben lag. Und nach einigen Monaten sind wir uns näher gekommen. Ich bin nicht sehr stolz darauf, denn Alex war zu der Zeit noch verheiratet. Aber ich war naiv und total geblendet von diesem prominenten, gut aussehenden Anwalt."

Sie hielt kurz inne und schlürfte gedankenverloren an ihrem Glas. „Auf einer Party machte ich dann Angelinas Bekanntschaft, die gerade am Anfang einer steilen Karriere stand. Als bei einem ihrer Filmdrehs ein Stuntgirl fehlte, das Kampfsport beherrschte, erinnerte sie sich an meine Karatekenntnisse, die ich mir als Kind in Asien zugelegt hatte. Ich sprang kurzerhand ein und war so fasziniert von der Filmbranche, dass ich mein BWL-Studium hinschmiss und eine Stunt-Ausbildung absolvierte – sehr zum Leidwesen meiner Eltern. Von dem Tag an war mein Vater nie mehr derselbe." Knirschend ließ sie das leere Whiskeyglas auf den Tisch sinken.

„Und auch Alex verabscheute den Job, da ich viel unterwegs und ständig von gut aussehenden Männern umgeben war. Damit konnte er überhaupt nicht umgehen. Als er mir dann aber nach kurzer Zeit einen Heiratsantrag machte, nahm ich ihn ohne zu zögern an. Mein Leben schien annähernd perfekt zu sein. Ich hatte einen aufregenden Beruf, einen attraktiven, reichen Ehemann und frönte meinen Interessen in einer riesigen Villa am Starnberger See. Erst viel später habe ich begriffen, dass ich Alex nie richtig geliebt habe. Mein Herz hatte ich in Bratislava verloren."

„Warum hast du deine große Liebe nie wiedergesehen?"

Die Frage schien sie zu irritieren, denn unverzüglich flog ihre Hand wieder zu der Kette. „Ich weiß auch nicht. Am Anfang war ich zu sehr verletzt, und später hatte ich wohl einfach Schiss."

„Aber, Valerie, womöglich hatte er ja nur eine kleine, nichtssagende Affäre. Warum suchst du ihn nicht einmal auf? Du schaffst es eh nicht, ihn aus deinen Gedanken zu verbannen.“

„Typisch Mann!“, giftete sie. „Nimm ihn nur noch ihn Schutz.“ Hektisch strich sie sich eine Haarsträhne hinters Ohr. „Aber mit einem hast du recht. Ich sollte zu ihm fahren und ihm nachträglich noch in die Eier treten. Aber lass mich weitererzählen … Ja, und dann passierte dieser grässliche Unfall, der mich zwang, meinen Job aufzugeben.“

Sie stockte und griff nach der Whiskeyflasche, um sich ihr Glas abermals aufzufüllen. Morgen früh würde sie aussehen wie ausgespuckt und einen entsetzlichen Kater haben, doch das war ihr schnuppe. „Alex hat sich während der ganzen Zeit rührend um mich gekümmert. Tja, und eines schönen Tages ließ er die Katze aus dem Sack. Er gestand mir, dass er … Also …“ Sie blickte zur Decke. „Dass er ein Fetischist ist.“

Rafael fiel die Kinnlade herunter. Sekundenlang bekam er den Mund nicht mehr zu. „Was genau meinst du damit?“

„Fetische eben“, sie fuchtelte hilflos mit der Hand in der Luft herum. „Latex, Lack und Leder, Peitschen, Fesselspiele, Dominas und so weiter …“

„Großer Gott!“ Rafael schluckte. Auch wenn es sich hierbei für ihn um unbekanntes Terrain handelte, konnte er sich aufgrund von Filmen, die er gesehen hatte, durchaus vorstellen, was Valerie andeutete. Er dachte an den distinguierten, attraktiven Anzugträger, den er kurz zuvor aus seiner auf Hochglanz polierten Nobelkarosse gezogen hatte, und konnte es kaum fassen.

Sie nickte. „Ich bin auch aus allen Wolken gefallen.“

Ihr Gesicht ähnelte einer undurchdringlichen Maske. „Er hat mir gebeichtet, dass er über die Jahre hinweg immer wieder bei einer Domina gewesen war. Da diese sich jedoch aus dem Geschäft zurückgezogen hatte, legte er mir nahe, in ihre Rolle zu schlüpfen … Nachdem ich mich heftig übergeben hatte, wollte ich ihn stehenden Fußes verlassen. Doch er beteuerte, dass er mit diesem Sadomaso-Mist endgültig abschließen würde, wenn mir das so wichtig war. Letztendlich gab ich klein bei und blieb bei ihm. Aber von dem Moment an konnte ich seine Berührungen nicht mehr ertragen."

Sie schüttelte sich. „Herrje! Bei der Vorstellung, dass das vielleicht heute noch so ginge, wäre diese Braut in Lack und Leder nicht in Vorruhestand gegangen, steigt schon wieder Brechreiz in mir auf." Ihre Stimme brach und ein Zittern ergriff von ihrem Körper Besitz.

Beruhigend zog Rafael sie in seine Arme, was sie ohne Widerstand geschehen ließ.

„Aber Alex brachte seine Neigungen nicht unter Kontrolle", setzte sie nach wenigen Sekunden wieder an. „Nach einiger Zeit wagte er einen erneuten Vorstoß und bat mich irgendein perverses Folterwerkzeug an ihm auszuprobieren. Damit hat er eine unsichtbare Grenze überschritten. Ich empfand nur noch Ekel. Schnurstracks habe ich mich bei meinen Eltern in Sicherheit gebracht und die Scheidung eingereicht."

Sie seufzte theatralisch und rückte ein Stück von Rafael ab. Nachdem sie an ihrem Whiskey genippt hatte, sank sie wieder in die tröstliche Obhut seiner Arme, als gehöre sie dorthin. Und als sie ihre Hände um seine Taille schob und sich an ihm festklammerte wie ein Äffchen, stockte ihm kurzzeitig der Atem. Irritiert schnappte er nach Luft, als eine heiße Woge der

Lust durch seinen Körper brandete. Herr im Himmel, das Mädchen starb gerade tausend Tode, und er bekam einen Ständer. Unauffällig versuchte er, ein paar Zentimeter von ihr abzurücken.

Glücklicherweise schien sie seinen Gemütszustand nicht zu bemerken, denn sie plapperte unbeirrt weiter: „Doch Alex überzeugte meine Eltern davon, dass ich hysterisch und psychisch labil sei, da ich keine Kinder bekommen konnte. Ach, das habe ich vergessen zu erwähnen. Alex war nämlich absolut erpicht auf Nachwuchs. Ja, und wir hatten es eine Zeit lang versucht … aber erfolglos.“ Sie zuckte mit den Schultern. „Vielleicht lag es ja auch an ihm, wer weiß. Doch fortan bedachten mich meine Eltern mit Blicken, als wäre ich darauf aus, bei Nacht und Nebel das Nachbarbaby zu kidnappen. Währenddessen verfiel Alex nach und nach in Psychoterror. Er lauerte mir auf, bombardierte mich mit Anrufen und Briefen und ließ nichts unversucht, um mich zurückzuholen.

Nachdem ich die Polizei eingeschaltet hatte, kam es zu einem hässlichen Prozess. Schließlich wurde ich geschieden, aber da er ein gewiefter Anwalt ist, kam er mit einem blauen Auge davon. Ich nahm mir eine kleine Wohnung, wo er mich allerdings schon nach kurzer Zeit ausfindig machte und den Belagerungszustand fortsetzte. Jeden Tag schickte er mir weiße Rosen. Noch heute bekomme ich Schreikrämpfe, wenn ich nur eine solche Blume sehe … Und dann habe ich schweren Herzens auch noch den Kontakt zu meinen Eltern abgebrochen, da sie mir ständig im Nacken saßen, doch zu ihm zurückzukehren.“

Rafael schob sie ein Stück von sich. „Deine Eltern sind dir in den Rücken gefallen? Das glaube ich jetzt nicht.“

Sie nickte. „Doch, leider. Alex ist Anwalt. Er ist ein wahrer Profi darin, andere Leute hinters Licht zu führen."

„Hast du eigentlich keine Geschwister?"

„Nein, meine Eltern haben sich erst spät kennengelernt, da blieb nicht mehr viel Zeit für Nachwuchs."

Rafael räusperte sich. „Hat Alex jemals Hand an dich gelegt oder dich gezwungen, mit ihm … Nun, du weißt schon, auf was ich hinaus will."

Sie schüttelte lächelnd den Kopf. „Nein. Ganz so dämlich ist er nicht. Auch wenn ich seit dem Unfall aus der Übung bin, hätte ich ihn mit den Überresten meiner Karatekenntnisse locker in Kleinholz verwandeln können. Er setzte auf psychologische Kriegsführung, mit dem Ziel, mich mürbezumachen. Mittlerweile wurde ihm zwar von der Polizei untersagt, in meine Nähe zu kommen, doch er schert sich einen Dreck darum." Sie seufzte laut und kuschelte sich erneut eng an Rafael, was ihn dazu veranlasste, leise pfeifend die Atemluft entweichen zu lassen und langsam bis zehn zu zählen.

„Angelina hasst Alex übrigens wie die Pest. Er und sein Vater müssen sie als Kind ziemlich drangsaliert haben."

Rafael ließ sich zurückfallen und schloss die Augen. So langsam steigerte sich seine Wut auf diesen Typen ins Unermessliche. Zum ersten Mal in seinem Leben machte er die Erfahrung, wie sich das niederträchtige Gefühl Hass anfühlte. Es schien ihm die Eingeweide abzufackeln.

„Wir sind jetzt fast zwei Jahre offiziell geschieden und immer noch stellt er mir nach. Deshalb habe ich mich in meiner Wohnung eingeigelt. Nicht, dass ich die Hosen voll hätte, aber er raubt mir einfach jegliche

Freude am Ausgehen. Du glaubst gar nicht, wie einem das auf den Geist geht, wenn man auf Schritt und Tritt beobachtet wird."

Valeries Stimme wirkte inzwischen wieder unbekümmerter, das Seelenstriptease schien ihr gut getan zu haben. Oder der Whiskey hatte sein Übriges dazu beigetragen. „Ab und zu prügelt mich Angelina geradezu aus dem Haus und leiht mir ihre Bodyguards aus, aber das brauche ich dir ja nicht zu erzählen. Allerdings haben die meisten Security-Fritzen den Unterhaltungsfaktor eines Backsteins und den IQ einer Pommes. Das heute war der erste nette Abend seit Langem. Bis auf den Schluss natürlich. Woher wusstest du eigentlich, dass er uns auf den Fersen war?"

„Süße, ich habe den Präsidenten beschützt", posaunte Rafael großspurig. „Ich wäre ein verdammt mieser Bodyguard, wenn ein Verfolger meiner Aufmerksamkeit entgehen würde." Er konnte ja schlecht preisgeben, dass ihm Alex nur ins Auge gestochen war, da er in der ständigen Angst lebte, unter Sirias Beobachtung zu stehen.

„Es tut mir so leid, dass du nun auch noch in diesen Schlamassel mit hineingezogen wurdest. Er wird unter Garantie versuchen, dir das heimzuzahlen."

Rafael kratzte sich versonnen an der Stirn. „Wo sagtest du, wohnt er?"

„Am Starnberger See."

„Nein, seine genaue Adresse."

Valerie kämpfte sich aus der bequemen Position in seinen Armen. „Warum willst du das wissen?"

„Weil ich ihm noch eine kleine Stippvisite abstatten werde. Denn ständig vor ihm zu flüchten ist einfach keine Lösung."

„Rafael, bist du nun von allen guten Geistern verlassen? Wir sind doch hier nicht im Wilden Westen!", quiekte sie entrüstet.

Abwehrend hob er die Hände. „Ich will ihm doch nicht die Lichter ausblasen. Aber irgendjemand muss diesem Mistkerl mal unmissverständlich klar machen, was Sache ist."

„Auf gar keinen Fall. Sein Haus ist mit Dutzenden von Überwachungskameras ausgestattet. Er wird dir nie und nimmer Einlass gewähren. Und falls doch, hätte er alles auf Band." Sie blickte ihn eindringlich an. „Du darfst ihm nicht mehr in die Quere kommen, das wäre eine Herausforderung für ihn."

„Nein, Valerie. Dieser Wahnsinnige wird sich dir nicht noch einmal nähern."

„Nein, bitte, tu das nicht. Lass mich jetzt nicht alleine." Ihre großen, flehenden Augen ließen ihn beinahe schwach werden. Sein Blick wanderte zu ihren Lippen, und plötzlich musste er gegen den Drang ankämpfen, sie mit heißen Küssen von den Geschehnissen des Abends abzulenken. Schnell rief er sich zur Ordnung und sprang auf. „Ich bin im Handumdrehen zurück. Komm, trink noch einen Whiskey. Dir kann ja im Moment nichts passieren, da ich bei Alex sein werde. Bis du dein Glas geleert hast, ist alles erledigt. Und jetzt gib mir endlich die verdammte Adresse!"

Kapitel 13

„Also, Rafael, jetzt lass mich mal rekapitulieren. Ich zweifle nämlich gerade an meinem Verstand“, seufzte David ins Telefon. „Du hast es also binnen zwei Wochen zuwege gebracht, Angelina dermaßen auf den Schlips zu treten, dass sie kurz entschlossen das Weite gesucht hat. Ob du das jemals wieder ins Lot bringen kannst, steht in den Sternen. Ich befürchte, dass Frauen äußerst empfindlich darauf reagieren, wenn ihr Partner kurz vorm Sex die Waffen streckt. Nicht, dass ich damit irgendeine Erfahrung hätte …“

David atmete tief ein, bevor er hörbar die Luft ausstieß. „Zusätzlich legst du nun Frauen flach, die du zuvor in Bars angebaggert hast, und hast dir Pornofilme zugelegt, die du nicht kapierst und mit mir erörtern willst. Außerdem hast du einen halben Spirituosenladen leergekauft und gibst dir allabendlich die Kante. Ach, und unter die Raucher bist du auch gegangen. Ist das bisher richtig so?“

„Na ja, das kommt in etwa hin“, stotterte Rafael kleinlaut, während er nervös in seiner Wohnung umhertappte.

„Gut, und da du den Kanal immer noch nicht voll hattest, warst du gestern Abend mit Angelinas Assistentin aus. Hast das komplette Frühlingsfest aufgemischt, obwohl ich dir mehrfach eingetrichtert habe, du sollst deine Fähigkeiten nicht in der Öffentlichkeit zur Schau stellen. Und danach bist du ihrem Ex-Mann, einem der bekanntesten Münchner Anwälte, an die Gurgel gegangen.“

David seufzte erneut. „Und zu guter Letzt bist du noch in sein Haus eingebrochen und hast mit deinen telekinetischen Fähigkeiten die Alarmanlage und sämtliche elektronischen Vorrichtungen außer Gefecht gesetzt. Ganz davon abgesehen, dass du die Drohung ausgestoßen hast, ihn ins Jenseits zu befördern. Mein Gott, Rafael, wenn du weiterhin so dein Unwesen treibst, wirst du noch den Men in Black in die Hände fallen!“

„Nein, das trifft es nicht genau“, setzte Rafael zu seiner Ehrenrettung an. „Ich habe ihn lediglich darüber in Kenntnis gesetzt, dass ich sein Herz genauso ausknipsen werde wie seine Elektronik, sollte er sich Valerie jemals wieder nähern.“

„Aber dazu bist du doch gar nicht imstande.“

Rafael gluckste leise. „Ja, das weißt du, aber er doch nicht. Vor lauter Angst hat er sich in die Hose gepinkelt.“

David stöhnte auf. „So langsam kann ich die Bedenken von Zacharias und Gregor nachempfinden. Du bist wirklich ein Kindskopf. Wie kann ein Mensch in kürzester Zeit nur so viel Unheil anrichten? Wie geht es Valerie eigentlich?“

„Als ich mich eben davongemacht habe, schlief sie wie ein Stein. Ich vermute, sie wird einen bösen Kater haben, wenn sie zu sich kommt. Der Whiskeyvorrat war empfindlich geschrumpft, als ich von ihrem Ex-Mann zurückkam.“

„Moment mal, du hast die Nacht mit ihr verbracht?“ Davids Stimme klang noch eine Nuance erschütterter.

Nun musste Rafael lauthals lachen. „Mehr oder weniger. Nachdem ich sie ins Bett verfrachtet hatte, da sie nicht mehr ansprechbar war, habe ich mich auf ihrer Couch häuslich niedergelassen. Es ist nichts passiert, falls du das denken solltest.“

„Was ein Glück“, höhnte David. „Ein Verhältnis

mit Angelinas Assistentin hätte dem Ganzen noch die Krone aufgesetzt."

„Wieso? Gibt es auf der Erde etwa ein Gesetz, das untersagt, seine Nachbarin zu vögeln?", erkundigte sich Rafael vergnügt. „Außerdem, du hast es gerade nötig. Wer von uns beiden wollte das Mädchen denn in sein Bett zerren? Valerie und ich sind nur gute Freunde. Sie ist total süß, aber leider überhaupt nicht mein Typ. Du weißt doch, ich kann mit Blondinen nichts anfangen."

„Ach, Rafael!" David seufzte schon wieder.

„Was denn?"

„Ich bin mir ziemlich sicher, dass du dich noch eines Besseren besinnen wirst. Blondinen sind der Tod des männlichen Geschlechts. Weißt du, was der Unterschied zwischen einer Blondine und der Titanic ist? Bei der Titanic weiß man zumindest, wie viele Männer untergingen. Du hast ja keine Ahnung, was für hochrangige Staatsmänner schon wegen dieses blonden Gifts ihren Job eingebüßt haben! Diese Sirenen bringen selbst Präsidenten zu Fall. Du solltest sie niemals unterschätzen."

Kurz musste Rafael an die heftige Erektion denken, die Valerie ihm beschert hatte, und dass er sie um ein Haar geküsst hätte. „Schwachsinn! Ich werde jetzt wieder zu ihr hochgehen, damit sie nicht mutterseelenallein ist, wenn sie munter wird. Aber, David, wann können wir uns denn nun treffen? Du weißt, es gibt da noch ein paar offene Fragen, äh … wegen der Pornofilme."

„Das ist gerade ein bisschen schwierig, da ich bis zum Hals in Arbeit stecke. Es stehen mehrere Auftritte in der Schweiz an." Er hielt einen Moment inne. „Da kommt mir eine Idee. Warum besuchst du mich nicht einfach in Zürich? Die Schweiz wird dir gefallen. Auf den Bergen liegt noch Schnee, das wolltest du doch von Anfang an sehen. Außerdem kannst du in der Zwischenzeit nicht noch mehr Mist in München anstellen."

Rafael überlegte. „Hmm, hört sich gut an. Aber ich kann Valerie unmöglich hier zurücklassen. Ich habe Angelina versprochen, sie im Auge zu behalten. Was, wenn ihr schleimiger Ex-Mann wider Erwarten doch aus seinem verdammten Versteck gekrochen kommt?"

„Das mit dem Fluchen hast du ja inzwischen richtig gut drauf. Auf Siria werden gänzlich neue Zeiten einreißen, solltest du irgendwann zurückkehren. Sag, warum bringst du Valerie nicht einfach mit? Dann ist sie in Sicherheit vor diesem Spinner. Außerdem würde ich mich freuen, sie wiederzusehen."

„Nur, wenn du die Finger von ihr lässt."

„Wie bitte? Ich dachte, sie ist nicht dein Fall."

„Stimmt. Doch Valerie ist eine tolle Frau. Sie ist viel zu schade für einen deiner zahllosen One-Night-Stands."

David schluckte hörbar. „Nun, diese Entscheidung solltest du vielleicht besser ihr überlassen. Aber okay, einverstanden. Ich verspreche dir, dass ich ihr nicht zu nahe kommen werde. Dieses Mal zumindest."

Rafael lachte. „Du kannst es einfach nicht lassen, oder? Gut, ich werde sie überreden, mich zu begleiten." Dann schlug er einen ernsteren Ton an. „Doch zuerst steht ein Besuch auf Siria an. Wünsch mir Glück, dass alles gut über die Bühne geht und ich mir zusätzliche Zeit auf der Erde erkaufen kann."

„Ich rechne nicht mit Problemen. Auf Siria schlägt man höchstwahrscheinlich drei Kreuze, dass man dich los ist. Aber Spaß beiseite, bitte verzapfe nicht noch mehr Blödsinn. Also, wir sehen uns."

„Geht klar." Mit diesen Worten legte Rafael auf und hechtete mit Riesenschritten die Treppe wieder nach oben. Erwartungsgemäß dämmerte Valerie noch immer vor sich hin und hatte gar nicht zur Kenntnis genommen, dass er sich davongemacht hatte. So ließ er sich erneut auf ihrer Couch nieder und zerbrach sich zum mindestens hundertsten Mal den Kopf darüber, was für einen Bären er dem sirianischen Regierungsrat aufbinden sollte.

So leise, wie mit den klobigen Weltraumstiefeln eben möglich, huschte Rafael durch den nächtlichen Garten. Neben einem hohen Busch verharrte er ein paar Sekunden, um zu überprüfen, ob die Luft rein war. Die Götter schienen es gut mit ihm zu meinen, denn der Mond verschanzte sich feige hinter dichten Wolken und tiefste Dunkelheit umhüllte ihn wie ein schützender Umhang. Eine sanfte Frühjahrsbrise fegte durch den Garten und ließ die Blätter der Bäume verschwörerisch rascheln.

Valerie war schon vor gut drei Stunden wie gerädert ins Bett gefallen und musste inzwischen tief und fest schlafen. Wie vermutet, hatte sie den Tag über mit den Nachwirkungen des Alkoholexzesses gekämpft und war ziemlich lethargisch gewesen. Mit schlechtem Gewissen hatte er sie in dem Glauben gelassen, dass er das Haus nicht mehr verlassen würde, aber der Besuch auf Siria duldete keinen weiteren Aufschub.

Er blickte auf die ausgeklügelte Weltraumuhr, die David ihm für den apokalyptischen Notfall zur Verfügung gestellt hatte und mit der er in Bruchteilen einer Sekunde auf eigene Faust den Beamvorgang einleiten konnte. David hatte sie vor Jahren als Vorsichtsmaßnahme konzipiert, falls ihm jemand auf die Schliche käme und er mit der Area 51 Bekanntschaft machen sollte. Das ausgefallene Material des Zifferblattes schimmerte selbst in der Dunkelheit und zeigte zehn Minuten vor eins an. Für eins war das Beamen anberaumt. Dann verblieben ihm allerhöchstens zwei bis drei Stunden bis zur Rückkehr, für den Fall, dass Valerie wieder im Morgengrauen mit Hongkong chattete.

Kontinuierlich gewann das mulmige Gefühl in seinem Magen an Substanz. Nicht nur, dass ihm das Beamen nicht ganz geheuer war, nein, noch mehr Bauchschmerzen bereitete ihm die bevorstehende Diskussion mit dem Regierungsrat. Die nächsten Stunden würden unweigerlich über sein zukünftiges Leben entscheiden.

Mit einer Hand umklammerte er den kleinen Computer, in der anderen hielt er den silbernen Helm. Er schlich in den finstersten Winkel des Gartens. Nun konnte Roger seine Koordinaten bestimmen und den Prozess einleiten.

„Cool, ich hab dich!“, vernahm er Rogers beruhigende Stimme nach wenigen Sekunden laut und deutlich. „Ich werde dich in genau drei Minuten holen.“

„Okay, Scotty, beam me up!“, forderte Rafael mit Galgenhumor.

„Was sagst du? Ich verstehe nicht?“

„Ja ja, schon klar. Mach einfach deinen Job.“ Rafael schob sich den Helm über den Kopf, riegelte ihn hermetisch ab, prüfte noch einmal, ob Handschuhe und Stiefel eingerastet waren und schloss die Augen, um die aufsteigende Panik zu bekämpfen.

Nach einer gefühlten Ewigkeit vernahm er ein leises Zischen. Dann überkam ihn absolute Schwerelosigkeit. Und obwohl er dieses schwebende Gefühl von unzähligen Raketentests kannte, wurden seine Handflächen feucht. Innerhalb von Sekunden war er völlig gewichtslos, und seine Arme federten nach oben. Er zuckte zusammen als vor seinen Augen, wie in Zeitlupe, blitzblank und spiegelnd eine silberne Münze aufstieg.

Ach du meine Güte, wo kam die denn jetzt her?

Da fielen ihm die Geldstücke ein, die ihm Passanten in L.A. in den Helm geworfen hatten. Irgendwo musste sich das Teil verheddert haben. Er folgte mit den Augen seinem Weg und fühlte sich, als wäre eine aufgebrachte Hornisse in seinen Helm eingedrungen.

Schon nach wenigen Augenblicken spürte er wieder festen Boden unter den Füßen. Er erschrak, als die Münze auf seine Nase plumpste und in Richtung Hals abrutschte. Nervös spähte er um sich. Dem Himmel sei Dank! Er befand sich im Forschungslabor von Siria. Behände kletterte er aus dem Kasten, der definitiv einer Dusche ähnelte.

Freudestrahlend kam Roger auf ihn zugestürmt. Ruckzuck hatte er ihm den Helm abgezogen und lachte ihn an. „Willkommen daheim, Fremder!“ Suchend blickte Roger sich um, als das Geldstück mit einem schrillen Klimpern auf dem Titanboden landete.

„Roger! Schön, dich zu sehen! Sind alle wichtigen Körperteile dort, wo sie hingehören?“

Roger grinste. „Klar doch, meinst du, ich möchte zur Rechenschaft gezogen werden, falls das mit dem Nachwuchs nicht klappt?“

Ein vertrautes Knurren ließ Rafael herumfahren, noch bevor er in der Lage war, eine Leibesvisitation durchzuführen. Auf der gegenüberliegenden Seite des Raumes wurde er Zacharias und Gregor gewahr – zwischen denen ein aufgeregter Tristan zappelte. Er zerrte so euphorisch an der Leine, die ihm die beiden Alten wohl aus Verzweiflung verpasst hatten, dass er um ein Haar Gregor umwarf und hinter sich herschleifte. Geistesgegenwärtig ließ dieser los. Und schon setzte Tristan zum Sprung in Rafaels Arme an.

„Tristan, mein Guter, endlich habe ich dich wieder. Du hast mir so gefehlt." Er drückte den knuffigen Mondbären fest an sich. Augenblicklich erstrahlte das Fell des Tieres in dem hellsten Orange. Tristan war so aus dem Häuschen, dass er laut jaulend Rafael über und über abschleckte, was bei Roger eine begründete Angst hervorrief, der Weltraumanzug könnte in Mitleidenschaft gezogen werden.

„Rafael, zieh doch erst einmal die empfindlichen Klamotten aus, bevor Tristan noch ein Loch hineinbeißt", bettelte er.

Was sich schwierig gestaltete, denn das anhängliche Bärchen weigerte sich partout von seinem Herrchen abzulassen. Mit vereinten Kräften meisterten sie letztendlich die Herausforderung, Rafael aus dem Anzug zu schälen. Tristan eng an sich gekuschelt, steuerte er langsam auf Zacharias und Gregor zu.

Die beiden musterten ihn ausgiebig von oben bis unten, was wahrscheinlich an der ungewohnten Kleidung, der neuen Frisur sowie den vielen Solarium-Besuchen lag, die David ihm aufgebrummt hatte. Doch dann lächelten sie wie auf Kommando. „Rafael, wie schön, dich zu sehen. Geht es dir gut? Wir sind gespannt wie ein Flitzebogen auf deinen Bericht", brach Gregor letztendlich das Schweigen.

„Klar doch! Alles prima, und bei euch?"

„Bei uns ist alles in bester Ordnung", schaltete sich da Zacharias ein. „Wenn man mal davon absieht, dass dein verzogener Mondbär uns in den Wahnsinn treibt. Der kleine Kerl ist ja aufsässiger als ein Säugling. Man kann ihn nicht eine halbe Stunde alleine lassen, ohne dass er eine Rebellion anzettelt. Aber nun lass uns in den Besprechungsraum gehen. Die Jungs warten schon." Mit diesen Worten schob er Rafael aus dem Labor.

Laut grölend umarmten ihn die drei anderen Räte, als er den Raum betrat. Was ihnen prompt einen missbilligenden Blick von Zacharias einbrachte. Dieser führte Rafael zu einem Stuhl in der Mitte und drückte ihm wohlwollend eine Tasse Kires in die Hand.

„Hier mein Junge, trink erst mal was, bevor du loslegst."

Rafael schnüffelte an dem giftgrünen Eukalyptustee, sog den Duft tief ein und genoss gierig ein paar Schlucke. Erst jetzt wurde ihm bewusst, wie sehr er das köstliche Getränk vermisst hatte.

„Ja, wo soll ich anfangen?", startete er schließlich, denn seine fünf Kollegen schienen kurz vorm Platzen zu stehen. Die Atmosphäre in dem kleinen Besprechungsraum knisterte geradezu. Tristan hatte derweil den Platz auf Rafaels Schoß mit Beschlag belegt und guckte zufrieden drein. Wie gut, dass der anhängliche Knuddelbär nicht den Hauch einer Ahnung hatte, dass Rafael aller Voraussicht nach in ein paar Stunden wieder verschwunden sein würde.

„Also, ich habe gute und schlechte Nachrichten. Als Erstes muss ich unserem Planeten ein großes Kompliment aussprechen. Hier ist alles so herrlich sauber und gepflegt. Damit kann die Erde nicht aufwarten." Er schaute in die Runde und nahm ungeduldig wartende Gesichter zur Kenntnis. Das war sicher nicht das, was sie hören wollten.

„Das nächste Lob gebührt Zacharias und Gregor. Angelina ist unumwunden die schönste Frau, die mir in meinem ganzen Leben vor Augen gekommen ist." Er grinste innerlich, als die beiden stolz wie zwei Schwäne die Hälse reckten. Doch nun kam der Zeitpunkt, an dem er sich von der Wahrheit verabschieden musste. „Noch dazu ist sie total umgänglich. Zwischen uns hat sich schon eine richtige Freundschaft entwickelt", improvisierte er mit mordsmäßig schlechtem Gewissen.

„Tja, aber wir wissen doch alle. Wo Licht ist, da ist dummerweise auch Schatten. Leider gibt es ein paar kleine Hürden zu meistern." Er fixierte die Decke. „Um es auf den Punkt zu bringen: Angelina ist eine der begehrtesten Schauspielerinnen der westlichen Hemisphäre und kann sich vor Filmangeboten kaum retten. Sie hat sich noch nicht so richtig mit dem Gedanken angefreundet, eine Familie zu gründen."

Sekundenlang herrschte Totenstille. „Aber sie ist doch schon sechsundzwanzig", stieß Zacharias letzten Endes fassungslos hervor.

„Ich weiß." Rafael nickte leicht. „Nur dürft ihr nicht vergessen, dass die Frauen auf der Erde viel später Kinder zur Welt bringen als auf Siria. Manche mit dreißig, andere sogar erst mit vierzig. Daher wird es sicherlich ein dorniger Weg sein, Angelina davon zu überzeugen, in den nächsten Wochen oder Monaten schwanger zu werden. Aber ich arbeite daran", flunkerte er, dass sich die nicht vorhandenen Balken bogen. „Die Frage ist nur, was machen wir, falls ich sie nicht weich klopfen kann?"

Blitzschnell sprang er auf, den verdatterten Tristan unter den Arm geklemmt wie einen Kartoffelsack. Nun bedurfte es seiner ganzen Überzeugungskraft. „Ich habe mir deswegen zwei Szenarien überlegt. Also, Option eins wäre, ich kehre auf die Erde zurück und mache mich auf die Suche nach einer Frau, die jetzt schon bereit für eine Familie ist. Was natürlich schade wäre“, fügte er ratzfatz hinzu, als er Zacharias’ missbilligende Miene bemerkte, „denn Angelina ist absolut einzigartig.“ Na also, schon strahlte der alte Mann wieder.

„Daher habe ich mir einen Plan B ausgedacht. Wir sind doch in der Lage, mit Tropfen gewisse Hormone im Gehirn zu manipulieren. Was spricht also dagegen, durch spezielle Medikamente einen Kinderwunsch auszulösen?“ Er baute sich vor den Anwesenden auf und strahlte sie an wie ein Motivationsguru. „Versteht ihr, worauf ich hinaus will?“ Abwartend blickte er von einem zum anderen. Für diese Vorführung hatte er eigentlich den nächstjährigen Oscar verdient.

Es herrschte kurz bedrückende Stille im Raum, bevor Zacharias aufsprang und zu seinem heiß geliebten Schaltpult wackelte. Und in seinem Tatendrang vergaß er dieses Mal vollkommen, sich das fortwährend schmerzende Kreuz zu halten. Er drückte einen Knopf, und prompt meldete sich eine dumpfe Stimme. „Ja, Zach, was gibt’s?“

„Marius, dein Typ wird verlangt. Im Regierungszimmer.“

Keine Minute später schwirrte die Tür zur Seite, und ein kleiner Mann mit abstehendem grauen Haar und einer langen weißen Kutte trippelte herein.

„Marius, wir brauchen deine Hilfe“, legte Zacharias sogleich los. „Kannst du Tropfen entwickeln, die einen Kinderwunsch hervorrufen?“

Der grauhaarige Mann machte einen verdutzten Eindruck. „Ich hör wohl nicht recht? Wir haben jede Menge Frauen, die für ihr Leben gerne Kinder hätten, aber keine empfangen können. Willst du den Frust ins Unermessliche steigern?“

Zacharias verdrehte entnervt die Augen. „Marius,

glaub mir, ich bin mir der Situation auf unserem Planeten sehr wohl bewusst. Beantworte einfach meine Frage. Bestünde generell die Möglichkeit?"

Der Wissenschaftler verkreuzte die Finger hinter dem Rücken, blickte zu Boden und fing an im Raum umherzutappen, wobei er unverständliche Fachausdrücke und Formeln vor sich hinbrummelte. Sein Gehirn schien auf Hochtouren zu rattern.

Plötzlich blieb er stehen und nickte frenetisch. „Das sollte funktionieren, ich könnte es an Geckos austesten. Aber mich würde doch interessieren, für was der ganze Zinnober gut sein soll?"

„Vertrau mir einfach", warf Zacharias den Ball zurück. „Wie lange wirst du benötigen?"

„Schätzungsweise sechs bis acht Wochen."

„Hervorragend!" Zacharias drängte Marius mit scheuchenden Handbewegungen zur Ausgangstür. „Am besten leitest du sofort alles in die Wege, du hast vier Wochen."

Noch bevor der verblüffte Wissenschaftler Protest einlegen konnte, hatte Zacharias ihn schon nach draußen komplimentiert. Gemächlich ließ der Ratsvorsitzende sich wieder auf seinen Stuhl sinken, lehnte sich entspannt zurück und lächelte großspurig. „Hervorragende Idee, Rafael! Wir haben wirklich gut daran getan, dich auszuwählen. Ab jetzt fahren wir zweigleisig. Du setzt weiterhin deinen ganzen Charme bei Angelina ein und parallel dazu lassen wir Marius die Tropfen entwickeln. Aber ich finde, wir sollten unbedingt an Angelina festhalten. Es wäre unentschuldbar, so schnell die Flinte ins Korn zu werfen."

Er bedachte Rafael mit einem Strahlen, das jedem Flutlicht Konkurrenz gemacht hätte. „Außerdem habe ich noch eine Überraschung für dich. Unten steht ein

Gleiter bereit. Du kannst deinen Eltern einen Besuch abstatten. Aber denk daran, kein Sterbenswörtchen über deine Mission." Zacharias befand sich in einer solch berauschenden Stimmung, dass er nicht einmal gewahr wurde, welch riesengroßer Felsklotz Rafael vom Herzen fiel.

Mit einem ohrenbetäubenden Kawumm brachte Rafael den Gleiter punktgenau vor dem Haus seiner Eltern zum Stillstand. Die blinkenden Titanium-Landestreifen ignorierte er dabei geflissentlich. Wozu der Aufwand? Hätte er sich einweisen lassen, wären ihm kostbare Minuten verloren gegangen.

Mit einem Satz hüpfte er herunter und warf der lautstark protestierenden Computerstimme ein unflätiges „Leck mich!" an den Kopf. Sekunden später erloschen die Lichter der Landebahn mit einem satten Brummen. Die Computerstimme gab noch ein verschnupftes Grunzen von sich, dann stellte auch sie den Dienst ein.

Rafael hetzte auf die Tür des kugelförmigen Hauses zu, wo man schon voller Ungeduld auf ihn zu warten schien. Die Tür schnurrte wie von selbst zur Seite, und Simon stolperte heraus.

„Rafael, endlich", rief er und stürzte sich überschwänglich in die Arme seines Bruders.

Sekundenlang lagen sich die beiden groß gewachsenen dunkelhaarigen Männer in den Armen, bis Rafael sich löste. „Komm, Simon, lass uns reingehen. Mir bleibt nicht viel Zeit."

Cassandra, seine Mutter, ein schlankes Persönchen mit rabenschwarzem, zu einem langen Zopf geflochtenem Haar, eilte ihnen entgegen. Abrupt bremste sie ab und starrte ihren verloren geglaubten Sohn entgeistert an. „Junge, was ist denn mit dir passiert? Wo sind deine schönen Locken? Und warum ist deine Haut so dunkel? Und was hast du da nur an?"

Rafael riss seine Mutter in die Arme. „Das erkläre ich dir später." Zielstrebig schob er sie in das runde Wohnzimmer, wo sein Vater ihm fest die Hand drückte, aber auf jegliche Fragen verzichtete.

Rafael fiel auf den bereitstehenden Stuhl, schoss jedoch keine Sekunde später hoch wie von der Tarantel gestochen. „Ach du Schande, ist das Ding unbequem!"

Seine Eltern warfen sich verstörte Blicke zu. Schnell unternahm er den Versuch, das Thema zu wechseln. „Schön, euch zu sehen. Leider stehe ich ein wenig unter Druck. Aber erzählt, wie geht es euch?"

„Ach, Junge", setzte Cassandra an, während sie ihm eine Tasse Kires in die Hand drückte. „Alles bestens. Nun, Hektor hat immer mal wieder Probleme mit seinem Herzen, aber er steht unter ständiger Überwachung. Doch was ist mit dir? Wo steckst du nur die ganze Zeit?"

„Ihr wisst doch, ich erkunde fremde Planeten. Und es ist mir leider verboten, Details auszuplaudern." Er schielte auf die Teetasse. „Habt ihr nichts anderes zu trinken?"

Der irritierte Gesichtsausdruck seiner Eltern sprach Bände. „Was meinst du damit?"

Da kam ihm die Erkenntnis. „Nichts, vergesst es einfach."

„Und warum hast du dir die Haare geschnitten?", quengelte seine Mutter erneut.

Rafael lachte. „Man muss sich den anderen Völkern eben anpassen. Daher auch die seltsame Kleidung und die Bräune."

„Na, ich weiß nicht", befand sie skeptisch.

„Gibt es dort Frauen?“, wollte Simon wissen.

„Simon!“, rief seine Mutter entsetzt aus.

Rafael schmunzelte. „O ja. Und zwar verflucht hübsche.“

„Mein Gott, Rafael, was ist das nur für eine schreckliche Ausdrucksweise“, erntete er den nächsten Anschiss. „Wer hat dir denn solche Wörter beigebracht?“

„Erzähl von den Frauen“, mischte sich Simon wieder ein. „Sind sie leicht rumzukriegen?“

Rafael zog eine Augenbraue hoch und grinste selbstgefällig, bevor er mit seinem Bruder vielsagende Blicke tauschte.

Cassandra verzog das Gesicht. „War ja klar, dass hinter der Frisur eine Frau steckt.“

Da unterbrach Hektor die fruchtlose Konversation: „Rafael, nur zwei Fragen. Erstens, bewegst du dich auf gefährlichem Terrain? Und zweitens, wie sind die Erfolgsaussichten?“

Ja, das war genau die ruhige, besonnene Art seines alten Herrn. Mit zwei kurzen Sätzen konnte er alles auf den Punkt bringen.

Rafael schmunzelte. „Keine Sorge, mein Auftrag birgt keinerlei Gefahr, und ich sehe den Erfolg schon vor Augen.“ Er schaute seinen Vater bedeutungsvoll an, bis sich ein entspannter Ausdruck auf dessen Gesicht ausbreitete.

„So, nun muss ich aber wieder.“ Rafael leerte den Tee in sich hinein, sprang auf und hastete zur Tür.

Sein Bruder erwischte ihn im letzten Moment, bevor er auf den Gleiter hechten konnte. „Rafael, besteht die Möglichkeit, ein paar dieser Frauen einfliegen zu lassen?“ Ein Anflug von Traurigkeit huschte über Simons hübsches Gesicht. „Mit meinem Magen werde ich es nie und nimmer auf einen anderen Planeten schaffen."

Rafael rubbelte Simon mit der Hand durch die widerspenstigen Locken. „Ach, da findet sich bestimmt eine Lösung." Mit diesen Worten startete er den Gleiter und erhob sich mit einem Rückwärts-Looping in die Lüfte, bevor er sich mit chirurgischer Präzision durch den Verkehr kämpfte. Geistesabwesend beäugte er die bunten Gleiter, die aus den Seitenstraßen düsten und sich unter ihm verteilten wie verschüttete Smarties. Und in diesem Moment reifte der Entschluss, seinen Bruder ebenfalls auf die Erde zu lotsen. Mit ein bisschen Glück würde dieser den kurzen Beamvorgang sogar ohne schwerwiegende Magenverstimmung überstehen.

Inzwischen war es auf der Erde fast fünf Uhr morgens, und Rafaels Rückkehr konnte nicht länger aufgeschoben werden. Schon im Raumanzug nahm er schweren Herzens von Tristan Abschied. Der aufgeweckte Mondbär schien zu ahnen, dass hier etwas im Argen lag, denn er bedachte sein Herrchen mit Mörderblick, während sein Fell kontinuierlich eine bräunliche Färbung annahm – das untrügliche Zeichen für Angst oder Verärgerung. Aber es führte kein Weg daran vorbei, sein pelziger Freund musste zurückbleiben.

Erst als Gregor das quengelnde Tier mit Gewalt von Rafael wegzog, kletterte dieser wieder in den einschüchternden Kasten, schob sich den Helm über den Kopf, verankerte ihn, schloss die Augen und harrte der Dinge, die da kamen. Schon ließ sich das vertraute Zischen vernehmen. Doch kaum, dass er in den schwebenden Zustand versetzt worden war, rüttelte ihn Rogers markerschütternder Schrei auf.

Hilfe! Irgendetwas schien aus dem Ruder zu laufen.

Rafael riss die Augen auf – und fand sich, zu seiner Erleichterung, in Angelinas Garten wieder, wenn auch auf der anderen Seite des weitläufigen Areals. Hektisch fingerte er an seinem Helm herum, zerrte ihn vom Kopf und schaute an sich hinunter.

Und dann sah er es.

Heilige Scheiße!

Das durfte doch nicht wahr sein!

Neben ihm hockte Tristan.

Kapitel 14

In Windeseile feuerte Rafael die Handschuhe zu Boden, fuhr den Computer hoch und brüllte ins Mikrofon: „Roger, Tristan ist hier! Er muss auf der Stelle verschwinden. Solche Tiere gibt es auf der Erde nicht."

„Ja doch, ich weiß. Er hat Gregor aus dem Gleichgewicht gebracht und ist dir nachgehopst. Ist bei euch alles im grünen Bereich? Immerhin hatte Tristan keinen Strahlenschutzanzug an."

Der kleine Bär schnüffelte neugierig am Gras, wobei ihm ab und an ein seltsames Grunzen entfuhr.

„Sieht gut aus. Los, beam ihn zurück, bevor er entdeckt wird!"

„Geht nicht, hier ist gerade die Hölle losgebrochen. Gregor hat sich beim Hinfallen böse den Kopf gestoßen und vermutlich den Arm gebrochen, und durch Tristans zusätzliches Gewicht muss sich etwas an der Maschine verstellt haben, sie bringt eine Fehlermeldung. Am besten, du versteckst ihn erst mal, während ich das Gerät justiere. Kannst du in etwa abschätzen, was Tristan wiegt?"

Rafael warf die Hände in die Luft. „Herrje, sehe ich vielleicht aus wie eine Waage? Gut, Roger, hör zu. Ich schaffe Tristan jetzt in meine Wohnung, dann suche ich nach einer Möglichkeit, sein Gewicht herauszufinden, und du bringst in der Zwischenzeit deine Maschine wieder auf Vordermann. Er kann unmöglich hier bleiben."

In dieser Sekunde kroch der Mond hinter den Wolken hervor und tauchte die Bäume und Pflanzen in ein silbriges Licht. Die Dunkelheit, die wie eine schützende Decke über dem Garten geruht hatte, verschwand. Rafaels Kopf schoss zu Valeries Balkon herum.

War da eine Bewegung gewesen? Nein, alles war ruhig. Vor lauter Aufregung litt er schon an Halluzinationen. Er griff nach Tristan, der immer noch den Boden inspizierte, und klemmte ihn sich unter den Arm. Dieser gab nun mitleiderregende, japsende Töne von sich. Vermutlich kämpfte das Tier mit den gleichen Atemproblemen wie Rafael am Anfang. So schnell wie möglich peste er auf seine Wohnung zu und schickte ein Stoßgebet gen Himmel, dass Valerie nicht auf die Schnapsidee käme, einen frühmorgendlichen Spaziergang zu unternehmen.

Mit zittrigen Fingern versuchte er den Schlüssel unter seinem Anzug hervorzuzerren, doch erfolglos. Voller Ungeduld schloss er die Augen, konzentrierte sich auf das Schloss und hörte schließlich, wie es mit einem dezenten Klicken aufschnappte. Er stürzte hinein und lehnte sich tief durchatmend von innen gegen die Tür. Doch als er seine Utensilien auf den Boden warf, nahm er mit Schrecken zur Kenntnis, dass ein Handschuh fehlte.

Wie so oft war Valerie mitten in der Nacht mit Herzrasen hochgeschreckt. Das unvorhergesehene Zusammentreffen mit Alex hatte all die verdrängten Probleme wieder explosionsartig an die Oberfläche katapultiert, und aus Erfahrung wusste sie, dass an Schlaf nicht mehr zu denken war.

Nachdenklich starrte sie in die Dunkelheit und verspürte plötzlich den Wunsch nach Rafaels Nähe. Bei ihm hatte sie sich zum ersten Mal seit Langem behütet gefühlt. Was für ein jämmerliches Geschöpf sie doch war! Bedurfte es wirklich eines Mannes, um ein solches Wohlgefühl auszulösen?

Offensichtlich, denn sie war versucht, auf der Stelle

die Treppe hinunterzuhetzen und sich in seine starken Arme zu werfen. Aber erstens konnte sie ihn nicht mitten in der Nacht seines Schlafes berauben, und zweitens hätte er sie dann für verrückt erklärt.

Allmächtiger!

Sie musste sich eingestehen, dass etwas passiert war, mit dem sie in ihrem ganzen Leben nicht mehr gerechnet hätte. Sie hatte sich allen Ernstes verliebt. Und das, wo sie doch gehofft hatte, bis zum Sankt Nimmerleinstag gegen Kerle jeglicher Art immun zu sein.

Die Erkenntnis traf sie wie ein Keulenschlag, und sie war außerstande, über die Konsequenzen nachzudenken.

Mit seinem selbstlosen Verhalten hatte Rafael mühelos die Barrikaden niedergerissen, die sie um ihr Herz aufgebaut hatte. Nicht nur die Art und Weise, wie er ihr Alex vom Leib gehalten hatte, war ihr unter die Haut gegangen, sondern auch die Vehemenz, mit der er sich für die Menschen in dem Riesenrad eingesetzt hatte. Auch wenn sie immer noch nicht begriff, wie er auf den technischen Defekt aufmerksam geworden war.

Aber wie nur sollte sie Rafael von nun an begegnen? Sollte sie ihm Hals über Kopf ihre Gefühle offenbaren oder doch besser den geordneten Rückzug antreten, um nicht weiter in diesen gefühlsmäßigen Sumpf hineingezogen zu werden? Aller Voraussicht nach würde es auf Letzteres hinauslaufen, denn einem verboten gut aussehenden Mann wie Rafael liefen die Frauen vermutlich in rauen Mengen hinterher. Was zum Geier sollte er an einer verängstigten, körperlich und psychisch kaputten Frau wie ihr finden?

Und wie stand es eigentlich um ihre Gefühle zu Marcel? Liebte sie den stolzen Slowaken noch immer oder hatte sie sich da in ihrem jugendlichen Leichtsinn in etwas verrannt? Rafaels aberwitziger Vorschlag, ihrer großen Liebe erneut gegenüberzutreten, ging ihr nicht aus dem Kopf.

Um sich von dem Durcheinander in ihrem Schädel abzulenken, schwang sie die Füße aus dem Bett, wickelte sich eine Decke um den Körper und pflanzte sich auf einen der Stühle auf dem Balkon. In Erwartung des bevorstehenden Sonnenaufgangs sog sie tief die frische, würzige Morgenluft ein und dankte den Göttern, dass Angelina in Paris weilte.

Voller Inbrunst zwitscherte eine Amsel. Die morgendliche Ruhe trug die durchdringenden Laute bis in die letzte Ecke des Gartens. Da bei Rafael Totenstille herrschte, schien zumindest er selig zu schlummern. Es war zu befürchten, dass er in der vergangenen Nacht nicht allzu viel Schlaf bekommen hatte. Während er zu Alex gefahren war, hatte sie sich vor lauter Verzweiflung einen Whiskey nach dem nächsten einverleibt. Bis sie schließlich voll wie ein Eimer ins Delirium gefallen war und erst gegen Mittag mit einem heftigen Kater – zuvorkommend eingepackt – in ihrem Bett wieder zu sich gekommen war.

Als sie geistesabwesend nach einer Kopfschmerztablette Ausschau gehalten hatte, fand sie Rafael auf der Couch im Wohnzimmer vor. Und aller Aufregung zum Trotz war er putzmunter. Irgendwann musste er von seinem Ausflug zurückgekommen sein und sie ins Bett getragen haben. Leider hatte sie diesen reizvollen Teil der Nacht vollkommen verpennt. Allerdings hatte er sich bisher standhaft geweigert, darüber Bericht zu erstatten, was er mit Alex angestellt hatte. Doch er schien überzeugt zu sein, dass sie fortan Ruhe vor ihrem Ex haben würde.

Argwöhnisch hatte sie seitdem die Lokalnachrichten studiert, aber es war weder der Mord an einem Münchner Anwalt noch ein Einbruch oder Hausbrand gemeldet worden. Auch war keine Wasserleiche am Ufer des Starnberger Sees angeschwemmt worden.

Aber das konnte ja noch kommen.

Immer wieder rief sie sich ins Bewusstsein, dass ihr Nachbar nie viel von sich preisgegeben hatte. Er schien eine gute Erziehung genossen zu haben, aber wo war er aufgewachsen? Und warum sprach er dieses verquere Russisch, hatte jedoch Probleme mit seiner Muttersprache? Ob er gar nicht in Deutschland geboren war? Das könnte des Rätsels Lösung sein.

Ab und an versetzte er sie mit seinen raubtierhaften Bewegungen und seiner Geschwindigkeit heftig in Erschrecken. Der Figur nach zu urteilen musste er ein sagenhafter Sportler sein, wenngleich sie ihn noch nie beim Joggen oder Ähnlichem gesehen hatte. Und immer wieder blitzte das Bild in ihrem Kopf auf, mit welcher Leichtigkeit er Alex einhändig hochgehoben hatte.

Sie wusste, dass Rafael viel Zeit vor dem Fernseher verbrachte oder aber an dem seltsamen, kleinen Computer, dessen Form sie an einen Delfin erinnerte. Valerie kannte sich mit neumodischem, technischem Schnickschnack nicht sonderlich aus, doch so ein Gerät war ihr noch nie untergekommen. Ein Prototyp aus dem Weißen Haus, vielleicht.

Da nahm eine verwirrende Idee in ihrem Kopf Gestalt an. Konnte er ein Geheimagent sein? Womöglich war der Job als Bodyguard ja in Wirklichkeit ein Undercovereinsatz. Immerhin hatte er in den letzten Tagen gleich zweimal sang- und klanglos das Weite gesucht. Plus der lange Trip mit dem Motorrad.

Angeblich in die Alpen, bei dieser Kälte!

Weiß der Geier, was er indessen ausgekundschaftet hatte. Ob er auf irgendeine gemeingefährliche Terrorzelle angesetzt war? Oder aber … Was, wenn er selbst ein Terrorist war? Vielleicht hatte ihn der Secret Service in einem Kronzeugenschutzprogramm untergebracht, da er gegen die Russenmafia ausgesagt hatte – die ihm früher oder später doch auf die Schliche kommen würde. Bei der Vorstellung schüttelte es sie, und sie beschloss, die Probe aufs Exempel zu machen, ob er in der Tat der russischen Sprache mächtig war.

Aber dann nahmen ihre Gedanken eine Wendung. Ausgemachter Blödsinn! Jetzt ging die Fantasie mit ihr durch. Sie war selbst schon ganz paranoid. Und überhaupt, es spielte doch alles keine Rolle! Fakt war, dass sie sich in Sicherheit wiegte, seit Rafael unter ihr seine Zelte aufgeschlagen hatte.

Noch dazu war ihr in den letzten Tagen fast schmerzhaft bewusst geworden, wie sehr sie sich nach einem Mann sehnte. Denn Rafaels pheromongetränkte Ausstrahlung rief ihr bei jeder Begegnung unwillkürlich in Erinnerung, dass sie mit ihren siebenundzwanzig Jahren eine Frau im besten Alter war und ihr Körper voller Habgier nach heißem Sex verlangte.

Da schreckte ein Rascheln sie auf. Hastig schoss sie hoch. In diesem Moment fiel Rafaels Haustür ins Schloss. Verwundert spähte sie nach unten. Die einsetzende Dämmerung warf nun silberne Fäden über die Bäume und Sträucher, und bis auf die plärrende Amsel herrschte wieder Totenstille. Wahrscheinlich bildete sie sich vor lauter Nervosität schon Dinge ein.

Erneut drang ein Geräusch an ihr Ohr. Und plötzlich traute sie ihren Augen nicht mehr. Etwas Glitzerndes schoss durch den Garten, begleitet von einem raubtierähnlichen Knurren. Ein ängstlicher, unartikulierter Laut entrang sich ihren Lippen, während die Furcht mit eisigen Fingern nach ihr griff. Schützend schlang sie die Decke fester um die Schultern.

Die ersten Strahlen der Morgensonne schlichen über den Rasen und ließen die Tautropfen glitzern. Den Blick weiterhin starr in den Garten gerichtet, bemerkte sie erneut etwas Silbriges, das aufs Haus zujagte. Und schließlich wieder Rafaels Wohnungstür.

Lieber Gott …

Sie fuhr herum, stolperte blindlings in ihre Wohnung und verriegelte zitternd die Balkontür von innen. Minutenlang harrte sie bibbernd mitten im Raum aus. Was ging hier vor sich? Verängstigt schleppte sie sich ins Schlafzimmer, kroch ins Bett und zog die Decke bis zur Nase hoch.

So war es also, wenn man an der Schwelle zur Schizophrenie kratzte.

In der vagen Hoffnung, dass Tristan indessen ruhig Blut bewahrte, raste Rafael wie der Henker zum Supermarkt. Er war so durch den Wind, dass er den Versuch, Radarfallen zu orten, just nach der ersten Abfahrt aufgab. Sollten sie ihn doch ablichten, egal – er hatte weiß Gott schwerwiegendere Probleme zu bewältigen. Er benötigte dringend eine Waage und etwas leicht Verdauliches für Tristan, denn er hatte ja keine Ahnung, wie lange das Bärchen noch auf der Erde verweilen würde. Außerdem musste er massenhaft Alufolie besorgen, da Roger ihm auferlegt hatte, Tristan einen Schutzanzug zu basteln.

Natürlich – nichts leichter als das! Origami war schon immer eines seiner Steckenpferde gewesen. Was ein Glück, dass er nicht noch einen Umhang knüpfen musste. Roger sollte ihm mal verraten, mit welcher Armee er den unleidlichen Zappelphilipp dazu bewegen sollte, sich in Folie wickeln zu lassen.

Nach anfänglichen Beschwerden atmete der kleine Kerl zumindest wieder regelmäßig, und als Rafael auf Zehenspitzen aus der Wohnung geschlichen war, hatte das anhängliche Fellknäuel glücklich auf dem Sofa geschlummert. Doch er wollte sich gar nicht ausmalen, was passierte, wenn Tristan aufwachte und ob der fremden Umgebung Amok lief.

Dass der Kleine das Beamen ohne den Schutz eines Helmes und Raumanzugs unbeschadet überstanden hatte, grenzte laut Rogers Einschätzung an ein Wunder. Doch auf das Zurückbeamen wollte Roger sich erst einlassen, sobald er Tristans genaues Gewicht kannte und die Maschine justiert war. Rafael betete inständig, dass das Problem im Laufe des Tages behoben werden konnte, denn lange konnte er Tristan sicherlich nicht vor Valerie verbergen.

Mit quietschenden Reifen hielt er vor dem Einkaufszentrum und rauschte hinein. Aber nicht nur Tristans Anwesenheit war besorgniserregend, nein, auch Valerie hatte ihm heute Morgen einen gehörigen Schrecken eingejagt. Um neun hatte sie sich noch in den Federn herumgedrückt und einen apathischen, geradezu verwirrten Eindruck vermittelt. Ohne Zweifel hatte sie das Wiedersehen mit ihrem Ex-Mann völlig aus der Bahn geworfen. Und auf keinen Fall wollte er sie in diesem Zustand noch länger sich selbst überlassen. Sobald Tristan wieder zu Hause war, würde er sie ins Auto packen und mit ihr nach Zürich fahren. Sie benötigte dringend ein wenig Zerstreuung.

Er musste sich eingestehen, dass er die junge Frau mochte. Der Abend mit ihr war wunderschön gewesen, bis dieser Vollpfosten von Exmann aufgetaucht war. Rafael hatte Valerie zum ersten Mal herzhaft lachen gehört, und ihm war dabei richtiggehend das Herz aufgegangen. Nur was sollte aus ihr werden, falls er irgendwann mit Angelina die Erde verließe? Dann wäre sie gänzlich auf sich gestellt. Vor seinem geistigen Auge stiegen Bilder von David auf, und er atmete erleichtert auf.

Genau, das war es! David könnte ihr mit seinen Beziehungen einen Job besorgen und sie unter seine Fittiche nehmen. Bei der Vorstellung jedoch, dass David das auf seine ganz spezielle Art und Weise interpretieren würde, verdüsterte sich Rafaels Laune wieder. Und obwohl er David schätzte, irritierte ihn die Tatsache, dass der Magier ein Auge auf Valerie geworfen hatte. Vermutlich, weil dieser einfach zu viele Eisen im Feuer hatte.

Schon als er das Auto vor der Garage zum Stillstand brachte, hörte er ein lautes Jaulen.

O nein, Tristan!

Was sollte er Valerie nun wieder für ein Ammenmärchen auftischen? Denn dass sie das Gequietsche gehört hatte, stand außer Frage. Dass er das Tier in Pflege hatte? Er es verängstigt und ausgehungert auf einem Rastplatz gefunden hatte? Oder das, was der Wahrheit am nächsten kam: es einfach so vom Himmel gepurzelt war?

Erschwerend kam hinzu, dass Mondbären auf der Erde keine gängige Tierart darstellten. Außer Chamäleons, Fröschen, Geckos und ein paar exotischen Fischarten, wechselte – seines Wissens nach – kein Geschöpf ständig die Farbe. Und da Valerie viel in der Welt herumgekommen war, würde sie sicherlich auch einen südostasiatischen oder polynesischen Ursprung infrage stellen.

Panisch stürmte er die Wohnung – und blieb gleich darauf wie angewurzelt stehen. Valerie klebte verängstigt in der hintersten Ecke seines Wohnzimmers an der Wand. Vor ihr auf dem Boden hockte Tristan, grell orange gefärbt, und wedelte beschwingt mit dem kleinen Stummelschwänzchen. An der Farbe seines Fells war unschwer zu erkennen, dass er außer sich vor Freude über die unerwartete Besucherin war. Doch da diese das nicht zu kapieren schien und ihm jegliche Streicheleinheiten vorenthielt, jaulte er sie vorwurfsvoll an.

„Rafael, hilf mir! Was ist das für ein Monster?", schrie sie entsetzt.

„Tristan, hierher!"

Und tatsächlich, seine Erziehungsmaßnahmen hatten gefruchtet. Der kleine Bär ließ augenblicklich von Valerie ab, wirbelte herum und preschte auf Rafael zu. Dieser tätschelte ihm zärtlich den Kopf, bevor er ihn aufs Sofa jagte. Sofort stellte sich himmlische Ruhe ein.

Mit zwei großen Schritten überwand er den Abstand zwischen sich und Valerie. „Valerie, geht es dir gut?" Geschockt registrierte er, dass sie vor ihm zurückwich.

Mit weit aufgerissenen Augen glotzte sie ihn an. „Rafael, was hat das alles hier zu bedeuten? Und was sind das für Sachen?" Mit dem Arm beschrieb sie eine ausholende Geste. „Wo kommt dieses Tier her? Und wer zur Hölle bist du wirklich?"

„Das ist nur ein kleiner Mondbär, den ich zur Pflege habe. Sehr ausgefallene Tiersorte. Gibt es kaum noch. Und von was für Sachen redest du?"

Er schaute um sich und entdeckte auf dem Boden seinen Raumanzug, den Helm, die Stiefel und die Handschuhe. Auf dem Sideboard lauerte aufgeklappt der stromlinienförmige schwarze Computer. Jede Menge Pillen und Tablettenröhrchen hatten sich rundum verstreut, da er Futter für Tristan gesucht hatte – gleich neben den Pornofilmen. Dahinter sah es aus wie in einer Hotelbar, angebrochene Flaschen mit hochprozentigem Alkohol drängten sich um aufgerissene Zigarettenpäckchen.

Sein Blick wanderte weiter zum Wohnzimmertisch. Dort tummelten sich ganze Kohorten von halbierten Überraschungseiern und kleinen Plastikteilchen, da er ausgetestet hatte, ob sich wirklich in jedem siebten Ei ein Schlumpf verbarg – was übrigens der Wahrheit entsprach.

Nun verstand er Valeries Entsetzen. Aber wie in drei Teufels Namen sollte er die Situation entschärfen?

„Es lag nicht in meiner Absicht zu schnüffeln", stotterte diese. „Aber ich habe ein erbärmliches Jaulen gehört. Doch als ich nachschauen wollte, ist sofort dieses Monster auf mich losgegangen! Rafael, lass mich gehen. Ich werde keiner Menschenseele etwas erzählen. Bitte, tu mir nichts!" Mit diesen Worten flüchtete sie hektisch in Richtung Tür.

Mit einem großen Schritt versperrte er ihr den Weg. Ein unterdrückter Schrei entfloh ihrer Kehle, als sie auf ihn auflief. Wahrscheinlich mutmaßte sie jetzt, binnen Sekunden das Opfer eines Psychopathen zu werden.

„Valerie, beruhige dich, bitte", setzte er an und unternahm den Versuch, sie in seine Arme zu ziehen, als er plötzlich einen heftigen Schmerz verspürte. Ein gurgelnder Schrei entwich ihm. Mit verzerrtem Gesicht sackte er auf die Knie, während ihm Tränen in die Augen traten. Mit diesem brutalen Tritt in die Eier und dem harten Handkantenschlag in den Nacken hatte er weiß Gott nicht gerechnet.

Sie hatte die Tür schon fast erreicht, als er sie am Arm packte und herumwirbelte, sorgfältig darauf bedacht, dass sie keinen Treffer mehr in seine Weichteile landen konnte. Dennoch platzierte sie weitere gezielte Karateschläge auf seinem Oberkörper, unter denen er laut aufstöhnte.

Und das nannte sie aus der Übung?

Weit gefehlt.

Es lag nicht in seiner Absicht ihr Schmerzen zuzufügen, aber wenn er bei diesem kleinen Duell nicht den Kürzeren ziehen wollte, musste er eindeutig härtere Maßnahmen ergreifen. Also schlang er seine Arme um sie wie eine Schraubzwinge. Und auch wenn sie erneut nichts unversucht ließ, sich aus seinem Griff zu befreien, hatte sie jegliche Chance verwirkt. Daher stieß sie einen gellenden Schrei aus, an dem nun wiederum Tristan Anstoß nahm und augenblicklich mürrisch knurrte.

„Ruhe!“, brüllte Rafael so laut er konnte, und die beiden Sirenen verstummten auf der Stelle. „Verdammt noch mal, Valerie! Jetzt hör mit dem Gekreische auf, und lass mich erklären. Du brauchst keine Angst zu haben. Ich bin weder pervers, noch ein Serienmörder, noch drogenabhängig, auch wenn man das durchaus in Erwägung ziehen könnte, wenn man die Wohnung betritt. Setz dich bitte hin und hör mir zu. Ich verspreche, dass ich dir nichts tun werde. Genauso wenig wie Tristan. Er ist ein sehr gut erzogener Mondbär.“

Mit sanfter Gewalt schubste er die verstörte Frau in den Sessel und setzte sich ihr gegenüber, ständig darauf gefasst, dass sie wieder auf ihn losging oder einen erneuten Fluchtversuch startete. Doch nun schien sie erstarrt zu sein. Mit schmerzerfülltem Gesichtsausdruck rieb sie sich die Schulter, und es bereitete ihm unendlichen Kummer, dass er so fest zugepackt hatte. Aber sie hatte ihm leider keine Wahl gelassen.

Er griff zur Seite und kraulte Tristan, damit auch dieser wieder zur Ruhe kam, ließ Valerie jedoch nicht aus den Augen. „Habe ich dir sehr wehgetan?“

Valerie winkte ab. „Halb so wild. Du wolltest mir etwas erzählen.“

„Ja, wo soll ich anfangen? Das ist nicht einfach für mich. Du musst mir versprechen, dass du das, was ich dir jetzt offenbare, keinem Menschen verrätst. Denn das könnte meinen Tod bedeuten.“ Nervös fuhr er sich mit der Hand durchs Haar, als ihm der tiefere Sinn seiner Worte bewusst wurde. „Aber ich habe volles Vertrauen zu dir und obendrein nicht den blassesten Schimmer, mit welchen Ausflüchten ich das Chaos erklären sollte. Ich hoffe nur, du kriegst keinen Nervenzusammenbruch, wenn ich meine wahre Identität preisgebe.“

„Bah! Darüber bin ich längst im Bilde.“

„Du weißt, wer ich bin?“

Angriffslustig reckte sie das Kinn in die Luft, und er fragte sich, wo das verängstigte Persönchen abgeblieben war, das er kennengelernt hatte.

„Ein Vampir!“, schleuderte sie ihm ins Gesicht.

„Was?“

„Ja, du bewegst dich unmenschlich schnell. Du hast überirdische Kräfte, und du nimmst so gut wie nie Nahrung zu dir. Ob du jemals schläfst, weiß ich nicht. Du musst ein untotes Monster sein.“

Rafael starrte sie entgeistert an. „Du hältst mich für ein Monster?“

Sie verzog das Gesicht. „Nein, war nur ein Scherz. Kak tebja sawut?“, fragte sie ihn auf Russisch. Wie heißt du?

„Valerie, du weißt genau, wie ich heiße. Wo soll diese Befragung hinführen?"

Sie nickte leicht. „Du sprichst also wirklich Russisch. Du bist Geheimagent, oder?"

Er lehnte sich erleichtert zurück und brach in befreiendes Gelächter aus. „Super Idee! Warum bin ich da nicht selbst draufgekommen? So hätte ich mich problemlos aus der Misere ziehen können. Aber leider ist es nicht ganz so einfach." Allmählich gefror das Lachen auf seinen Zügen wieder. „Bitte krieg jetzt keinen Schreck. Ich komme nicht von hier. Ich wurde sehr weit weg geboren."

„In Russland?"

„Nein, noch ein bisschen weiter."

„Noch weiter als Russland? Du siehst nicht asiatisch aus. Vielleicht Australien? Neuseeland? Von den Fijis? Südpol? Wie viele Sprachen sprichst du eigentlich?", plapperte sie atemlos.

Rafael hob eine Hand. „Stopp! Du wirst es nie erraten. Ich spreche schätzungsweise vierzig Sprachen, und der Ort, an dem ich das Licht der Welt erblickte, nennt sich Siria."

Sie riss Mund und Augen auf. „Vierzig Sprachen? Das ist nicht dein Ernst, oder? Und Siria ist mir noch nie zu Ohren gekommen. Wo liegt das?"

Ihrer beider Köpfe zuckten unisono herum, als Tristan ein gequältes Jaulen von sich gab. Den Kopf um Aufmerksamkeit heischend in die Luft gereckt, schossen seine Blicke ungeduldig zwischen ihnen hin und her.

„Kann ich ihn streicheln?", erkundigte Valerie sich vorsichtig.

Rafael lächelte. „Du könntest ihm keinen größeren Gefallen tun." Er schnappte den zappelnden Mondbären und platzierte ihn auf Valeries Schoß. Sofort kuschelte sich das Tier an sie und schnupperte mit verhaltener Neugier an ihren Fingern. Und als sie es zögernd hinter den Ohren kraulte, schlich ein wohliger Seufzer aus seiner Kehle. Seine großen Knopfaugen wurden dunkler, seine runden Öhrchen stellten sich auf und sein rotes Fell ging Knall auf Fall in einen grellen Orangeton über. Valeries Hand zuckte zurück, als hätte sie sich verbrannt. „Mein Gott, was passiert hier?"

„Tja, so ist das bei Mondbären eben."

„Mich wundert so langsam gar nichts mehr." Sie rollte die Augen gen Himmel. „Also, wo sagtest du, liegt dieses Siria?" Vorsichtig berührte sie abermals Tristans Fell, so als ob sie die Temperatur einer Herdplatte austestete.

Rafael schmunzelte, als Tristan sich sogleich wieder hingebungsvoll ankuschelte. Er zögerte einen weiteren Moment, doch er sah wirklich nur eine Möglichkeit, aus dieser Bredouille herauszukommen, und das war die gnadenlose Wahrheit. Davids warnenden Worten zum Trotz hätte er Stein und Bein geschworen, dass er dieser Frau vertrauen konnte. „Siria ist ein Planet, unglaublich weit weg von hier."

„Ein Planet? Was soll das heißen?"

„So wie die Erde, Venus, Mars, Jupiter und so weiter."

Ein helles Lachen sprudelte aus Valerie heraus. „Du willst mir allen Ernstes weismachen, du wärst ein Außerirdischer?" Sie gluckste vergnügt. „Komm, Rafael, hör auf mit dem Blödsinn. Gib einfach zu, dass du Geheimagent bist und man dir einen Maulkorb verpasst hat. Aber tisch mir keine weiteren Lügen auf."

„Es ist das allererste Mal, dass ich nichts als die reine Wahrheit sage."

Prompt machte sich wieder Empörung auf Valeries Gesicht breit. „Rafael, du bist nicht klein und grün, und ich sehe auch keine Antennen auf deinem Kopf. Und wo hast du bitte schön dein Raumschiff geparkt, Captain Kirk?" Mit einem Blick auf Tristan setzte sie hinzu: „Außerdem habe ich bisher nur von Schweinen im Weltall gehört, nie von Bären."

Rafael grinste. „Nun, die kleinen grünen Männchen wohnen auf Kalebo, das ist ein Nachbarplanet. Und Antennen hatten wir Sirianer noch nie. Eigentlich kenne ich auch keinen einzigen Planeten, dessen Bewohner mit Antennen ausgestattet sind. Ich denke, das ist eine Erfindung der Filmindustrie. Und Raumschiffe gibt es sehr wohl. Ich aber bin auf eine andere Art hierhergekommen."

Valerie verdrehte erneut die Augen. „Die da wäre?"

„Gebeamt."

„Klar doch! Wie bei Raumschiff Enterprise." Sie warf die Arme in die Luft. „So langsam glaube ich, nicht ich habe einen Sprung in der Schüssel, sondern du."

„Gut, ich werde dir einen Beweis liefern."

Ruckartig reckte sie das Kinn nach oben. „Ich warte."

Ihr provozierender Geschichtsausdruck zauberte ein Schmunzeln auf sein Gesicht. Die Frau war ein Phänomen. Unter dem Deckmantel des eingeschüchterten Mädchens bahnte sich gerade eine toughe Amazone den Weg an die Oberfläche. Er schloss die Augen und konzentrierte sich.

Valeries Kopf zuckte herum, als der Fernseher mit einem sanften Plopp zum Leben erwachte. Sekunden später schaltete er sich wie von Geisterhand wieder aus. Dafür öffnete sich die Eingangstür, bevor sie leise ins Schloss fiel. Der CD-Player knackte diskret, als sanfte Musik den Raum durchflutete.

Trotzig stierte sie Rafael an. „O Mann! Was für lahme Tricks. Dein Freund David praktiziert das jeden Tag hundertmal auf der Bühne."

Er seufzte. „Schon kapiert, ich zeige dir etwas anderes."

Er erhob sich und schleppte seinen unförmigen silbernen Rucksack an. Valerie runzelte die Stirn.

Na, herrlich! Was kam denn jetzt? Ein weißes Kaninchen oder massenweise aufgeblasene und verknotete Luftballons, die letztendlich einem Dromedar glichen?

Doch nichts dergleichen – nach kurzem Suchen förderte er aus den Tiefen des Rucksacks ein flaches silbernes Teil zutage, das einem Taschenspiegel ähnelte. Er ließ es aufschnappen und drückte es ihr in die Hand. Sie erblickte ein Bild von Angelina. Wollte er sie jetzt mit einem Bilderrahmen beeindrucken?

Das Licht, das durchs Fenster fiel, ließ Angelinas leichenblasses Gesicht geheimnisvoll erstrahlen. Und dann kam Bewegung in das Bild. Valerie gelang es nur mit Mühe, einen Aufschrei zu unterdrücken.

Was zur Hölle war das? Ein Hologramm?

Gerade schwebte Angelina lächelnd über eine rot gefärbte Wiese. Das Haar wogte um ihren Kopf, allerdings war es wesentlich kürzer als sonst und ringelte sich auch nicht in verführerischen Locken. Sie trug einen sackartigen pinkfarbenen Overall. Im Hintergrund waren violette Berge und zwei rote Sonnen zu erkennen. Der Himmel schimmerte grünlich.

Fasziniert widmete sich Valerie dem beeindruckenden Farbenspiel – alles in einer Hülle so flach wie ein

Bierdeckel. Aber wie war Rafael in den Besitz dieser Aufnahmen gekommen? Plötzlich flammten ihre Sorgen wieder auf. Ob er so etwas wie ein Stalker war?

Da zoomte die Kamera die Frau näher heran, und ein warmes, weibliches Lachen erfüllte den Raum, das sich so gar nicht nach Angelina anhörte. Valerie schaute sich unwillkürlich um. Außer Rafael, ihr und dem kleinen Bären auf ihrem Schoß, der inzwischen glücklich vor sich hinschnarchte, befand sich keine Menschenseele in der Wohnung. Sie drehte und wendete die silberne Hülle in alle Richtungen, konnte aber keinen Lautsprecher entdecken. So richtete sie ihr Augenmerk erneut auf den ablaufenden Film, bis sie mit Verwunderung feststellte, dass es sich bei der Frau überhaupt nicht um Angelina handelte.

Die Gesichtszüge der Fremden waren nicht so fein gemeißelt, dafür viel freundlicher. Da erhob die Frau das Wort. Sanft schallte eine fremde Sprache durch den Raum. Valerie verstand keine einzige Silbe, aber es klang warm und melodisch. Das war auf keinen Fall Angelinas Kieksstimme. Und wieder weckten die Klick- und Pfeifgeräusche Erinnerungen an ein Walrudel. Ohne Zweifel handelte es sich um die Sprache, die Rafael mit Alex gesprochen hatte.

Sie riss die Augen von Angelinas Ebenbild los. Mit Entsetzen registrierte sie, dass Rafaels Gesichtsausdruck erstarrt war. Ein leidender Ausdruck flackerte in seinen Augen auf.

„Wer ist die Frau?“, fragte sie mit flüsternder Stimme, obgleich sie die Antwort bereits ahnte.

„Sie war die Liebe meines Lebens“, wisperte er heiser. „Darf ich dir jetzt meine Geschichte erzählen?“

Kapitel 15

Es war alles in bester Ordnung, redete sich Valerie ohne Unterlass ein. Verglichen mit einer Wurzelbehandlung oder einem Stromschlag war die Vorstellung, neben einem Alien im Auto zu sitzen, doch verhältnismäßig harmlos. Und spätestens nach der Ehe mit ihrem Exmann war sie es auch gewohnt, sich hin und wieder Geisteskranken zu stellen.

Nachdenklich spähte sie aus dem Fenster des Porsches und sah wie durch einen Schleier den Bodensee an sich vorbeirasen. Die gestrigen Vorgänge drängten unaufhaltsam immer wieder in ihr Hirn und sorgten dort für Chaos.

Konkret zusammengefasst war die Sachlage also Folgende: Neben ihr hockte ein Außerirdischer, der ihr heftig den Kopf verdreht hatte, dessen Herz aber einzig und allein für ihre zickige Chefin schlug. Und mit ebendiesem Alien befand sie sich nun auf dem Weg nach Zürich, um einen weiteren Außerirdischen zu treffen, mit dem sie zu allem Überfluss vor ein paar Wochen beinahe im Bett gelandet wäre.

Na also, war doch gar nicht so schwierig! Nur, dass sich bei der Vorstellung ihr ganzer Körper verkrampfte. Realität und Fiktion schienen nahtlos miteinander zu verschwimmen, und sie konnte sich des Gefühls nicht erwehren, schon mit halbem Fuße in der Klapsmühle zu stehen.

Sie hatte mitverfolgt, wie Rafael in dieser fischähnlichen Sprache mit seinem Planeten kommuniziert hatte, der, wenn man seinen Schilderungen Glauben schenken durfte, Millionen Lichtjahre entfernt seinen Platz im Universum hatte. Sie hatte sich Filme von Rafaels jüngerem Bruder Simon, der übrigens genauso eine

Augenweide war, seinen Eltern und seiner toten Frau zu Gemüte geführt. Wobei die fremdartige, farbenprächtige Landschaft dieses Planeten sie unsagbar fasziniert hatte.

Zuerst hatte sie alles noch für einen genialen Hollywoodtrick gehalten, aber als dann der knuffige Bär – in Alu-Folie gewickelt – wie eine gigantische Baked Potatoe vor ihren Augen verschwunden war, war sie ins Schwimmen geraten. In einem Moment hatte sich der kleine Kerl erbärmlich jaulend vor ihnen auf dem Rasen herumgekugelt, im nächsten hatte er sich in Luft aufgelöst. Wobei es ihr beinahe das Herz in Stücke riss, denn sie hatte sich im Eiltempo in das verkuschelte Wesen mit den dunklen Knopfaugen verliebt, dessen lustige, quietschende Geräusche hellem Kinderlachen ähnelten.

Am liebsten hätte sie Rafael angefleht, seinen pelzigen Freund doch auf der Erde zu lassen, aber allein die Vorstellung, dass Angelina Zeter und Mordio schreien würde, sollte ihr das pandaähnliche Wesen begegnen, hatte sie verstummen lassen. Denn außer Katzen und potenten Männern gab es keinerlei Lebewesen, die Angelina in ihrem Dunstkreis akzeptierte. Und wer konnte schon mit Bestimmtheit ausschließen, dass Tristans Lieblingsspeise nicht zufälligerweise Katzen waren, denn die Farbe seines Fells erinnerte zeitweise schon mächtig an Alf.

Unauffällig linste sie zu Rafael hinüber, der mit unerträglicher Leichtigkeit, nämlich gerade mal mit dem kleinen Finger, den Porsche steuerte. Erneut zweifelte sie am Vollbesitz ihrer geistigen Kräfte. Denn trotz der ganzen Ungewissheit schlug ihr Herz jedes Mal ein paar Takte schneller, wenn sie ihn anschaute.

Du lieber Gott! Hatte sie sich allen Ernstes in einen

Außerirdischen verliebt, oder würde sich der Typ neben ihr doch noch als perverser Axtmörder oder entflohener Psychopath outen? Aber eigentlich spielte das jetzt alles keine Rolle mehr, denn dieser Kerl hatte ihre Welt bereits vollkommen auf den Kopf gestellt. Weswegen sie auch den Vorschlag kategorisch abgelehnt hatte, ihn nach Zürich zu begleiten. Doch er hatte so lange gedrängt, bis sie schweren Herzens einwilligte – und jetzt gab es kein Zurück mehr.

Sie zuckte herum, als Rafael nach seinem Handy griff. Mit Schrecken bemerkte sie, dass er soeben noch den letzten Finger vom Lenkrad genommen hatte. Doch der Sportwagen hielt kontinuierlich die Spur, fast als hätte ein Autopilot das Regiment übernommen. Panisch schloss sie die Augen und lauschte Rafaels Worten, der offensichtlich mit David plauderte. Seltsam, hierfür benötigten diese futuristischen Aliens die guten alten Telefone. Waren sie denn außerstande mit schierer Gedankenkraft zu kommunizieren? Immerhin hatte sie miterlebt, wie Rafael alleine mit seinem Geiste Gegenstände bewegte und elektrische Geräte manipulierte.

Also wozu ein banales Handy?

Und wer zum Geier steuerte das verdammte Auto?

Zu ihrer Erleichterung hatte er ihr inzwischen versichert, dass er ihren Exmann ausschließlich mit seinen paranormalen Fähigkeiten eingeschüchtert, aber keinerlei Hand an ihn gelegt hatte. Und sie glaubte ihm. Denn sie konnte sich beim besten Willen nicht vorstellen, dass der Mann neben ihr mental imstande wäre, jemandem ernsthafte Verletzungen zuzufügen. Tja, nun konnte sie nur noch hoffen, dass ihr sechster Sinn sie nicht trog.

Da wurde der Wagen langsamer. Verwundert registrierte sie, dass sie das elegante Züricher Park Hyatt Hotel bereits erreicht hatten. Ihr Blick flog auf die Uhr des Armaturenbrettes.

Das war vollkommen unmöglich! Obwohl?

Bei der Rückfahrt würde sie den Tacho mal genauer in Augenschein nehmen, denn etwas kam ihr hier spanisch vor. Sie konnte nur erahnen, dass es für Rafael kein Hexenwerk sein mochte, Radargeräte zu manipulieren oder Polizeiwagen kurzzuschließen.

Mr. Spock schaute sich unterdessen suchend um, bevor ein Lächeln von seinem Gesicht Besitz ergriff. Behände hüpfte er aus dem tiefen Sportsitz und steuerte mit schnellen Schritten auf einen dunkelgekleideten Mann mit riesiger Sonnenbrille zu.

Erst in diesem Moment erkannte sie David.

Mit einer Mischung aus Besorgnis und Neugier beobachtete sie, wie die beiden sich herzlich umarmten. Gleich darauf war Rafael wieder an ihrer Seite und half ihr gentlemanlike aus dem flachen Wagen. Dann dirigierte er sie auf seinen außerirdischen Freund zu.

„Ihr kennt euch ja schon", konstatierte er lapidar.

Lächelnd ergriff David ihre Hand. „Valerie! Schön Sie wiederzusehen. Entschuldigen Sie bitte, dass ich die Brille nicht abnehme. Aber Sie wissen ja, warum." Valerie setzte zu einer Erwiderung an, doch da fuhr er schon fort: „Ich dachte, wir nehmen zuerst einen Drink in meiner Suite. Und während ich später mit Rafael ein paar geschäftliche Dinge abwickle, können Sie sich frisch machen."

Erst jetzt gab er ihr ihre Hand zurück, die er die ganze Zeit über festgehalten hatte. „Gegen Nachmittag habe ich allerdings einen Auftritt. Sie sind herzlich eingeladen. Natürlich nur, wenn es Sie interessiert. Rafael war von der Show nicht sonderlich beeindruckt.

Nun ja, wie auch immer.“ Er fuchtelte mit einer Hand in der Luft herum. „Dann können wir den Abend mit einem guten Essen ausklingen lassen. Na, was halten Sie von dem Plan?“

Valerie nickte abwesend. Wie schon in Los Angeles machte er einen äußerst berechnenden Eindruck und schüchterte sie ein wenig ein. Allzu dominante Menschen waren noch nie ihr Fall gewesen, und sie konnte sich beim besten Willen keinen Reim darauf machen, warum sie mit diesem Kerl um ein Haar in der Kiste gelandet wäre. Aber immerhin besaß er Anstand genug, es nicht zur Sprache zu bringen oder sie einfach mit einem vertraulichen Du anzuquatschen.

Er schien den Abend bis ins kleinste Detail durchorganisiert zu haben und rechnete sicherlich nicht mit Widerspruch ihrerseits. Und tatsächlich – ohne auch nur eine Antwort abzuwarten, wirbelte er herum und dirigierte sie und Rafael geschickt durch das riesige Hotel. Eine bedrohliche Aura von Macht und Reichtum umgab diesen Mann, und sie konnte fast bildlich vor sich sehen, wie er die Flotte des Kampfsterns Galactica kommandierte.

Unterdessen hatten sie eine pompöse Suite, ausgestattet mit raumhohen Panoramafenstern und Unmengen abzweigender Zimmertüren, erreicht. David manövrierte sie in Richtung einer kleinen Sitzecke und bedeutete ihnen, Platz zu nehmen. Sie leistete Folge. Rafael hingegen trat an eins der Fenster und linste neugierig hinaus.

Gut gelaunt marschierte David auf eine schicke Küchenzeile zu. „Valerie, darf ich Ihnen zur Begrüßung einen meiner Lieblingscocktails mixen?“ Er hatte inzwischen die Brille abgenommen, und seine großen dunklen Augen waren mit einem unergründlichen

Ausdruck auf sie gerichtet.

„Gerne. Aber nur, wenn der Drink nicht zu stark ist."

„Geht klar. Rafael, für dich wie üblich eine Cola? Ich weiß nicht, ob Rafael es erwähnt hat. Mein früherer Bodyguard hat es nicht so mit Alkohol", plauderte er – nun wieder zu Valerie gewandt – ungezwungen weiter. Gekonnt wirbelte er dabei ein paar Flaschen durch die Luft.

„David, sie weiß alles", ließ Rafael gänzlich unerwartet die Bombe platzen. Er hatte sich die ganze Zeit im Hintergrund gehalten, doch nun trat er David gegenüber.

Dieser hielt kurz inne, fuhr dann aber mit dem Mixen fort, als wäre nichts gewesen. „Was weiß sie, Rafael?" Er versuchte seiner Stimme einen gleichgültigen Klang zu verleihen, was ihm nicht einmal ansatzweise gelang.

Gespannt flitzte Valeries Blick zwischen den beiden Männern hin und her. Und ein untrügliches Gespür verkündete ihr, dass es für alle Beteiligten besser wäre, wenn Rafael auf der Stelle den Mund hielte.

Doch dieser tat nichts dergleichen.

Stattdessen redete er sich um Kopf und Kragen. „Ich habe dir doch erzählt, dass Tristan aus Versehen mitgebeamt wurde. Und Valerie hat ihn gefunden. Also musste ich sie einweihen. Aber keine Angst, sie wird keiner Menschenseele etwas verraten."

Der außerirdische Cocktailmixer war inzwischen in der Bewegung erstarrt. Sein freundliches Lächeln wich schlagartig blankem Entsetzen, bevor es in glühenden Zorn überging. Unter seiner Bräune schien er ein paar Nuancen bleicher zu werden. „Rafael!", zischte er. „Sag mir, dass ich das eben falsch verstanden habe. Was weiß Valerie?“

„Alles. Über mich. Über Siria. Über Angelina.“

„Und was hast du über mich ausposaunt?“

Rafael zuckte mit den Schultern. „Nur, dass du auch von Siria stammst.“

David knallte die Galliano-Flasche mit einer solchen Heftigkeit auf die Anrichte, dass Valerie zusammenzuckte. Wie ein geölter Blitz schoss er nach vorne und baute sich bedrohlich vor Rafael auf. In seinen Augen blitzte Panik gemischt mit unbändiger Wut auf, und Valerie spürte, wie Furcht ihren Rücken hinaufkroch.

„Rafael, du versuchst doch nicht tatsächlich mir klarzumachen, dass diese Frau über alles auf dem Laufenden ist, was ich dreißig Jahre lang unter Verschluss gehalten habe? Himmel noch mal, hast du denn kein Fünkchen Verstand?“

„Nein, natürlich nicht, ich konnte ja schließlich nur über die letzten Wochen Bericht erstatten“, stotterte Rafael unbeholfen.

David wirkte mit seinem knallroten Gesicht, als würde er jeden Moment in die Luft gehen.

Grundgütiger! Sie musste eingreifen.

So sprang sie auf und drückte sich zwischen die beiden Männer. „Hören Sie, David“, plapperte sie hitzig los. „Sie brauchen sich keinen Kopf zu machen. Ihr Geheimnis ist bei mir gut aufgehoben. Ich werde schweigen wie ein Grab. Bitte, seien Sie Rafael nicht böse. Er hatte keine Wahl. Ich bin in seiner Wohnung über die ganzen Utensilien und Tristan gestolpert. Ansonsten wäre das alles nie ans Licht gekommen. Das geht eindeutig auf mein Konto.“

Doch David ließ sie links liegen und taxierte Rafael weiterhin mit Todesverachtung. Mein Gott, was sollte sie nur tun? Niemals hatte sie Rafael in eine solch prekäre Lage bringen wollen. Warum hatte er nicht einfach den Mund gehalten?

„Verdammt noch mal, David! Hören Sie auf, so zu tun, als wäre ich nicht da." Ihre Stimme donnerte laut und kräftig durch den Raum, und sie konnte sich beim besten Willen nicht erinnern, wann sie zum letzten Mal in einem solchen Tonfall mit jemandem gesprochen hatte. Aber sie war auch noch nie zwischen Darth Vader und Luke Skywalker geraten, die drauf und dran waren, den Krieg der Sterne loszutreten.

Überraschung stand David ins Gesicht geschrieben, als er sich ihr zuwandte. Seine Augenlieder flatterten irritiert, während seine haselnussbraunen Pupillen vor Zorn zu zerspringen schienen. Nun konnte sie nur noch beten, dass Außerirdische nicht in der Lage waren, mit Blicken zu töten, ansonsten würde sie im nächsten Moment in Flammen aufgehen.

Sie zögerte noch kurz, doch dann nahm sie ihren ganzen Mut zusammen und erwiderte seinen hasserfüllten Blick trotzig. „Hören Sie, bevor Sie Rafael etwas antun, bringen Sie mich doch einfach um. Dann sind Sie auf der sicheren Seite."

David starrte sie noch ein paar Sekunden, die ihr vorkamen wie eine Ewigkeit, regungslos an, dann zuckte es plötzlich um seine Mundwinkel, und seine Gesichtszüge entspannten sich. Er wirkte jetzt fast amüsiert. Erwog er gerade, mit welchen Todesstrahlen er sie außer Gefecht setzen sollte?

Doch dann passierte etwas gänzlich Unerwartetes.

Sein starrer Ausdruck schwand, die zusammengekniffenen Lippen lockerten sich, und ein Lächeln huschte über sein Gesicht. „Sie töten? Das ist nicht Ihr Ernst! Rafael, welche Horrorstorys hast du der jungen Dame über uns erzählt?"

„Äh, eigentlich gar keine", hüstelte Rafael, der Valeries Auftritt fassungslos beobachtet hatte und sich erneut die Frage stellte, was aus dem verängstigten Kätzchen geworden war, das er kennengelernt hatte. Selbst er hätte nicht gewagt, sich David in einer solchen Heftigkeit entgegenzustellen.

Ebendieser drehte sich gemächlich um und schlenderte in die Küchenecke zurück, wo er sich erneut den Cocktails widmete. Nach einiger Zeit reichte er Valerie lächelnd einen Drink. „Gut, dann gibt es nun eben eine dritte Person auf der Erde, die über uns Bescheid weiß. Oder besser gesagt eine vierte, ich habe Steven vergessen."

„Steven?", murmelten Valerie und Rafael unisono.

David zuckte mit den Schultern. „Ja, Steven Spellberg. Rafael, sag bloß, du wusstest das nicht! Er ist auch Sirianer und schon fast so lange auf der Erde wie ich. Wo sonst hätte er all die bahnbrechenden Ideen für seine Filme hernehmen sollen? Also, Valerie, Sie sehen – das Leben dreier Menschen hängt einzig von Ihrer Verschwiegenheit ab."

Rafael atmete tief durch. Er hatte nicht die geringste Ahnung, was Davids plötzlichen Stimmungswandel ausgelöst hatte. Noch vor ein paar Minuten hatte er richtiggehend Muffensausen gehabt. Ihm war zwar klar gewesen, dass David nicht sonderlich erbaut über diese Offenbarung sein würde, aber mit einer solch heftigen Reaktion hätte er nie und nimmer gerechnet. Doch wie hatte Valerie es bloß zuwege gebracht, David in Windeseile umzustimmen?

Nachdem sie in leicht angespannter Atmosphäre ihre Cocktails geschlürft hatten, geleitete der Magier Valerie zu ihrem Zimmer. Dort rang sie ihm das Versprechen ab, Rafael nicht erneut in die Mangel zu nehmen, womit sie ihm lediglich ein heimtückisches Lächeln entlockte.

Und sie war so lange in Sorge um Rafael, bis dieser wohlbehalten an ihre Tür klopfte. Ohne nachzudenken, warf sie sich in seine Arme, einfach nur glücklich darüber, dass David ihm nicht den Kopf abgerissen hatte. Rafael fing sie überrascht auf und drückte sie zärtlich an sich. Und erst als sie sich beschämt von ihm befreite, ließ er los.

Geistesabwesend folgte sie ihm ins Züricher Hallenstadion, um Davids atemberaubende Show zu bestaunen. Musik, Farben und Lichteffekte versetzten sie in null Komma nichts in einen rauschartigen Zustand. David war die Personifizierung alles Magischen und sah einfach göttlich aus. Ob in Jeans mit weißem T-Shirt oder ganz in Schwarz, der Mann war ein Phänomen. Er faszinierte das Publikum mit seinem Charme, spielte geradezu mit den Menschen. Er verschwand, tauchte unerwartet auf der anderen Seite des Saales auf oder schwebte durch den Raum. Dazwischen ließ er seine bildhübsche Assistentin fliegen, bevor auch diese sich in Luft auflöste. Und als Highlight durchsägte ihn ein gigantisches, kreischendes Sägeblatt.

Valerie konnte es gar nicht mit ansehen. Ihre Fingernägel krallten sich in Rafaels Arm, und sie zitterte am ganzen Körper, bis dieser sie beruhigend an sich zog. Schnell vergrub sie den Kopf an seiner Brust und blickte erst auf, als David wieder unversehrt auf der Bühne stand. Ein heftiger Schwindel signalisierte ihr, dass sie die gesamte Zeit über die Luft angehalten hatte.

Immer noch von dem Gesehenen verzaubert, betraten sie später das gemütliche Restaurant „Parkhuus".

David, ganz in Schwarz gekleidet, strahlte eine Mischung aus geheimnisvoller Würde und verwegener Selbstherrlichkeit aus und sah einfach zum Niederknien aus. Seine Augen glitten bewundernd über Valeries schulterfreies rotes Cocktailkleid und begegneten dann ihrem Blick, den er einfing und lächelnd festhielt. Bestürzt fragte sie sich zum wiederholten Male, ob das wirklich sie gewesen war, die sich diesem Mann so angriffslustig entgegengestellt hatte. Oder hatte am Ende schon irgendein Monster von ihrem Körper Besitz ergriffen? Immerhin schien die Aliendichte auf der Erde nicht unerheblich zu sein.

„Rafael, vielleicht gehst du mal an die frische Luft", schlug David entnervt vor, nachdem sie geschlagene zehn Minuten lang Rafaels Geröchel auf sich hatten wirken lassen, das jede Unterhaltung bereits im Kern erstickte. Das Trockeneis während der Show war einfach zu viel für ihn gewesen. Doch erst als sie Rafael aufmunternd zunickte, sprang dieser auf.

David hatte es sich mit einem Glas Champagner in der Hand auf seinem Stuhl gemütlich gemacht und begutachtete sie stillschweigend. Seine dunklen Augen schienen sich in das Innere ihres Kopfes zu bohren und brachten ihre Nerven zum Flattern. Verzweifelt kramte sie in den Tiefen ihrer Hirnwindungen nach einem unverfänglichen Gesprächsthema. „Ihre Show hat mich geradezu umgehauen. Man hört ja viel darüber, aber was ich heute Abend zu Gesicht bekommen habe, hat all meine Erwartungen übertroffen."

David tat ihr nicht den Gefallen, auf den Small Talk einzugehen. Stattdessen versetzte er ganz unvermittelt: „Sie sind völlig verrückt nach ihm, nicht wahr?"

„Bitte was?"

„Sie wissen haargenau, von was ich spreche."

Valerie zupfte nervös an ihrer Kette herum. „Ja, ich mag Rafael. Aber wie kommen Sie darauf, dass ich verrückt nach ihm bin?“

„Ihr kleiner Auftritt heute Nachmittag sprach Bände.“

„Nur weil ich ihn in Schutz nehmen wollte?“

„Sie wollten für ihn sterben, wenn ich mich recht entsinne.“

„Ach was!“, wiegelte sie mit einer wegwerfenden Handbewegung viel zu schnell ab, um überzeugend zu wirken. „So wie Rafael sie geschildert hat, war nicht damit zu rechnen, dass Sie mir etwas antun würden.“

„Und wenn doch?“

„Ach, hören Sie doch auf!“ Sie senkte den Blick und knotete an ihrer Serviette herum. Gänzlich unerwartet griff David über den Tisch hinweg nach ihrer Hand. Irritiert schaute sie auf und begegnete seinen hypnotisierenden Augen. Und von einer Sekunde auf die nächste fühlte sie sich nach L.A. zurückversetzt. Hastig schnappte sie nach Luft.

Heiliges Kanonenrohr! Falls alle Männer auf Siria so eine Ausstrahlung besaßen, sollte man als Frau besser in der Milchstraße rechts abbiegen, bevor einem die testosterongeschwängerte Luft gänzlich den Atem raubte.

„Kommen Sie, Valerie. Ich bin ja nicht mit Blindheit geschlagen. Ich merke doch, wie Sie ihn ansehen. Sie nehmen mich ja gar nicht mehr wahr.“

„Also gut, ja, ich habe mich ein bisschen in ihn verguckt. Aber das spielt ohnehin keine Rolle. Er hat nämlich nur Augen für Angelina.“

„Ach, Schätzchen, geben Sie sich doch nicht so schnell geschlagen.“ David drückte ihre Hand. Jeder, der sie so sah, musste sie unwillkürlich für ein Liebespaar halten. Das fehlte noch, dass sie in irgendeinem Revolverblatt als David Chesterfields vermeintliche Geliebte abgelichtet wurde.

„Rafael redet sich das mit Angelina doch nur ein. Alles, was mir bisher über Ihre Chefin zu Ohren gekommen ist, hat sie nicht gerade in einem rosigen Licht erscheinen lassen. Sie kann unmöglich sein Typ sein. Er himmelt sie an, weil sie ihn an seine verstorbene Frau erinnert und man ihn auf Siria dazu verdonnert hat, sie zu erobern. Glauben Sie mir, er fährt nur auf die Hülle ab, mit der Füllung kann er nicht das Geringste anfangen."

Valerie schluckte vernehmlich. Wer war dieser Kerl? Die Lebenserfahrung in Person?

„Von wegen, er hat mir gestanden, dass er hin und weg von ihr ist", unternahm sie den halbherzigen Versuch, ihre Theorie zu verteidigen.

David verzog das Gesicht. „Blödsinn! Eigentlich steht er auf Sie. Er hat es nur noch nicht geschnallt. Immerhin musste ich ihm versprechen, meine Finger von Ihnen zu lassen. Was meinen Sie wohl, warum?"

Valerie riss die Augen auf, als ihr der tiefere Sinn dieser Aussage dämmerte. „Er weiß das von L.A.?"

David nickte nur.

Verärgert entzog sie ihm ihre Hand. „Und Sie unterstellen Rafael, eine Tratschbase zu sein! Warum zum Geier mussten Sie ihm das auf die Nase binden? Und wieso hat er es nie erwähnt?" Sie warf die Hände in die Luft. „Wie stehe ich denn nun da? Wie ein billiges Flittchen!"

David zuckte zusammen. Allem Anschein nach kam es nicht häufig vor, dass Menschen in einem solchen Ton mit ihm sprachen, und das schon zum zweiten Male an diesem Tag. „Hmm, wenn ich mich richtig entsinne, hat Rafael ähnlich betreten auf unser kleines Techtelmechtel reagiert wie Sie. Wahrscheinlich hat er es deshalb nie zur Sprache gebracht.“ Er kratzte sich am Kopf. „Ja, vielleicht hätte ich es wirklich für mich behalten sollen. Ich hätte nur nie vermutet, dass jemand so einen Staatsakt daraus machen würde. Falls ich Sie verletzt habe, tut es mir leid.“

Immer noch verstimmt, fixierte Valerie ihr Weinglas. „Gut, lassen wir die Geschichte einfach auf sich beruhen. Aber wenn Sie angeblich so detailliert über Rafaels Gefühle im Bilde sind, dann sagen Sie mir doch, ob er jemals erkennen wird, dass er mich mag?“

David lehnte sich zurück und zuckte die Achseln. „Keine Ahnung. Helfen Sie doch ein wenig nach.“

„Scherzkeks! Soll ich Angelina vielleicht zur Strecke bringen?“

David lachte. „Auch nicht schlecht. Aber nein, der Zweck heiligt schließlich die Mittel. Verführen Sie ihn.“

Valerie blickte ihn mit großen Augen an. „Bitte was?“ Sie schüttelte vehement den Kopf. „Nein, das ist nicht mein Ding.“

„Ach, kommen Sie. Jede Frau kann das. Ihr bekommt diese Gabe geradezu in die Wiege gelegt. Vor allem ihr Blondinen. Ihr bringt mich selbst nach über dreißig Jahren auf der Erde noch zu Fall. Wussten Sie eigentlich, dass es auf Siria ausschließlich dunkelhaarige Menschen gibt, und Ihr blonder Haarschopf Rafael fast um den Verstand bringt?“

„Nein, das hat er mir nicht verraten.“ Nervös faltete sie ihre Serviette zusammen. Einen Mann verführen! Irgendwie war das nie angesagt gewesen. Bisher hatte sie sich nur unwesentlich ins Zeug legen müssen, um einen Typen herumzukriegen. Meistens war die Initiative von den Männern ausgegangen. Aber David hatte nicht unrecht. Einen hinterwäldlerischen Außerirdischen zu betören, der sich sein Wissen durch Pornofilme aneignete, müsste doch ein Kinderspiel sein.

„Sagen Sie, David, stimmt das eigentlich alles? Das mit Siria, und so?“, lenkte sie vom Thema ab.

„Sie meinen, ob wir wirklich Außerirdische sind?“

Sie nickte.

„Rafael hat Ihnen die Wahrheit erzählt.“

„Oh, mein Gott!“

David lachte kurz auf. „Das heißt, Sie haben es ihm gar nicht abgekauft? Da hätte ich nicht so an die Decke gehen müssen!“

Valerie seufzte. „Das alles übersteigt meine Vorstellungskraft. Ein fremder Planet, auf dem es Leben gibt. Und Siria ist wirklich vom Aussterben bedroht?“

„O ja.“

Sie straffte die Schultern. „Gut, dann muss ich Ihnen leider mitteilen, dass ich Ihrem Planeten nicht helfen kann.“

Er runzelte die Stirn. „Auf was wollen Sie hinaus?“

Sie zwang sich, seinem Blick standzuhalten. „Ich kann vermutlich keine Kinder bekommen.“

David schaffte es in Sekundenschnelle, seine unverkennbare Enttäuschung zu verbergen. „Vermutlich?“

„Mein Exmann und ich haben es fast zwei Jahre lang versucht.“

„Es könnte genauso gut an ihm liegen.“

„Die Ärzte haben das dementiert.“

„Hmm, das wäre natürlich bedauerlich. Aber ich würde die Sache nicht als komplett hoffnungslos ansehen. Auf Siria gibt es medizinische Methoden, von denen träumt man auf der Erde.“

„Ach, hören Sie doch auf, es schön zu reden. Wie groß ist eigentlich die Chance, dass das mit Kindern überhaupt funktioniert? Ich meine, wenn Rafael und eine Frau von der Erde …" Sie fuchtelte mit einer Hand in der Luft herum. „Ach, Sie wissen schon."

„Es funktioniert."

„Sicher?"

„Ja."

Valerie blickte ihn fragend an, und zum ersten Mal, seit sie ihn kennengelernt hatte, wandte er die Augen ab.

„Oh, ich verstehe. Es gibt einen Beweis."

David zögerte ein paar Sekunden, bevor er der Wahrheit die Ehre gab. „Genau genommen zwei. Ja, ich habe zwei kerngesunde Jungs. Und sie unterscheiden sich in nichts von den Menschen, außer dass sie im Sportunterricht den anderen immer um Welten voraus waren." Der Anflug eines Lächelns huschte über sein Gesicht. „Zugegeben, ab und an haben die schwebenden Legosteine ihre Mutter aus der Fassung gebracht, aber inzwischen fällt es ihr nicht einmal mehr auf."

„Wie gehen Ihre Kinder damit um?"

„Hervorragend, sie leben in dem Glauben, ihnen sei eine mediale Gabe in die Wiege gelegt worden."

Valerie fiel die Kinnlade herunter. „Bitte?"

„Ich sagte doch, ich habe mein Geheimnis gewahrt, bis diese Plaudertasche von Rafael in mein Leben getreten ist."

„Und die Mutter der Kinder?"

„Sie hat ebenfalls keinen blassen Schimmer von meiner Herkunft. Und ich wäre Ihnen sehr verbunden, wenn es ihr nach so vielen Jahren auch niemand mehr auf die Nase binden würde." Er schnaubte. „Nie im Leben darf ich Rafael auch nur in ihre Nähe kommen lassen. Das wäre mein Untergang."

Valerie schmunzelte. „Keine Bange. Ich werde kein Sterbenswörtchen verraten. Sind Sie eigentlich verheiratet? Rafael hat nie etwas von einer Frau erwähnt.“

„Nein, aber die Mutter meiner Kinder und mich verbindet eine enge Freundschaft. Sie wohnt mit den Jungs ein Stück außerhalb von Vegas. Ich wollte sie von dem ganzen Trubel fernhalten, der um mich gemacht wird.“

„Ich verstehe.“

Verdammt, wo blieb Rafael nur? So langsam wurde ihr das Gespräch peinlich. Nie hatte sie so tief in Davids Privatleben vordringen wollen. Sie spähte suchend um sich, aber von Rafael war weit und breit nichts zu sehen.

„Sagen Sie, Valerie, fahren Sie Ski?“

Nun hatte er sie komplett aus dem Konzept gebracht. „Äh, ja, ich war früher oft mit meinen Eltern in Österreich.“

„Prima. Wie groß ist eigentlich die Chance, dass Angelina Rafael nach Siria begleiten wird?“

Irgendwie hatte sie ein Problem mit Davids Gedankensprüngen. Wohin sollte das Gespräch führen?

Sie seufzte. „Das wird Angelina in hundert Jahren nicht tun. Wenn sie jemals München verlassen sollte, dann höchstens um Hollywood auf den Kopf zu stellen. So leid mir das tut.“

„Mhm, das dachte ich mir schon. Leider hat Rafael den Schuss noch nicht gehört. Würden Sie die Erde verlassen?“

„Aber ich habe Ihnen doch gerade gesagt, dass ich Ihren Planeten nicht retten kann.“

„Vollkommen egal. Würden Sie?“

Sie lächelte schwach. „Ich kenne Rafael zwar noch nicht besonders gut, aber vermutlich würde ich ihm in jedes Paralleluniversum folgen, wenn er mich nur wollte."

Ein breites Strahlen zierte ganz unerwartet Davids Gesicht. „Gut. Sehr gut. Wissen Sie was, Valerie? Ich mag Sie, auch wenn Sie eine ganz schöne Kratzbürste sein können. Darum werde ich Ihnen unter die Arme greifen. Also, im Klartext: Ich eröffne Ihnen die Gelegenheit, und Sie verführen meinen außerirdischen Freund, einverstanden?" Er warf ihr einen entwaffnenden Blick zu, der sie kurzfristig vergessen ließ, auf welchem Planeten sie sich gerade befand. „Und falls es wider Erwarten nicht funktionieren sollte. Vielleicht hegen Sie ja immer noch ein kleines bisschen Interesse an einem anderen Außerirdischen …"

„Unser Zusammentreffen in L.A. war also kein Zufall?", drückte sie sich um eine Antwort.

Er grinste verschmitzt. „Puh, was für eine Fangfrage! Ja, Sie liegen richtig, ich habe dafür gesorgt, dass Angelinas früherer Bodyguard seinen Hut genommen hat, indem ich ihm eine lukrativere Stelle beschafft habe. Und von dem Moment an hatte ich Sie und Angelina unter Beobachtung."

Ihre Augen verengten sich zu kleinen Schlitzen. „Wollten Sie deswegen mit mir ins Bett? Um Details über meine Chefin in Erfahrung zu bringen?"

„Ich bitte Sie, stellen Sie Ihr Licht doch nicht so unter den Scheffel. Sie sind eine faszinierende Frau und die Leidenschaft in Person. Nur hat irgendein Idiot Sie zutiefst verletzt, und seitdem wollen Sie sich keinem Mann mehr öffnen." Er lehnte sich ein Stück nach vorne. „Valerie, ich könnte deine verborgensten Saiten zum Klingen bringen. Vertrau mir." Seine Augen wirkten eine Nuance dunkler, als er sie mit verschleiertem Blick bedachte.

Unverzüglich jagten wohlige Schauer durch ihren Körper. Herr im Himmel! Was war das hier? Jetzt brachte schon der nächste Mann ihre heile Welt ins Wanken. Konnten diese außerirdischen Womanizer etwa Gedanken manipulieren?

Hektisch schüttelte sie den Kopf. „Das mit uns beiden ist Schnee von gestern."

„Ach, so plötzlich? Vor ein paar Wochen warst du kurz davor, dich mir mit Leib und Seele hinzugeben."

„Da kannte ich auch Rafael noch nicht."

Seine Gesichtszüge erstarrten zu Eis. „Verstehe. Wie fanden Sie eigentlich meine Show? Ich bin nämlich gerade im Begriff, ein neues Bühnenprogramm aus dem Boden zu stampfen."

Kapitel 16

„Ich kann es kaum erwarten, mich in den Schnee zu werfen“, verlieh Rafael seiner Freude über das verschneite Hochgebirge Ausdruck, während er wie ein kleines Kind von einem Fenster des Flugzeugs zum nächsten fegte.

Valerie fläzte sich in einem der bequemen Ledersessel in Davids Privatjet herum und beobachtete ihn mit einem unterdrückten Lächeln. David mochte verflucht sein, so geschickt hatte er diesen kleinen Trip eingefädelt. Ihr nicht den Hauch einer Chance gelassen, sich aus der Affäre zu ziehen. Noch bevor sie richtig realisiert hatte, was gespielt wurde, befand sie sich mit Rafael auf dem Weg zu Davids Skihütte in der Nähe von St. Moritz.

Er hatte Wort gehalten und ihr den Weg geebnet, alles Weitere lag nun in ihren Händen. Doch momentan fühlte sie sich um Lichtjahre von der Verkörperung der verführerischen Sirene entfernt. Und wenn das in den nächsten Tagen keine positive Wendung nehmen sollte, würde sie vermutlich unverrichteter Dinge wieder abziehen. Aber selbst das belastete sie zum jetzigen Zeitpunkt nicht sonderlich. Alleine die Aussicht, Rafael zwei Tage lang für sich zu haben, erfüllte sie mit Glück.

Bei dem Gedanken an David huschte gänzlich unbeabsichtigt ein Lächeln über ihr Gesicht. Wie schon in L.A. hatte sein weltmännischer Charme einen bleibenden Eindruck bei ihr hinterlassen. Mit Blicken hatte er ihren Körper liebkost, ihn erbeben lassen und sie in ein berauschendes Hochgefühl versetzt. Bis sie selbst in den irrigen Glauben verfallen war, der geborene Vamp zu sein. Voller Euphorie und Zuversicht war sie am gestrigen Abend ins Reich der Träume gesunken, nur um heute Morgen ziemlich desillusioniert aufzuwachen. Und seitdem zweifelte sie massiv das Gelingen dieser Aktion an.

Geistesabwesend schweifte ihr Blick über die Gebirgsketten, die wirkten wie mit Puderzucker bestäubt. Ach, wie lange war es her, seit sie zum letzten Mal auf Skiern gestanden hatte? Ungefähr neun Jahre, denn Alex hatte die Kälte gehasst.

Sie seufzte leise auf und ließ die früheren Winterurlaube mit ihren Eltern im Geiste Revue passieren. Es waren schöne Erinnerungen, jedenfalls, was ihre Mutter betraf, die leider unter dem Pantoffel ihres dominanten Ehemannes stand. Sie war ein nettes, sanftmütiges Persönchen, in Österreich geboren und ehemalige Sekretärin der deutschen Botschaft in Wien, wo sie Manfred Grafs Bekanntschaft gemacht hatte. Kaum dass sie ihn geheiratet hatte, war sie gezwungen gewesen, ihren Beruf aufzugeben. Nur um ihrem Ehemann um die ganze Welt zu folgen.

Zu ihrem Vater hatte Valerie nie einen guten Draht gehabt. Er war herrisch, rechthaberisch und verzieh keinen noch so kleinen Fehler. Kein Einziger von Valeries Freunden war seinen hochtrabenden Anforderungen gerecht geworden – Alex einmal ausgenommen. Und als Valerie den Entschluss gefasst hatte ihr BWL-Studium gegen eine Stunt-Ausbildung einzutauschen, bestätigte sich für ihn, was er immer gemutmaßt hatte: Seine Tochter hatte nicht mehr alle Tassen im Schrank. Aus dieser Überzeugung heraus hatte er sich später auch auf die Seite seines hoch geschätzten Schwiegersohnes geschlagen.

Der Sinkflug des Flugzeugs riss Valerie aus ihrer Trance. Schnell schüttelte sie die zermürbenden Gedanken ab und lugte hinaus. Während die kleine Maschine butterweich auf dem Engadin Airport aufsetzte, glitzerte die Oberfläche des Schnees in der Sonne wie Tausende von Diamanten.

Beißende Kälte schlug ihnen entgegen, als sie aus dem Flugzeug kletterten. Besser gesagt, Valerie kletterte, wohingegen Rafael die wenigen Stufen mit einem tollkühnen Sprung meisterte, untermalt von einem lauten Jauchzer. Schnatternd klappte sie den Kragen ihrer dünnen Lederjacke hoch und stakste auf ihren haushohen Absätzen, die alles andere als wintertauglich waren, die Gangway hinunter. Wie hätte sie auch ahnen sollen, dass der Ausflug nach Zürich im Schweizer Hochgebirge enden würde? Doch David hatte ihr haargenau aufgezeigt, wo sie sich mit dem Nötigsten eindecken konnten und somit jeglichen Widerstand im Keim erstickt.

„Rafael, wer übernimmt eigentlich deine Kreditkartenrechnungen?“, erkundigte sie sich mit nachdenklichem Blick auf die sündhaft teuren Winterklamotten, in die sie gerade geschlüpft waren.

Rafael, der im Begriff war die Rechnung zu begleichen, hielt in der Bewegung inne. Fragend beäugte er die Kreditkarte, so als wüsste sie die Antwort, bevor er mit den Schultern zuckte. „Keine Ahnung“, murmelte er schließlich. „Ich nehme an, David regelt das.“

Valerie runzelte die Stirn. „Mit was zahlt man denn auf Siria?“

Rafael grinste. „Gar nicht. Es ist alles für umme.“

„Das heißt, du warst noch nie gezwungen, für deinen Lebensunterhalt aufzukommen?“

„Nein, warum auch? Auf Siria arbeiten wir aus Spaß an der Freude.“ Mit diesen Worten verließ er vergnügt pfeifend den Laden und steuerte schnurstracks den

Audi Allrad an, der sie zu Davids Hütte manövrieren sollte. Gedankenverloren schlurfte sie hinterher, unsicher, ob sie diese sorglose Lebenseinstellung bewundern oder verachten sollte. Dieser außerirdische Kindskopf schien die Ansicht zu vertreten, Geld wuchs nach wie Barthaare.

Was auf Siria wohl noch alles unbekannt war? Schweinebraten, Schwarzwälder Kirschtorte, Steckerlfisch, Champagner, Volksfeste, goldene Kreditkarten, Lebensversicherungen, Rentenfonds … Herrje, sie durfte gar nicht darüber nachdenken. Sollte sie wirklich jemals in die Verlegenheit kommen, auf diesen Planeten umzusiedeln, musste sie sich die Kehrseite der Medaille noch einmal genauestens betrachten.

Als sie Minuten später aus der Limousine stieg, bestaunte sie mit offenem Mund Davids idyllisches Chalet. Inmitten der imposanten schneebedeckten Bergwelt der Alpen lauerte das gigantische Blockhaus unter den markanten Gipfeln der Dreitausender. Tief sog sie den herrlichen Duft der Natur ein, und einmal mehr wurde ihr bewusst, wie sehr sie das alles vermisst hatte.

Ein lauter Schrei zerriss die Luft und ließ sie beinahe aus der Haut fahren. Erschrocken wirbelte sie herum. Ein paar Meter entfernt blitzte ein Teil von Rafaels blauer Skijacke aus dem Tiefschnee heraus. Beunruhigt stapfte sie zu ihm hinüber, doch als sie näher kam, vernahm sie ein lautes Kichern. Ihr Begleiter wälzte sich wie ein tollwütiger Hund am Boden, umgeben von einem Regen aus glitzerndem Schnee. Als er ihrer gewahr wurde, griff er nach ihrem Arm, und ehe sie sich versah, landete sie bäuchlings neben ihm.

„Nein!“, schrie sie und spuckte eine Ladung Schnee aus. „Mach uns nicht nass. Zum Skifahren brauchen wir trockene Klamotten."

„Oh, Val, ist das herrlich!", jubelte er, während er sie packte und mit ihr durch den Schnee kugelte. Auf der Stelle vergaß sie die kalte, weiße Masse, die vorwitzig jede Öffnung ihrer Kleidung eroberte. Es war Ewigkeiten her, dass jemand sie Val genannt hatte. Und der einzige Mensch, der das jemals getan hatte, war ihre Mutter gewesen. Aber Rafael hatte es englisch ausgesprochen, was dem Kosenamen einen unglaublich zärtlichen Klang verlieh. Knall auf Fall war ihr vollkommen gleich, ob ihre Montur durchweichte. Ihr Widerstand löste sich im Bruchteil einer Sekunde auf, und sie gab sich Rafaels Spielchen hin.

„Wessen Idee war das eigentlich? Deine oder Davids?", quietschte er übermütig. „Gott, wie soll ich euch nur danken?"

„Natürlich Davids. Ich konnte ja nicht ahnen, dass es auf Siria keinen Schnee gibt", flüsterte sie und stieß lautstark den Atem aus. Denn Rafael war inzwischen auf ihr gelandet, sein Gesicht nahe dem ihrem. Und nur unter Aufbietung all ihrer Kräfte gelang es ihr, regelmäßig ein- und auszuatmen. Seine Nähe ließ sie erzittern. Sein schwerer, muskulöser Körper, der sie in den weichen Schnee drückte, brachte sie beinahe um den Verstand. Gerade wollte sie die Arme um ihn schlingen, als er behände von ihr herunterkletterte. Dann flog sie kurzzeitig durch die Luft, bevor sie sanft auf den Füßen abgestellt wurde.

„Okay, du hast gewonnen. Komm, wir bringen unser Zeug nach drinnen, und dann gehen wir Ski fahren." Mit diesen Worten zog er sie auf die Hütte zu.

Jäh aus ihren Träumen gerissen stolperte sie hinter ihm her. Mehrmals öffnete sie fassungslos den Mund, um etwas zu äußern, klappte ihn jedoch jedes Mal aufgrund abhandengekommener Vokabeln wortlos wieder zu.

Rafael fand in null Komma nichts Gefallen am Wintersport, und genauso schnell hatte er sich die Technik des Skifahrens verinnerlicht. Nachdem Valerie ihm ein paar Tricks gezeigt und er eine Zeit lang die restlichen Skifahrer konzentriert unter die Lupe genommen hatte, stürzte er sich Hals über Kopf ins Vergnügen. Wie ein geölter Blitz jagte er die Pisten hinunter, und bereits bei der zweiten Abfahrt konnte Valerie nicht mehr mithalten.

Sie mahnte ihn immer wieder zur Vorsicht. Doch dieses Wort hatte er schon lange aus seinem Repertoire gestrichen, wenn es denn jemals vorhanden gewesen sein sollte. Obendrein entlockte ihm diese Geschwindigkeit nur ein müdes Lächeln. Bisher hatte er jeden Sturz problemlos abgefangen, und seine schnellen Reaktionen taten beim Ausweichen ihr Übriges.

Valeries nervöse Schreckensschreie und ihr gluckenhaftes Gehabe trugen zusätzlich zu seinem Amüsement bei. Und er war sich der Tatsache bewusst, dass in ihrer Gesellschaft immer häufiger der unbeschwerte, heitere Mensch durchkam, der er vor langer Zeit einmal gewesen war.

Auch schien sie den Schock über seine Herkunft inzwischen verdaut zu haben. Selbst der gestrige Abend mit David hatte sich – nach dem Beinahe-Dilemma vom Nachmittag – überaus unterhaltsam gestaltet. Sie hatten bis tief in die Nacht herumgealbert und Tränen gelacht, wenngleich ihm die Blicke, mit denen David Valerie ein ums andere Mal bedacht hatte, mächtig gegen den Strich gegangen waren. So hatte er es sich nicht nehmen lassen, sie höchstpersönlich zu ihrem

Zimmer zu eskortieren, um sicherzugehen, dass das Mädchen wohlbehütet in ihrem eigenen Bett landete.

Er sauste gerade glücklich jauchzend die steilste Stelle der Piste hinunter, als die Sonne hinter den Bergkuppen verschwand. Wie auf Kommando legte sich ein dunkler Schleier über die weiße Pracht und die Temperatur sank merklich. Perfektes Timing, befand Rafael, denn sie hatten sich darauf geeinigt, dass dies die letzte Abfahrt sein sollte. Valerie war am Ende ihre Kräfte, ihre Schulter schmerzte und die Lifte schickten sich an zu schließen. Außerdem hatten sie noch den morgigen Tag, an dem er sich mit dem Snowboarden befassen wollte.

Mit einem Affenzahn jagte er in die vor ihm liegende Linkskurve und bekam einen heftigen Schrecken, weil sich dahinter ein gestürzter Skifahrer im Schnee rekelte. Ruckartig riss er die Ski zur Seite und schoss ungebremst über die präparierte Piste hinaus. Die Skier gruben sich in eine Schneewehe und schleuderten ihn hoch in die Luft.

Nach einem halsbrecherischen Salto landete er ein paar Meter entfernt, überschlug sich mehrmals und kam schließlich unversehrt zur Ruhe. Er schüttelte sich wie ein nasser Pudel und quietschte vor Freude. Abertausende Flocken stoben auf und umhüllten ihn wie ein Vorhang.

Gerade wollte er sich aufrappeln, als Valerie hysterisch kreischend auf ihn zugestürzt kam. „Rafael, hast du dich verletzt? Nun sag doch was!“

Er hob beruhigend die Hand. „Keine Panik. Ich habe alles im Griff.“

Hörbar stieß sie die Luft aus. „Gott sei Dank! Das sah furchtbar gefährlich aus! Komm, ich helfe dir hoch.“

Schwer atmend, wahrscheinlich von dem Spurt durch den Tiefschnee erschöpft, bremste sie kurz vor ihm ab. Grinsend nahm er zur Kenntnis, dass sie schwankte wie ein betrunkener Tourist im Hofbräuhaus. Doch er gehorchte ihrem Befehl und streckte ihr die Hand entgegen. Sie griff danach, zerrte hektisch daran und geriet nun noch mehr ins Wanken, bis sie mit einem erstickten Quieken wie in Zeitlupe umkippte und auf ihm landete. Amüsiert packte er sie und rollte sie abermals durch den Schnee. Was die Klamotten betraf, war heute sowieso Hopfen und Malz verloren.

Leise jammernd klammerte sie sich an ihm fest, und als sie nach einigen Sekunden zum Stillstand kamen, lag sie erneut unter ihm. „Rafael, du benimmst dich wie ein kleines Kind. Jetzt habe ich überall Schnee. Ich hole mir noch den Tod", schnaubte sie.

Er blickte auf sie hinab. Ihre Mütze war auf der Strecke geblieben, sodass sich die blonden Haare schimmernd im Schnee verteilt hatten, ausgebreitet wie ein Fächer. Ihre Skijacke und der Pulli waren hochgerutscht, und ein schmaler Streifen ihres braun gebrannten Bauches linste heraus. Ein herrlicher Kontrast zu dem weißen Schnee.

Und in diesem Moment konnte er dem dringenden Bedürfnis, das ihn schon bei ihrem allerersten Zusammentreffen ergriffen hatte, nicht mehr widerstehen. Er musste diesen Körper einfach berühren. Mit seinen Schenkeln drückte er sie nach unten, sodass sie erst gar nicht auf die Idee kommen konnte, sich aus dem Staub zu machen. Er warf die Handschuhe von sich, und bevor Valerie noch begriff, wonach ihm der Sinn stand, hatten sich seine Hände schon unter ihren Pulli gestohlen und ihre nackte Taille umfasst.

„Aarghh!" Erschrocken riss sie die Augen auf.

„Verdammt, du hast eiskalte Hände!“

Doch er grinste nur, während seine Hände genüsslich weiter an ihr nach oben wanderten. Sie starrte ihn ungläubig an, und schlagartig verebbte ihr Gezappel. Wie gebannt ließ sie zu, dass seine Finger zärtlich über ihren Körper glitten. Ihre Augenlider flatterten, als sich ein unterdrücktes Stöhnen ihrem Mund entrang. Verwirrt fixierte er ihre leicht geöffneten Lippen, die verführerisch schimmerten. Wie ferngesteuert schoben seine Hände sich unter Valeries Hintern und hoben ihren Körper an, um sie nicht zu sehr der Kälte preiszugeben. Und als ihr Becken seines berührte, durchströmte ihn eine heiße Welle.

Valerie schien ähnlichen Gefühlsregungen zu unterliegen, denn ihre Augen glühten vor Verlangen. Ihr Blick umhüllte ihn wie eine warme, flauschige Decke und gab ihm das Gefühl, nach mehrjähriger Odyssee nach Hause zu kommen. Ein surreales Gefühl, in Anbetracht dessen, dass er sich Lichtjahre von seiner Heimat entfernt befand. Eine prickelnde Hitze ergriff schlagartig von jeder Zelle seines Köpers Besitz, und er wurde knallhart. Er presste seinen Unterleib gegen sie, was sie laut aufstöhnen ließ.

„Um Himmels willen, Rafael“, hauchte sie.

Die glutvoll geflüsterten Worte gaben ihm den Rest. Sein Sichtfeld verengte sich, und er registrierte nur noch ihre feuchten, warmen Lippen. Langsam senkte er seinen Mund hinab. Als er ihr wieder in die Augen schaute, überraschte ihn die Intensität, mit der sie ihn ansah. Sie wollte ihn, und sie machte keinen Hehl daraus. Plötzlich lag ein fast greifbares Knistern in der Luft.

Aber kurz bevor seine Lippen die ihren berührten, hörte er das warnende Piepen einer Pistenraupe. Er schoss hoch und spähte nervös um sich. Doch sein Gehör war einfach zu gut für diese Welt. Die Pistenraupe rumpelte einige Hundert Meter entfernt in die entgegengesetzte Richtung. Er wandte sich wieder Valerie zu, doch der Zauber des Augenblicks war gebrochen.

Lieber Gott, was hätte er da beinahe wieder angerichtet? Er dachte an Davids mahnende Worte, die Finger von Angelinas Assistentin zu lassen. Vor ein paar Tagen hatte er noch herzhaft darüber gelacht, und soeben wäre es um ein Haar passiert. Zum Teufel mit ihrem flachen, gebräunten Bauch! Ruckartig sprang er auf und schüttelte den Schnee von sich, während Valerie ihn mit bestürztem Gesichtsausdruck beobachtete. Er gab vor, es nicht zu bemerken und streckte ihr die Hand entgegen. „Komm, Val. Lass uns in die Hütte gehen, du bist ja völlig durchgeweicht." Doch er war sich sehr wohl darüber im Klaren, dass seine heisere Stimme sein teilnahmsloses Verhalten Lügen strafte.

Valerie schäumte vor Wut, als sie die nasse Skijacke in der kuschelig warmen Hütte in die Ecke feuerte. Denn Rafael schien null Interesse daran zu haben, das zum Abschluss zu bringen, was im Schnee seinen Anfang genommen hatte.

Sie konnte es kaum fassen. Da hatte sie einen Moment lang gemutmaßt, am Ziel ihrer Träume zu sein, und schon hatte sich dieser Trottel vom andern Stern eines Besseren besonnen.

Dieser Mann war einfach unberechenbar.

Nun hockte Captain Picard vor dem offenen Kamin und bewunderte arglos wie ein Kleinkind mit weit aufgerissenen Augen das knisternde Feuer. Rote und goldene Lichter tanzten über seine feucht schimmernden

Haare und verliehen ihm ein geradezu überirdisches Aussehen, was in seinem Fall der Wahrheit ziemlich nahe kam.

„Ich werde jetzt ein heißes Bad nehmen“, verkündete sie mit provozierendem Unterton.

„Geht klar.“ Er drehte sich zu ihr um, wobei sein Blick an ihrem Körper hängen blieb. Irritiert schaute sie an sich hinunter. Der weiße Skipulli klebte an ihr wie eine zweite Haut. Ihre Brüste und die kalten, harten Brustwarzen zeichneten sich unübersehbar ab. Flugs fuhr sie herum und türmte ins Badezimmer.

Das heiße Wasser, das durch die Massagedüsen von Davids luxuriösem Jacuzzi jagte, löste ihre verspannten Muskeln im Nu. Doch was sich nicht in Wohlgefallen auflöste, war ihre sexuelle Anspannung. Sie sehnte sich so sehr nach Rafael, dass sie körperliche Qualen litt. Wenn sie nur an die heftige Erektion dachte, die sie allzu deutlich an ihrer Hüfte gespürt hatte, konnte sie die fehlende Befriedigung schmerzhaft zwischen ihren Schenkeln spüren. Zumindest in anatomischer Hinsicht schienen Außerirdische zu ticken wie ganz normale Männer.

Aber was sollte sie nur tun?

Da fielen ihr Davids Worte wieder ein: Verführen Sie ihn!

Tja, leichter gesagt als getan. Aber anscheinend die einzige Alternative. Und sollte sie mit ihren Avancen auf Granit beißen, müsste sie sich zumindest nicht ihr Leben lang den Vorwurf machen, es nicht versucht zu haben.

Nachdenklich spülte sie sich den Schaum vom Körper, kletterte aus der Wanne und tappte ins Schlafzimmer, um ihre Klamotten zu durchforsten. Als sie am Vormittag neugierig die Hütte inspiziert hatte, war ihr beim Anblick des zweiten Schlafzimmers ein Stein vom Herzen gefallen, doch momentan empfand sie diese Dekadenz eher als hinderlich.

Schnell wurde sie fündig. Sie schlüpfte in die rote Seidenunterwäsche, das einzig Aufregende, was sie in petto hatte, und rückte ihre Brüste zurecht. Gut, und weiter? Da fiel ihr der Bademantel ein, den sie neben dem Jacuzzi erspäht hatte. Sie rauschte ins Badezimmer zurück und hüllte sich in das seidig schimmernde schwarze Teil, das sich dank Davids schlanker Statur schmeichelnd um ihren Körper schmiegte.

Leger knotete sie den Gürtel zu. Dann zog sie das Revers so weit auseinander, dass man den Ansatz ihres Busens und die Spitzen des BHs erkennen konnte. Kritisch beäugte sie sich im Spiegel. Gar nicht so schlecht. David würde ihr sicherlich verzeihen, dass sie seine Luxusutensilien zweckentfremdete. Zu guter Letzt föhnte sie sich noch die Haare, bis sie samtweich glänzend wie ein goldener Kragen auf dem Bademantel lagen, und trug durchsichtigen Lipgloss auf, der ihre Lippen verführerisch schimmern ließ.

Sie hielt kurz vor der Badezimmertür inne, atmete tief durch und stürzte sich dann kopfüber in ihr Schicksal. Ganz nach der Devise: Wer nicht wagt, der nicht gewinnt!

Wild entschlossen stürmte sie barfuß das Wohnzimmer, wo Rafael vor laufendem Fernseher auf dem Sofa ausharrte. Langsam ließ sie sich neben ihn gleiten, darauf bedacht, dass der Bademantel über ihren Brüsten und Beinen auseinanderklaffte und viel nackte Haut zum Besten gab.

Rafael verfolgte konzentriert einen Bericht über europäische Hauptstädte. Da er den Wunschtraum hegte, noch vor seiner Rückreise nach Siria den Rest der Welt zu erkunden, war es kaum verwunderlich, dass er nicht einmal zu ihr herübersah.

Hervorragend, so musste man sich nach zwanzig Jahren Ehe fühlen!

„Äh, Rafael", säuselte sie schließlich. „Meine Beine und Schultern schmerzen. Vermutlich überanstrengt. Wie wäre es mit einer Massage?"

„Klar doch, ich fange mit den Beinen an. Leg sie auf meinen Schoß." Sein Blick hing immer noch wie gebannt an der Glotze, wo gerade eine Berichterstattung über Paris startete.

Langsam schob Valerie ihre Beine auf seine Oberschenkel, sorgfältig darauf bedacht, dass der Bademantel genug offenbarte. Rafael linste kurz nach unten, griff zielstrebig nach ihrer Wade und konzentrierte sich wieder auf die Mattscheibe.

„Autsch!", kreischte sie. „Denkst du bitte daran, dass du ein zartes Frauenbein in der Hand hältst?"

Endlich hatte er die Güte, ihr sein Augenmerk zu widmen. Er taxierte ihre nackten Schenkel. „Entschuldige, ich werde es sanfter versuchen. So besser?"

Zärtlich knetete er nun ihre Muskeln. Ein herrliches Gefühl. Sie ließ den Kopf nach hinten fallen und schnurrte wie ein gesättigtes Kätzchen. Seine Blicke wanderten langsam ihre Beine hinauf, über ihr Becken und verweilten lange auf ihrem Dekolleté, bevor er ihr direkt ins Gesicht schaute. Unverzüglich schloss sie die Augen und öffnete mit aufgesetzter Laszivität die Lippen.

Rafael stockte kurz. Dann flog sein Kopf wieder in Richtung Flimmerkiste.

Na prima!

Sie war ein Naturtalent im Verführen!

Eine richtige Femme fatale!

Vielleicht sollte sie zu Hause mal das Programm der Volkshochschule wälzen, ob Flirtkurse für hoffnungslose Fälle im Angebot standen. Doch so schnell gab sie sich nicht geschlagen, einen Versuch würde sie noch starten. „Könntest du auch die Oberschenkel, ein bisschen …?“

Sie hob ein Bein an, sodass der Mantel nun gänzlich auseinanderklaffte und die Sicht auf ihre Unterwäsche freigab. Rafael legte den Kopf schief. Seine Augen hefteten sich auf ihr Höschen. Er hielt kurz inne, bevor sich seine Hände langsam bis zu ihrem Oberschenkel hinaufarbeiteten und ihn zärtlich kneteten.

Ein unkontrolliertes Stöhnen entwich ihr, als eine heiße Woge durch ihren Körper jagte. Beschämt schloss sie abermals die Augen, doch sie spürte förmlich Rafaels fragenden Blick, der imaginäre Löcher in ihren Bademantel zu brennen schien. Nur nicht rot werden!, schoss es ihr durch den Kopf, denn dass was sie hier vollführte, war schon fast schamlos.

Wenngleich auch ziemlich wirkungslos!

Vielleicht hätte David ihr verraten sollen, wie man Captain Kirks Verlangen schürte.

Unentwegt glitten Rafaels Finger über ihre Oberschenkel, immer weiter nach oben. Eine unfassbare Welle der Lust hatte sie mittlerweile gepackt, und ließ sie unkontrolliert atmen. Feuchte Hitze hatte sich zwischen ihren Beinen ausgebreitet, was eigentlich auch Rafael nicht verborgen bleiben dürfte. Der Bademantel klaffte weit auseinander, und wurde nur noch von dem schmalen Gürtel um die Taille gehalten. Aber nun war ihr alles schnurz. Sie war schon viel zu weit, um noch irgendetwas als peinlich zu empfinden. Die Grenze der Vernunft war längst überschritten.

Da wurde sie von zwei starken Händen um die Taille gepackt und wie ein Spielzeug hochgehoben. Bevor sie noch richtig begriff, was geschah, landete sie mit gespreizten Beinen auf Rafaels Schoß. Sie stöhnte laut auf, als sie mit Überraschung zur Kenntnis nahm, dass er vollständig erregt war. Seine Härte zwischen ihren Beinen war fast mehr, als ihr ausgehungerter Körper ertragen konnte.

Sein Gesicht befand sich nur noch Zentimeter von ihrem entfernt. Wieder einmal versanken ihre Blicke ineinander und sie bemerkte, dass seine Pupillen vor Verlangen dunkel waren. Todesmutig schob sie die Arme um seinen Hals.

„Hör zu, Val. Irgendwann ist es auch mit meiner Selbstkontrolle vorbei. Versuchst du gerade meine eiserne Disziplin auf die Probe zu stellen, oder legst du es tatsächlich darauf an, genommen zu werden?“ Die Erregung in seiner heiseren Stimme war unüberhörbar.

Zufrieden nahm sie zur Kenntnis, dass er mit der Beherrschung zu kämpfen schien. „Du hast ja keine Ahnung“, murmelte sie, während sie zärtlich an seinen Lippen knabberte.

Er fuhr sich hektisch mit einer Hand durchs Haar. „Teufel noch mal, Val! Es gibt nichts, was ich jetzt lieber täte. Aber du denkst daran, dass ich wegen Angelina hier bin?“

Fassungslos rückte sie ein Stück von ihm ab und glotzte ihn verstört an. Na herrlich, musste er sie darauf hinweisen, dass sie nur zweite Wahl war? Etwas Unpassenderes hätte er wirklich nicht von sich geben können. „Heißt das, du willst mich nicht?“

Er schüttelte den Kopf. „Das habe ich nicht gesagt. Ich will nichts lieber, als dich auf den Rücken werfen und mich so tief in dir versenken, dass du vor Lust schreist. Aber ich hielt uns für Freunde, und da, wo ich herkomme, haben Freunde definitiv keinen Sex miteinander."

Sie verdrehte entnervt die Augen. Natürlich, da war was dran, doch in ihrem momentanen Zustand wollte sie weiß Gott nicht über ethische Grundsätze nachdenken. „Für einen Mann machst du dir ganz schön viele Gedanken. Warum küsst du mich nicht einfach?", flüsterte sie.

Und als hätte er nur auf das Stichwort gewartet, beugte er sich nach vorne und ergriff Besitz von ihren Lippen. Sie gab dem Druck nach und öffnete den Mund. Augenblicklich suchte seine Zunge nach ihrer. Sie kam ihm entgegen, und ihre Münder verschmolzen, was sie beide aufstöhnen ließ. Und als er sie fest an sich zog, glaubte sie vor Wonne zu vergehen.

Und dann fütterte er sie mit Küssen, die ihr das Gefühl gaben bei lebendigem Leibe zu verbrennen. Hätte sie nur früher gewusst, wie Außerirdische küssen, dann hätte sie sich schon vor Jahren auf die Warteliste jeder Apollo- oder Sojus-Raumfahrtmission setzen lassen. Begierig rutschte sie auf seinem erigierten Glied hin und her, sich sehr wohl darüber im Klaren, dass sie einem erlösenden Orgasmus schon verdammt nahe war.

Und auch Rafael war kurz davor, die Beherrschung zu verlieren. Valerie schmeckte so köstlich und duftete dermaßen himmlisch, dass er sie am liebsten mit Haut und Haaren verschlungen hätte. Alles an ihr war süß. Viel zu süß! Und so viel ansprechender als Angelina, die grundsätzlich nach durchzechten Nächten und miefigen Bars roch. Er öffnete kurz die Augen und sah ihr schimmerndes blondes Haar vor seinem Gesicht, bevor seine Augenlider wieder zuklappten. Vielleicht war an der Geschichte mit den Blondinen ja doch was dran.

Am liebsten hätte er sie noch stundenlang so gehalten und geküsst, doch das stechende Gefühl in seinem Unterleib brach sich Bahn. Ihr Körper rutschte unermüdlich über seine pochende Erektion, und er hatte nicht den Hauch einer Ahnung, wie lange er diesem Angriff auf seine steinharte Männlichkeit noch gewachsen war.

Valeries Finger krallten sich in seine Schultern, während ihr stetig kleine, niedliche Seufzer entwichen. Ihre Augen waren geschlossen und ihrem Gesichtsausdruck nach zu urteilen, schien sie im Orbit zu schweben. Als hätte sie komplett die Kontrolle verloren. Er konnte nur erahnen, dass sie in den letzten Jahren sexuell ähnlich auf Sparflamme gebrannt hatte wie er. Und hätte er nicht in der letzten Woche zwei Mädchen vernascht, wäre er schon lange übers Ziel hinausgeschossen – und zwar in jeder Hinsicht.

Gott, sie war zum Anbeißen!

Es war wirklich nicht sein Plan gewesen, mit ihr zu schlafen, doch inzwischen gab es kein Zurück mehr. Außerdem war die Initiative von ihr ausgegangen. Er wäre ein hoffnungsloser Idiot, würde er Widerstand leisten.

Gerade saugte sie wieder leidenschaftlich an seiner Zunge. Teufel aber auch! Diese kleine Verrückte machte ihn wahnsinnig! Ihre heißen Küsse und ihr zuckender Körper brachten ihn zum Äußersten. Er musste ihnen beiden eine kurze Verschnaufpause verschaffen, sonst wäre das zu schnell vorbei. Denn er wollte es Valerie so richtig besorgen. Erst zärtlich und dann immer heftiger. Wenn jemand guten Sex verdiente, dann sie.

Mit sanfter Gewalt schob er sie ein Stück von sich.

Ihr verzückter Blick und ihre geschwollenen, saftigen Lippen machten es ihm dabei nicht gerade leicht. „Herrgott, Val!“, flüsterte er, während er nach dem Gürtel des störenden Bademantels griff und den Knoten löste. „Du bringst mich um den Verstand. Ich will dich spüren, und zwar auf der Stelle. Zieh endlich dieses überflüssige Teil aus!“ Geistesgegenwärtig nahm sie die Arme von seinem Hals. Das Kleidungsstück fiel mit einem hoheitsvollen Rascheln zu Boden und entblößte ihre ganze Pracht.

Er packte sie unter Armen und Beinen und hob sie mit einem Ruck hoch. Und während er sie zum offenen Kamin trug, zollte er ihrem schlanken Körper in der knappen Unterwäsche Bewunderung. Dort legte er sie klischeemäßig auf dem flauschigen Teppich ab. Ja, er befand sich definitiv im Haus eines geborenen Verführers. David schien für alle Eventualitäten gewappnet zu sein.

Mit sanfter Gewalt hielt er ihre Hände fest, als sie sich an seinen Hemdknöpfen zu schaffen machte. Stattdessen warf er sich neben sie, glitt mit seinen Lippen sachte an ihrem Hals herab, über ihr Dekolleté, bevor er den Träger des BHs über ihre Schulter schob und eine ihrer Brüste entblößte. Zärtlich saugte er die knallharte Brustwarze in seinen Mund. Valeries leiser Lustschrei motivierte ihn, ihrem Busen weitere Aufmerksamkeit zu schenken. So öffnete er den Verschluss des BHs und schälte sie heraus, wobei er unablässig ihre straffen, wohlgeformten Brüste streichelte.

„Oh, mein Gott, Rafael! Tut das gut. Es ist so lange her!“, keuchte sie hingebungsvoll und erzitterte unter ihm.

Langsam glitt er mit den Lippen ihren flachen Bauch hinab, versenkte seine Zunge in ihrem Bauchnabel und schob zärtlich das kleine Spitzenhöschen nach unten. Als er es ihr über die Füße gestreift hatte, glitt er mit der Hand zwischen ihre Beine. Dieses Mal stöhnte sie laut auf, und ihr Körper zuckte unkontrolliert.

Gute Güte, sie war mehr als bereit für ihn!

Die niedlichen Geräusche, die sie von sich gab, brachten ihn zum Lächeln. Und mit einem Schlag entfiel ihm, warum er eine Abneigung gegen Blondinen gehegt hatte. David hatte den Nagel auf den Kopf getroffen. Die Frau war der totale Wahnsinn!

Doch dann stellte sich ihm eine andere Frage.

Wie sie wohl schmeckte? Anders als eine Brünette oder Rothaarige?

Zielstrebig glitt er mit der Zunge über ihr Becken und versenkte seinen Mund zwischen ihren Schenkeln. Ein spitzer Schrei entfuhr ihr, der ihn kurz zusammenzucken ließ.

„Nein, Rafael, lass das! Das halte ich nicht aus!“ Sie griff nach seinen Schultern und unternahm den erfolglosen Versuch, ihn von seinem Vorhaben abzubringen.

Er blickte schmunzelnd auf. „Tut mir leid, aber ich muss dich einfach schmecken.“ Mit diesen Worten vergrub er den Kopf erneut zwischen ihren Beinen.

„O Gott, Rafael … ich … ich komme gleich“, flüsterte sie atemlos.

Was sie dann auch tat. Ihr Körper zuckte und pulsierte. Und während sie einen kehligen Schrei von sich gab, krallten sich ihre Fingernägel in seine Oberarme. Er hielt kurz inne und schaute auf. Ihr entrückter Gesichtsausdruck spornte ihn an, das Ganze zu wiederholen. Auch wenn es ihm verdammt schwerfiel, sich nicht auf der Stelle die Kleider vom Leibe zu reißen und sich, ohne weitere Umschweife in ihr zu vergraben.

Denn seine knallharte Erektion widersetzte sich inzwischen geradezu schmerzhaft dem Stoff seiner Jeans.

Beinahe hätte er ihren Versuchen, ihn nach oben zu ziehen, nachgegeben. Doch dann traf er die Entscheidung, sie zuerst ein weiteres Mal zum Schreien zu bringen und brachte seine Zunge abermals zum Einsatz.

„Rafael, was hast du vor?“, keuchte sie mit heiserer Stimme. „Warum nimmst du mich nicht endlich?“

Er ignorierte ihr Gejammer geflissentlich, obgleich sich ihm so langsam die Frage stellte, wie lange er dieses Spiel noch weiterführen konnte, ohne ebenfalls zu explodieren. Doch schon kurz darauf fing ihr Körper erneut an zu zucken und zu pulsieren. Währenddessen hauchte sie immer wieder atemlos seinen Namen, was ihn noch mehr in Brand setzte.

Sie gab einen kehligen Schrei von sich, und ihr Zucken steigerte sich, bis die Ekstase sich erneut entlud. Nach einem letzten ächzenden Geräusch erschlaffte ihr angespannter Körper. Als er endlich von ihr abließ, hatte sie die Augen geschlossen und schnappte hörbar nach Luft.

Sekunden später breitete sich ein glücklicher, gelöster Ausdruck auf ihrem Gesicht aus. Ja, befriedigte Frauen waren definitiv eine Augenweide. Valerie strahlte geradezu, und alle Sorgen schienen sich verflüchtigt zu haben. Er kroch hoch und zog sie in seine Arme. Widerstandslos schmiegte sie sich eng an ihn und blieb regungslos, aber immer noch schwer atmend, liegen. Das verschaffte ihm zumindest eine kurze Auszeit, um seiner Erregung Herr zu werden.

Doch die Entspannungspause hielt nicht lange an. Schon nach wenigen Minuten spürte er Valeries Hand an seinem Hemd.

„Die Bekleidungssituation ist äußerst ungerecht verteilt", wisperte sie. Ihr Blick traf den seinen, und während sie langsam die Knöpfe seines Hemdes öffnete, verlor er sich in ihren leuchtenden blauen Augen. Sie zerrte es aus der Hose und glitt spielerisch mit ihren Fingern über seine nackte Brust. Er reagierte mit einer heftigen Gänsehaut. Als er das Hemd von den Schultern rutschen ließ, presste sie ihren nackten Oberkörper gegen den seinen. Ihre festen Brüste sorgten dafür, dass die Erholungsphase in null Komma nichts Geschichte war.

Zärtlich streichelte ihre Hand über die Beule in seiner Hose, was ihn zischend ausatmen ließ. Mit einem Ruck riss sie die Knöpfe auf. Er kam ihr zu Hilfe und schob die Jeans mitsamt Boxer-Shorts über die Füße. Ein kehliger Laut entfuhr ihm, als sie nach ihm griff. „Herrje, Schätzchen! Du weißt wirklich, wie man einen Mann in den Wahnsinn treibt."

Sie schnaubte sanft. „Was soll *ich* denn da sagen? Wenn du nicht auf der Stelle mit mir schläfst, kannst du hingehen, wo der Pfeffer wächst."

„Ehrlich gesagt steht mir momentan absolut nicht der Sinn danach, irgendwo hinzugehen." Schmunzelnd löste er sich von ihr, sprang auf und taumelte zu seiner Tasche, um ein Kondom zu holen. Schnell hatte er das kleine Gummiteil gefunden und eilte zu ihr zurück, wobei seine Blicke gänzlich entrückt über ihren nackten Körper wanderten. Sie schien sich darüber im Klaren zu sein, dass er gerade von heftigem Kontrollverlust getrieben wurde, denn mit einem pikanten Lächeln im Gesicht spreizte sie leicht die Beine. Doch in dem Moment, als er im Begriff war, zwischen ihre Schenkel zu sinken, vernahm er Angelinas Namen. Er erstarrte mitten in der Bewegung. Sein Kopf zuckte herum in Richtung Fernseher.

Eine Reportage widmete sich Angelina, die sich vergnügt mit einem großen, dunkelhaarigen Mann in einem Pariser Bistro Wein zu Gemüte führte. Vertraulich nah hatten die beiden die Köpfe zusammengesteckt.

„Valerie“, stotterte er. „Wer ist der Mann?“

Erstaunt hob sie den Kopf. „Welcher Mann?“

„Na, der Kerl, da im Fernsehen, mit Angelina.“

„Ich sehe nichts, Rafael. Komm endlich her, und schalt diese dämliche Kiste aus. Das interessiert doch im Moment keinen“, befahl sie mit heiserer Stimme.

„Und ob mich das interessiert.“

Er sauste auf den Fernseher zu und zerrte ihn herum, da er sich außerhalb von Valeries Gesichtsfeld befand. Dass er splitternackt und mit einer knallharten Erektion dekoriert war, hatte er vollkommen vergessen. „So, jetzt siehst du ihn. Sag mir, wer das ist!“

Murrend rollte sie sich auf den Bauch. „Das ist Pierre. Pierre Coustard. Er war Regisseur bei einem ihrer Filme. Und nun komm endlich. Wie lange, willst du mich denn noch auf die Folter spannen?“

Doch die Bilder aus Paris ließen ihn nicht los. „Wie gut kennt sie ihn?“

Valerie ließ sich stöhnend auf den Rücken fallen. „Woher soll ich das wissen?“

„Du weißt haargenau, was mich beschäftigt. Sag mir endlich, was zwischen den beiden rennt.“ Sein Ton machte deutlich, dass er seine Beherrschung kaum mehr im Zaum halten konnte.

„Läuft, nicht rennt.“

„Auch egal. Los, antworte mir!“

Sie seufzte entnervt auf. „Ich glaube, damals hatten sie etwas miteinander. Ob das heute wieder der Fall ist – keine Ahnung.“ Doch, eigentlich war sie sich todsicher, aber das würde sie Rafael keinesfalls auf die Nase binden. „Würdest du nun endlich da weitermachen, wo du aufgehört hast?"

In diesem Moment sprang die Berichterstattung auf London um. Rafael stand noch ein paar Sekunden lang ratlos mitten im Zimmer, bevor er sich langsam wieder Valerie zuwandte und seine Blicke über ihren nackten Körper wandern ließ. Unterdrückt seufzend sackte er neben ihr auf die Knie. „Val, Süße, ich befürchte, wir begehen gerade einen Riesenfehler."

„Was?!" Sie zuckte hoch.

„Du bist viel zu wertvoll für eine schnelle Nummer. Du solltest das mit einem Mann tun, der dich von Herzen liebt."

Valerie rappelte sich mühsam auf. „Rafael, lass den Blödsinn. Angelina lässt es sich vielleicht gerade in Paris von einem anderen Kerl besorgen. Ich bin alt genug, um selbst zu entscheiden, mit wem ich Sex haben sollte."

Inzwischen hatte sie sich aufgesetzt, und er bewunderte ihre niedlichen Brüste, während er einen inneren Kampf mit sich ausfocht. Doch dann schüttelte er entschieden den Kopf. „Es tut mir leid." Behäbig krabbelte er auf die Couch. „Du bist meine beste Freundin, und das soll so bleiben. Wir werden das nicht tun." Seine Worte brachten nicht annähernd seine innere Zerrissenheit zum Ausdruck.

Er spürte Valeries entgeisterten Blick auf seiner nackten Haut. Einige Sekunden lang hockte sie reglos da, als ob sie es nicht fassen konnte. Dann sprang sie hektisch auf, schnappte sich den am Boden liegenden Bademantel und riss ihn vor sich, um ihre Blöße zu verdecken. Mit schnellen Schritten stolperte sie auf die Schlafzimmertür zu. „Du bist und bleibst ein verdammter Idiot!", giftete sie. „Glaubst du allen Ernstes, Angelina wird dich nach Siria begleiten? Vergiss es!" Mit einem lauten Rumms fiel die Tür hinter ihr ins Schloss.

Autsch! Das hatte gesessen. Mit hängenden Schultern kauerte Rafael auf der Couch und konnte sich des Gefühls nicht erwehren, soeben einen entscheidenden Fehler begangen zu haben.

Kapitel 17

Valerie schreckte hoch, als der schwarze Daimler aufs Grundstück rollte. Erbost feuerte sie das BWL-Buch zu Boden, das klappernd über den Balkon schlitterte, bevor es in einer Ecke zum Stillstand kam. Verdammt! Konzentration war heute etwas für andere Leute, aber nicht für sie. Dauernd stiegen vor ihrem geistigen Auge Bilder von Rafael auf, der Angelina vom Flughafen abholte. Denn zu seiner großen Freude kehrte Madame schon ein paar Tage früher zurück als erwartet. Nie würde Valerie den Luftsprung vergessen, den er vollführt hatte, als sie es ihm am Vormittag mitgeteilt hatte. Und trotz der schwülen fünfundzwanzig Grad, die vorherrschten, hatte sie das Gefühl überkommen, eine eiskalte Hand würde nach ihr greifen.

Nach den Vorkommnissen in der Skihütte hatte sie jegliche Hoffnung auf eine gemeinsame Zukunft mit Rafael über Bord geworfen. Sie hätte sich diesen Floh erst gar nicht ins Ohr setzen lassen dürfen. Ihn verführen. Bah! Ausgemachter Blödsinn. Da hatte sie mächtig mit Zitronen gehandelt. Außerdem stand die Tatsache, dass sie keine Kinder bekommen konnte, unwiderruflich zwischen ihnen. Aber allem Anschein nach war er sowieso bis über beide Ohren in Angelina verschossen. Ob das darauf gründete, dass sie seiner verstorbenen Frau ähnelte wie ein Ei dem anderen, konnte sie nicht beurteilen.

Seit der Rückkehr aus St. Moritz herrschte mächtig dicke Luft zwischen ihnen. Rafael hatte zwar mehrfach den Versuch unternommen, ihr seine Beweggründe zu verdeutlichen, doch seine fadenscheinigen Erklärungen erschienen ihr ziemlich nichtssagend. So weigerte sie sich vehement mit ihm auszugehen und hielt die

Kommunikation auf ein Minimum begrenzt. Denn immer, wenn er sie anlächelte, blitzten in ihrem Kopf die unglaublichen Emotionen auf, die er in ihr geweckt hatte. Wenn sie nur an seine heißen Küsse dachte, überwältigte sie ein Schwall von Gefühlen. Die zwei himmlischen Orgasmen nicht zu vergessen.

Dieser durchgeknallte Außerirdische hatte es tatsächlich geschafft, sie in ihren Grundfesten zu erschüttern. Sie hatte ihr Herz nie mehr in Mitleidenschaft ziehen wollen, und doch war es geschehen. Ach, warum nur hatte sie diesen verflixten Fernseher nicht ausgeschaltet? Dann hätte sich das Blatt vielleicht gewendet. Doch nun blieb ihr nichts anderes übrig, als sich Rafael aus dem Kopf zu schlagen.

Ob ihm bewusst war, dass ihm für die Vollendung seiner Mission nicht mal mehr drei Wochen zur Verfügung standen? Danach nämlich würde Angelina sich in die Dreharbeiten zu ihrem nächsten Film stürzen, die mit drei bis vier Monaten angesetzt waren. Da musste sich ET ganz schön ins Zeug legen, wenn er in so kurzer Zeit Angelinas Welt auf den Kopf stellen wollte. Sie wusste nur eins: Wäre er ein Rennpferd, sie würde nicht auf ihn setzen.

Geistesabwesend tippte sie auf ihrem Laptop Marcels Namen bei Google ein. Es erschienen weit mehr als zweihundert Treffer. Ach du liebe Güte, die Suche würde sich schwierig gestalten! Da stach ihr ein Name mit Doktortitel ins Auge. Zielsicher klickte sie ihn an und wusste auf der Stelle, dass sie einen Volltreffer gelandet hatte.

Er hatte es tatsächlich durchgezogen.

Er war Herzchirurg geworden!

Wie ertappt zuckte sie zusammen, als das Haustelefon läutete. Seufzend schloss sie die Homepage der

Berliner Charité und nahm den Hörer ab. „Hallo, Angie. Alles klar?“

„Ach, Valerie, ich fühle mich wie durch den Wolf gedreht. Außerdem habe ich so ein unangenehmes Kratzen im Hals, da steht bestimmt eine bösartige Influenza in den Startlöchern. Manche Ecken in Paris sind aber auch zu schmuddelig. Da schnappen die Bazillen geradezu nach einem“, machte sich ihre Chefin lauthals um sich selbst Gedanken. „Liegt irgendetwas Wichtiges an?“

„Keine Sorge, ich hatte ja erst nächste Woche mit deiner Rückkehr gerechnet. Am Dienstag bist du für Chanel-Werbeaufnahmen gebucht und mittwochs für L’Oréal. Ach ja, Clarissa will heute noch das Drehbuch für deinen neuen Film vorbeibringen. Er trägt den gruseligen Namen ‚Tödliches Universum‘. Die Gage bewegt sich um die zehn Millionen Dollar. Start der Dreharbeiten ist für Anfang Juni angesetzt, in New York. Das heißt, es bleiben dir noch fast drei Wochen.“

Angelina seufzte erleichtert. „Was würde ich nur ohne dich machen? Tu mir einen Gefallen, nimm die nächsten Wochen nicht mehr so viele Termine an, ich werde mit den Dreharbeiten genug ausgelastet sein. Konzentrier dich ausschließlich auf Anfragen, die helfen, den Film zu promoten. Auf alles andere habe ich keine Lust.

Und noch etwas, ich werde am Wochenende eine meiner spektakulären Partys schmeißen. Den meisten Gästen habe ich bereits Bescheid gegeben. Aber ich möchte die Liste noch mal mit dir durchgehen, nicht dass ich jemand übersehen habe. Kannst du dich schon mal mit den Catering-Unternehmen kurzschließen? Ich denke, es werden so um die hundert Leute sein.“ Sie gähnte unverhohlen. „So, und jetzt falle ich ins Bett."

„Geht klar, Angie. Ich kümmere mich um alles. Schlaf gut." Verdrossen ließ Valerie den Hörer sinken.

Auch das noch!

Angelina und ihre berühmt-berüchtigten Partys. Diese ausufernden Veranstaltungen hinterließen in Valeries Mund grundsätzlich einen bitteren Nachgeschmack. Immer, wenn ihre Chefin einen erfolgsversprechenden Film drehte, stampfte sie ein phänomenales Fest aus dem Boden, um schon im Vorfeld alle Aufmerksamkeit auf sich zu lenken. Ein cleverer Schachzug – aber extrem nervtötend.

Die maßlos überzogenen Sausen waren in ganz Deutschland, teilweise auch über die Grenzen hinaus, bekannt. Die Gäste waren ebenso schräg wie die Gastgeberin, und dementsprechend extraordinär mussten sowohl die Deko als auch das Aufgebot an Speisen und Getränken sein. Das Beste war hier mitnichten gut genug, und eigentlich hätte Valerie lieber einen Sack voll Flöhe gehütet, als dieses elitäre Pack zu verköstigen.

Seufzend griff sie nach einer Liste mit Telefonnummern. Am besten sie bereitete die Veranstalter, die den Blumenschmuck und die Beleuchtung stellen sollten, schon einmal darauf vor. Auch würde sie postwendend Unmengen Champagner, Wein, Kaviar und Lachs ordern. Nicht auszudenken, wenn irgendein Luxushäppchen nicht zur Genüge vorhanden sein sollte.

Völlig in die Vorbereitungen vertieft, wurde sie kurz darauf durch lautes Gelächter im Garten aufgeschreckt. Von Neugier erfüllt wanderte sie zur Balkontür. Im Bruchteil einer Sekunde gefror ihr das Blut in den

Adern. Inmitten des Hofs parkte Clarissas silberner Jaguar. Doch die Besitzerin des Wagens war nicht zur Hölle gefahren, sondern lehnte in lasziver Pose am Kotflügel, in eine angeregte Unterhaltung mit Han Solo vertieft. Weit nach vorne gebeugt gewährte sie ihm atemberaubende Einblicke in ihr tief dekolletiertes schwarzes Kostüm. Die Strahlen der untergehenden Sonne warfen glänzende Lichter auf ihre roten Locken und ließen sie leuchten wie Feuer.

Rafael hatte die Hände in den Taschen seiner Anzugshose vergraben. Ein Ausbund an Selbstbewusstsein und Lässigkeit. Die beiden waren sich dessen vermutlich nicht bewusst, doch wie sie so dastanden, verkörperten sie das perfekte Paar.

Schnell wandte Valerie sich ab. Das war ziemlich starker Tobak. Wie viel musste sie denn noch ertragen? Diese rothaarige Hexe flirtete auf Gedeih und Verderb mit dem Mann ihrer Träume! Frustriert ließ sie sich wieder am Schreibtisch nieder und wartete mürrisch auf Clarissa.

Als diese nach einer geschlagenen halben Stunde immer noch durch Abwesenheit glänzte, war Valerie auf hundertachtzig. Kurz entschlossen schoss sie hoch und jagte zur Tür hinaus. Der Jaguar harrte noch immer im Garten aus, doch seine Besitzerin schien sich mitsamt Rafael in Luft aufgelöst zu haben. Auf leisen Sohlen schlich sie zu seiner Wohnungstür und lauschte. Tatsächlich, Clarissas heiseres Lachen waberte wie aus weiter Ferne an ihre Gehörgänge. Verstört schloss sie die Augen. Den Geräuschen nach zu urteilen schien sich der Rotschopf bestens zu amüsieren.

Sie konnte es nicht fassen!

Vergnügte sich Rafael nun mit dieser mannstollen Schlampe? Das durfte doch alles nicht wahr sein! War sie denn noch nicht gestraft genug?

Mit hängenden Schultern schlurfte sie die Treppe wieder hinauf. Ihr Blick fiel auf die halb leere Whiskeyflasche, die immer noch in ihrer Wohnung herumlungerte. Wie ferngesteuert marschierte sie darauf zu und goss sich ein Glas ein. Dann leerte sie das scharfe Gesöff in einem Zug in sich hinein und stellte das Radio laut.

Nach einer gefühlten Ewigkeit und dem zweiten Glas Whiskey klopfte es schließlich. Sie wankte zur Tür und riss sie auf – doch nicht Clarissa stand davor, sondern Rafael, mit einem Päckchen unter dem Arm. Er wanderte beschwingt an ihr vorbei und klatschte das Paket auf den Wohnzimmertisch.

„Was …?“, murmelte sie. „Wo zum Teufel steckt Clarissa?“

„Sie ist schon weg. Hier ist das Drehbuch zu Angelinas neuem Film. Ich habe Clarissa ein wenig bearbeitet und …“

„Das ist mir nicht entgangen!“, fiel Valerie ihm ins Wort, während sie schockiert nach Luft schnappte. Nun hatte er das Fass endgültig zum Überlaufen gebracht. Sie tappte auf ihn zu, kam wenige Zentimeter vor ihm zum Stillstand und ließ sich dann zu einer Handlung herab, für die sie sich Sekunden später in Grund und Boden schämte. „Du verlogener Mistkerl!“, schrie sie aufgebracht und schlug ihm mit der flachen Hand mitten ins Gesicht.

Ohne mit der Wimper zu zucken, ließ Rafael es geschehen. Vermutlich wäre es ihm ein Leichtes gewesen, den Schlag abzuwehren, doch er unternahm nicht den Hauch eines Versuchs. Stattdessen ergossen sich Verwunderung und Unverständnis aus seinen Augen. Dann registrierte er das fast leere Whiskeyglas in ihrer zittrigen Hand. „Valerie, wo liegt das Problem?“

Da gaben ihre Knie nach. Sie sackte in sich zusammen wie ein Boxer, der ohne Deckung in einen rechten Haken gelaufen war. Geistesgegenwärtig fing Rafael sie auf. Sie sank an seine Brust und vergrub ihr glühendes Gesicht an seiner Schulter. „Es tut mir leid“, flüsterte sie. „Es ist einfach so mit mir durchgegangen.“

Er bugsierte sie zum Sofa und fiel mit ihr zusammen darauf. Ihr Kopf plumpste erneut gegen ihn.

„Ich weiß zwar nicht, was ich verbrochen habe, aber vielleicht habe ich die Ohrfeige ja verdient“, äußerte er ungerührt.

Valerie rückte ein Stück von ihm ab. „Musstest du mir das wirklich antun?“

„Was zum Henker meinst du?“

„Diese rote Hexe flachlegen. Nur ein paar Meter von mir entfernt.“

Rafael riss die blauen Augen auf. „Du denkst …? Großer Gott, nein! Ich habe nicht mit ihr geschlafen. Traust du mir das wirklich zu?“

„Jep.“

Fahrig fuhr er sich mit der Hand durchs Haar. „Ich habe mit ihr ein Geschäft ausgehandelt. Sie wird beim Produzenten durchsetzen, dass ich das Drehbuch zu ‚Tödliches Universum‘ überarbeiten darf. Valerie, ein Science Fiction Film, überleg doch mal! Wir haben die einzigartige Möglichkeit, daraus einen oscarreifen Film zu basteln.“

Valerie hickste. „Haben wir?“

„Ja, natürlich. Wir haben David und mich, eventuell sogar Steven. Ich möchte dafür sorgen, dass Angelina den Oscar bekommt.“

Valerie starrte ihn verständnislos an. „Hast du das Drehbuch denn gelesen?“

„Ich habe es grob überflogen. Meiner Meinung nach geht das gar nicht."

Valerie holte tief Luft und hickste erneut. „Clarissa macht nichts ohne Gegenleistung."

Rafael nickte. „Glaub mir, dessen bin ich mir mehr als bewusst. Ich werde ein paar Kontakte für sie knüpfen."

„Ach, und zu wem?"

Rafael zuckte die Achseln. „Keine Ahnung. David kennt halb Hollywood. Die Frau würde einen Mord begehen für ein paar Beziehungen."

Valerie nickte. „Oder die Beine breitmachen."

Rafael bedachte sie mit einem strafenden Blick. „Du glaubst mir immer noch nicht, dass ich nicht mit ihr gevögelt habe." Hektisch sprang er auf und begann durchs Zimmer zu marschieren. „Ja, du hast ins Schwarze getroffen. Sie wollte mir an die Wäsche. Deswegen habe ich ihr die Story aufgetischt, dass ich verheiratet bin und meine Kontakte nach Hollywood samt und sonders über meine Frau laufen, mit der man es sich besser nicht verscherzen sollte. Du hättest sehen sollen, mit welcher Geschwindigkeit sie von mir abgerückt ist."

Er ging vor ihr in die Hocke. „Valerie, Süße. Wie lange willst du mich denn noch mit Verachtung strafen? Alles was ich getan habe, hat darauf abgezielt, unsere Freundschaft zu retten." Er rieb sich mit der Hand übers Gesicht. „Gott! Ich ertrage es nicht, dich zur Feindin zu haben. Sprich wieder mit mir, sonst gehe ich noch die glatten Wände hoch!"

In diesem Moment schwappte eine Welle der Übelkeit über Valerie zusammen. Ein Cocktail aus Frust, verdrängten Emotionen und Unmengen Whiskey ließ ihren leeren Magen rebellieren. Sie war im Begriff aufzuspringen und gen Bad zu hetzen, doch so weit kam sie nicht mehr. Sie beugte sich vornüber und erbrach sich auf Rafaels Schuhe.

Kapitel 18

Fasziniert stiefelte Rafael zwischen den hohen, in goldene Tischdecken gehüllten Stehtischen und den preisverdächtigen weißen Blumengestecken umher. Unzählige Leute hatten in den letzten Tagen um Angelinas Swimmingpool eine wahre Festmeile aufgebaut, wobei der Rasen komplett unter weißen Teppichen verschwunden war. Pyramidenförmige Laternen warfen gedämpftes Licht auf die Blumenarrangements und die goldgefärbten Luftballons. Auf der rechten Seite des Pools verweilte eine Armada von Champagner- und Weinflaschen in Eiswürfelbergen, gleich neben einer Kühltheke, in der sich ausgefallene Leckereien tummelten.

Drei Köche wuselten geschäftig hinter den riesigen Grillplatten umher, und ein köstlicher Duft hatte sich wie dichter Nebel über das Grundstück gelegt. Kritisch inspizierte Rafael die erlesenen Leckerbissen, die äußerst exotisch anmuteten, weswegen er sich das einzig bekannte – nämlich ein saftiges Rindersteak – unter den Nagel riss.

Seine anspruchsvolle Aufgabe während der letzten Tage hatte darin bestanden, die Arbeiter und Lieferanten davon abzuhalten, Angelina auf die Pelle zu rücken. Dummerweise hatte das Gleiche ebenso für ihn gegolten. Denn er hatte es bisher nicht zuwege gebracht, sich der Mutter seiner zukünftigen Kinder auch nur auf Armeslänge zu nähern. Entweder verpennte sie die herrlichen Sonnentage oder sie ging angeblich in Partyvorbereitungen auf. Da eigentlich aber Valerie diesen Part für sich beanspruchte, kam ihm das ganze Gehabe eher wie eine billige Ausrede vor.

Er seufzte verhalten, als er den letzten Bissen

Fleisch in seinem Mund verschwinden ließ. David hatte ihm prophezeit, dass sein Vorhaben kein Zuckerschlecken werden würde. Aber mit einem solchen Widerstand hatte er nun wahrlich nicht gerechnet. Ein langer, steiniger Weg schien noch vor ihm zu liegen.

Inzwischen waren auch die letzten überkandidelten Gäste eingetroffen und eine rauschende Partynacht nahm ihren Lauf. Es war ein lauer Frühlingsabend, und der Himmel schien es gut mit Angelina zu meinen, denn obwohl schon den ganzen Tag über dunkle Wolken vorbeihuschten, blieben seine Schleusen geschlossen. Fetzen romantischer Klaviermusik drangen zu Rafael herüber, als er sich leger an den Gartenzaun lehnte, um das Geschehen zu beobachten.

Mit den Augen folgte er Valerie, die das Chaos perfekt beherrschte. Sie koordinierte das Servicepersonal, den Pianisten und den DJ, gab den Männern, die für die Beleuchtung zuständig waren, Anweisungen und hielt die genervten Gourmet-Köche bei Laune, deren Meisterleistung von dem verwöhnten Partyvolk nur unzulänglich gewürdigt wurde. Und seltsamerweise unternahm keiner der Mitarbeiter auch nur den geringsten Versuch, Widerstand zu leisten.

Er schmunzelte, als sie einmal mehr über ihre eigenen Füße stolperte und auf einen der Köche auflief, der sie geistesgegenwärtig packte. Doch als der Gute sie einen Moment länger festhielt als unbedingt nötig, riss sie sich hastig aus seiner Umarmung los. Die Kleine war wirklich zum Brüllen! Und schaffte es immer wieder, ihn in grenzenloses Erstaunen zu versetzen.

Am Morgen hatte sie ihm eröffnet, dass sie sich in einer Münchner Karateschule eingeschrieben hatte. Erleichterung hatte ihn bei diesen Worten durchflutet, denn der Gedanke, sie demnächst sich selbst zu überlassen, bereitete ihm Magengrummeln. Das Training würde mit Sicherheit ihr Selbstvertrauen so weit stärken, dass sie es mit links mit ihrem geisteskranken Exmann aufnehmen könnte, falls dies überhaupt jemals wieder zur Diskussion stünde.

Wohlwollend huschten seine Blicke über ihr langes rotes Abendkleid mit dem tiefen Rückenausschnitt, der durch die fachmännisch hochgesteckten Haare hervorgehoben wurde. Es war schlicht und ergreifend entzückend, wie das schlanke Geschöpf gazellenartig auf den haushohen Hacken herumtrippelte.

Erneut zuckte ein Lächeln um seine Mundwinkel, als er an die schallende Ohrfeige dachte, die sie vor ein paar Tagen in seinem Gesicht gelandet hatte. Zwar hatte er den Schlag kommen gesehen, ihn aber aus einer plötzlichen Eingebung heraus nicht abgewehrt. Sie schien ein Ventil zum Dampfablassen benötigt zu haben. Und spätestens als sie seine Designerschuhe in übel riechenden Ausschuss verwandelt hatte, war ihm ein Licht aufgegangen: Diese heftige emotionale Lawine war weniger von Clarissa, als von seinem Verhalten in St. Moritz ins Rollen gebracht worden.

Jammerschade, dass er sie so vor den Kopf gestoßen hatte. Die Vertrautheit und Freundschaft, die zwischen ihnen geherrscht hatte, war verschwunden. Und das schmerzte! Es war, als hätte sich eine unüberwindbare Kluft aufgetan.

Gänzlich unerwartet blitzten in diesem Moment Bilder in seinem Kopf auf, wie er ihr das rote Kleid, das sich an ihren Körper schmiegte wie ein Liebhaber, von den Schultern rutschen ließ. Sofort durchflutete ihn eine mörderische Hitze. Alles, was in St. Moritz geschehen war, hatte sich gut und richtig angefühlt. Bis er durch Angelinas Auftauchen im Fernsehen schmerzlich an seine eigentliche Mission erinnert worden war.

Natürlich überwältigte ihn Angelinas Schönheit immer wieder. Als sie schlaftrunken am Flughafen aufgetaucht war, hätte sie jede andere Frau, die gerade ein Kosmetikstudio verließ, problemlos in den Schatten gestellt. Auch wenn er bei ihrem Anblick automatisch an Cara gedacht hatte.

Die Begrüßung war dann allerdings ziemlich unterkühlt vonstattengegangen. Sie hatte ihm einen Gepäckwagen mit Koffern und Heerscharen von Tüten in die Hand gedrückt, sich bei ihm untergehakt und ihm befohlen, sie im Eiltempo nach Hause zu schaffen. Standhaft hatte sie sich geweigert, auf seinen Small Talk einzugehen, woran sich bis jetzt nichts geändert hatte.

Es waren nun dringend Fortschritte gefordert. Nicht nur die Tatsache, dass Angelina in zwei Wochen nach New York entschwinden würde, setzte ihn unter Druck. Nein, hinzu kam, dass auf Siria mit Feuereifer an den überflüssigen Tropfen herumexperimentiert wurde, die in den nächsten Tagen fertiggestellt sein sollten. Und dann gab es kein Entkommen mehr. Bis dahin musste er Angelina erobert haben.

Doch bisher war er so weit von diesem Ziel entfernt wie Siria von der Erde.

Es war zu fortgeschrittener Stunde, als Valerie sich erschöpft auf einen der abseitsstehenden Liegestühle sinken ließ. Viele Gäste hatten der Fete, die als voller Erfolg verzeichnet werden konnte, bereits den Rücken gekehrt.

Die Deko und das Catering waren begeistert aufgenommen worden, doch die Königin der Nacht war wieder einmal Angelina gewesen. In einem knallengen goldenen Abendkleid, mit dreisten Schlitzen auf den Seiten hatte sie sich gekonnt in Szene gesetzt. Auf ihrem Kopf thronte eine glitzernde Haube im Fünfziger-Jahre-Stil, die ihr Haar komplett verdeckte. Abgerundet wurde das extravagante Outfit durch lange Handschuhe sowie High Heels, natürlich ebenfalls in Gold. Mit der eleganten Zigarettenspitze wirkte sie wie eine Mischung aus Marlene Dietrich und Cleopatra, und für den Rest des Abends ruhte alle Aufmerksamkeit auf ihr.

Zähneknirschend hatte Valerie mit ansehen müssen, wie Rafael auf Angelina reagierte. Zuerst war ihm die Kinnlade heruntergefallen. Dann hatte er sie mit offenem Mund, in dem locker ein Sattelschlepper hätte wenden können, minutenlang angestarrt. Unterdessen hätte man die Villa samt Pool davontragen können, ohne dass der Herr Bodyguard auch nur das Geringste registriert hätte. Und den ganzen Abend über hatte er Angelina mit Blicken geradezu ausgezogen.

Bis zu dem Moment, in dem Clarissa aufgetaucht war. Die rothaarige Sirene stand zwar nicht ganz oben auf der Liste der Menschen, die Valerie am liebsten in die Wüste geschickt hätte, doch sie gehörte der Spitzengruppe an. In einen knallengen Catsuit gehüllt, der ihre Formen und ihre prachtvolle rote Mähne beeindruckend betonte, hatte sie Rafael hemmungslos in eine unbeleuchtete Ecke des Gartens gezerrt, wo die beiden in eine angeregte Diskussion versunken waren. Was sonst noch geschehen war, konnte Valerie aufgrund der spärlichen Lichtverhältnisse nur erahnen. Das war dann der Zeitpunkt gewesen, an dem sie sich erstmalig ein Glas Champagner einverleibt hatte.

Doch Minuten später hatte sie Clarissa auf der anderen Seite des Grundstücks entdeckt, wo sie hingebungsvoll auf den Produzenten von „Tödliches Universum“ eingeredet und dabei wirklich alle Register gezogen hatte. Das musste man Rafael lassen, er hatte verdammt schnell begriffen, wie er diese gewiefte Agentin vor seinen Karren spannen konnte.

Aber wo war Captain Kirk eigentlich? Ihre Blicke schweiften durch den Garten und erspähten ihn beim Pianisten, mit dem er ausgelassen plauderte. Ein tiefer Schmerz, wie von einem Dolchstoß, durchbohrte ihre Brust.

Wenn es doch nur nicht so weh tun würde!

Sie gönnte es Rafael von Herzen, eine gute Frau und Mutter für seine Kinder zu finden, aber hatte er sich ausgerechnet an einem männermordenden Vamp festbeißen müssen, der ihn auf ganzer Linie enttäuschen würde? Fast tat er ihr ein bisschen leid. Vielleicht hatte er ihr ja in St. Moritz mit seiner Zurückhaltung sogar einen Gefallen getan, ansonsten würde sie zweifellos noch größere Schmerzen erleiden.

Nein, sie konnte keinen Hehl mehr daraus machen. Das, was sie für Rafael empfand, ging weit über eine oberflächliche Schwärmerei hinaus. Sie war diesem Kerl rettungslos verfallen. Denn er war definitiv nicht wie andere Männer. Er war um Welten besser. Ehrlich und geradlinig, aber auch humorvoll und ein bisschen verrückt. Mit dem Herzen an der richtigen Stelle liebte er Kinder und Tiere und war die Gutmütigkeit in Person. Doch er war auch ein Draufgänger und letztendlich ein Kindskopf vor dem Herrn, aber genau das machte ihn so anziehend.

Und am liebsten würde sie David jetzt noch in den Hintern treten, weil er falsche Hoffnungen in ihr geweckt hatte. Er mochte zwar einer der besten Magier der Welt sein, in puncto Menschenkenntnis jedoch hob er sich keineswegs von der breiten Masse ab.

Da hörte sie neben sich ein Rascheln und zuckte herum. Rafael hatte sich unbemerkt von der Seite angepirscht. In diesem Leben würde sie sich sicherlich nicht mehr an seine katzenhaften Bewegungen gewöhnen. Sie blickte zu ihm auf und versank einmal mehr in seinen überirdisch funkelnden blauen Augen. Sofort schlug ihr Herz bis zum Hals und sie fühlte sich mal wieder wie ein liebeskrankes Schulmädchen, das auf den coolsten Lehrer der Schule abfuhr, wohl wissend, dass dieser in einer völlig anderen Welt lebte.

„Bist du müde, Val?"

„O ja, ich bin seit heute Morgen auf den Füßen. So langsam bin ich stehend k.o."

„Das wundert mich nicht. Aber tolle Organisation." Rafael kam noch einen Schritt näher.

Was er wohl auf dem Herzen hatte?

Schnell sollte sie es erfahren. „Sag mal, wer ist eigentlich der Typ, mit dem Angelina schon den ganzen Abend herumhängt?"

Ach, daher wehte der Wind! Sie folgte seinem Blick und sah Angelina wild mit einem Champagnerglas gestikulieren, wobei sie sich mit der anderen Hand am Arm eines hochgewachsenen, jungen Mannes festhielt, der Valerie gänzlich unbekannt war. Es lag die Vermutung nahe, dass es sich um einen der Nebendarsteller aus „Tödliches Universum" handelte.

Sie ahnte Fürchterliches. Angelinas fahrige Bewegungen ließen keinen Zweifel aufkommen, dass sie bereits tief ins Glas geschaut hatte. Unentwegt sülzte sie ihren Gegenüber voll und stierte ihn an, als wäre er die Nachspeise. Die Nachspeise hingegen schmachtete die Diva mit bewunderndem Gesichtsausdruck an. Während des Schwadronierens tastete Angelina immer wieder wie zufällig über seine Arme und Schultern. Und es käme einem Wunder gleich, sollte dieser Kerl heute zusammen mit dem restlichen Volk die Party verlassen.

Valerie riss ihre Augen von Angelina los. „Allem Anschein nach ein Schauspieler, aber ich kenne ihn nicht."

„Ist das denn ein Grund, sich so an sie ranzuschmeißen?", maulte Rafael.

„Natürlich nicht." Valerie konnte sich gut vorstellen, was für ein Unwetter in seinem Inneren tobte. Konsequent hatte er im Laufe der letzten Tage versucht, Angelina näher zu kommen, war aber erbarmungslos abgeblitzt. Und nun das!

„Weißt du, Rafael, für diese jungen Heißsporne ist es extrem gewinnbringend, sich an die Größen des Showgeschäfts heranzumachen. Das kann einem die Karriere ungemein erleichtern."

Rafaels Augen hatten sich zu kleinen Schlitzen verengt. „Angelina vermittelt aber keineswegs den Eindruck, als ob er ihr auf die Nerven geht. Ich könnte ihn natürlich packen und hochkant vom Grundstück werfen. Nur wäre das in ihrem Sinne?"

„Um Gottes willen, nein! Sie würde dich hinterherwerfen."

In Rafaels Kopf schienen alle Rädchen auf Hochtouren ihrer Arbeit nachzugehen, als suchte er verzweifelt nach einer Lösung, den unliebsamen Konkurrenten sang- und klanglos auszuschalten.

Valerie sinnierte ein paar Sekunden lang. „Ich werde mal rübergehen und fragen, ob ich mich vom Acker machen kann. Vielleicht kapiert der Typ ja den Wink mit dem Zaunpfahl und schert sich zum Teufel." Mühsam rappelte sie sich auf und steuerte Angelina an. Ein sinnloses Unterfangen, aber sie wollte Rafael nicht zumuten, Zeuge davon zu werden, wie Angelina sich mit diesem Kerl in die Villa zurückzog.

„Danke, Val“, hörte sie noch seine deprimierte Stimme.

Teils wütend, teils verzweifelt unternahm sie den fruchtlosen Versuch, Angelina von dem Typen loszueisen. Nach einigen Minuten machte sie jedoch kehrt und trottete mit hängenden Schultern zurück. Die letzten Gäste verließen gerade laut grölend das Anwesen. Übrig blieben nur Angelina und ihr ungebetener Verehrer. „Es tut mir leid. Aber ich konnte nichts tun. Angelina braucht uns heute nicht mehr. Du sollst das Grundstück sichern, bevor du dich zurückziehst.“

„Und was ist mit diesem Farbaffen?“ Er musste aufgeregter sein, als es nach außen hin den Anschein erweckte, denn normalerweise warf er die Wörter nur noch durcheinander, wenn er nicht bei der Sache war.

„Lackaffe.“

„Wegen mir.“

„Er wird wohl noch bleiben.“

In seinen Augen stand das helle Entsetzen, als er sie anstarrte. „Aber sie kann unmöglich mit diesem Typen in den Kasten springen!“

„Kiste“, flüsterte Valerie kaum vernehmlich.

Rafaels ganzer Körper verkrampfte sich. Genug war genug!

Er würde diesen Kerl jetzt in Lichtgeschwindigkeit aus dem Garten entfernen. Er schoss los und rumste heftig gegen Valerie, die sich ihm in den Weg gestellt hatte. Sie geriet bedrohlich ins Schwanken und wäre der Länge nach hingeschlagen, hätte er sie nicht aufgefangen.

„Nein, Rafael. Tu das nicht. Sie wird dich zum

Frühstück verspeisen, wenn du ihr in die Quere kommst."

Irritiert flitzten Rafaels Blicke zwischen Valerie, die in seinen Armen hing wie ein nasser Sack, und Angelina hin und her. Was sollte er nur tun? Wahrscheinlich lag Valerie richtig. Wie immer.

„Also gut", grummelte er resigniert und stellte sie sicher ab. „Ich werde das Anwesen kontrollieren."

„Ich begleite dich."

Ungeachtet der Situation musste er lächeln. „Das ist nicht nötig. Du kannst dich ja kaum noch auf den Füßen halten. Hab keine Angst, ich werde nichts Dummes tun, außer mich nachher sinnlos zu betrinken. Was ja bei mir recht schnell geht."

„Ich leiste dir gerne noch ein bisschen Gesellschaft, wenn du nicht alleine sein möchtest."

Seine Augen trafen ihre, in denen sich ernst gemeinte Sorge abzeichnete. Und von einem Moment auf den nächsten fühlte er sich besser. Was würde er nur ohne diese Frau machen? Warum hatte er sich nicht in sie verlieben können? Dann wäre alles ein Kinderspiel.

„Danke, Val. Aber ich komme schon klar. Geh ins Bett, und schlaf dich aus. Du hast für heute genug geleistet. Ich bin ja selbst schuld an diesem Dilemma. Ich hätte einfach eine vernünftige Frau ins Auge fassen sollen." Er fuhr herum, ließ Valerie mit geöffnetem Mund stehen und entschwand schnell wie der Wind in der Dunkelheit.

Trotz ihrer Müdigkeit harrte Valerie geduldig auf dem Balkon aus und wartete auf Rafaels Rückkehr. Wo er nur blieb? So lange konnte kein Mensch brauchen, um das Grundstück zu sichern. Und jemand, der sich nahezu in Schallgeschwindigkeit bewegte, schon gar nicht. Herrje, sie hätte wissen müssen, dass er Angelinas Eskapade mit diesem Jungspund nicht akzeptieren würde.

Sie sprang auf und schlüpfte in ein paar bequeme Pantoffeln, die ziemlich lächerlich zu dem Abendkleid wirkten. Aber egal. Unbeholfen schlurfte sie die Treppe hinunter und klopfte an seine Tür. Vielleicht hatte sie nur nicht spitzgekriegt, dass er zurückgekehrt war. In der Wohnung jedoch herrschte Totenstille. Langsam schlappte sie in den Garten hinaus. Da vernahm sie von Weitem Angelinas schrille Kieksstimme. Lauschend blieb sie stehen. Lieber Gott, lass mir flugs noch ein paar Ohren wachsen!, betete sie.

Nach wenigen Minuten verebbte das Gekreische, dafür näherten sich schnelle Schritte. Sie versteifte sich, doch dann manifestierte Rafael sich aus dem Schatten der Bäume.

„Val? Was hast du denn hier zu suchen?“ Ein eigenartiges Lächeln umspielte seine Mundwinkel. „Schöne Schuhe, übrigens!“

„Sag mir lieber, was Sache ist. Ich habe Angelinas Gekreische gehört.“

„Sie hat nicht mit mir gebrüllt. Sie war nur heftig vor den Kopf gestoßen, als der Typ plötzlich kein Interesse mehr an ihr hegte.“

Valerie runzelte die Stirn. „Und warum nicht?“

„Keine Ahnung.“ Rafael packte sie am Ellenbogen und zog sie in Richtung Haus.

Abrupt bremste sie ab. „Rafael, die Wahrheit!“

Ein dreckiges Grinsen huschte über sein Gesicht. „Nur, wenn du mir nicht böse bist.“

„Raus mit der Sprache!“

„Also gut. Ich habe soeben herausgefunden, dass mein Vater mir eine mächtige Gabe vererbt hat …“

„Anderen Menschen den letzten Nerv zu rauben?“, unterbrach sie ihn schroff.

Er gluckste vergnügt. „Das vielleicht auch. Aber nein, als ich die Alarmanlage aktiviert habe, ist mir dieser Typ halb nackt in die Arme gelaufen und erteilte mir den Befehl, Zigaretten zu holen. Was mich so fuchsteufelswild gemacht hat, dass ich ihn und seinen unübersehbaren Ständer zur Hölle gewünscht habe.“ Rafael grinste verschmitzt. „Bei ihm war ich leider nicht erfolgreich, seine Erektion jedoch hat sich auf der Stelle in Luft aufgelöst. Und er hat ihn auch nicht mehr hochgekriegt. Tja, das war es dann wohl vorerst mit der Familienplanung.“

Valerie glotzte ihn ungläubig an, bis ihr die Tragweite seiner Worte dämmerte. „Du kannst Menschen manipulieren?“

„Sieht so aus. Doch es scheint nur zu funktionieren, wenn ich außer mir bin vor Wut. Ich muss noch auf den Trichter kommen, wie man diese Gabe gezielt einsetzt.“

„Kann David das auch?“

„Ja, und er kann es steuern. Obendrein ist er in der Lage, Gedanken zu lesen.“

Valerie schnaubte verächtlich. „Jetzt wird mir so manches klar.“

Kapitel 19

Valerie legte die letzte Seite des Drehbuchs zu „Tödliches Universum" beiseite und ließ ihren Tränen freien Lauf. Die Schlussszene, bei der die bildhübsche Sternenprinzessin Chatra aufgrund eines todbringenden Virus in den Armen des amerikanischen Astronauten ihr Leben aushauchte, machte sie fix und fertig. Rafael hatte nie verlauten lassen, wie seine Frau gestorben war, doch jetzt konnte sie es sich bildlich vorstellen.

Während der letzten beiden Wochen hatte er wie ein Besessener an dem Drehbuch gearbeitet, in unmenschlicher Geschwindigkeit. Wie ein Scanner waren seine Augen über die Seiten geflogen, bevor er in einem nicht nachvollziehbaren Tempo auf ihren Laptop eingehämmert hatte. Über ihre verwunderten Blicke hatte er nur schallend gelacht und bekundet: „Du solltest mal meinen Bruder Simon sehen. Er ist Informatiker. Ich glaube, er könnte sich binnen Sekunden in jedes Computersystem des Universums einhacken."

Und dann hatte er ein wahres Meisterwerk kreiert. Nicht nur die einfühlsamen Liebesszenen und das herzzerreißende Ende beeindruckten sie zutiefst. Nein, auch die Action- und Kampfszenen wirkten durch die Bank weg dermaßen realistisch, dass selbst ein eingefleischter Science Fiction-Hasser wie sie die Geschehnisse geradezu vor Augen hatte. Sie konnte den Drehbeginn kaum erwarten.

Und sollte Angelina es auf die Reihe kriegen, die Rolle der kriegerischen, aber doch gnädigen Prinzessin glaubhaft und mit Herzblut zu verkörpern, dann wäre das einer der ganz großen Meilensteine ihrer Karriere. Valerie wagte zwar zu bezweifeln, dass die Rolle Hollywood einen Oscar entlocken würde, aber sie wollte

Rafael nicht seiner Illusionen berauben. Eine Auszeichnung für das beste Drehbuch hielt sie jedoch durchaus für denkbar.

Sie blätterte verträumt in dem Papierwerk, um sich noch einmal den einfühlsamen Liebesszenen zu widmen, als der schwarze Daimler in mörderischem Tempo in die Garage bretterte. Kleine Steinchen spritzten durch den Garten, bevor sich eine riesige Staubwolke breitmachte, ihre Sicht beeinträchtigte und einen heftigen Hustenreiz auslöste. Kurz darauf hetzte Rafael aus der Garage, als wäre der Teufel persönlich hinter ihm her.

Verwundert runzelte sie die Stirn. Ihr war zwar bekannt, dass er Angelina zu einem Shopping-Trip begleitet hatte – eine Tätigkeit, die ihn grundsätzlich an den Rande des Wahnsinns brachte – aber heute schien er doch leicht überzureagieren.

„Hast du ein paar Minuten?“, rief er von unten.

„Klar. Was ist denn?“

„Warte. Ich komme hoch.“

Als Valerie ihre Wohnungstür öffnete, harrte er bereits ungeduldig davor aus. Und wie immer, wenn er ihr so nahe war, machte ihr Herz einen übermütigen Hopser. Mit großen Schritten gewährte er sich Einlass.

„Komm doch rein“, murmelte sie. „Möchtest du eine Cola, oder lieber ein Glas Wein?“ Sie bot ihm inzwischen keinen Kaffee mehr an, da er ihr endlich gestanden hatte, wie sehr ihn die bittere Plörre anwiderte.

Rafael überlegte kurz. „Ein Glas Wein wäre prima, ich werde heute sowieso nicht mehr gebraucht.“ Seine Stimme troff geradezu vor Frust.

Tja, irgendwann musste er der Tatsache ins Auge sehen, dass er mit seinen Bemühungen um Angelina keinen Deut weiter gekommen war. Mitfühlend lotste sie ihn, mit einer Flasche Weißwein und zwei Gläsern beladen, auf den Balkon. Mit einer fließenden Bewegung schlüpfte er aus dem Sakko und warf es lässig über die Stuhllehne. Er setzte sich, lockerte die Krawatte, zog sie mit einem Ruck über den Kopf und feuerte sie auf die Jacke. Hektisch öffnete er die oberen Knöpfe seines weißen Hemdes und rollte die Ärmel hoch, bis seine muskulösen braun gebrannten Unterarme zum Vorschein kamen.

Valerie stand da wie vom Donner gerührt. Speichel sammelte sich in ihrem Mund, und ihre Zunge schien bis zum Boden zu hängen. Dieser gottverdammte Mork vom Ork schaffte es allen Ernstes, sie zum Sabbern zu bringen. Sie fühlte sich wie bei einer Aufführung der Chippendales, und nur ein klitzekleiner Rest an Selbstbeherrschung ließ sie davon Abstand nehmen, ihm noch die restlichen Klamotten vom Leibe zu reißen.

Mühsam rang sie um Fassung und gab sich innerlich einen heftigen Tritt. Als ihr Gehirn wieder ansprang, räusperte sie sich und rutschte auf den zweiten Stuhl.

Rafael nahm ihr die Weinflasche aus den Fingern, die komplett in Vergessenheit geraten war. Er schloss die Augen und konzentrierte sich auf den Korken, bis dieser sich gemächlich nach oben bewegte. Mit einem leisen Plopp fiel er in seine Hand. Und obgleich Valerie schon mehrfach Zeuge dieser Befähigung geworden war, verblüffte es sie immer wieder.

Bedächtig verteilte er den Wein. Er hatte die Flasche noch nicht richtig zur Seite gestellt, als sie bereits mit fahrigen Fingern nach dem Glas grapschte. Vielleicht zeigte Alkohol ja eine beruhigende Wirkung auf den Pulsschlag.

Währenddessen spielte der Californian Dreamboy apathisch mit dem Weinkorken. Irgendetwas schien ihn zu beschäftigen. Nun, er würde schon noch rauslassen, wo ihn der Schuh drückte. Und tatsächlich, nach einiger Zeit hob er den Kopf. Ein tiefer, unergründlicher Blick traf sie, und versetzte ihr Herz erneut in Aufruhr.

„Ich werde meine Mission abbrechen und nach Siria zurückkehren."

Prompt verschluckte Valerie sich und fing an zu husten. „Das kann unmöglich dein Ernst sein!", quiekte sie.

Er warf die Hände in die Luft. „Aber was zur Hölle soll ich denn tun? Angelina zeigt mir die kalte Schulter und hängt nur noch mit diesem verfluchten Sebastian herum. Der Kerl hechelt ihr hinterher wie ein Hündchen auf der Jagd nach einer Scheibe Wurst. Gestern Abend habe ich die beiden in einem Luxushotel am Tegernsee abgeliefert, um sie vorhin wieder dort aufzugabeln." Mit einem knirschenden Geräusch zerbröselte der Korken in seiner geballten Faust.

„Und zu guter Letzt war ich gezwungen, stundenlang vor einem Dessous-Shop auszuharren, nur um ihr dann Tüten voll durchsichtiger Stofffetzen herauszuschleppen. Sie wird wahrscheinlich keine Zeit verlieren, diese Errungenschaften ihrem neuen Lover zu präsentieren." Resigniert knallte er das Glas auf den Tisch, dass der Wein nur so spritzte. „Ich gebe mich geschlagen! Ich weiß, wann ich verloren habe."

„Sebastian ist dieser Pressefritze, oder?"

„Ja."

Valerie bewahrte einen Moment lang Schweigen, dann griff sie über den Tisch hinweg nach seiner Hand. Ein Geistesblitz war vonnöten! Zwar hatte sie sich auf die Fahne geschrieben, sich nicht mehr einzumischen, doch schon bei dem Gedanken daran, dass Rafael die Erde für immer verlassen sollte, wurde ihr speiübel. „Rafael, wirf nicht einfach so die Flinte ins Korn!"

„Nicht? Dann sag du mir, wie ich das Ruder jetzt noch herumreißen kann."

Sie schüttelte leicht den Kopf. „Warum bist du denn so erpicht auf Angelina? Such dir doch einfach eine andere! Du kannst doch deinen Planeten nicht aussterben lassen, nur weil Angelina eine selbstsüchtige Kuh ist." Entsetzt klatschte sie sich die Hand vor den Mund. Hatte sie das gerade wirklich gesagt?

„Bullshit! Ich kann mich nun mal nicht mit einer anderen einlassen. Ich werde Siria reinen Wein einschenken. Sie sollen einen meiner Kollegen auf die Erde schicken."

„Der sich ebenso an Angelina die Zähne ausbeißen wird."

„Ich werde versuchen, sie ihnen auszureden."

Valerie lehnte sich zurück und überlegte. „Hast du mal versucht, sie einfach zu packen und in dein Bett zu schleifen?"

„O ja. Die Woche war ich nahe dran. Sie hatte sich in heller Panik an mich geklammert, da sie von einem verrückten Fan belästigt wurde. Als der Typ außer Reichweite war, habe ich sie an mich gezogen und geküsst. Woraufhin die Hölle losgebrochen ist. Ich weiß nicht, was das größere Übel war, ihr verwischter Lippenstift oder die Blamage, in inniger Umarmung mit ihrem Bodyguard abgelichtet zu werden. Bei dem Theater, das sie vollführt hat, ist mir schlichtweg die Lust vergangen."

„Ich hätte da vielleicht doch eine Idee."

Sofort schoss Rafaels Kopf hoch. Gespannt abwartend fixierte er sie.

„Es gibt eine Sache, die Angelina auf den Tod nicht ausstehen kann."

Über seine Lippen huschte ein ironisches Lächeln. „Nein, es gibt tausend Sachen, die sie verabscheut: Kinder, Hunde, Verkehrsstaus, nichtalkoholische Getränke, dicke Menschen, hübsche Frauen, Konkurrenz …"

„Genau das ist es!", unterbrach Valerie ihn und pikste ihren Finger in seinen Arm.

„Was ist was?"

„Sie sieht jede Frau als Rivalin an. Verstehst du?"

„Valerie, würdest du bitte Klartext reden. Ich habe keine Ahnung, auf was du hinaus willst."

„Ganz einfach. Mach sie eifersüchtig."

„Ich soll was?" Rafael glotzte sie an, als hätte sie den Verstand verloren. Dann lachte er gequält auf. „Ha, guter Witz! Hier ist nur einer eifersüchtig, und der bin ich. Jedes Mal, wenn ich diesen Sebastian sehe. Immerhin ist der Typ fast zehn Jahre jünger als ich. Vielleicht törnt sie das ja an. Ich sollte mal überprüfen, ob er überhaupt schon Auto fahren darf."

„Ach was, du bist in den besten Jahren. Vermutlich bist du ihr langweilig geworden, da du ihr hinterhertrottest wie ein zahnloser Dackel, oder sie hält dich für einen Loser, weil du schon so lange keine Frau mehr hattest. Es war übrigens ziemlich dämlich von dir, ihr das zu gestehen. Daher wirst du ihr jetzt das genaue Gegenteil beweisen."

„Und wie bitte schön soll ich das anstellen? Soll ich beim nächsten Foto-Shooting die Visagistin niederknutschen? Oder noch besser, vor aller Augen mit einem ihrer weiblichen Fans eine Nummer schieben?" Hektisch ließ er sich zurückfallen.

Valerie schüttelte vehement den Kopf. „Blödsinn! Du suchst dir ein hübsches Mädchen und schaffst es hierher. Das dürfte doch kein Problem sein, oder? Dann gehst du mit ihr schwimmen. Immerhin hat Angelina nichts dagegen, dass wir den Pool benutzen, solange wir ihr nicht in die Quere kommen. Du wartest, bis Madame sich nachmittags aus den Federn quält, und dann machst du Anstalten, den Lockvogel zu vernaschen. Na, ist das ein genialer Plan?"

Rafael starrte sie erneut an, als hätte sie nicht mehr alle Latten am Zaun. „Du glaubst doch nicht allen Ernstes, dass das funktioniert?"

„Hast du eine bessere Idee, außer die Segel zu streichen?"

„Segel streichen?"

„Ach, vergiss es. Gleich morgen gehst du los und suchst dir eine Frau. Am besten eine bildhübsche, blutjunge, gut gebaute. Und dann bringst du Angelina so richtig auf die Palme."

Doch nach drei Tagen stand er erneut auf der Matte. „Valerie, ich finde kein passendes Opfer."

Sie widerstand der Versuchung, einen Freudentanz aufzuführen. Denn sie hatte schon befürchtet, dass ihr genialer Schachzug mächtig nach hinten losgehen könnte. „Wie bitte? Wir sind hier in München. Hier laufen die schönsten Frauen Deutschlands herum. Wo liegt das Problem?"

Rafael drückte sich an ihr vorbei in die Wohnung. Zielstrebig tappte er auf den Balkon und fläzte sich auf einen Stuhl. „Hättest du vielleicht ein Glas Wein?"

Sie beobachtete ihn aus den Augenwinkeln, während sie ihn mit Alkohol versorgte. Nervosität schien in Wellen von ihm auszugehen. So ließ sie sich wortlos auf den zweiten Stuhl rutschen und hüllte sich in Geduld. Wie so üblich würde er schon noch ausspucken, was ihm auf der Seele brannte.

Und wirklich, nachdem er sich minutenlang hastig an dem Getränk gütlich getan hatte, brach es aus ihm heraus: „Sorry, es ist einfach nicht mein Ding, eine wildfremde Frau zu küssen."

„Es ist doch nur für ein einziges Mal."

„Ich will aber nicht!", versetzte er bockig.

„Okay, geh mit ihr etwas trinken, und mach dich mit ihr bekannt. Dann ist sie keine Wildfremde mehr."

„Das habe ich versucht. Mit drei verschiedenen Frauen. Danach hatte ich noch weniger Lust."

Entnervt schoss Valerie hoch. „Meine Güte! Mich hast du doch auch geküsst. Hast du dich inzwischen zur Primadonna entwickelt, oder was ist los?"

„Ich weiß. Deshalb dachte ich …" Konzentriert fixierte er das Weinglas. „Also, das ist nur so eine Idee. Wenn du nicht willst, musst du es sagen …"

„Rafael!"

„Vielleicht könntest du dich zur Verfügung stellen."

Valerie schluckte lautstark. Nein, das ging nun doch zu weit! Sie öffnete den Mund, um diesen durchgeknallten Marsianer zur Räson zu rufen. Doch Rafaels bettelnder Blick veranlasste sie, den Mund wieder zu schließen.

Langsam ließ sie sich auf den Stuhl sinken. Gott verdammt! Was war schon ihre eigene emotionale Odyssee verglichen mit dem Leid eines ganzen Planeten, sollte Rafael kläglich scheitern. Sie räusperte sich. „Ja, das könnte ich. Es ist ja auch nicht so, dass ich meinen Job unbedingt brauche."

„Blödsinn. Angelina weiß genau, was sie an dir hat. Sie wird dich nicht feuern. Valerie! Bitte!"

In Ermangelung eines besseren Plans aalte sich Valerie zwei Tage später, in ein kurzes Sommerkleidchen gehüllt, neben Rafael am Pool. Da dieser seine Chefin am frühen Morgen sternhagelvoll auf einer Münchner Privatparty eingesammelt hatte, war nicht damit zu rechnen, dass sie vor Nachmittag aus den Federn kriechen würde. Normalerweise betrat sie dann als Allererstes den Balkon auf der Poolseite, um abzuwägen, welcher Modetrend dem Wetter entsprach.

Doch heute schien die Diva den Schlaf der Gerechten zu schlafen, was heftig an Valeries Nerven zerrte. Rafael neben sich, nur in knappe Shorts und ein offenes Hemd gehüllt, war mehr, als ihr vom Sexentzug geplagter Körper ertragen konnte. Und allein die Vorstellung, dass er sie eventuell küssen würde, ließ ihre Hormone Zumba tanzen. Gerade wollte sie ihm den Vorschlag unterbreiten, die hirnrissige Aktion abzubrechen, als ein Quietschen die Stille durchdrang – Angelinas Balkontür.

Natürlich hatte auch Rafael es vernommen. Wie der Blitz war er über ihr, schob einen Arm unter ihren Kopf, den anderen um ihre Hüfte und bemächtigte sich ihrer Lippen. Automatisch glitten ihre Arme um seinen Nacken. Verunsichert stierte sie in seine Augen, spürte seinen heißen Atem und seinen zärtlichen Mund. Und in diesem Moment jagte ein Stromstoß von gefühlten hunderttausend Volt durch ihren Körper. Sie klammerte sich an ihn und öffnete instinktiv den Mund. Als er seine Zunge zum Einsatz brachte, ertrank sie in einer Welle der Begierde. „O Rafael“, stöhnte sie voller Verlangen, während er sie küsste, als würde die Welt um sie herum untergehen.

Und auch Rafael entglitt das Geschehen. Aus einem

sanft lodernden Kuss entstand ein unkontrollierbarer Steppenbrand. Als er Valeries Lippen berührt hatte, war es in seinem Hirn zu einem heftigen Blackout gekommen. Vergessen waren Angelina und die kleine Scharade, die sie hier aufführten. Es gab nur noch die weiche, duftende Frau in seinen Armen. „Herrgott, Val! Du schmeckst wie das blühende Leben. Jetzt weiß ich, warum mich keine andere angesprochen hat", raunte er mit tiefer Stimme.

Innerhalb von Sekunden kam er von null auf hart. Er spürte, wie sich Valeries Fingernägel in seinen Rücken gruben und zog sie näher an sich. Und während seine Erektion immer stärker pochte, fühlte er nur noch ihre heißen Lippen und ihre feuchte Zunge. Ihre Küsse wurden leidenschaftlicher und die leisen Seufzer der Lust, die ihr unentwegt entwichen, brachten ihn an den Rande des Wahnsinns.

Er wollte mehr. Er musste sie besitzen.

„Gott, Val. Ich will dich!", flüsterte er.

Mit einer fließenden Bewegung rutschte er auf ihre Liege. Bereitwillig ließ sie es geschehen. Seine Hand stahl sich ihren Rücken hinab, strich zärtlich über ihren Po und zog sie mit einem Ruck an sich. Ein Keuchen entfloh ihrer Kehle, als er sein steinhartes Glied an sie drückte. Ihre Augen flogen auf, und sie starrte ihn voll unverhohlener Überraschung an. Lächelnd zuckte er mit den Schultern. Prompt schlossen sich ihre flatternden Lider, während sie sich wohlig seufzend seinen Küssen hingab.

„Verdammt noch mal, Rafael. Was wird das hier?" Schlagartig katapultierte ihn eine grelle Stimme in die Realität zurück. Schwer atmend löste er sich von Valerie, die ebenfalls zusammengezuckt war. Ihre Augen waren vor Schreck geweitet und glänzten dunkel wie die Sünde, genau wir ihre feuchten, sinnlichen Lippen.

„Du kannst es doch nicht irgendwelchen dahergelaufenen Weibern in meinem Garten besorgen!“, machte ihm die quiekende Stimme weiterhin die Hölle heiß.

Rafael schaute auf und glotzte seine Chefin an wie eine Erscheinung. Mit nichts als einem durchsichtigen weißen Morgenmantel bekleidet, stürmte sie den Garten. Ihre braunen Locken wippten beim Laufen, genau wie die riesigen Brüste, deren Brustwarzen deutlich unter dem dünnen Stoff zu erkennen waren. Bei jedem Schritt flatterte der Mantel weit auseinander und ließ atemberaubende Einblicke zu.

Gequält rappelte er sich auf, und langsam wurde ihm Sinn und Zweck der Übung wieder bewusst. Sein Blick schoss zwischen den beiden Frauen hin und her, und ihn überkam das dringende Bedürfnis nach einer eiskalten Dusche und einem Versteck.

Angelina erstarrte wenige Zentimeter vor dem Liegestuhl zur Salzsäule. „Valerie?“, stotterte sie, während ihre Augen wütende Blitze versprühten.

Valerie war stocksteif geworden und hatte die Fingernägel einer Hand in Rafaels Arm gekrallt. Sie versuchte sich aufzurichten – ein hoffnungsloses Unterfangen, da er sie unter seinem muskulösen Körper begraben hatte. Doch er konnte beim besten Willen nicht aufstehen, mit dieser unübersehbaren Beule in der Hose.

„Angie, es tut mir leid, aber …“, hörte er Valerie stammeln. Dann schien ihre Stimme auf ganzer Linie zu versagen. Sie räusperte sich und fuhr sich mit der Hand über die geschwollenen, feucht schimmernden Lippen.

Na herrlich! So würde er seine Erektion nie loswerden.

„Ich bemerkte Rafael hier am Pool“, setzte sie erneut an, „und konnte nicht widerstehen. Er sah so fabelhaft aus … und ich dachte, es wäre dir gleich.“

Da begriff er, dass sie Angelina in die Irre führte. Diese Unschuld in Person wäre problemlos in der Lage, alle Männer Sirias ins Verderben zu stürzen. Plötzlich fielen ihm Davids Worte bezüglich Blondinen wieder ein.

„Wenn ich natürlich gewusst hätte, dass …“, ging das blonde Gift abermals zum Angriff über, als könne sie kein Wässerchen trüben, wurde aber schroff von Angelina in ihre Schranken verwiesen.

„Es soll mir egal sein, dass du meinen Bodyguard vernaschst?“, schrie diese, und ihre Kieksstimme überschlug sich um ein Haar. „Valerie, zieh Leine! Und geh mir ja in nächster Zeit aus den Augen!“

Unverzüglich schlängelte sich Valerie seitlich von der Liege herunter, rappelte sich auf und räumte eiligst das Feld. Versonnen schaute Rafael ihr nach.

Er wollte nicht, dass sie verschwand!

Er begehrte sie, und am liebsten hätte er es ihr hier und jetzt besorgt! Wie hatte er nur so dämlich sein können, diese Möglichkeit bisher ungenützt verstreichen zu lassen.

„Häm, häm“, riss ihn da ein Räuspern aus seinen Überlegungen. Angelina hatte sich – die Arme rechts und links in die Taille gestemmt – herausfordernd vor ihm aufgebaut. Dass ihr dünner Morgenmantel mehr enthüllte als verbarg, schien ihr vollkommen schnurz zu sein. Ihr Blick glitt gemächlich über seine Lippen nach unten, verweilte kurz auf seiner breiten Brust und den starken Oberarmen und wanderte dann hinunter zu seinen Shorts. Und obgleich er sich zusammengekauert hatte wie ein Klappmesser, war es ihm allem Anschein nach nicht gelungen, seine Erektion zu verbergen, denn Angelinas Mundwinkel verzogen sich zu einem lasziven Schmunzeln.

„Was ist, Süßer, warum machst du nicht einfach dort weiter, wo du aufgehört hast?“, säuselte sie. Theatralisch zog sie an dem Gürtel ihres Bademantels. Ein leises Rascheln vermeldete, dass der feine Stoff zu Boden geglitten war. Und dann stand die Dame des Hauses vor ihm, wie Gott sie erschaffen hatte.

Rafael schluckte und rang um Fassung. Er war außerstande, sich zu artikulieren. Alle Ausdrücke, die ihm in den Sinn kamen, waren auf Sirianisch. Also hielt er lieber die Klappe. Er räusperte sich und versuchte das Wirrwarr in seinem Kopf zu sortieren. War das wirklich die Frau seiner Träume, die da splitterfasernackt vor ihm posierte? Er konnte es kaum begreifen.

Er schloss die Augen und öffnete sie wieder, doch sein fleischgewordener Traum hatte sich keineswegs in Luft aufgelöst. Weit gefehlt, sie kam näher und beugte sich zu ihm herunter. Wie hypnotisiert klebten seine Blicke auf ihrem Atombusen, der vor seinem Gesicht provozierend hin und her wippte. Dann spürte er ihre Hand an seiner empfindlichsten Stelle.

Ihre Finger streichelten kurz darüber, bevor sie sie zurückzog und murmelte: „Nicht schlecht, hatte ich fast vergessen.“ Sie packte seine Hände und versuchte ihn hochzuziehen, doch er bewegte sich keinen Millimeter. „Na, komm schon, Rafael, lass uns eine Runde schwimmen. Du muffelst nach Valeries Parfüm.“

Widerstrebend rappelte er sich auf und ließ das Hemd von den Schultern gleiten. Sogleich zerrte sie ihn in Richtung Pool, legte ihm die Handflächen auf die Brust und schubste ihn. Mit einem lauten Platschen fiel er hinein. Kühl und ernüchternd schwappte das Wasser über ihm zusammen. Vielleicht bekam er ja so einen klaren Kopf.

Als er auftauchte, bemerkte er, dass Angelina ihm nachgesprungen war. Sie tauchte wenige Zentimeter vor ihm auf und lachte glockenhell. Mit einer verführerischen Geste strich sie sich die nassen Haare aus dem Gesicht, und selbst in diesem Zustand sah sie unvergleichlich aus. Dann schob sie die Arme um seinen Hals und drückte ihre Lippen fest auf die seinen, wobei sie ihren nackten Körper an ihm rieb. Ein kehliger Laut entwich Rafaels Mund, als das Wasser die erregende Wirkung ihrer Brüste und Schenkel verstärkte.

So viel zum Thema klaren Kopf bekommen.

Er griff nach ihr, doch wie ein glitschiger Fisch rutschte sie nach unten weg und tauchte abermals in das Wasser ein. Ihre Fingernägel kratzten über seinen Oberkörper, hinunter bis zu seiner Badehose, von der plötzlich jede Spur fehlte. Langsam glitten ihre Lippen seinen Körper hinauf, bevor sie nach Luft schnappend die Wasseroberfläche durchstieß.

Donnerwetter! Das Gefühl war ihm durch Mark und Bein geschossen. Er konnte es nicht fassen, dass er immer noch dermaßen unter Strom stand. Wenn dieser Tag nicht abermals in einem totalen Desaster enden sollte, musste er dringend die Oberhand bekommen. Daher riss er sie in seine Arme und küsste sie.

„Na, endlich!“, hauchte sie heiser, öffnete ihren Mund und kam ihm mit der Zunge entgegen.

Rafael stockte. Nach was schmeckte sie nur?

Kurz musste er an Valeries frischen Atem denken, versuchte aber die Gedanken daran zu verscheuchen. Doch der eigenartige Geschmack blieb. Klar, schaler Rauch und Alkohol vom Vortag! Nicht gerade das beste Aphrodisiakum, jedoch Balsam für seine Selbstbeherrschung.

Angelina hingegen schien die Nummer zu genießen. Sie rieb sich an ihm, stöhnte entrückt und raunte schließlich: „Los, Süßer. Ich will dich. Hier, auf dem Rasen."

Ruckartig löste sie sich von ihm. Fasziniert beäugte er ihren wippenden Hintern, während sie die silberne Leiter hinaufstieg, bevor sie sich ein Stück vom Pool entfernt rücklings auf den Boden warf.

Mit einem Satz war er aus dem Wasser und ließ sich neben sie fallen. Wie ein Krake schlang sie die Arme um ihn und zog ihn an sich. Zärtlich tastete er mit der Hand über ihre riesigen Brüste, streichelte ihren flachen, durchtrainierten Bauch, bis seine Finger zwischen ihren warmen, feuchten Oberschenkeln landeten.

Sie keuchte laut auf. „Los, Rafael, nimm mich! Hör auf mit den Spielereien. Ich will es hart und brutal."

Er schluckte. War er tatsächlich am Ziel seiner Träume? Warum aber fühlte er sich dann so miserabel? Lag es daran, dass er ständig Valerie vor Augen hatte? Egal, er durfte Angelina nicht erneut enttäuschen. Nicht, dass diese Bedenken den Druck unter dem er stand, gelindert hätten.

Kurz schoss ihm das Bild eines Kondoms durch den Kopf, doch dann wurde ihm bewusst, dass es sich hier um die Frau handelte, die seine Kinder gebären sollte. So schob er sich langsam aber bestimmt zwischen ihre Beine.

Sie legte ihm eine Hand auf die Brust. „Komm, Rafael, zieh dir ein Gummi über. Ich vergesse die Pille oft genug. Und wir wollen ja nicht irgendwelche kleinen Schreihälse in die Welt setzen, oder?", kicherte sie ausgelassen, was ihn blitzschnell in die Realität zurückkatapultierte.

„Äh, ich habe kein Kondom da", stammelte er.

Angelina riss die Augen auf und gaffte ihn ungläubig an. „Wie, kein Kondom? Wie hättest du es denn dann mit Valerie gemacht?" Theatralisch klatschte sie sich die Hand gegen die Stirn. „Natürlich, bei ihr besteht ja keine Gefahr." Sie kicherte erneut. „Aber bei mir ist das ein bisschen anders. Also, los! Im Schrank neben der Sauna findest du alle Variationen. Und nun beeil dich! Oder soll ich warten, bis ich alt und grau bin?"

Rafael torkelte hoch. Als er davonhastete, ratterten die Gedanken durch seinen Kopf wie ein Güterzug und ließen ihn vergessen, dass er splitterfasernackt war. Erst Margots schriller Schrei riss ihn aus seiner Trance.

„Ja, mei", murmelte das bayerische Urgestein, während sie ihm ungeniert aufs Gemächt starrte. Na herrlich, eine alte Jungfer, die voller Neugier sein bestes Stück in Augenschein nahm, hatte ihm zu seinem Glück noch gefehlt. Flugs bedeckte er seine Blöße mit den Händen. Margot runzelte die Stirn, dann erst riss sie ihren Blick von seinem Schritt los. Sie stieß einen unverständlichen Fluch aus, wirbelte kopfschüttelnd herum und machte sich vom Acker.

Hastig zerrte er die Tür eines großen Spiegelschranks auf und erstarrte. Was zur Hölle …? Kondompackungen stapelten sich in allen Formen und Größen. Angefangen bei Bananen-, Schokoladen-, Waldbeere- und Tutti Frutti-Aroma, über glatt, befeuchtet oder genoppt. Daneben entdeckte er Dildos, Vibratoren und Liebeskugeln. Gute Güte, da bekam sogar ein abgeklärter Außerirdischer wie er rote Ohren. Fassungslos zerrte er eine Handvoll Gummis aus einem geöffneten Päckchen. Irgendwie lief das hier alles nicht nach Plan. Er musste dringend Tacheles mit Angelina reden. Davor oder danach? Das war die kriegsentscheidende Frage.

Gedankenverloren ließ er sich wieder neben ihr ins Gras sinken und spielte mit einem Kondompäckchen.

„Wie lange dauert das denn noch?“, quengelte sie voller Ungeduld.

„Warte, ich hab's gleich.“ Entschieden riss er die Folie auf, denn er bezweifelte, dass sie momentan auch nur annähernd in der Stimmung für ein vernünftiges Gespräch war.

Sie verzog das Gesicht. „Ja, so ist das eben, wenn man sich mit einem blutigen Anfänger einlässt. Wie lange hattest du keine Frau mehr? Drei Jahre. Und dann wolltest du ausgerechnet mit diesem Mauerblümchen Valerie etwas anfangen? Nein, das darf ich mir gar nicht vorstellen“, lästerte sie und brachte ihn so langsam auf hundertachtzig.

„Lass Valerie aus dem Spiel.“ Ungehalten rollte er sich das Kondom über.

„Oh, der tapfere Krieger nimmt die keuche Jungfrau in Schutz!“

Rafael blickte zu ihr auf. Schadenfreude hatte sich auf ihrem Gesicht ausgebreitet wie eine giftige Wolke.

„Was glotzt du mich denn an wie ein Mondkalb? Jetzt nimm mich endlich.“ Wild entschlossen zog sie ihn zu sich herunter.

Der bösartige Zug um ihre Mundwinkel ernüchterte ihn. War das wirklich die Frau, mit der man Kinder haben sollte?

Nein! Definitiv nicht!

Er mochte verflucht sein, aber er würde nun alles auf eine Karte setzen. So griff er nach ihren Händen und bremste sie ein, was Angelina mit einem genervten Aufstöhnen quittierte. „Was ist denn nun? Versinkst du wieder ins Reich der Träume?“

„Beantworte mir eine Frage. Hasst du Kinder wirklich so sehr?“

Ruckartig richtete sie sich auf. „Treib es nicht auf die Spitze.“

„Hatte ich nicht vor. Strebst du nicht auch langfristig nach einer Familie?“

Kochend vor Wut riss Angelina die Augen auf. Ihre Gesichtszüge verhärteten sich, und all die Schönheit löste sich in Luft auf. Abrupt stieß sie ihn von sich, sprang auf und plärrte los: „Ich habe jetzt endgültig den Kanal voll von deinen Mätzchen. Das Letzte, was ich will, ist eine Familie, und ich hasse Kinder! Ich werde als Nächstes nach einem Bodyguard Ausschau halten, der mich nimmt, bis mir Hören und Sehen vergeht, und nicht nur saudumme Fragen stellt oder davor einschläft.“

Sie griff nach ihrem Morgenmantel, riss ihn an sich und stapfte mit großen Schritten und wogenden Hüften in Richtung Haus. „Und jetzt scher dich zum Teufel und vögle deine Nachbarin.“ Kurz bevor sie die Tür erreicht hatte, wirbelte sie noch einmal herum. „Aber komm lieber rasch zur Sache. Denn wenn ich morgen aufstehe, bist du auf Nimmerwiedersehen verschwunden. Du bist nämlich so was von gefeuert.“

Kapitel 20

Valerie kauerte auf dem Sofa und starrte geistesabwesend auf das Foto eines wundervollen Sonnenunterganges über dem Kap der Guten Hoffnung. Sie warf den Kopf in den Nacken, schloss die Augen und träumte sich fort an die endlosen weißen Strände und steilen Klippen Südafrikas. Fast hörte sie das Rauschen der Brandung und das miauende Lachen der Möwen. Der typische Geruch des Ozeans schien durch ihre Wohnung zu wabern.

Sie war noch ein Kind gewesen, als sie dort gelebt hatte, und viele Eindrücke waren vergangen wie Schall und Rauch. Gewisse Empfindungen hatten sich jedoch unauslöschlich in ihrem Gedächtnis verankert. Tiefe Sehnsucht erwachte in ihr.

Und just in diesem Moment traf sie die Entscheidung, ein neues Kapitel in ihrem Leben einzuläuten. Sobald „Tödliches Universum“ im Kasten war, würde sie sich auf Weltreise begeben. Zu diesem Zeitpunkt hätte sie aller Voraussicht nach auch ihr Studium abgeschlossen.

Endlich würde sie all ihre Freunde besuchen, anstatt nächtelang mit ihnen zu chatten. Und sollte sie an einem bestimmten Ort Gefallen finden, schlüge sie einfach dort ihre Zelte auf. Was hielt sie hier schon? Rafael weilte so oder so nicht mehr lange auf der Erde, egal wie die Geschichte mit Angelina ausging.

Sie öffnete die Augen und schaute sich in ihrer kleinen Wohnung um, als sähe sie sie zum ersten Mal. Zu ihrer Schande musste sie sich eingestehen, dass es in den letzten Jahren für sie kein Entrinnen gegeben hatte. Erst Rafael hatte es zuwege gebracht, ihren Drang nach Freiheit und Abenteuer neu zu erwecken. Nun musste sie nur noch den Mut aufbringen, all ihre Ideen und Neigungen in die Tat umzusetzen.

Unwillkürlich schloss sich ihre Hand um den Ring an ihrem Hals, und sie traf einen weiteren Entschluss: Sie würde Marcel aufsuchen. Sie musste in Erfahrung bringen, ob ihr noch etwas an ihm lag, ansonsten würden die Erinnerungen an ihn sie zeitlebens verfolgen.

Ihre Finger glitten hoch und betasteten ihre Lippen. Sie brannten noch immer von Rafaels heißen Küssen, ihr Unterleib schmerzte vor unerfüllter Lust, und in ihrem Kopf schien ein Hornissennest aufgerüttelt worden zu sein. Wenn sie nur daran dachte, was wahrscheinlich gerade im Garten seinen Lauf nahm, hatte sie das Gefühl, alle Hornissen würden unisono zustechen. Und verschlimmert wurden die Schmerzen durch das Wissen, dass es ihre Idee gewesen war, die diese Lawine losgetreten hatte.

Sie zuckte zusammen, als es ungeduldig an die Tür hämmerte.

„Mach auf, Valerie! Ich muss mit dir reden", hörte sie Rafaels Stimme.

Sie schoss hoch, stürzte auf die Tür zu, an die schon wieder getrommelt wurde, und riss sie auf. „Was soll denn der Lärm? Und warum in Gottes Namen bist du nicht bei Angelina?"

Doch seine Mimik verriet mehr als tausend Worte. Irgendetwas schien mächtig aus dem Ruder gelaufen zu sein. Er ließ sich in einen Sessel fallen, beugte den Oberkörper weit nach vorne und vergrub das Gesicht in den Händen. Vorsichtig rutschte sie neben ihm auf die Armlehne und strich ihm zärtlich über die glänzenden dunklen Haare. Langsam hob er den Kopf und blickte sie sekundenlang durchdringend an, bevor er sich erschöpft gegen ihren Busen fallen ließ.

„Ich bin ein solcher Esel“, stammelte er nach ein paar Minuten, in denen sie einfach nur stumm dagesessen hatten. Es war eine erlösende Stille gewesen, ein angenehmes Schweigen, das man nur mit einem Menschen teilen konnte, mit dem man sehr vertraut war.

„Wie konnte ich nur auf die bescheuerte Idee kommen, etwas für Angelina zu empfinden?“, setzte er nach einiger Zeit wieder an. „Sie ist absolut nicht als Ehefrau und Mutter zu gebrauchen. Warum war ich nur so lange mit Blindheit geschlagen?“ Mit leeren Augen starrte er Valerie an und wirkte wie ein kleiner Junge, der auf seinen Hamster getreten war.

„Sie sieht deiner verstorbenen Frau ähnlich. Das hat dich wahrscheinlich geblendet“, tröstete sie ihn. „Aber was ist denn eigentlich passiert? Als ich mich vorhin aus der Schusslinie entfernt habe, hatte ich den Eindruck, dass sie ziemlich scharf auf dich war.“

Rafael nickte leicht. „Mag sein. Doch als ich sie gefragt habe, ob sie sich vorstellen könnte, jemals eine Familie zu gründen, ist sie völlig ausgeflippt. Die Frau ist die totale Mogelpackung.“

„Ich fasse es nicht!“, bekundete Valerie mit ungläubigem Unterton. „Das heißt, unsere ganze Show war umsonst?“

Rafael verzog das Gesicht. „War das jetzt ein solches Opfer?“

Valerie ließ zischend die Atemluft entweichen. „Herrgott noch mal! Warum hast du es ihr nicht einfach nach Strich und Faden besorgt? Danach wäre sie bestimmt zugänglicher gewesen."

„Du glaubst nicht, was sie mir alles an den Kopf geworfen hat.“

Valerie verdrehte die Augen. „Was ist das nur mit dir und den Frauen? Du bist ein Bild von einem Mann, küsst wie der Teufel, weigerst dich aber standhaft mit einer Frau zu schlafen. Sicher, dass du überhaupt auf Frauen stehst?“

Rafael fiel die Kinnlade herunter, dann schluckte er hörbar. „Willst du damit ausdrücken, ich wäre vom anderen Ufer?“

„Ist das so abwegig?“

„Ach, Val, das ist doch totaler Blödsinn. Ich konnte es einfach nicht tun. Sie ist niederträchtig, sarkastisch und eiskalt.“

„Was hast du denn erwartet? Sie ist sexsüchtig, und du hast ihr schon wieder nicht gegeben, was sie braucht.“ Fragend hob sie eine Hand in die Luft.

Rafael fuhr sich nervös mit den Fingern durchs Haar. „Aber das spielt jetzt ohnehin alles keine Rolle mehr. Sie hat mich gefeuert. Ich muss ihr Grundstück bis morgen verlassen haben.“

„Was?“ Valerie schoss entsetzt hoch. Hatte ihr Herz im ersten Moment einen Trampolinsprung vollführt, da zwischen Angelina und Rafael nichts gelaufen war, befand es sich nun im Sturzflug auf dem Weg nach unten. „Vergiss es! Du bist ihr gerade ein Dorn im Auge, das ist alles. Ich werde das klären. Glaube mir, sobald Gras über die Sache gewachsen ist, wird sie zu der Erkenntnis kommen, dass sie so schnell keinen so guten Chauffeur und Bodyguard mehr findet. Also, zerbrich dir darüber nicht den Kopf.“

„Aber was soll ich denn noch hier?“ Seine Stimme überschlug sich beinahe. „Meine Mission ist gescheitert. Ich werde Siria anfunken, damit sie mich zurückholen. Ich bin ein Versager.“

Erneut ließ er resigniert den Kopf sinken. Doch nun war Valeries Mitleid erschöpft. Hier hing die süßeste Versuchung, seit es Schokolade gab, wie ein

Häufchen Elend im Sessel und blies Trübsal. Wollte er wirklich seinen Planeten vor die Hunde gehen lassen, nur weil es mit dieser kaltschnäuzigen Schauspielerin nicht klappte? Schließlich gab es auf der Erde mit Sicherheit Hunderte von Frauen, die ihn bedenkenlos bis ans Ende jeglicher Galaxie begleiten würden. Sie eingeschlossen – auch wenn sie für seine eigentliche Mission so nutzlos war wie ein Böller ohne Zündschnur.

Nein, so einfach würde er ihr nicht davonkommen!

Verärgert stemmte Valerie die Hände in die Seiten. „Verdammt, Rafael! Hör auf mit dem Gejammer. Unternimm endlich etwas!"

Sein Kopf schoss hoch wie eine Rakete. Erschrocken musterte er das normalerweise so friedfertige Persönchen, das sich gerade bedrohlich wie ein mit Sprengstoff bestückter Terrorist vor ihm aufgebaut hatte.

„Aber ich habe doch schon alle Register gezogen", startete er den halbherzigen Versuch einer Verteidigung. Was sie nur noch mehr in Rage versetzte.

„Ich lach mir einen Ast!", wetterte sie und warf hektisch die Arme in die Luft. „Du hast ein paar Mädchen angesprochen und bist zu dem Schluss gekommen, dass sie es nicht sind. Das ist alles. Willst du jetzt wirklich mit hängenden Schultern auf deinen Planeten zurückschleichen? Das kommt überhaupt nicht infrage. Wir werden dir jetzt eine Frau suchen." Wütend knallte sie die Kühlschranktür zu, aus der sie eine Flasche Wein gezerrt hatte. „Los, mach auf!" Sie drückte dem verdatterten Rafael die Flasche in die Hand und ließ sich mit ihrem Laptop in den Sessel plumpsen.

„So einfach ist das nicht, Val", setzte Rafael zu seiner eigenen Ehrenrettung erneut an. „Ich habe mit ein paar Sachen hinterm Berg gehalten." Er betrachtete die

Decke. „Ich hatte mit zwei Frauen Sex, seit ich auf der Erde bin. Aber bei keiner überkam mich der Drang, sie wiederzusehen. Ich habe keine Ahnung, warum. Vielleicht bin ich doch noch nicht über Cara hinweg."

Valerie hustete und spie eine Ladung Wein über den Tisch. „Du nimmst mich jetzt auf den Arm, oder?"

„Keineswegs. Als Angelina in Paris war, habe ich zwei Frauen aufgerissen, um Druck abzubauen und mich nicht ein weiteres Mal zum Affen zu machen. Ich habe mich sogar an eine Rothaarige getraut …"

„Clarissa?", unterbrach ihn Valerie schroff.

„Gott bewahre! Diese berechnende Schlange würde ich nicht mal mit der Kneifzange anfassen. Ihr Name war Tamara, ich habe sie in einem Café angesprochen. Als Nächstes wollte ich eine Blondine flachlegen, doch nach St. Moritz war das nicht mehr möglich."

„Jetzt sag aber nicht, ich hätte dir den Spaß an Blondinen verdorben."

Lächelnd schüttelte er den Kopf. Dann liebkoste er sie mit Blicken, was fast einem Streicheln gleichkam und ihren ganzen Körper vibrieren ließ. „Nein. Val. Ich wollte dich einfach in Erinnerung bewahren, als die einzige Blondine, der ich jemals nahe gekommen bin. Ich bezweifle, dass irgendeine andere Frau dir gerecht wird."

Seine Worte traten bis in die verborgensten Zellen ihres Herzens vor. Geschmeichelt und betroffen zugleich schloss sie die Augen. Die Vorstellung, dass er mit zwei wildfremden Frauen im Bett gelandet war, sich aber standhaft geweigert hatte seinen Adoniskörper mit ihr zu teilen, durfte sich erst gar nicht in ihrem Hirn einnisten.

Schnell widmete sie sich ihrem Laptop. „Ich werde jetzt eine Kontaktanzeige schalten. Wir geben nicht auf, bevor wir eine passende Frau gefunden haben. Du wirst die Erde erst verlassen, wenn dein Planet gerettet ist.“ Mit diesen Worten goss sie sich zügig ein paar Schluck Wein hinter die Binde und fing an, auf der Tastatur herumzuhämmern.

So kam es, dass Rafael eine Woche später einer schlanken, dunkelhaarigen Frau mit verführerisch grünen Augen gegenübersaß. Sie hatte die knallrote Bluse weit aufgeknöpft, und sein Blick klebte geradezu auf ihrem beachtenswerten Dekolleté.

„Sie wollen also wirklich ihre Zeit auf einer Ölplattform fristen?“, säuselte das Dekolleté, während es sich so weit nach vorne beugte, dass Rafael einen gepiercten Bauchnabel erspähte.

Hastig fuhr er sich mit den Fingern in den Hemdkragen. „Nun, das Geschäft mit der Ölförderung verfolge ich seit Jahren mit Interesse, außerdem sind die Gehälter unvergleichlich. Und Sie würden mich tatsächlich begleiten und bedenkenlos alles hinter sich lassen?“ Nervös trommelte er mit dem Fuß auf den Boden. Wie war Valerie nur auf diese selten dämliche Geschichte gekommen? Ihrer Meinung nach würde eine Frau, die willens wäre, einem Mann auf eine Ölplattform zu folgen, ohne Skrupel auf einen anderen Planeten umsiedeln. Als ob das auch nur annähernd vergleichbar wäre!

„Ja, sicher“, flüsterte sein offenherziges Date. „Was bleibt mir denn übrig, nachdem mein Mann mich gnadenlos hat sitzen lassen? Ich will einfach nur weg.“ Die kleinen Strasssteinchen auf ihren langen violetten Fingernägeln glitzerten, als sie lasziv damit seinen Ärmel hochkratzte.

Irritiert beäugte Rafael die schmale Hand, die nun

den gleichen Weg nach unten beschrieb und besitzergreifend auf seiner liegen blieb. Erneut zupfte er an seinem Hemdkragen herum. Verdammt! War der schon immer so eng gewesen? „Ich möchte ja nicht indiskret sein, aber darf ich fragen, warum Ihr Mann Sie verlassen hat? Sie sind doch eine tolle Frau.“ Er zuckte zusammen, als ein Fuß an seinem Unterschenkel hochkroch.

„Ach, er war ständig auf Geschäftsreise. Was hätte ich denn tun sollen?“ Sie machte eine fragende Handbewegung. „Ich mag Männer einfach, und auf einer Bohrinsel würde ich mich fühlen wie in Abrahams Schoß.“ Ihr Fuß war inzwischen an seinem Oberschenkel angekommen. Anscheinend besaß sie nicht nur die Augen einer räudigen Katze, sondern auch deren Biegsamkeit.

Schnell sprang er auf. „Also, nehmen Sie das nicht persönlich, aber Sie entsprechen nicht so ganz meinen Vorstellungen.“

„Was? So warten Sie doch!“, hörte er sie noch rufen, doch da war er schon draußen und schnappte heftig nach Luft.

Nur um sich zwei Tage später im gleichen Café wiederzufinden. Valerie war wirklich mit einer unvergleichlichen Hartnäckigkeit gesegnet. Dieses Mal saß ihm eine zierliche, kleine Maus mit leuchtend blauen Augen gegenüber, die ihn erwartungsvoll anstrahlte. Das Licht der Kronleuchter ließ ihre langen, blitzförmigen Ohrringe und das dazugehörige Mordinstrument an ihrem Finger geheimnisvoll schimmern. Und jedes Mal, wenn sie sich mit der Hand hektisch durch die schwarzen Locken fuhr, befürchtete er, sie könnte sich ein Auge ausstechen.

„Sie sind also Science-Fiction Schriftstellerin?“, eröffnete er schließlich todesmutig das Gespräch.

Sofort nickte das Mäuschen eifrig.

„Und wieso zieht es Sie dann auf eine Bohrinsel?“

„Ganz einfach, dort werde ich vor Kreativität nur so strotzen, da die abgeschottete Atmosphäre einem Raumschiff gleicht.“

Ja natürlich, und Löwen sind Vegetarier.

„Oh, Sie kennen sich mit Raumschiffen aus?“

Das kleine Persönchen schielte argwöhnisch nach links und rechts, bevor es sich verschwörerisch über den Tisch beugte und flüsterte: „Ja, aber das dürfen sie keiner Menschenseele verraten. Sonst hält man mich noch für verrückt.“

Nun ja, auf diese Idee wäre er nie gekommen. Er neigte sich ebenfalls nach vorne, sorgsam darauf bedacht, keine Bekanntschaft mit ihren Ohrringen zu machen und hauchte in dem gleichen konspirativen Tonfall: „Sie haben schon einmal ein Raumschiff von innen gesehen?“

„Ich wurde entführt.“

„Ich nehme an von Außerirdischen?“

Die Kleine nickte fieberhaft, wobei die dunklen Locken wirr um ihren Kopf wirbelten und die Ohrringe an Antennen erinnerten.

„Erzählen Sie mir von den Aliens.“

Wieder ein heiseres Flüstern. „Ach, ganz schrecklich. Schwammige Kreaturen, mit riesigen Glupschaugen, einem zahnlosen Maul und Mundgeruch, als ob sie direkt aus der Hölle kämen. Was ein Glück, dass sie sich nicht an mir vergangen haben.“

Da riss ihm endgültig die Hutschnur. Entrüstet schoss er hoch. „Nein, so verzweifelt wäre noch nicht einmal der letzte überlebende Außerirdische am Ende der Zeit." Und dann trollte er sich in Lichtgeschwindigkeit, sodass sein Date noch minutenlang ungläubig dahockte und sich verwirrt die Augen rieb.

„Also, Valerie, das mit der Bohrinsel war eine selten dämliche Idee", maulte er, nachdem er es sich auf ihrem Balkon bequem gemacht hatte und genießerisch an einem köstlichen Bordeaux nippte. „Du musst dir schon etwas Besseres einfallen lassen als einen Aufenthalt mitten im Meer. Die eine Kandidatin suchte einen Unterschlupf vor der Polizei, die andere vor ihrem Vater, und wieder eine andere hat sich schon mit Hunderten von Männern auf engstem Raum gewähnt. Das Highlight jedoch war die, die mich als stinkendes Monster bezeichnet hat. Nicht zu vergessen die Lady, die stockbesoffen aufgekreuzt ist."

Valerie hob abwehrend die Hände. „Okay, okay, du hast gewonnen. Aber was könnten wir denn dann schreiben?" Seufzend ließ sie sich am Tisch nieder. „Wie wäre es mit einer längeren Auslandsreise? Nordpol oder Südpol? Irgendetwas Exotisches. Eine Frau, die sich so etwas traut, bekommt auch keine kalten Füße, wenn es ins Weltall geht. Muss sie denn unbedingt brünett sein?"

Rafael lehnte sich gemächlich zurück und taxierte nachdenklich Valeries golden glänzende Haare. Sie übten eine gewisse Faszination auf ihn aus, aber er konnte einfach nicht über seinen Schatten springen und sich auf ein Date mit einer Blondine einlassen.

Sein Blick glitt zu dem Ring an ihrem Hals. Ob sie immer noch Gefühle für diesen Marcel hegte? Und ob es irgendwann in ihrem Herzen für einen weiteren Mann ein Fleckchen geben würde? Er wünschte es ihr, wenngleich die Vorstellung ihm ein mulmiges Gefühl verursachte. Auch ertrug er den Gedanken nicht, sie demnächst sich selbst zu überlassen. Momentan durchliefen Geckos die Tests mit den Kinderwunschtropfen, und anscheinend rammelten sich die notgeilen Tierchen gerade zu Tode. Sollten in den nächsten Tagen keine Nebenwirkungen auftreten, würde die Forschung das Medikament freigeben. Und damit wäre seine gekaufte Zeit auf der Erde abgelaufen.

Versonnen schwenkte er die purpurne Flüssigkeit in seinem Glas herum. Der erfrischende, fruchtige Geschmack des Weines war ihm so in Leib und Seele übergegangen, dass er sich beim besten Willen nicht vorstellen konnte, auf Siria wieder von morgens bis abends Eukalyptustee zu inhalieren. Pfui Spinne!

Ach, er würde einiges vermissen, nicht nur Valerie!

Das deftige Essen zum Beispiel. Unvorstellbar, wieder auf Tabletten umzusteigen. Wenn er nur an den leckeren bayerischen Schweinebraten oder die Haxen dachte, lief ihm das Wasser im Munde zusammen. „Hättest du Lust mit mir essen zu gehen? Ich habe einen Bärenhunger."

Irritiert blickte sie auf. „Äh, was? Ich dachte, wir schalten zuerst eine neue Kontaktanzeige."

„Ach, das können wir doch morgen auch noch."

Er bemerkte, dass sie mit sich haderte. Seit dem Zwischenfall in der Schweiz hatte sie sich standhaft geweigert, mit ihm auszugehen. Oder mit ihm aufs Motorrad zu steigen. Denn seit er das überarbeitete Drehbuch termingerecht abgeliefert hatte und Angelina zum Drehstart in die Staaten verschwunden war, besaß er viel Freizeit. So hatte er ein paar aufregende Touren durch die Alpen unternommen, bis nach Österreich und Italien – allerdings alleine.

Umso perplexer war er gewesen, als er am vorigen

Abend das satte Blubbern der Harley vernommen hatte. Zum ersten Mal seit seiner Anwesenheit war Valerie auf die Maschine gestiegen. Wie ein Besessener war er in den Porsche gesprungen und hatte die Verfolgung aufgenommen. Doch schon an der ersten Ecke schien sich das Motorrad mitsamt Fahrerin in Luft aufgelöst zu haben. Eine seltsame Energie, deren Ursache er nicht deuten konnte, hatte von dem Mädchen Besitz ergriffen. Wie Phönix aus der Asche erhob sie sich in neuem Glanze. Auch der Nachdruck, mit dem sie versuchte, ihn an den Mann – oder besser gesagt, die Frau zu bringen, verwirrte ihn.

Seufzend klappte Valerie den Laptop zu. „Also, gut. Mein Magen knurrt auch. Aber gleich morgen machen wir weiter. Du weißt, dir läuft die Zeit davon. Was möchtest du denn essen?“

„Oh, ich dachte an eine dieser leckeren Haxen.“

Valerie lächelte. „Geht klar. Ich ziehe mich noch kurz um. In zehn Minuten bin ich fertig.“

Zwei Stunden später lungerten sie satt und zufrieden auf den Bierbänken des Englischen Gartens herum und ließen den herrlichen Sonnenuntergang über dem glitzernden Wasser auf sich wirken, der die Umgebung in orangerotes Licht tauchte, bevor langsam die ersten Schatten der Nacht über die Tische und Bänke krochen.

„O Val!“, schwärmte Rafael, während er skeptisch eine fette Ente begutachtete, die beim Davonfliegen erst übers Wasser zu watscheln schien, bevor sie schwerfällig abhob. „Es ist so wunderschön auf der Erde. Ich zerbreche mir seit Tagen den Kopf, was ich anstellen könnte, um hierzubleiben.“

Valerie starrte ihn fassungslos an. Ihr Blick glitt über

seine verwuschelten dunklen Haare, die in den letzten Wochen wild gewachsen waren und seine hoheitsvollen Wangenknochen und Gesichtszüge viel weicher erscheinen ließen als die strenge Kurzhaarfrisur. Dann musterte sie seine strahlenden blauen Augen und schließlich seine sinnlichen Lippen. Und einmal mehr schien ihr Herzschlag ihre Brust zu sprengen.

Wie oft hatte sie sich insgeheim gefragt, ob diese Möglichkeit bestünde? David hatte es ja auch durchgezogen. Doch sie hatte es nie auszusprechen gewagt. „Und was ist mit Siria? Und Tristan? Und würde der Regierungsrat überhaupt zustimmen?"

Er seufzte. „Ich bin innerlich total zerrissen. Ich bin wirklich versucht, das alles zurückzulassen. Ich kann Davids Motivation inzwischen gut verstehen. Aber ich bringe es einfach nicht übers Herz. Ich denke, ich muss zurück." Er machte mit dem Arm eine weit ausholende Geste. „Das hier wird mir so fehlen!"

Dann blickte er ihr tief in die Augen, und ihr Herz hopste wie ein Flummi auf und ab. „Und du erst", flüsterte er mit tiefer Stimme, „am liebsten würde ich dich mitnehmen."

Nervös strich sie sich eine Haarsträhne hinters Ohr. „Dir ist schon klar, dass ich deinen Planeten nicht retten kann?"

Er schenkte ihrem Kommentar keinerlei Aufmerksamkeit, stattdessen zuckte ein Grinsen um seine Mundwinkel. „Ich sehe direkt Zachs und Gregors entgeisterte Gesichter vor mir, wenn statt einer großen Brünetten eine kleine Blondine aus dem Beamer klettern würde. Die beiden haben noch nie einen blonden Menschen in natura gesehen. Ich glaube, das würde sie glattweg umhauen."

„Mhm, vermutlich."

Über den Tisch hinweg fing er ihre Hand ein. „Sag mal, wie sicher ist das eigentlich, dass du keine Kinder bekommen kannst?“

Sofort fühlten sich Valeries Wangen heiß an. „Nun, Alex und ich haben es immerhin zwei Jahre lang versucht.“

Rafael spielte mit ihren Fingern. „Und wenn es an ihm lag?“

„Wenn man den Ärzten Glauben schenken kann, dann nicht.“ Sie straffte energisch die Schultern. „Aber darf ich dich daran erinnern, dass ich absolut nicht in dein Beuteschema passe? Du teilst schließlich nicht mit einer Freundin das Bett. Also ist das Thema eh durch.“

Rafael betrachtete sie sekundenlang mit unergründlicher Miene. „Und wenn ich mich eines Besseren besonnen hätte?“ Das Timbre seiner Stimme glich einem dumpfen Raunen.

Ja ja, natürlich. Nur um dann wieder Torschlusspanik zu bekommen. Das fehlte ihr gerade noch. Sie war schon genug durch den Wind.

Um die aufsteigende Hitze zu unterdrücken, die seine Worte in ihr hervorgerufen hatten, lenkte sie flugs ab: „Komm, lass uns den Rückzug antreten. So langsam wird es kühl. Außerdem muss ich noch ein paar Mails nach New York schicken. Ein Glück, dass Angelina mich weiterhin mit Missachtung straft und keinen Wert auf meine Gesellschaft legt.“

Doch Angelina wäre nicht Angelina gewesen, hätte sie ihre Meinung nicht so schnell geändert wie ihre Liebhaber.

Kapitel 21

Erschöpft stolperte Valerie aus dem Lufthansa-Airbus, der im Morgengrauen auf dem Franz Josef Strauß-Flughafen in München aufgesetzt hatte. Fröstelnd knöpfte sie ihren Blazer zu, als die kühle Klimaanlagenluft des Terminals über sie hinwegfegte. Vierzehn anstrengende Tage lagen hinter ihr. Nachdem ihre Chefin sich ursprünglich ohne ihre treue Assistentin hatte durchschlagen wollen, hatte Angelina sie nach knapp einer Woche ohne weiteren Aufschub in die Staaten zitiert.

Die ganze Welt schien sich einmal mehr gegen die Showgröße verschworen zu haben. Das Hotelzimmer sagte ihr genauso wenig zu wie die Visagistin und der Chauffeur. Von den Bodyguards, die die Produktionsfirma zur Verfügung gestellt hatte, ganz zu schweigen. Da Angelina sich aber standhaft weigerte, Rafael gegenüberzutreten, den sie auf Valeries Betteln hin auf Bewährung weiterbeschäftigte, war Valerie gezwungen gewesen, neues Personal anzuheuern. Ein unmögliches Unterfangen von München aus. So war ihr nichts anderes übrig geblieben, als Hals über Kopf ins Land der unbegrenzten Möglichkeiten zu jetten.

Nach vier Wochen waren die Dreharbeiten in den Staaten unter Dach und Fach, und die Filmcrew verlagerte den Set nach Berlin. Glücklicherweise hatte Valerie sich schon vor allen anderen auf den Rückweg nach Deutschland machen können, wo sie die nächste Suppe auslöffeln konnte. Denn obwohl sie Rafael sechs weitere Blind Dates verschafft hatte, schien keine einzige Frau den überzogenen Ansprüchen des Außerirdischen gerecht zu werden. Einerseits war sie glücklich, andererseits verwundert darüber. Sie musste dringend ein ernstes Wörtchen mit Rafael reden.

So konnte es nicht weitergehen.

Sie passierte die Zollkontrolle und ungeachtet der vielen Menschen, die sich im Abholbereich ungeduldig drängelten, entdeckte sie ihn sofort. Ihr Schritt beschleunigte sich und Sekunden später fand sie sich in seinen Armen wieder, als wäre das die natürlichste Sache von Welt. „O Rafael“, flüsterte sie an seinem Ohr, „es ist so schön, wieder hier zu sein.“

Wie ein Kind, dem man sein Lieblingsspielzeug zurückgegeben hatte, strahlte er sie an. „Du hast mir auch gefehlt. Es war stinklangweilig ohne dich.“ Er rückte ein Stück von ihr ab, schnappte den Gepäckwagen mit einer Hand und schlang ihr den anderen Arm um die Hüfte. Erschöpft ließ sie sich gegen ihn sinken, woraufhin er sie mehr zum Auto schleppte, als dass sie eigenständig lief.

Am Ende ihrer Kräfte fiel sie in den Sitz des schwarzen Daimlers. „Und, Rafael, erzähl! Wer wird deine zukünftige Frau?“

Wie erwartet winkte er ab. „Ach, bah! Ich habe es doch schon am Telefon angedeutet. Keine. Irgendwie passt das alles nicht.“

„Aber was war denn mit der bildhübschen Managerin, die dringend eine Auszeit nehmen wollte?“

„Ja, zuerst ließ sich das ganz gut an, aber dann kam ans Licht, dass sie keine Tiere mag. Geht also nicht, denn auf Tristan werde ich keinesfalls verzichten.“

Valerie seufzte. „Gut. Und die Ärztin, die Pinguine erforschen wollte? Die ist doch bestimmt tierlieb?“

„Ach, die. Der totale Hypochonder.“

„Wie bitte?“

„Ja, sie führte eine ganze Litanei von Impfungen auf, die sie vor der Reise für notwendig erachtete. Nie im Leben hätte die ohne hermetisch abgeriegelten Schutzanzug einen Fuß auf Siria gesetzt."

„Und die Leistungssportlerin, die ganz verrückt auf ein Survival-Training war?"

„Die schielt."

„Och Rafael!" Entnervt ließ sich Valerie tiefer in den bequemen Ledersitz rutschen. „Was schwebt dir eigentlich vor? Du hast jetzt schon elf Frauen getroffen und keine auch nur entfernt in Erwägung gezogen. So langsam werfe ich das Handtuch."

Rafael lächelte sie schelmisch an. „Vielleicht versuche ich es ja doch mal mit einer Blonden oder einem Rotschopf."

„Gut, von mir aus. Aber zuerst brauche ich eine Mütze voll Schlaf. Den Flieger hat es so durchgeschüttelt, dass ich kein Auge zutun konnte."

Rafael bedachte sie mit einem kurzen Seitenblick. „Ich muss übrigens morgen Nacht nach Siria. Die Forschung hat die Tropfen freigegeben. Dann müssen wir uns eh neue Ausflüchte zurechtlegen."

Eine eiskalte Hand griff nach Valeries Herz und erweckte schlagartig ihre Lebensgeister. „Sicher, dass sie dich überhaupt zurück lassen?"

„Na klar."

Was der Wahrheit entsprach. Kaum hatte Valerie mit Schrecken verfolgt, wie Rafael sich in dem weitläufigen Garten in Luft aufgelöst hatte, materialisierte er sich schon wieder.

Allerdings mit einer Hiobsbotschaft.

Bereits beim Abnehmen des Helmes wurde ihr bewusst, dass etwas nicht stimmte. „Was ist los?", fragte sie, während er sich umständlich aus dem silbernen Raumanzug schälte.

Er legte ihr eine Hand auf den Rücken und schob sie sanft in Richtung Wohnung. „Lass uns hineingehen, dann erfährst du alles."

Mit einem lauten Plopp jagte der Sektkorken der Flasche, die Rafael aus dem Kühlschrank gezerrt hatte, durch die Wohnung. Im Eiltempo vernichtete er zwei Glas. „Mein Vater ist schwer krank", informierte er sie mit versteinertem Gesichtsausdruck. „Ich durfte ihn nicht einmal sehen. Er schwebt in einer Intensivzelle, die er vielleicht nie mehr verlassen kann. Ich habe Siria um einen Aufschub für meine Mission gebeten, da ich die nächste Zeit an seiner Seite verbringen möchte. Und bei meiner Mutter und Simon."

„Warum bist du nicht gleich dortgeblieben?", rief Valerie entgeistert.

Er drehte nachdenklich das langstielige Sektglas zwischen den Fingern. „Deinetwegen."

„Meinetwegen?"

„Ja, ich gehe davon aus, dass mein Aufenthalt auf Siria einige Wochen in Anspruch nehmen wird, und ich wollte dich auf keinen Fall mutterseelenallein zurücklassen, solange Angelina sich noch in New York aufhält."

Für einen kurzen Moment geriet sie in Versuchung, ihm um den Hals zu fallen. „Rafael, du bist so süß. Aber du kannst nicht ewig auf mich Rücksicht nehmen. Spätestens, wenn du die Erde für immer verlässt, bin ich so oder so auf mich gestellt."

„Ich weiß, und das verursacht mir heftige Bauchschmerzen. Könntest du dir vorstellen, deinen Wohnsitz in die Staaten zu verlegen? Zu David."

„Wie kommst du denn jetzt darauf?"

„Wer weiß, ob dein Exmann die Verfolgung nicht irgendwann wieder aufnimmt?"

Verstört senkte Valerie den Blick. Ein dumpfer Schmerz, als hätte ihr jemand bei lebendigem Leibe das Herz aus der Brust gerissen, durchfuhr sie. Bei Rafaels abschließenden Vorkehrungen lag die Vermutung nahe, dass er nicht zurückkehren würde. „Ich kann doch nicht mein Leben lang vor ihm Reißaus nehmen. Nächste Woche startet mein Karatetraining. Nach ein paar Stunden bin ich wieder fit genug, um ihn das Fürchten zu lehren. Und glaube mir, ich werde mich nie mehr von ihm unterkriegen lassen."

„Ich könnte dir Tristan schicken. An dem kommt so schnell keiner vorbei."

Sie blinzelte die Tränen weg. „Das würdest du wirklich tun?" Sie schüttelte leicht den Kopf. „Nein, Tristan musste lange genug ohne dich auskommen. Ich schaffe das schon."

Und um sich von ihren eigenen Worten zu überzeugen, fiel sie blitzschnell über die nächste Flasche Sekt her.

Und dann war der Augenblick gekommen, den sie so lange gefürchtet hatte. Rafael stand im silbernen Anzug im Garten. Das Mondlicht brach sich auf dem glänzenden Stoff und ließ ihn funkeln wie einen kostbaren Diamanten. Nein, eher einen unersetzlichen Diamanten. Eine leichte sommerliche Brise wehte ihr eine Haarsträhne ins Gesicht, doch sie nahm es nicht einmal wahr. Abwesend starrte sie den Mann an, den sie mehr liebte als ihr Leben, während sie versuchte, sein Bild aufzusaugen wie ein Schwamm, um bis in alle Ewigkeit davon zehren zu können. Denn sie war sich so gut wie sicher, dass sie ihn niemals wiedersehen würde. Außer Angelina hatte keine Frau sein Interesse geweckt, welchen Reiz hätte für ihn also eine Rückkehr zur Erde?

Sie schreckte aus ihrer Trance, als er nach ihr griff und sie an sich zog. Lange hielt er sie in den Armen und presste sie fest an sich. Dann schob er sie ruckartig von sich, als wäre sie ein lästiges Insekt.

„Entschuldige, Val, ich muss. Wenn ich dich jetzt nicht loslasse, bringe ich es gar nicht mehr übers Herz und verpasse noch den Slot. Hab keine Angst. Ich bin bald zurück. Und wenn irgendetwas sein sollte, ruf David an. Er kann jederzeit mit mir in Verbindung treten."

Er zwinkerte ihr noch einmal ermutigend zu, schob den Helm über den Kopf, stopfte die Hände in die Handschuhe und griff nach dem schwarzen Computer. Dann legte er einen Schalter um, und keine Sekunde später dröhnten quietschende Töne aus der kleinen Kiste, die schnell in diese undefinierbare Sprache übergingen, der Valerie schon oft verwundert gelauscht hatte. Rafael schraubte noch kurz an der Antenne herum, während er weitere Anweisungen zu erhalten schien. Dann erstarrte er, bereit, von der Erde zu verschwinden.

Verzweifelt presste sie die Augenlider zusammen, bis sie schmerzten. Keinesfalls wollte sie Zeuge seines Abgangs werden. Ein Luftwirbel fegte durch den Garten und ließ die Blätter der umstehenden Bäume bedrohlich knistern. Die Atmosphäre schien kurzfristig von elektrischen Wellen und Schwingungen erfüllt zu sein, dann ertönte ein leises Summen, wie von einem schlecht eingestellten Radiosender.

Als sie die Augen vorsichtig wieder öffnete, war der Mann ihrer Träume verschwunden.

Stöhnend sackte sie auf die Knie und verbarg ihr Gesicht in den Händen. Sie ließ sich seitlich auf den vom Morgentau angefeuchteten Rasen fallen und krümmte sich zusammen wie ein Embryo im Mutterleib. Von haltlosen Schluchzern geschüttelt, war sie nicht imstande, die Tränen zurückzuhalten. In Sturzbächen rannen sie ihr über die Wangen und verschleierten ihr den Blick, während ihrer Kehle ein verzweifelter Schrei entsprang. Gefolgt von einem weiteren Schrei, als sich ihr eine Hand auf die Schulter legte.

Sie schoss hoch wie eine Sprungfeder.

Neben ihr hockte Rafael, den silbernen Helm unter dem Arm. „Ganz ruhig, Val. Es hat nicht geklappt. Irgendein Planet hat die Umlaufbahn gekreuzt. Roger musste um zwei Tage verschieben."

Und dann war es um ihre Beherrschung geschehen. Sie warf sich ihm mit einer solchen Wucht an den Hals, dass er das Gleichgewicht verlor und rücklings auf dem Rasen landete. Er zog sie mit sich, und sie kam auf ihm zum Liegen. Gierig küsste sie seine Haare, Augen, Wangen und erreichte schließlich seinen Mund. Er packte sie fester, bevor seine Lippen die ihren verschlossen.

„O Rafael", stammelte sie zwischen zwei Küssen. „Ich dachte, ich würde dich nie wiedersehen."

Mit einer fließenden Bewegung rollte er sie auf den Rücken und schob sich über sie. Er löste sich von ihren Lippen und küsste ihr sanft die Tränen vom Gesicht. „Ist ja gut, Süße. Ich bin bei dir. Beruhige dich", flüsterte er an ihrer Wange, während er eine nasse Haarsträhne aus ihrem Gesicht pflückte und ihr hinters Ohr klemmte.

Die zärtliche Geste brachte sie beinahe um den Verstand. „Bitte, küss mich", bettelte sie. „Und hör nie mehr damit auf."

In seinen Augen blitzte etwas Undefinierbares auf,

bevor er sich wie befohlen erneut über ihre Lippen hermachte. Erst sanft und zärtlich. Doch spätestens als sie ihre Hände in seinen Haaren vergrub und ihn näher an sich zog, wurde sein Kuss fordernd, hart und feucht. Als ihre Zungen sich trafen, schoss eine Woge des Verlangens durch ihren Körper und schickte ihren Verstand in Urlaub.

Wie eine Besessene bot sie ihm ihren Mund dar, reizte ihn, neckte ihn, provozierte ihn, bis auch Rafael sich kaum mehr unter Kontrolle hatte. Die Zunge tief in ihrem Mund vergraben, ging sein Atem stoßweise. Ein begehrliches Stöhnen entfloh seiner Kehle, bevor er sich ruckartig von ihr löste und ihr tief in die Augen schaute. Pure Lust brodelte in seinen Pupillen, und sie konnte sich nicht erinnern, jemals von einem Mann so angesehen worden zu sein. Nie zuvor hatte sie sich mehr als Frau gefühlt, und noch nie war sie so scharf auf einen Kerl gewiesen.

„Val", flüsterte er, ohne den Blick von ihr zu lösen. Seine Stimme eine Oktave tiefer als sonst. „Deine letzte Chance. Wenn du nicht auf der Stelle zur Besinnung kommst, gibt es kein Zurück mehr."

„Was genau meinst du damit?"

Belustigung blitzte in seinen verhangenen Augen auf. „Ganz einfach. Ich will dich, und ich schwöre dir, dieses Mal werde ich erst von dir ablassen, wenn du um Gnade flehst."

Seine Worte drangen direkt in ihren Unterleib vor und entzündeten dort ein glühendes Feuer. Sekundenlang war sie unfähig, etwas von sich zu geben. So schlang sie die Arme um ihn und unternahm den verzweifelten Versuch, ihn näher an sich ziehen, doch der störrische Raumanzug gebot diesem Drängen bereits im Ansatz Einhalt.

„Rafael, zieh auf der Stelle das verdammte Ding aus!“, fluchte sie unbeherrscht.

Ein gewinnendes Grinsen huschte über sein Gesicht. „Geht klar.“ Und dann hatte sie plötzlich keinen Boden mehr unter den Füßen und flog geradezu durch den Garten. Vor ihrer Wohnungstür schloss Rafael für den Bruchteil einer Sekunde die Augen, dann explodierte der Bolzen des Türschlosses mit einem lauten Knall. Er trat gegen die Tür, bugsierte Valerie in ihr Schlafzimmer und ließ sie aufs Bett sinken. Ungeduldig blickte sie zu ihm auf.

Mit einem Ruck riss er sich den silbernen Anzug vom Körper, was sie entnervt aufstöhnen ließ. Denn noch immer war er komplett mit Jeans und Hemd bekleidet. Und sollte er sie nicht auf der Stelle nehmen, würde sie ihm das Fell über die Ohren ziehen, gleich nachdem sie die Flammen gelöscht hätte, die ihren Körper zu verbrennen schienen. In Windeseile sprang sie auf die Füße und unternahm den Versuch, ihm das Hemd über den Kopf zu zerren. Doch leider war sie zu klein.

„Immer mit der Ruhe, Schätzchen.“ Lächelnd ging er ihr zur Hand, bevor er mit nacktem Oberkörper über ihr aufs Bett sank. „O Val“, flüsterte er gegen ihre Wange. „Warum hast du so geweint?“

„Es ist … O Gott, du darfst mich nicht verlassen. Du fehlst mir so.“ Und dann zog sie ihn zu sich herunter und fiel erneut mit ihrem Mund über seine Lippen her. Die ganze verdrängte Leidenschaft der letzten Monate ließ sie komplett die Beherrschung verlieren. Sie glühte in seinen Armen, und diese Hitze schien auf ihn überzuspringen, denn er riss sie an sich und schob mit seinem Körper ungestüm ihre Schenkel auseinander. Überrascht schlug sie die Augen auf. „Gott, Rafael“, keuchte sie, „du bist knallhart.“ Fest drückte sie ihren Unterleib gegen seinen, um ihn deutlicher zu spüren. Vorzugsweise so wie Gott, oder wer auch immer, ihn erschaffen hatte.

Er stöhnte wohlig auf und ließ zischend die Atemluft entweichen. „Was du nicht sagst“, presste er hervor. „Und wenn du nicht auf der Stelle einen Gang herunterschaltest, wird das hier schneller vorbei sein, als uns beiden lieb ist. Val, egal, was ich gesagt oder getan habe, ich will dich, seit du dich zum ersten Mal an mich geklammert hast, in der Nacht des Frühlingsfestes. Selbst als ich am Pool Angelina in den Armen hielt, waren meine Gedanken bei dir. Ich …“

Sie erstarrte. „Moment mal!“, fiel sie ihm schroff ins Wort. „Du hast doch mit Angelina geschlafen?“

Nun versteifte sich auch der Außerirdische über ihr. „Um Himmels willen, nein. Ich konnte es nicht …“ Er rappelte sich leicht auf und raufte sich die Haare, die sofort wirr in alle Richtungen abstanden. „Gott, ich bin ein solcher Idiot. Immer sage ich das Falsche.“ Verzweiflung stand ihm ins Gesicht geschrieben. „Ich hatte deinen Geruch noch in der Nase, deinen süßen Geschmack im Mund, deine leidenschaftlichen Seufzer in den Ohren … Bitte, glaube mir. Mit Angelina ist nie etwas gelaufen.“

Seine Augen waren ein einziges Versprechen, und in diesem Moment hätte sie ihm alles abgekauft. Ihre Hand arbeitete sich zu der Beule in seiner Hose vor und strich sanft darüber. Diese Aktion entlockte seiner Kehle ein erleichtertes Stöhnen. In nicht nachvollziehbarer Geschwindigkeit schoss er hoch. Als er wieder auf sie sank, war er splitterfasernackt.

Besitzergreifend glitten seine Hände über ihren Körper und zerrten hektisch an den Knöpfen ihres dünnen Sommerkleides. Schon nach wenigen Sekunden klaffte das Teil auseinander, und sie lag in weißer Spitzenunterwäsche vor ihm. Genüsslich ließ er seine Finger über ihren flachen Bauch wandern, während er sie mit Blicken bedachte, als wolle er sie mit Haut und Haaren verschlingen.

„Himmel, Valerie, ich muss endlich wissen, wie es ist, in dir zu sein“, flüsterte er mit rauer Stimme. Zitternd und von einer unglaublichen Erregung erfasst, malte er imaginäre Figuren um ihren Nabel und beobachtete hingerissen, wie sie sich unter ihm wand. Seine Hände flogen nach oben und kneteten ihre kleinen, festen Brüste. Zärtlich zupfte er an den knallharten Brustwarzen.

„Rafael, o mein Gott! Bitte!“, wimmerte sie. Da öffnete sich ihr BH wie von Zauberhand. Schnell hatte sie ihn abgeschüttelt, und als Rafael erneut nach ihren Brüsten griff, schrie sie unkontrolliert auf. Ihr Leidenschaftsausbruch jagte ihm ein schmerzhaftes Stechen in die Lenden, das ihn zu zerreißen schien. Voller Verlangen zerrte er ihr noch das Höschen vom Körper und sank zwischen ihre gespreizten Schenkel.

Verzückt begutachtete er den herrlichen Frauenkörper, der sich ihm erwartungsvoll entgegenbäumte. Sie schien schon viel zu weit zu sein, um noch irgendetwas zu registrieren. Wo er doch gemutmaßt hatte, die Kleine hätte immer alles im Griff.

„Brauche ich ein Kondom?“, wisperte er mit letzter Kraft, und als er ihr gehauchtes Nein vernahm, nahm er sie mit einem Stoß in Besitz. Ein heiseres Stöhnen entrang sich seiner Kehle. „Gott, Val!“, keuchte er. Noch nie in seinem Leben hatte er etwas Erregenderes gespürt. Das Gefühl, sie nach so langer Zeit endlich unter sich zu haben, versetzte ihn in einen rauschartigen Zustand und ließ ihn beinahe auf der Stelle kommen.

Da stieß Valerie einen kehligen Schrei aus. Doch der Laut schien aus weiter Ferne zu kommen, ähnelte so gar nicht ihrer normalen Stimme.

„Habe ich dir wehgetan?“, drangen Rafaels besorgte Worte wie durch einen Nebel in ihr Bewusstsein.

„Nein, nein. Hör ja nicht auf“, raunte sie. „Gott, das ist so gut.“ Und dann spürte sie nur noch seine Stöße. Hart und schnell bewegte er sich in ihr, bis sie nach wenigen Minuten heftig kam. Die Welt um sie herum schien hinter einem Schleier zu verschwinden. Die Geräusche, die ihr entwichen waren genauso unkontrolliert wie die Zuckungen, die ihren Körper erbeben ließen.

Und als sie endlich wieder einigermaßen klar denken konnte und die Augen aufschlug, schämte sie sich ob ihres Kontrollverlustes in Grund und Boden. „O Rafael“, krächzte sie. „Ich hatte ja keine Ahnung, wie sehr ich das gebraucht habe. Was musst du jetzt nur von mir denken?“

Rafael hatte derweil aufgehört, sich in ihr zu bewegen und musterte sie. Um seine Mundwinkel zuckte ein verwegenes Schmunzeln. Augenblicklich kam sie sich noch blöder vor.

Seine Stimme zitterte vor Erregung, als er schließlich ein paar Worte hervorbrachte: „Es macht mich tierisch an, wie du auf mich reagierst. Das braucht dir nicht peinlich zu sein. Gott, warum haben wir nur so lange gewartet? Du bist das Schärfste, was mir je in die Finger gekommen ist.“ Mit diesen Worten verschloss er ihr hitzig mit seinem Mund die Lippen.

Und während ihre Zungen noch miteinander spielten, machte sich erneut ein heftiges Pochen in ihrem

Unterleib breit. Erst jetzt registrierte sie, dass er immer noch steinhart war und bis zum Anschlag in ihr steckte. Sie jammerte verhalten und vergrub die Hände in seinem Haar.

„Mehr“, bettelte sie. „Ich will mehr.“ Ihr Becken drängte sich ihm entgegen, während er langsam die Stöße wieder aufnahm. Ihre Finger glitten fahrig über seine Schultern, um sich dann in seinen muskulösen Hintern zu krallen und ihn in sich hineinziehen. Ein lautes Stöhnen entfloh ihren Lippen, als sie spürte, dass er sie völlig ausfüllte, sie fast zu sprengen schien. Ihr Körper bebte und erzitterte, und sie wusste nur eins, bei seiner nächsten heftigen Bewegung, würde sie erneut explodieren.

Was sie dann auch tat. Mit einem leidenschaftlichen Stoß katapultierte er sie abermals in den Himmel. Wieder schrie sie laut auf und versenkte ihre Zähne in seiner Schulter.

„Gehe ich recht in der Annahme, dass ich dir auch dieses Mal keinen Schmerz zugefügt habe?“, flüsterte er schelmisch an ihrem Ohr, woraufhin sie nur wispern konnte: „Stellst du immer so viele Fragen? Warum machst du nicht einfach weiter?“

Und als sie sich wieder gefangen hatte, konnte sie sich auf das soeben Passierte keinen Reim machen. Er pulsierte immer noch hart und fest in ihr, zeigte nicht den Hauch einer Erschöpfung, wohingegen sie am Ende ihre körperlichen Kräfte angelangt war. Was Rafael gerade mit ihrem Körper veranstaltete, ging weit über alles hinaus, was sie je erlebt hatte.

„Hör mal, du überirdischer Kraftprotz, geht es etwas langsamer und sanfter?“, forderte sie ihn liebevoll auf. „Um mich herum dreht sich alles.“

Sie öffnete kurz die Augen und bemerkte, dass er

grinste. Er schüttelte leicht den Kopf, bevor er sich anschickte, die Bewegungen wieder aufzunehmen. Und zwar mit einer solchen Zärtlichkeit, dass er sie nach ein paar Minuten erneut bis an den Abgrund jagte, in den sie sich total ausgepumpt fallen ließ, bis auch er mit einem kehligen Geräusch heftig zuckend über ihr zusammenbrach.

„Gott, Val!“, hörte sie ihn noch keuchen, dann musste sie vor Erschöpfung eingeschlafen sein. Denn als sie hochschreckte, fand sie sich alleine im Bett wieder und mutmaßte, einem feuchten Traum erlegen zu sein.

„Rafael!“, rief sie verängstigt.

Sogleich flog die Tür auf, und er stand mit verwuschelten Haaren und offenem Hemd über der Jeans in der Tür.

Glücklich ließ sie sich in die Kissen zurücksinken. „Gott sei Dank! Ich dachte schon, du hättest das Weite gesucht.“

Er lehnte sich lässig gegen den Türrahmen und verschränkte die Arme vor der Brust. „Glaubst du im Ernst, ich würde dich nach dieser Nacht einfach so verlassen? Val, das mit uns war der totale Wahnsinn“, schwärmte er und strahlte sie so an, dass ihr Blut sich schon wieder erhitzte. „Ich habe zwar schon einige Frauen zum Schreien gebracht, aber so etwas hätte ich mir in meinen kühnsten Träumen nicht vorgestellt. In meinem ganzen Leben hatte ich noch nie so intensiven Sex.“

Er fuhr sich mit der Hand durch die Haare. „Teufel noch mal. Am Anfang hast du mir direkt ein bisschen Angst eingejagt. Am liebsten hätte ich mich gar nicht mehr bewegt, vor lauter Bammel du fällst mir in Ohnmacht. Diese Nacht werde ich wohl nie vergessen.“

„Ich sicherlich auch nicht", murmelte sie peinlich berührt. „Aber jetzt brauche ich dringend eine Dusche."

„Oh, so ein Zufall, das hatte ich auch gerade im Sinn", verkündete er verschmitzt grinsend. Dann riss er sich im Nu die Klamotten vom Leib, packte Valerie unter Armen und Beinen und schleifte sie in die Dusche, um sich kurz darauf ebenfalls hineinzuzwängen.

Das Wasser prasselte herrlich erfrischend auf ihren nackten Körper, während Rafael mit seinen Lippen die ihren suchte. Gierig schob er seine Zunge in ihren Mund, als er sie mit dem Rücken gegen die Fliesen presste. In null Komma nichts war ihr kompletter Körper von einer Gänsehaut überzogen. Und als sie seine Härte an ihrem Oberschenkel spürte, entfuhr ihr ein ächzender Laut.

Seine Hände griffen nach einem Stück Seife und ließen es über ihren Körper gleiten, bevor er ihre glitschigen Brüste und Pobacken massierte. Und als er mit den Händen zwischen ihre Beine glitt und sie sanft streichelte, kam sie innerhalb von Sekunden mit einer solchen Wucht, dass sie sich an seinem Hals festklammern musste, um nicht in sich zusammenzusacken.

„Gott, Val. Ich liebe es, wenn du kommst", flüsterte er. Dann gab er ihr Zeit, sich wieder zu fangen, bevor er unter ihren Po griff und sie an der Wand ein Stück nach oben schob. Er zog eins ihrer Beine hoch und drang zärtlich in sie ein. Valerie stöhnte laut auf und ließ es geschehen, im Stehen unter dem prasselnden Wasserstrahl genommen zu werden.

Er besorgte es ihr so lange und so hart, dass sie das Gefühl hatte zusammenzubrechen. Und erst als er spürte, dass sie einmal mehr komplett am Ende war, ließ er locker.

Als sie später erschöpft neben ihm im Bett lag, widmete er sich abermals ihrem Bauch und malte mit seinen Fingern Figuren darauf. „Dein Bauch hat mich schon am allerersten Tag beeindruckt."

Bestürzt richtete sie sich auf. „Hat er? Wann ist er dir denn aufgefallen?"

„Als du mich beinahe über den Haufen gefahren hättest, du trugst ein ziemlich kurzes T-Shirt."

„Oh, daran kann ich mich gar nicht erinnern. Aber sag mal, Rafael, eins beschäftigt mich doch. Wenn auf Siria nur die Missionarsstellung gang und gäbe ist, wie kamst du dann auf die Nummer mit der Dusche? Das hat dir wohl kaum eine der beiden Miezen beigebracht, die du hier in wilder Verzweiflung umgelegt hast?"

Auch wenn Rafael sein Herz in der Regel auf der Zunge trug, dachte er nicht im Traum daran, einzugestehen, dass ihn mit diesen heißen Bräuten weit mehr als ein Quickie verbunden hatte. Inzwischen hatte er seine Lektion gelernt. „Wahrscheinlich war es einer der ekelhaften Pornofilme, die ich mir reingezogen habe."

„Herrje, das hatte ich komplett vergessen."

„Aber du liegst vollkommen richtig. Es gibt da sicherlich einige Positionen, in denen mir die notwendige Übung fehlt. Mit diesem Manko sollte ich keinen Tag länger leben müssen."

Valerie lachte. „Wenn du dieses Tempo weiterhin durchziehst, kann ich mich bald nicht mehr bewegen."

„Wen juckt's!" Mit diesen Worten warf er sich auf den Rücken und setzte sie auf sich.

Und nach zwei wundervollen Tagen, in denen sie das Sexdefizit der letzten Jahre ausglichen, brach für Valerie die schwerste Stunde ihres Lebens an. Rafael hielt sie lange in seinen Armen und küsste sie wie ein Verhungernder, bevor er sich in den silbernen Anzug quälte. Sie verzichtete dieses Mal darauf, ihn in den Garten zu begleiten, denn sie würde es kein zweites Mal ertragen, Zeuge seines Verschwindens zu werden.

Zum Abschluss starrten sie sich lange in die Augen, verloren sich geradezu darin, bevor er sich brüsk abwandte und mit großen Schritten in die Dunkelheit hinausstürzte.

Ihre Knie gaben nach, und sie fiel kraftlos in einen Sessel. „Ich liebe dich!“, rief sie voller Verzweiflung, doch vermutlich konnte er sie nicht mehr hören. Was gut war, denn er sollte sich keinesfalls ihr gegenüber verpflichtet fühlen. Die Entscheidung, ob er jemals wieder die Erde betreten würde, musste er aus freien Stücken treffen. Sie ballte die Hände zu Fäusten und sandte ein Stoßgebet gen Himmel, dass es erneut Probleme mit dem Transport gäbe.

Doch dieses Mal kehrte Rafael nicht zurück.

Eine Welle der Hoffnungslosigkeit rollte über sie hinweg und schien ihr die Luft abzustellen. Das Gefühl des Verlustes war nahezu unerträglich. Und erst als der Sonnenaufgang orangefarbene Lichter durch ihre Wohnung tanzen ließ, stellte sie sich dem Unvermeidlichen.

Sie musste akzeptieren, dass Rafael auf Nimmerwiedersehen verschwunden war.

Kapitel 22

In den nächsten Tagen war Valerie ein Schatten ihrer selbst. Ihr Körper schlurfte ruhelos umher, geistig jedoch war sie nicht präsent. Sie verbarrikadierte sich in ihrer Wohnung und stierte den ganzen Tag in den Garten, in der Hoffnung, dass dort etwas Silbriges auftauchen würde.

Doch Rafael war buchstäblich unerreichbar wie die Sterne – verschollen im Nirwana …

Und dann hielt das Chaos mit Namen Angelina Einzug in München, da aufgrund schlechten Wetters eine Drehpause eingelegt worden war. Die Diva hatte in New York einen neuen Lover aufgetan, einen großspurigen Immobilienhai, und war mörderisch gut gelaunt. So hielt sie Valerie dermaßen auf Trab, dass diese kaum mehr Zeit hatte, an ihren Kummer zu denken. Wie eine Wahnsinnige sortierte sie Hunderte von zerfetzten Spesenabrechnungen, verfasste bis zum Abwinken Pressemeldungen und organisierte Interviews und Foto-Shootings. Und nach ein paar Tagen nahm sie die grenzenlose Leere, die sie nach Rafaels Verschwinden übermannt hatte, nur noch verschwommen wahr.

Ein heftiger Schlag ins Gesicht war jedoch der unmissverständliche Auftrag, im Eiltempo einen neuen Chauffeur und Bodyguard anzuheuern, was sie schließlich schweren Herzens über die Bühne brachte. An dem Tag als Marco, ein blonder Hüne, in der Wohnung unter ihr Einzug hielt, gab sie ein für alle Mal den letzten Rest Whiskey zur Vernichtung frei, der die ganze Zeit in ihrer Küche ausgeharrt hatte. Ansonsten hätte sie schreiend aus dem Haus flüchten müssen.

Vor Marcos Einzug hatte sie noch mit zittrigen Fingern Rafaels verbleibende Sachen ausgeräumt und sie bei sich deponiert. Denn sie klammerte sich noch immer an einen winzigen Rest Hoffnung, dass sich der Mann ihrer Träume urplötzlich aus dem Nichts materialisierte. Nacht für Nacht lungerte sie stundenlang auf dem Balkon herum und starrte Löcher in die Weiten des Universums. Die Weltraumuhr, die Rafael ihr für den Notfall hinterlassen hatte, hielt sie dabei fest umklammert. Was wohl passieren würde, wenn sie tatsächlich die Codes zur Verbindungsaufnahme eingab?

Und dann stand eines Nachmittags ganz unerwartet David vor der Tür. Du liebe Güte, hatte sie etwa gänzlich unbewusst die Uhr aktiviert? Vollkommen egal! Hauptsache er diente nicht als Überbringer schlechter Nachrichten. Intuitiv fiel sie ihm um den Hals und schwelgte in dem Genuss, dass er sie fest an sich zog und ihr zärtlich übers Haar strich – ohne ein einziges Wort zu verlieren. Was ihr signalisierte, dass er über alles im Bilde war.

Erst Minuten später löste sie sich von ihm und bat ihn ins Wohnzimmer. Er reichte ihr eine kleine silberne Platte, die sie mit klammen Fingern ergriff – wohl wissend, was sie in Händen hielt. Hektisch ließ sie das Gerät aufschnappen. Der Bildschirm aktivierte sich, und sie sah Rafael.

Fassungslos schlug sie sich eine Hand vor den Mund. Der vertraute Anblick zerriss ihr schier das Herz in kleine Stücke. In einen weißen Overall gehüllt, hockte der Mann, der ihr seit Wochen schlaflose Nächte bereitete, auf einem silbernen Stuhl vor einem nüchtern wirkenden, grauen Hintergrund. Und selbst dieses unförmige Kleidungsstück wirkte an ihm wie Designerware. Hingebungsvoll knuddelte er den kleinen orangefarbenen Bären auf seinem Schoß – neben Rafaels blauen Augen der einzige Farbklecks.

Und dann hallte seine melodische Stimme durch den Raum: „Hallo, Val!“, rief er scheinbar gut gelaunt. „Ich hoffe, bei dir ist alles im grünen Bereich. Mein Vater befindet sich auf dem Weg der Besserung, und ich wäre jetzt für mein Leben gerne bei dir. Dummerweise habe ich Zach und Gregor gestanden, dass sie sich das mit Angelina von der Backe putzen können. Woraufhin sie so wütend geworden sind, dass sie mir die Rückkehr verweigern.“

Er hielt kurz inne und fuhr sich fahrig mit den Fingern durch die verwuschelten Locken, bevor er lange nicht mehr so vergnügt wieder ansetzte: „Es tut mir unsagbar leid, aber ich habe keinen blassen Schimmer, ob wir uns jemals wiedersehen.“ Er ballte eine Hand zur Faust. „Gott, Val! Ich vermisse dich so sehr! Dich und deinen wunderbaren braunen Bauch. Einfach alles an dir! Deine Augen, dein Lachen, deinen Körper. Ohne dich, hätte ich es niemals zustande gebracht, auf der Erde Fuß zu fassen. Deine Dickköpfigkeit ist so bezaubernd. Auf der einen Seite bist du dünnhäutig und verletzlich wie ein kleiner Schmetterling, andererseits die mutigste und geradlinigste Frau, die mir je begegnet ist. Die Zeit mit dir werde ich in meinem ganzen Leben nicht vergessen. Vor allem die letzten beiden Tage. Ja, und Blondinen gibt es hier sowieso keine!“

Er biss sich auf die Lippen und versuchte ein Lächeln aufzusetzen, doch es wirkte gequält. „Und das Weißbier, der Wein, die leckeren Schweinshaxen, ach, mir fehlt einfach alles! Ich hoffe so sehr, dass sich Zach wieder einkriegt und mich zurücklässt. Ich werde nichts unversucht lassen, um ihn umzustimmen …“ Er schluckte vernehmlich und schien nach Worten zu ringen. „Val, Schätzchen, halt die Ohren steif, und bitte, vergiss mich nicht! … Niemals!“

Rafaels Gestalt wurde schemenhaft, verschwamm vor ihren Augen, bevor sich der kleine Bildschirm verdunkelte. Ein heftiges Zittern hatte von Valeries Körper Besitz ergriffen, als sie die Scheibe mit einem leisen Knirschen zuknipste.

Donnerwetter! Wenn das mal keine Liebeserklärung gewesen war. Auch wenn diese Liebe für alle Zeiten unerfüllt bleiben sollte.

„Neeiin!“ Ihr schriller Schrei hallte bis in den letzten Winkel des Hauses, als sie sich das Ausmaß von Rafaels Worten verinnerlicht hatte.

David sprang erschrocken auf, rutschte neben sie aufs Sofa und zog sie in seine Arme. Wie eine substanzlose Hülle fiel sie in sich zusammen und sank an seine Brust. Zum allerersten Mal seit Rafaels Verschwinden ließ sie ihren Tränen freien Lauf.

Nach geschlagenen zwei Stunden hing sie immer noch in Davids Armen, während ihr haltloses Heulen allmählich in ein leises Schluchzen überging, bis die Tränen gänzlich versiegten.

David strich ihr ein paar triefende Haarsträhnen aus dem Gesicht und lächelte sie ermutigend an. „Valerie, ich bin gekommen, um Sie in dieser schweren Zeit zu unterstützen. Ich möchte Sie mitnehmen. Nach Las Vegas.“

Völlig überrumpelt fiel ihr Blick auf Davids weißes Hemd, das einem nassen Waschlappen glich. „Ach, du meine Güte! Ich hole Ihnen ein Hemd von Rafael. Sie sind ja vollkommen durchgeweicht.“

Doch als David ihr Minuten später in dem viel zu großen hellblauen Jeanshemd gegenübersaß, das sie in allem an Rafael erinnerte, fing sie erneut an zu heulen wie ein Schlosshund.

„Was ist?", versuchte er sie aufzuheitern. „Kommen Sie mit? Vegas wird Ihnen die nötige Ablenkung bieten. Außerdem ist noch nicht aller Tage Abend. Rafael ist doch ein cleverer Bursche, der tüftelt bestimmt eine Möglichkeit aus, um zurückzukehren."

Schniefend blickte sie auf. „Ich habe Ihnen schon einmal gesagt, dass Sie ein charmanter Lügner sind. Danke, dass Sie versuchen, mich aufzuheitern. Aber ich werde mich nicht an Strohhalme klammern. Hat Rafael Sie gebeten, mich nach Vegas zu holen?"

David nickte. „Ja, doch ich hätte Ihnen auch ohne sein Zutun einen Besuch abgestattet. Ich habe mir Sorgen gemacht. Und, begleiten Sie mich?" Er legte den Kopf schief und schaute sie mit seinen magischen dunklen Augen aufmunternd an. Kurzzeitig versank sie darin. Ein unerwartetes Glücksgefühl jagte durch ihren Körper, und sie war versucht, zu kapitulieren. Hastig schloss sie die Augen und schüttelte empört den Kopf. „Halten Sie sich auf der Stelle aus meinem Gehirn heraus."

David fiel die Kinnlade herunter. „Gibt es irgendetwas, was dieses Waschweib nicht zum Besten gegeben hat?", grummelte er missmutig.

Ein kurzes Grinsen zuckte über Valeries Gesicht. „Ich habe andere Pläne. Sobald Angelinas neuer Film im Kasten ist, werde ich mit ihr auf Promotion-Tour gehen. Danach muss ich noch ein paar Prüfungen hinter mich bringen. Und dann werde ich meinen Job an den Nagel hängen und mich auf Weltreise begeben. Sollte es mir irgendwo gefallen, werde ich mich einfach dort niederlassen."

Sie setzte ein Lächeln auf, doch es drang nicht bis zu ihren Augen vor. „Sehen Sie, ich habe alles im Griff.

Oje, ich habe Ihnen noch nicht einmal etwas zu trinken angeboten." Hektisch sprang sie auf und geriet dermaßen ins Schwanken, dass David sie auffangen musste.

„Wirklich bemerkenswert, wie gut Sie alles unter Kontrolle haben. Sie sind ja so neben der Spur, dass Sie sogar das Atmen vergessen." Er setzte sie wieder auf dem Sofa ab, schlenderte betont lässig zum Fenster und schielte scheinbar interessiert hinaus. „Ich habe gerade zwei Wochen Sommerpause. Und ich war seit Jahren nicht mehr in Bayern. Ich werde einfach ein paar Tage in München bleiben."

Valerie lächelte unter Tränen. „David, das ist wirklich süß, aber ich schaffe das schon. Mir hat bereits einmal ein Mann das Herz gebrochen, und ich habe überlebt."

Er zuckte die Achseln. „Wie auch immer. Gehen Sie heute Abend mit mir essen?" Sein Lächeln war so einladend, dass sie sich fragte, ob sie erneut einer Manipulation unterlag.

„Valerie, ich bewundere Frauen, die ihr Leben selbst in die Hand nehmen", tat David kund, während er sie über den Rand seines Weinglases hinweg betrachtete. „Aber irgendwann kommt jeder an seine Grenzen. Und Sie muten sich gerade zu viel zu. Eine Europatournee, die ganzen Abschlussprüfungen und anschließend eine Weltreise. Überspannen Sie den Bogen nicht. Sonst brechen Sie noch zusammen."

Valerie pikste lustlos in ihrem Steak herum. Normalerweise liebte sie die Speisen des vornehmen italienischen Restaurants in Bogenhausen, doch heute brachte sie kaum einen Bissen hinunter. „Irgendwie muss ich mich doch ablenken."

„Sie haben ihn sehr geliebt, nicht wahr?"

Klirrend fiel die Gabel aus ihrer Hand. „Wen meinen Sie?“, kreischte sie schrill.

„Na, Rafael“, entgegnete David bass erstaunt.

„Dann sprechen Sie nicht in der Vergangenheit!“

David blickte sie indigniert an. „Tut mir leid. Äh, was haben Sie eigentlich nach der Weltreise vor?“

Valerie zuckte mit den Schultern. „Keine Ahnung. Irgendwo jobben. Am liebsten in einem Hotel, das war schon immer mein Wunsch. Ich spreche immerhin einige Sprachen und verfüge bis dahin über einen betriebswirtschaftlichen Abschluss, daher dürfte es eine leichte Übung sein. Und ein gutes finanzielles Polster kann ich auch aufweisen. Ich habe in den letzten beiden Jahren kaum Geld ausgegeben, und Angelina hat mich sehr gut entlohnt. Sie mag zwar ein selbstverliebtes Miststück sein, aber knauserig ist sie nicht.“ Sie pikste eine kleine Kartoffel auf ihre Gabel und wedelte damit herum. „Wie schon erwähnt, ich habe alles im Griff!“

David musterte sie besorgt. „Ach, Val. Hören Sie doch auf, sich etwas vorzumachen.“

„Nennen Sie mich nicht Val!“, quietschte sie in einem Ausbruch der Hysterie, während das Kartöffelchen sich erschrocken von der Gabel stürzte.

Entschuldigend hob David die Hände. „Tut mir leid. Heute mache ich anscheinend alles falsch“, nuschelte er. „Aber ich hätte da eine Idee. Wenn Sie sich schon mit dem Gedanken tragen, in die Tourismusbranche einzusteigen, könnten sie sich doch die nächsten Tage als meine persönliche Reiseleiterin in München betätigen.“

Letzten Endes verbrachte sie mehr Zeit mit dem penetranten Magier als vorgesehen. Sie beehrten Münchens

Biergärten, schlenderten durch den Zoo, den Botanischen Garten, machten die belebte Fußgängerzone unsicher und statteten den umliegenden Seen einen Besuch ab. Unter Aufbietung all seines Charmes hatte David Angelina das BMW-Cabrio abgeschwatzt, und da die Spätsommersonne unentwegt vom Himmel brutzelte, gestalteten sich die Ausflüge mit dem spritzigen Wagen äußerst angenehm.

Valerie verstand sich selbst nicht, doch von Tag zu Tag fühlte sie sich mehr zu dem geheimnisvollen Mann an ihrer Seite hingezogen. An seinem letzten Abend in Deutschland führte er sie in das bekannteste, aber auch teuerste Münchner Restaurant aus, das Tantris. Valerie hatte den opulenten Laden erst ein einziges Mal betreten, als sie Angelinas fünfundzwanzigsten Geburtstag gefeiert hatten, denn das Nobelrestaurant war schlichtweg nicht für ihren Geldbeutel ausgelegt. Doch David schreckten die satten Preise genauso wenig wie ihre Chefin.

Nachdem sie das köstliche Fünf-Gänge-Menü verputzt hatten, griff er über den Tisch hinweg nach ihrer Hand und vernaschte sie einmal mehr mit seinen treuen Welpenaugen, die im gedämpften Licht der kugelförmigen Lampen geradezu magisch glitzerten. „Valerie, willst du nicht doch mit mir nach Vegas kommen? Ich könnte dir deinen Traumjob in einem der spektakulärsten Hotels der Welt beschaffen. Du würdest es lieben, glaube mir." Seine Stimme klang rau und jagte ihr wohlige Schauer über den Körper.

Nachdenklich hielt sie den Blick auf ihn gerichtet. „David, willst du mir eigentlich nur Trost spenden oder geht es dir um mehr?"

Er schmunzelte. „Auf diese Frage habe ich schon lange gewartet." Seine Finger spielten mit den ihren, während er sich nonchalant zurücklehnte. „Als du mir in L.A. in dem Diorladen in die Arme gepurzelt bist, fand ich deine Tollpatschigkeit auf Anhieb entzückend." Sein Griff wurde fester. „Und glaube mir, es hat mich schon ein wenig getroffen, als mir die Erkenntnis kam, dass du im Grunde deines Herzens Rafael liebst. Aber gesetzt den Fall, er kommt nicht zurück, wirst du sicherlich nicht den Rest deines Lebens der Männerwelt abschwören wollen. Obendrein habe ich das Gefühl, dass zwischen uns schon ein wenig die Funken fliegen, und das hat absolut nichts mit meinen paranormalen Fähigkeiten zu tun."

Er machte eine bedeutungsschwere Pause und trank einen Schluck Rotwein, bevor er sie wieder mit Blicken aufspießte. „Aber ich möchte durch und durch ehrlich zu dir sein. Mir steht der Sinn partout nicht nach einer festen Beziehung, eher nach einer netten Affäre. Könntest du in Anbetracht der Umstände so etwas in Erwägung ziehen?"

Valerie entzog sich mit Gewalt dem Bann seiner magischen Augen und versuchte das Prickeln zu ignorieren, das sein Daumen auslöste, der unentwegt ihre Handfläche liebkoste. „Im Moment nein, absolut nicht. Ich bin noch längst nicht über Rafael hinweg. Aber du liegst vollkommen richtig. Irgendetwas ist da zwischen uns. Wie wäre es, wenn ich nach Vegas komme, sobald ich wieder bei Sinnen bin?"

David verzog kurz das Gesicht. „Es wird mir wohl nichts anderes übrig bleiben. Aber du sollst eins wissen. Ich bin immer für dich da. Zu jeder Tages- und Nachtzeit, ganz gleich, wo auf der Welt du dich befindest." Er beugte sich leicht nach vorne. „Versprich mir, dass du dich meldest, falls du in Schwierigkeiten stecken solltest."

Sie nickte und blinzelte die aufsteigenden Tränen weg. „Gott, David, sind eigentlich alle Sirianer so liebenswert?"

David schmunzelte. „Ich kann mich gar nicht mehr so recht erinnern, so lange bin ich schon hier. Aber mit Sicherheit gehen die Sirianer respektvoller miteinander um als die Menschen der Erde. So, und nun lass mich dich nach Hause bringen. Ich muss morgen früh raus."

Verdutzt sprang sie auf. Allem Anschein nach hatte sie ihn mir ihrer Absage vor den Kopf gestoßen, denn Sirianer kamen im Normalfall mit sehr wenig Schlaf aus. Dennoch ließ er es sich nicht nehmen, sie direkt vor der Wohnungstür abzusetzen und sie dort zum Abschluss zärtlich an sich zu ziehen. Er küsste sie auf die Wange und dann ganz sanft auf die Lippen und trat damit ein wohliges Kribbeln in ihrem Körper los.

Widerstandslos sank sie in seine Arme und spürte seine Erregung, die er sich jedoch mit keiner Miene anmerken ließ. Dieser Mann war nicht nur ein Meister der Illusion, sondern auch der Selbstbeherrschung. Obendrein schien er haargenau zu wissen, wie weit er gehen durfte, ohne die unsichtbare Grenze zu übertreten, die sie nach Rafaels Verlust um sich herum gezogen hatte.

Nach einigen Minuten schob er sie sanft aber bestimmt von sich, tauchte mit einer affenzahnartigen Geschwindigkeit in der Dunkelheit ab und ward nicht mehr gesehen. Als sie mit hängenden Schultern in ihre Wohnung zurückschlurfte, griff das Gefühl des Verlustes und der Einsamkeit einmal mehr wie eine eiskalte Hand nach ihr.

Zwei Wochen später startete die Promotion-Tour, deren Sinn und Zweck es war, „Tödliches Universum" in aller Munde zu bringen. Was eigentlich überflüssig war. Der Film war bereits in einigen Ländern angelaufen und hatte eingeschlagen wie eine Bombe. Namhafte Produzenten kontaktierten Valerie im Minutentakt, um das Rätsel des Ghostwriters zu lösen, der das atemberaubende Drehbuch verfasst hatte. Doch sie verweigerte jegliche Aussage, genau wie Clarissa, die zum Stillschweigen verdonnert worden war. Wie lange sie allerdings die quirlige Agentin, die nichts unversucht ließ, Rafaels derzeitigen Aufenthaltsort herauszufinden, noch hinhalten konnte, stand in den Sternen.

Und auch wenn die Tour nervenaufreibend war, so bescherten die Aufenthalte in Europas gigantischen Metropolen Valerie die dringend benötigte Zerstreuung. Und sie dankte den Göttern, dass sie nicht die Einzige war, die nach jeder Vorführung tränenüberströmt das Kino verließ, weil die tapfere Prinzessin ihr Leben ausgehaucht hatte.

Doch was die Massen am stärksten bewegte, waren die knuffigen, kleinen Mondbären. Poster, Stofftiere und Postkarten wurden produziert, was Valerie ein ums andere Mal Tränen in die Augen trieb.

Der vorletzte Ort, an dem Angelina mit offenen Armen empfangen wurde, war London. Am Leicester Square ließ sie sich in einem kurzen blauen Armani Kleidchen frenetisch bejubeln und badete in tosendem Applaus, wobei sie mit unvergleichlicher Professionalität verbarg, dass der trostlose Novembertag sie vor Kälte erschaudern ließ. Eifrig bewarf sie die Menge mit Küsschen und schüttelte sogar ein paar Hände, was sie in Anbetracht der Kontaminationsgefahr im Normalfall unterließ.

Um dem Trubel zu entgehen, hielt Valerie sich bewusst im Hintergrund. Sie konnte sich ohnehin kaum mehr auf den Füßen halten, nachdem sie den Vormittag – wie so oft – damit verbracht hatte, überflüssige Besorgungen für ihre Chefin zu erledigen.

Und dann legte sich ein dunkler Schleier über den Himmel, bevor ein unangenehmer Nieselregen einsetzte. Valerie warf den Kopf in den Nacken und schaute nach oben. In diesem Moment wurde sie von heftigem Schwindel übermannt. Flugs schloss sie die Augen und senkte den Blick. Wahrscheinlich hatte sie sich in den letzten Wochen doch zu viel zugemutet, wenngleich sie die Ablenkung genossen hatte. Immerhin attackierten die Bilder der gemeinsamen Tage mit Rafael sie inzwischen nur noch selten.

Unbeholfen stützte sie sich an einer Hauswand ab, als heftige Übelkeit in ihr aufstieg. Sie schlängelte sich hektisch durch die Massen der wartenden Fans und schaffte es gerade noch um die Ecke, wo sie sich unter den missbilligenden Blicken zweier junger Mädels übergab und anschließend kraftlos gegen eine Litfaßsäule sank.

Du liebe Güte! Hoffentlich hatten die Fotografen das nicht spitzgekriegt. Sie ließ die letzten Mahlzeiten im Geiste Revue passieren und wies die Schuld dem Shrimpscocktail vom Mittag zu. Ungeduldig winkte sie einem Taxi und kehrte ins Hotel zurück, wo Angelina sie Stunden später grottenschlecht gelaunt zur Minna machte, da sie sich so sang- und klanglos verkrümelt hatte.

Glücklicherweise schlief sie in dieser Nacht wie ein Baby und fühlte sich am nächsten Morgen wie neu geboren. Doch kaum war die British Airways-Maschine in Richtung Prag abgehoben, wurde ihr erneut kotzübel. Im letzten Moment brachte sie es zuwege, eine lautstark protestierende Stewardess mit ihrem Wägelchen zur Seite zu schieben und sich in die kleine Bordtoilette zu drängen. Dort sackte sie auf die Knie und ließ sich das Frühstück noch einmal durch den Kopf gehen. Allmächtiger, sie hatte sich aber gehörig den Magen verdorben!

Das gleiche Spiel wiederholte sich am nächsten Tag, sodass Angelina sich abermals im Alleingang ihren Fans stellen musste. Und als Valerie auch in der darauffolgenden Woche immer wieder von heftiger Übelkeit gequält wurde, kam ihr ein unglaublicher Verdacht, der schnell Bestätigung fand.

Herrlich!

Das Schicksal hatte ihr mitten ins Gesicht geschlagen. Sie war tatsächlich schwanger! Von einem außerirdischen Kindskopf, der sich etwa fünfundzwanzig Millionen Lichtjahre entfernt befand und nicht die Bohne von seinem Glück erahnte.

Hervorragend hinbekommen!

Nun konnte sie der Litanei von Dingen, die sie nicht im Griff hatte, ein weiteres Kapitel hinzufügen. Noch dazu war sie annähernd im vierten Monat und würde bald keinen Hehl mehr aus ihrem Zustand machen können. Verzweifelt stapfte sie in ihrer Wohnung auf und ab und spielte Zukunftsszenarien durch.

Was sollte sie nur tun?

Sich über das unverhoffte Glück freuen und das Kind alleine großziehen? Oder tatsächlich versuchen, mit Rafael in Kontakt zu treten?

Ob das Baby überhaupt gesund zur Welt kam?

Vielleicht wäre es ja vernünftiger, es erst gar nicht so weit kommen zu lassen. Doch diese Entscheidung musste schnell getroffen werden. Das hatte sie nun davon, dass sie den eindeutigen Anzeichen wochenlang keinerlei Beachtung geschenkt hatte. Das Ausbleiben ihrer Periode hatte sie dem seelischen Stress in die Schuhe geschoben und die Kilos, die sie zugelegt hatte, den nächtlichen Kuchen- und Schokoladenorgien.

Obendrein gaukelte ihr Gehirn ihr unablässig Bilder von kleinen grünen Wesen mit Antennen vor. Und auch die Vorstellung eines Säuglings mit den spitzen Ohren von Master Yoda konnte sie nicht gänzlich aus ihrem Schädel vertreiben. Zur Beruhigung rief sie sich immer wieder Davids Worte über seine Kinder ins Gedächtnis.

Aber wäre sie bereit, der Erde für immer abzuschwören und sich einer ungewissen Zukunft zu stellen? Gesetzt den Fall, man wollte sie auf Siria überhaupt.

Und was, wenn man ihr dort das Baby wegnahm?

Andererseits, mit dem Kind auf der Erde zu bleiben, würde ein ewiges Versteckspiel nach sich ziehen. In diesem Moment verstand sie nur zu gut Davids kompromisslose Verschwiegenheit.

Aber liebte sie Rafael tatsächlich so bedingungslos, dass sie für ihn alles aufgeben würde?

Zum ersten Mal hegte sie massive Zweifel an ihrer grenzenlosen Liebe zu diesem durchgeknallten Außerirdischen.

Oder bekam sie jetzt einfach nur kalte Füße?

Instinktiv wanderten ihre Finger zu dem Ring an ihrem Hals. Und in diesem Moment wurde ihr eine Sache klar. Bevor sie eine Entscheidung traf, war es an der Zeit einen weiteren Gegner zu bezwingen.

Sie musste sich den Geistern der Vergangenheit stellen.

Kapitel 23

„Wo bitte finde ich Dr. Melnik?"

Die grauhaarige Empfangsdame des gigantischen Krankenhauskomplexes der Berliner Charité hackte mürrisch auf ihre Computertastatur ein. „Campus Mitte, CC 11", äußerte sie kurz und bündig in heftigem Berlinerisch.

Valerie hoffte auf eine Wegbeschreibung, doch vergebens. Die graue Maus hatte sich bereits abgewandt. So machte sie sich seufzend auf die Suche nach der Klinik für kardiovaskuläre Chirurgie.

Als sie die Station betrat, klammerten sich ihre Finger Hilfe suchend um den Griff ihrer schwarzen Handtasche. „Entschuldigung, ich möchte zu Herrn Dr. Melnik", informierte sie die junge blonde Krankenschwester am Empfang.

Ohne aufzublicken, brummelte diese. „Haben Sie einen Termin?"

„Äh, nein. Es ist privat."

Langsam hob das Blondchen den Kopf. Ein braunes Augenpaar heftete sich interessiert auf Valerie. „Er ist gerade im OP. Könnte noch ein wenig dauern. Wie ist denn Ihr Name?"

„Graf, Valerie Graf."

Die Blondine krakelte etwas auf einen Zettel. „Gut, Frau Graf. Warten Sie doch bitte dort drüben." Mit der Hand wies sie auf ein paar Metallstühle, die sich ungemütlich im Gang verteilt hatten. „Ich lasse Sie rufen, sobald er Zeit hat. Aber wie schon gesagt, es kann dauern."

Nach fast zwei Stunden ungeduldigem Ausharrens hörte sie ihren Namen. „Frau Graf, bitte hier lang." Eine rothaarige Schwester mit ellenlangen Beinen führte sie durch ein Labyrinth von Gängen zu einem kleinen, gemütlichen Sprechzimmer. Dort rutschte Valerie auf einen der schwarzen Lederstühle und begutachtete neugierig das Büro. Ihr Blick blieb an dem Namensschild auf dem Schreibtisch hängen, und sie musste lächeln.

Marcel hatte seinen Wunschtraum tatsächlich wahr gemacht.

Mit Argusaugen inspizierte sie den mahagonifarbenen Schreibtisch. Ein paar Blöcke und Stifte ruhten dort, aber glücklicherweise entdeckte sie weder Kinderbilder noch das Bild einer hübschen Frau und schon gar kein mörderisches Hochzeitsfoto. Auch an den sterilen weißen Wänden hing außer einem riesigen Kalender, den eine rote Doppelhelix zierte, nichts dergleichen.

Nervös vergrub sie die Fingernägel in den Handballen, die vor Aufregung feucht waren. Sie hatte keinen blassen Schimmer, was genau sie sich von dem Treffen erhoffte. Letztendlich wollte sie in Erfahrung bringen, ob sie dem Mann, der seit Jahren ihr Denken und Handeln bestimmte, immer noch verfallen war. Oder ob ein charmanter, draufgängerischer Außerirdischer es geschafft hatte, ihn für alle Zeiten aus ihrem Herzen zu verdrängen.

Sie sprang erschrocken auf und wirbelte herum, als die Tür aufgerissen wurde. Ihre Augen weiteten sich bei seinem Anblick, und ihr klappte die Kinnlade herunter. Sein tiefschwarzes Haar war kurz geschnitten, nicht mehr kinnlang, wie vor zehn Jahren. Die gebräunte Haut bot einen herrlichen Kontrast zu dem weißen Arztkittel.

Ein Paar dunkle Augen blitzten sie ungläubig an. „Valerie?“

Mit äußerster Kraftanstrengung bewerkstelligte sie es, den Mund zu schließen. Unauffällig versuchte sie, die Handflächen an ihrem Kleid abzutrocknen.

Ein Lächeln huschte über sein Gesicht. „Du bist es wirklich! Ich kann es kaum glauben!“

Mit großen Schritten steuerte er sie an. Irritiert wich sie einen Schritt zurück, stolperte über einen der Stühle und verlor das Gleichgewicht. Schon war er bei ihr und griff nach ihren Armen. „Und immer noch so tollpatschig wie früher, ich fasse es nicht“, lachte er vergnügt.

Abwesend starrte sie in die dunklen Augen, die sie an geschmolzene Schweizer Schokolade erinnerten, und war schlagartig wieder das junge Mädchen, das verzweifelt auf der Suche nach ihrem Geldbeutel im strömenden Regen durch die Straßen von Bratislava irrte. Bis es gegen einen jungen, aufstrebenden Medizinstudenten rumpelte, der das bedauernswerte Geschöpf zuerst unter seinen Regenschirm und später mit in sein Bett nahm.

„Marcel!“ Ihre Stimme glich einem heiseren Flüstern. „Großer Gott, es ist so lange her.“

Er musterte sie mit einem Ausdruck der Verwunderung, ließ gemächlich seine Hände von ihren Armen gleiten und wies auf einen der beiden Stühle. „Setz dich doch. Warum bist du hier? Du bist doch nicht krank, oder?“

Nein, nur schwanger von Han Solo, hätte sie am liebsten gebrüllt, beschränkte sich aber auf: „Nein, ich war zufällig in der Nähe und dachte, es wäre schön, dich einmal wiederzusehen.“

Lässig pflanzte er sich vor ihr auf die Schreibtischkante, ließ eins seiner schlanken Beine nach unten baumeln und zwang sie somit, zu ihm aufzusehen.

„Was machst du so? Erzähl, was hast du in Berlin zu suchen?“ Seine Blicke wanderten skrupellos über ihr eng anliegendes Kleid und ließen ihre Nerven noch stärker flattern.

„Ich inspiziere ein paar Hotels für Angelina Russo.“

Verwundert zog er eine Augenbraue hoch. „Du arbeitest für eine Schauspielerin? Was ist aus deinen ehrgeizigen Plänen geworden, ein Hotel zu führen?“

„Tja, es kommt nicht immer alles im Leben so wie gewünscht. Außer bei dir, da scheint es ja nach Plan gelaufen zu sein.“

„Mhm, ich kann nicht klagen.“ Seine Augen hefteten sich auf den Ring an ihrem Hals. Er beugte sich ein Stück nach vorne und griff zielstrebig danach. „Ist es das, was ich denke?“

Sie nickte.

„Das glaube ich jetzt nicht.“

Sie zuckte die Achseln. „Ja, nur ist er inzwischen zu eng geworden, daher trage ich ihn am Hals.“

„Ist mir aufgefallen, dass du ein paar Kilo zugelegt hast. Steht dir aber gut.“

In dem Moment klopfte es an der Tür, und die rothaarige Schwester von eben stürmte den Raum. „Marcel … äh, Dr. Melnik!“, rief sie, während sie schlitternd zum Stillstand kam. „Ich habe da ein Problem mit der Maier von Zimmer fünf. Kannst du mal bitte? Schnell!“ Ihre Blicke schossen hektisch flackernd zwischen Valerie und Marcel hin und her, der immer noch den Ring festhielt.

Abrupt ließ dieser los und sprang auf. „Entschuldige mich bitte. Ich bin gleich zurück.“

Mit großen Schritten eilte er hinaus, und erst als Schwindel einsetzte, bemerkte Valerie, dass sie mal wieder völlig das Atmen vergessen hatte. Japsend schnappte sie nach Luft. Der Mann war faszinierend wie eh und je, aber etwas am Verhalten der Krankenschwestern irritierte sie.

Was zum Teufel wurde hier gespielt?

Nach ein paar Minuten flog die Tür wieder auf, und Marcel rauschte abermals herein. Dieses Mal ließ er sich in den schwarzen Ledersessel hinter dem Schreibtisch fallen und gab ihr so zumindest die Gelegenheit, vernünftig durchzuatmen.

„Entschuldige, nur ein kleiner Notfall!“ Sein Blick wanderte wieder zu dem Ring an ihrem Hals. „Hat er dir denn Glück gebracht?“

„Nicht wirklich.“

„O das tut mir leid. Was ist passiert?“

Sie seufzte. „Nun, das ist schwierig in Worte zu fassen. Ich gebe dir die Kurzversion. Ich habe eine widerliche Scheidung hinter mir und hatte einen Unfall, der mir die Arbeit in meinem Traumberuf nicht mehr ermöglicht. So kam ich zu Angelina … Und du?“, lenkte sie schnell ab, als er zu einer weiteren Frage ansetzte. „Wie ist es dir ergangen?“

„Eigentlich recht gut, ich habe promoviert, habe dann einige Zeit in Bratislava in einer kleinen Klinik praktiziert und kam vor drei Jahren nach Deutschland. Dank der EU ging das problemlos. Wie hast du mich gefunden?“

„Internet. Bist du verheiratet?“, ging sie in die Vollen und war von ihrer unverblümten Vorgehensweise selbst ganz überrumpelt.

Lächelnd schüttelte er den Kopf. „Nein. Bist du etwa auf der Suche nach einem Ehemann?“

Na herrlich, jetzt war ihr Kopf mit Sicherheit so rot wie ihr Kleid. Aufgeregt strich sie sich eine Haarsträhne hinters Ohr. „Herrje, nein. Es hat mich nur interessiert."

„Hab ich ein Glück", äußerte er trocken. „Hast du trotzdem Lust, heute Abend mit mir essen zu gehen?"

Ohne nachzudenken, nickte sie ungestüm. Sein süffisantes Grinsen lieferte den mehr als hinlänglichen Beweis, dass diese Reaktion einen Tick zu schnell ausgefallen war.

„Fein, ich hole dich um sieben ab."

Er gabelte sie pünktlich auf die Minute mit einem schicken dunkelblauen BMW auf, bugsierte sie in ein romantisches italienisches Restaurant und verführte sie kulinarisch mit herrlichen Pasta- und Fischgerichten. Sie schwelgten den Abend über in Erinnerungen, gaben zum Besten, was sich während der letzten zehn Jahre zugetragen hatte, und dennoch wusste sie nach einigen Stunden nicht die Bohne von dem Mann ihr gegenüber. Er war aalglatt, ein Redegenie, beantwortete fast jede Frage mit einer Gegenfrage und baute eine nahezu undurchdringliche Mauer um sein Privatleben auf.

Ein ums andere Mal schmachtete er sie mit seinen dunklen Augen an und jagte ihr mit kurzen, scheinbar unabsichtlichen Berührungen Stromstöße durch den Körper. Seine Stimme mit dem leichten slowakischen Akzent streichelte sanft ihre Haut und hatte die Wirkung eines berauschenden Cocktails. Doch die Wärme, die in Rafaels Gegenwart immer von ihrem Herzen Besitz ergriffen hatte, blieb aus.

„Marcel, ich muss dich etwas fragen", ging sie schließlich aufs Ganze. „Warum hast du mich damals betrogen?"

Seine Augenlieder flatterten. Doch er schaffte es blitzschnell, seine Irritation zu verbergen. „Wie kommst du denn darauf?“

Sie stöhnte unterdrückt auf. Schon wieder eine Gegenfrage. „Nun, wie würdest du es bezeichnen, wenn man seinen Freund und eine russische Grazie nackt vorfindet?“

„Sex!“ Er lehnte sich zurück und lächelte entwaffnend. Eine fast göttliche Schönheit schien sein Gesicht zu erhellen. Kurz blitzten vor ihrem inneren Auge Rafaels strahlende Augen auf. Die beiden Männer hatten so gar nichts gemein. Marcel war gertenschlank, irgendwie filigran, mit fein gemeißelten Gesichtszügen, im Gegensatz zu Rafaels kräftiger, durchtrainierter Statur und den beeindruckend hervortretenden Wangenknochen. Rafaels Augen, in denen sich der Schalk eingenistet hatte, strahlten Wärme aus, wohingegen Marcels dunkle, fast schwarze Augen durch vornehme Zurückhaltung, Rätselhaftigkeit und Reserviertheit glänzten.

Valerie trommelte ungeduldig mit den Fingern auf den Tisch. „Sonst hast du nichts weiter dazu zu sagen?“

Theatralisch hob er eine Hand. „Valerie, das war einfach nur körperlich. Ich musste monatelang ohne dich auskommen. Erinnerst du dich?“

„Und ob! Aber es ging gerade mal um ein Jahr, bis zu meinem achtzehnten Geburtstag. So lange kann man doch mal auf Sex verzichten.“

„Findest du?“

„Verdammt, hör endlich auf, jede Frage mit einer Gegenfrage zu beantworten!“, verlieh sie ihren Gedanken lautstark Ausdruck.

„Wow! Was ist nur mit dem sanften Kätzchen passiert? Es hat sich zu einer handfesten Wildkatze entwickelt.“ Er bemächtigte sich ihrer Hand und fuhr mit dem Daumen ihren Oberarm hoch. „Aber ich muss zugeben, diese Veränderung spricht mich mächtig an." Seine Stimme klang nun rau und tief, während seine Augen sie bei lebendigem Leibe zu verschlingen schienen. Dass ihr rotes Kleid nicht in Flammen aufging, kam einem Wunder gleich.

Sie schluckte und kehrte zielsicher zum Kernpunkt des Gespräches zurück. „Bitte lenk nicht ständig ab. Du hast heute Abend nicht einen Ton über dein Privatleben ausgeplaudert. Ich möchte wissen, ob es eine Frau in deinem Leben gibt?"

„Na gut, aber lass uns zu mir gehen. Solche Sachen diskutiere ich ungern in der Öffentlichkeit."

Na herrlich! Eigentlich fühlte sie sich gerade pudelwohl unter Menschen, so wurde jegliche Dummheit bereits im Keim erstickt. „Ich weiß nicht."

Er zog eine Augenbraue hoch und beugte sich weiter nach vorne. „Interessiert dich nicht, wie ich lebe? Ich habe noch all die Dinge, die du mir geschenkt hast."

Als er sie in eine kleine Altbauwohnung in der Nähe des Kurfürstendamms schubste, hatte die Neugier letztendlich gesiegt.

„Möchtest du ein Glas Wein oder lieber Sekt?", erkundigte er sich, während er per Fernbedienung leise, romantische Musik lostrat.

„Beides!", schrien ihre Nerven. Doch dann wanderten ihre Gedanken zu dem Baby. In der Hoffnung, dass ein Schlückchen Sekt nichts schaden mochte, aber ihre Nervosität eindämmte, flüsterte sie: „Ein Glas Sekt wäre schön."

Er marschierte schnurstracks in die winkelförmige Küchenecke. „Schau dich ruhig um. Fühl dich ganz wie zu Hause."

Ihr Blick glitt über die schwarze Ledercouch, die Hightech-Elektrogeräte und den Designerglastisch. Die Tür zum Schlafzimmer stand offen, also spähte sie hinein. Ein graues Wildleder-Doppelbett thronte neben einem großen Spiegelschrank. Schwarze Satin-Bettwäsche glotzte sie ominös an. Nichts erinnerte mehr an die heruntergekommenen Möbel des Medizinstudenten, dem sie einst bedingungslos erlegen war. Aber die Wohnung wirkte auch nicht, als ob weiblicher Einfluss ihr Charme eingehaucht hätte. Eine typische Junggesellenbude, wenn man von dem breiten Bett und der schrillen Bettwäsche einmal absah. Sie machte auf dem Absatz kehrt und trottete zu Marcel zurück, der gerade zwei Gläser mit Sekt füllte.

„Und?", fragte er, als sie sich näherte.

„Irgendwie anders. Was hast du denn noch von mir?"

Er drückte ihr ein Glas in die Hand. „Zum Wohl erst einmal, auf die alten Zeiten."

Nachdem sie angestoßen hatten, schüttete Valerie gierig ein paar Schlucke in sich hinein, trat dann aber blitzschnell die Bremse. Derweil wanderte Marcel mit großen Schritten zu einem Wandschrank, wo er aus einer Umzugskiste ein kleines Bündel zutage förderte, eingehüllt in ein rotes Seidentuch. Sofort erkannte sie das Tuch aus Südafrika, das sie ihm zum Motorradfahren überlassen hatte. Ihre Kehle wurde staubtrocken.

Er schlug das Tuch auseinander und ein rotes Bild kam zum Vorschein, ein Mitbringsel aus Hongkong. Dann drückte er ihr einen Stapel Fotos in die Hand – Fotos von ihr. Sie auf seinem klapprigen Motorrad, in seiner heruntergekommenen Bude und zu guter Letzt in seinen Armen.

Mit fahrigen Fingern blätterte sie die Aufnahmen durch. Eine Kette mit einem Jadeanhänger fiel heraus. Fassungslos schlossen sich ihre Finger darum. „Mein Gott, Marcel, dass du das noch alles hast!"

Er blickte ihr tief in die Augen, und zum ersten Mal an diesem Abend drang er zu ihrem Herzen durch. Heiße Tränen kullerten ihr über die Wangen. Und wieder fühlte sie sich wie siebzehn, unsterblich verliebt in den jungen Medizinstudenten, mit dem sie zusammen die Welt verändern wollte. Hingebungsvoll starrte sie ihn an. Er bemerkte es und griff nach ihr. Und dann lag sie in seinen Armen, und sie küssten sich. Zeit und Raum schienen zu verschmelzen. Die Umgebung geriet in Vergessenheit. Er zog sie in den Schlund der Vergangenheit, aus dem es kein Entkommen gab.

„O Marcel", hauchte sie atemlos. „Du hast mir so gefehlt."

Schnell wurde sein Kuss fordernder und seine Zunge bahnte sich einen Weg in ihren Mund. Wie in einem Nebel ließ sie es geschehen. Seine Hände glitten über ihren Körper, streiften ihren Busen und legten sich um ihren Po. Mit einem Ruck riss er ihr Becken an sich, und sie war sich im Nu darüber im Klaren, wonach ihm der Sinn stand.

„Gott, Valerie", keuchte er heiser, „du hast dich prächtig entwickelt." Wieder glitt seine Hand über ihren Busen, dann drängte er sie in Richtung Schlafzimmer. Er schubste sie aufs Bett und betätigte ein paar Schalter über dem Nachttisch. Wie von Geisterhand startete leise Musik. Indirekte Strahler entzündeten ein wahres Feuerwerk romantischen Lichtes. Ihre Augen flogen auf. Verwirrt bemerkte sie die Spiegel, die an der Decke angebracht waren. Sie schnüffelte an der Bettdecke und sog einen widerlich süßen Duft ein, der so gar nichts mit Marcels dezentem Rasierwasser gemein hatte.

Unvorstellbar! Sie war in der Höhle eines Verführers gelandet. Igitt! Skalpieren sollte man den Kerl! Blitzartig schoss sie hoch, noch bevor er sich auf sie werfen konnte. „Warte! Ich muss mit dir reden."

Er näherte sich ihr wie ein Raubtier auf der Pirsch. „Ach was, reden! Komm wir erinnern uns an die alten Zeiten." Und schon riss er sie wieder in seine Arme.

„Nein!", quiekte sie hysterisch auf. „Marcel, bitte lass das. Sag mir zuerst, was ich dir bedeute."

„Spürst du das nicht?" Süffisant lächelnd presste er abermals den harten Beweis seiner Erregung gegen ihren Körper.

Sie versetzte ihm einen Stoß, der ihn einen Schritt nach hinten taumeln ließ und marschierte im Stechschritt ins Wohnzimmer, wo sie sich auf die Couch warf.

Sekunden später rutschte er neben sie. „Also gut, was willst du wissen?" Er griff nach der Sektflasche und machte Anstalten, beide Gläser erneut aufzufüllen.

„Für mich nicht!", versetzte sie.

Doch er ignorierte ihren Wunsch und drückte ihr ein gefülltes Glas in die Hand. Klirrend stellte sie es zur Seite und griff nach dem roten Seidenschal, der auf dem Wohnzimmertisch gelandet war. Nervös spielte sie damit. „Ich muss endlich wissen, was du damals für mich empfunden hast?"

Seinem Gesichtsausdruck nach hätte er sie momentan am liebsten mit dem Schal in ihren Händen erwürgt. Doch er riss sich zusammen, rieb theatralisch über die Beule in seiner Hose und setzte eine gequälte Miene auf. Die Geste widerte sie an.

„Du wusstest schon immer, wie man einen Mann in den Wahnsinn treibt", äußerte er mit rauer Stimme. „Ich habe dir doch gesagt, dass es bei dieser Frau nur um Sex ging."

„Gut, mit wie vielen Frauen hat es sich nur um Sex gehandelt, während wir zusammen waren?"

Erneut entgleisten ihm die Gesichtszüge. „Puh, keine Ahnung."

„Ich kann also davon ausgehen, dass es noch andere gab? Auch als ich noch in Bratislava war?"

Er zuckte die Achseln. „Schon möglich."

Die Türen zu ihrem Herzen hatten sich beim Anblick des Seidentuchs und der Kette geöffnet. Mit einem Rumms flogen sie ins Schloss zurück. „Und was war in den letzten Jahren? Hast du dich mal mit dem Gedanken getragen zu heiraten?"

Er warf den Kopf nach hinten und stieß vernehmlich den Atem aus. „Herrgott, Valerie! Ich bin vierunddreißig. Da ist doch noch viel Luft für so etwas."

Die Antwort verblüffte sie nicht. „Hast du mich jemals geliebt?"

Wie aus der Pistole geschossen kam die Reaktion. „Natürlich!"

Warum nur blieb der Blitzschlag aus, der ihn hätte treffen müssen?

„Du hast dich nie mehr gemeldet."

„Dein Vater hätte mich erwürgt."

„Du hast nicht einmal den Versuch unternommen."

Er schien sich wieder im Griff zu haben, denn er packte ihren Arm und streichelte zärtlich mit den Fingern darüber. „Ach, Mäuschen, das war damals alles so schwierig. Lass uns einfach noch mal von vorne beginnen." Er fing ihren Blick auf und bohrte sich in ihre Augen.

Nicht mal in deinen Träumen! „Hast du momentan keine Freundin?"

Er verzog das Gesicht. „Keine feste zumindest."

„Verstehe. Ist es die Blonde oder die Rothaarige?"

Gequält stöhnte er auf. „Weißt du eigentlich, wie lang Nächte in der Klinik sein können?"

Schon wieder eine Gegenfrage! So langsam brachte er sie gänzlich auf die Palme. „Marcel, welche von den beiden?"

„Na gut. Ich schlafe ab und zu mit Miriam, das ist der Rotfuchs. Aber wie ich schon sagte: nur Sex."

„Und die Blonde?"

Er winkte ab. „Ach, die treibt es mit jedem, der ihr bei ihrer Karriere unter die Arme greifen könnte."

„Du willst uns also noch eine Chance geben? Gut, aber wir müssen das offen und ehrlich angehen, keine Geheimnisse mehr."

„Natürlich!", hauchte er, während ein triumphierendes Lächeln über sein Gesicht huschte.

„Okay, ich mache den Anfang. Ich bin schwanger. Der Vater ist auf Nimmerwiedersehen verschwunden. Ich dachte, du könntest vielleicht einspringen. Natürlich erst, wenn wir uns näher …"

Klirrend schepperte sein Glas zu Boden.

Und dann griff das Schicksal ein.

Sein Pager piepte, während er sie noch anstarrte, als wäre sie ein fünfköpfiges Monster. Er schoss hoch und griff mit fahrigen Fingern nach dem plärrenden Teil, bevor er zum Telefon eilte. „Entschuldige mich bitte, ich muss nachfragen, ob etwas Dringendes ist." Im Eiltempo verkrümelte er sich ins Schlafzimmer. Krachend flog die Tür hinter ihm ins Schloss.

Ruckartig wie eine Marionette, bei der jemand die Fäden zog, richtete Valerie sich auf. Ihr Blick fiel auf den Umzugskarton, den er aus dem Schrank gezerrt hatte. Ein inneres Navigationssystem lenkte sie schnurstracks dorthin. Sie griff hinein, erwischte einen roten String, als Nächstes ein durchsichtiges Negligé. Sie packte den Karton, drehte ihn um und kippte den kompletten Inhalt auf den Boden.

Bilder von dunkelhaarigen, rothaarigen und blonden Frauen segelten heraus. Broschen, Ringe und Anhänger kullerten über das Parkett, manche in Seidentücher oder Dessous gehüllt. Vereinzelt entdeckte sie getrocknete Rosen, Schlüsselanhänger und kleine Stofftiere.

Ein ganzer Karton voller zerplatzter Träume.

Sie griff nach der Kette an ihrem Hals, öffnete den Verschluss und warf den Ring mitten in das Chaos. Ein zufriedenes Lächeln zuckte über ihr Gesicht, als sie die Wohnung im Galopp verließ.

Nun kannte sie den Weg, den sie einschlagen würde.

Kapitel 24

Die Überraschung stand Rafael förmlich ins Gesicht geschrieben, als er am frühen Morgen ins Regierungsgebäude zitiert wurde. Während er auf einen Stuhl rutschte, musterten Zacharias und Gregor ihn mit unergründlicher Miene. Was hatte er nun schon wieder ausgefressen? Sollte Roger ausgeplaudert haben, dass Rafael mehrmals erfolglos versucht hatte, sich selbst heimlich auf die Erde zu beamen, da er es ohne Valerie kaum mehr aushielt? Was sonst sollte diese Zusammenkunft auf den Plan gerufen haben?

Als er von der Erde zurückgekehrt war und den Fuß in sein kleines, kugelförmiges Haus gesetzt hatte, war er auf den stechenden Schmerz vorbereitet gewesen, der sich regelmäßig einstellte, wenn er im Wohnzimmer Caras Bilder erblickte. Doch seltsamerweise war dieser ausgeblieben. Und erst nach Tagen war es ihm wie Schuppen von den Augen gefallen. Es war nicht mehr Cara, nach der er sich sehnte, sondern Valerie.

So sehr, dass es ihn fast in den Wahnsinn trieb!

Da wurde ihm bewusst, warum ihn keine der Kandidatinnen auf der Erde angesprochen hatte. Schon lange zuvor hatte das süße blonde Geschöpf sein Herz gestohlen. Doch vertrottelt, wie er war, hatte ihn die Erkenntnis erst im Moment ihres Verlustes ereilt.

Aber es lag nicht in seinem Naturell, den Kopf in den Sand zu stecken. So ließ er seit Wochen nichts unversucht, seine Rückkehr zur Erde zu bewirken. Selbst der Gedanke an Erpressung oder Gewaltanwendung war ihm durch den Kopf geschossen. Noch stellte Roger sich quer, aber Rafael hätte Stein und Bein geschworen, dass es ihm gelingen würde, ihn umzustimmen. Er musste nur am Ball bleiben. Doch irgendetwas schien nun mächtig aus dem Ruder gelaufen zu sein. Argwöhnisch beäugte er die Ratsvorsitzenden.

Da räusperte sich Zacharias. „Rafael, kann es sein, dass du uns nicht lückenlos über deine Erlebnisse auf der Erde ins Bild gesetzt hast?“

Mit Fragezeichen in den Augen glotzte Rafael die beiden Greise an. „Sicher. Bei dieser Flut an Informationen und Eindrücken ist bestimmt das eine oder andere auf der Strecke geblieben. Aber auf was genau willst du hinaus?“

Zacharias verdrehte entnervt die Augen. So sprang Gregor in die Bresche. „Rafael, ist es möglich, dass eine Frau auf der Erde ein Kind von dir erwartet?“

Alle Farbe wich aus Rafaels Gesicht, während Bilder des hemmungslosen, ungeschützten Sex mit Valerie vor seinem geistigen Auge aufblitzten. „Val?“, hauchte er kaum vernehmbar.

„Wie bitte?“

„Ihr nehmt mich auf den Arm, oder?“ Bestürzt flogen seine Blicke zwischen den beiden Alten hin und her. „Verdammt, redet doch! Ist irgendetwas mit Val?“

Zacharias schüttelte missbilligend den Kopf. „Diese Flucherei ist wirklich das Allerletzte. Aber falls du von einer Valerie sprichst, liegst du goldrichtig.“

Wie ein geölter Blitz schoss Rafael hoch, sodass sein Stuhl krachend gegen die Wand flog und die beiden Gruftis kurzfristig vor Schreck ein paar Zentimeter über ihren Sitzen schwebten. „Val ist schwanger? Herrje, wie geht es ihr? Ich muss sofort zu ihr.“

„Ganz ruhig, Rafael“, schaltete sich Gregor erneut ein. „Setz dich bitte. Warum hast du uns nicht darüber informiert, dass uns eine andere Frau aus der Misere helfen könnte?“

Gedankenverloren sammelte Rafael den Stuhl wieder auf und ließ sich darauf nieder. „Warum? Weil sie dachte, dass sie keine Kinder bekommen kann. Und nun lasst mich endlich zu ihr. Oder holt sie herauf. Teufel noch mal, ich muss sie sehen."

Nun schüttelten beide Räte erschüttert die Köpfe. „Ja, wir hätten liebend gerne nach ihr schicken lassen, denn uns interessiert brennend, auf wen deine Wahl gefallen ist. Unsere fand ja wohl nicht deine Anerkennung. Aber laut David ist es zu riskant, sie in ihrer momentanen gesundheitlichen Verfassung zu teleportieren. Darum kannst du zu ihr. Noch heute Nacht."

„O mein Gott, endlich!" Euphorisch sprang er auf und hetzte mit großen Schritten zur Tür. „War sonst noch was?"

Zacharias räusperte sich. „Nur eine Frage, was war mit Angelina nicht in Ordnung?"

„Das wisst ihr doch. Sie hasst Kinder."

„Ja, und die Tropfen?"

„Natürlich, die hätte ich zum Einsatz bringen können. Aber dann ist das mit Valerie passiert … ein Versehen, ihr versteht?"

Und während er im Eiltempo aus dem Regierungsgebäude raste, stellten sich die beiden Räte unentwegt die Frage, wie man aus Versehen die falsche Frau schwängern konnte.

Valerie zuckte zusammen, als es sanft an ihre Tür klopfte. „Valerie, bist du da?", vernahm sie Sekunden später Rafaels Stimme.

Sie schoss hoch. Ihr Herz hämmerte gegen ihre Rippen, und sie kam bedrohlich ins Schwanken. Sie taumelte zur Tür und drehte hektisch den Schlüssel herum. Donnerwetter! Das war ja schnell gegangen!

Erst gestern hatte sie David reinen Wein eingeschenkt, der sie beglückwünscht und ihr sein Wort gegeben hatte, alles Erforderliche in die Wege zu leiten. Doch sein niedergeschlagener Tonfall hatte seine Aussage Lügen gestraft, und seitdem saß sie auf glühenden Kohlen.

Ungeduldig riss sie die Tür auf.

Da Rafael wie gewöhnlich auf jegliche Beleuchtung verzichtet hatte, sah sie ihn im ersten Moment nur schemenhaft. Das fahle Mondlicht tauchte ihn in Silber und verlieh seinen Pupillen ein noch unwirklicheres Blau. Nur langsam gewöhnten sich ihre Augen an die Dunkelheit.

Und dann starrten sie sich sekundenlang ungläubig an, bevor sie in seine Arme flog. Dicke Tränen kullerten ihr über die Wangen. „Rafael! Ich kann es nicht fassen! Du bist wirklich hier?"

Sie zuckten auseinander, als die Tür im Stockwerk darunter aufflog und Marco, der neue Bodyguard, mit freiem Oberkörper die Treppe heraufpolterte. „Alles in Ordnung, Valerie?" Da erfassten seine Augen Rafael. „Zum Teufel, wer ist der Kerl? Wie kommt der hier rein?"

Als der Wikinger Anstalten machte, sich auf Rafael zu stürzen, warf Valerie sich hastig zwischen die beiden Hünen, ungeachtet der Tatsache, dass sie sich fühlte wie eine Ameise. „Halt, halt! Das ist Rafael. Ihr Vorgänger. Sie können sich wieder zurückziehen. Es ist alles in bester Ordnung."

Die beiden Männer verharrten noch einen Moment lang wie zwei Hirsche beim Kampf um den besten Brunftplatz, doch dann wandte Marco sich ab und beendete die testosterongesteuerte Darbietung. „Rufen Sie einfach, falls Sie doch Hilfe benötigen." Mit diesen

Worten stapfte er die Treppe wieder hinab.

„Ihr habt aber schnell Ersatz für mich gefunden“, brabbelte Rafael, während er Valerie in die Wohnung schob. Er musterte sie von oben bis unten, wobei seine Augen lange auf ihrem Bauch hängen blieben.

Dann packte er sie zaghaft unter Armen und Beinen, hob sie hoch und bugsierte sie zur Couch, wo er sie sanft absetzte, bevor er vor ihr in die Hocke sank. Mit unendlicher Zärtlichkeit wischte er ihr die Tränen vom Gesicht.

Verwundert blickte sie ihn an. „Ich hatte eigentlich vermutet, dass du mich ins Schlafzimmer schaffst.“

„Val, du musst dich schonen. Ich habe gehört, es geht dir nicht gut.“

Sie riss die Augen auf. „Wer erzählt denn so einen Schwachsinn? Mir geht es prima.“ Sie grinste ihn provozierend an. „Ich umarme auch nicht mehr jeden Morgen die Kloschüssel.“

Verwirrt runzelte Rafael die Stirn. „Aber David sagte, dir gehe es körperlich so schlecht, dass man dich nicht nach Siria beamen könne.“

Valerie fing schallend an zu lachen. „Rafael, ich bin fit wie ein Turnschuh. Verstehst du nicht? David hat dir einen Freifahrtschein zur Erde beschafft. Gott, und ich habe tatsächlich an dem Mann gezweifelt!“, setzte sie flüsternd hinzu.

Rafael sah sie teils erleichtert, teils erschrocken an. „Heißt das, du bist gar nicht schwanger?“

Valerie lächelte. „Doch, das stimmt. Ich hätte es nie für möglich gehalten, aber es hat funktioniert.“

Mit einem glücklichen Lächeln auf dem Gesicht sank Rafael neben sie aufs Sofa. „Val, du und ich. Ein Baby … Ist das nicht fantastisch?“

Sie räusperte sich. „Ja, ich kann es selbst kaum glauben, dass ausgerechnet ich die Rettung deines Planeten sein soll."

„Darf ich dich in die Arme nehmen?"

„Wie bitte?"

„Ich meine, ob ich dich umarmen kann, ohne dir oder dem Baby zu schaden. Du hast mir so gefehlt."

„Oh, ich bestehe darauf."

Glückselig ließ sie sich gegen seine breite Brust fallen, als er sie vorsichtig an sich zog. Zärtlich küsste Rafael ihr Haar, ihre Stirn, ihre Augen, Wangen, Nase – bis sie es leid war. Sie presste ihre glühenden Lippen auf seine. „Rafael, ich habe über drei Monate auf dich gewartet. Himmel noch mal, küss mich endlich richtig!"

Und nachdem sie ihn davon überzeugt hatte, dass auch Sex während der Schwangerschaft kein Risiko barg, trug er sie endlich ins Bett, behandelte sie aber zu ihrem Leidwesen weiterhin wie ein rohes Ei.

Herrje, das würde sie ihm schnell austreiben müssen!

„Und wie sieht unsere Zukunft jetzt aus?", fragte sie, als sie später erschöpft und glücklich in seinen Armen lag.

„Das ist mir vollkommen gleich. Ich will einfach nur mit dir zusammen sein."

Verwirrt blickte sie auf. „Ja, aber wir werden ja wohl nach Siria umsiedeln müssen, oder etwa nicht?"

Er rappelte sich ein wenig hoch und stützte sich auf einen Ellbogen. „Um ehrlich zu sein: Ich habe an der Erde einen Narren gefressen. Du glaubst gar nicht, wie sehr ich das leckere Essen und den süffigen Wein vermisst habe. Ich könnte mich an das Leben hier gewöhnen."

„Aber ich dachte, es geht darum, deinen Planeten zu

retten. Außerdem würde ich deine Heimat gerne kennenlernen."

Doch er winkte salopp ab. „Natürlich werde ich dir Siria zeigen, aber das heißt ja noch lange nicht, dass wir unser ganzes Leben dort verbringen müssen. Es gibt schließlich noch genug andere Männer, die sich um den Erhalt des Planeten kümmern können. Val, ich war ein solcher Trottel. Ich habe ewig und drei Tage gebraucht, um zu verstehen, was ich für dich empfinde. Ich liebe dich mehr als mein Leben, und ich werde dich nie mehr alleine lassen."

Valerie schluckte. Was hatte er da gerade gesagt? „Du liebst mich?", stammelte sie.

„Ja, und ich Esel habe es erst begriffen, als es zu spät war. Süße, ich weiß, du magst im Grunde immer noch diesen Marcel, aber meinst du, in deinem Herzen wäre auch ein kleines Plätzchen für mich frei?"

„Ich war bei ihm."

Ruckartig setzte Rafael sich auf. „Wann?"

„Letzte Woche!"

Splitternackt schoss er aus dem Bett und baute sich vor ihr auf. „Das ist jetzt ein Scherz, oder?"

„Nein, ich musste mir endlich Gewissheit über meine Gefühle verschaffen."

Rafael sank auf die Bettkante und ballte die Hände zu Fäusten. Seine blauen Augen blitzten zornig auf und vermittelten den Eindruck, jeden Moment zu explodieren. So aufgebracht hatte sie ihn noch nie erlebt. Und noch bevor sie imstande war, ihn zu besänftigen, machte er seinem Unmut Luft. „Verflucht noch mal, Valerie! Du trägst mein Kind unter deinem Herzen, und vor ein paar Minuten hatten wir hemmungslosen Sex. Doch vor ein paar Tagen warst du bei diesem Kerl? Ich fasse es nicht!" Wütend hieb er mit der Faust auf die Matratze, sodass das Bett erdbebenmäßig vibrierte.

„Aber, Rafael …"

„Du musst dich entscheiden", unterbrach er sie schroff. „Ich werde dich nicht mit ihm teilen. Entweder er oder ich."

„Aber das habe ich doch längst!", rief sie, während sie ihn ungläubig in Augenschein nahm. Nie im Leben hätte sie vermutet, dass dieser abgeklärte Außerirdische zu einem solchen Gefühlsausbruch imstande wäre. Und plötzlich lösten sich alle Erinnerungen an Marcel in ihrem Kopf in Luft auf und Rafael übernahm die Vorherrschaft. Es war, als hätte sie nie die Bekanntschaft eines anderen Mannes gemacht. Schlagartig entfiel ihr, was sie hatte sagen wollen. „Rafael, was tust du da? Raus aus meinem Gehirn."

Sein Kopf flog herum. „Was?"

Sie presste sich die Finger an die Schläfen. „Um Himmels willen! An was denkst du gerade?"

„Was ich gerade denke? Dass du diesem Kerl niemals hättest begegnen dürfen. Ich werde nicht zulassen, dass er sich mein Kind unter den Nagel reißt."

„Rafael, nein! Hör auf damit! Du stielst mir meine komplette Vergangenheit. Lass das!"

Die Erkenntnis lähmte ihn kurzzeitig. „Ach du grüne Neune! Das lag nicht in meiner Absicht. Entschuldige, aber ich bin noch nicht in der Lage, diese Gabe zu kontrollieren." Seine verhärteten Gesichtszüge wurden weicher.

Und urplötzlich hatte sie wieder die Bilder von dem im Kopf, was in Berlin geschehen war. „Halt jetzt endlich die Klappe!", verwies sie ihn heftig in seine Schranken, als er erneut zu einer Äußerung ansetzte. „Hör zu, ich habe mir all die Jahre etwas vorgemacht.

Marcel war ein Jungmädchentraum, eine Schwärmerei, das ist alles. Was wahre Liebe ist, weiß ich erst, seitdem ich dich kenne. Ich liebe dich seit dem allerersten Tag, als du mich völlig selbstlos Angelina gegenüber verteidigt hast, nachdem ich dich beinahe über den Haufen gefahren hätte. Hast du das denn nicht bemerkt? Ich dachte, ihr Außerirdischen seid in der Lage, Gedanken zu lesen?"

Verdattert starrte Rafael sie an, und es dauerte ein paar Sekunden, bis er sich über die Tragweite ihrer Worte im Klaren war. „Du liebst mich?"

„Ja, verdammt! Von ganzem Herzen."

Er schluckte lautstark. „Ja dann … Könntest du dir vorstellen, mich zu heiraten?"

„Nur wenn du mir versprichst, niemals deinen Lebensunterhalt mit Gedankenlesen zu verdienen."

Da riss er sie in seine Arme und küsste sie, als gäbe es kein Morgen.

Epilog

6 Monate später

Die Sonne ging über der Theresienwiese auf und warf die ersten vorwitzigen Strahlen auf die Ruhmeshalle und die Bronzestatue der Bavaria. Kleine Lichter tanzten auf dem Eichenkranz, den die gigantische Figur in Händen hielt, und ließen sie surreal erscheinen. Wie eine griechische Göttin, die dem Olymp entstiegen war, überragte sie die zwei Menschen und das Tier mit dem rostroten Pelz, das schlafend neben ihnen lag und ab und an einen Grunzlaut von sich gab. Bei genauerem Hinsehen konnte man erkennen, dass die Frau ein kleines, zappelndes Bündel auf dem Arm trug.

In diesem Moment fegte wie aus heiterem Himmel ein kaum wahrnehmbarer Windstrudel über den Platz und ließ die Blätter knistern. Ein dumpfes Summen durchschnitt die Luft. Und als hätte die Erde ihn ausgespuckt, tauchte ein paar Meter von ihnen entfernt ein Mann im silbernen Raumanzug auf.

Die aufgehende Sonne beleuchtete ihn von hinten und ließ ihn überirdisch wirken. Alles, was man erkennen konnte, war seine Silhouette. Er war groß und muskulös, mit breiten Schultern und schmalen Hüften.

Nervös warf er den Kopf hin und her, zerrte seinen Helm herunter und legte ihn neben sich auf den Boden. Ein dunkelhaariger Lockenkopf kam zum Vorschein.

Erst schaute er sich verängstigt um, doch als er Rafael entdeckte, zuckte Erleichterung über sein attraktives Gesicht. „Rafael, Gott sein Dank!", rief er. „Ich hatte schon Angst, dass …" Weiter kam er nicht. Von einem mächtigen Hustenkrampf geschüttelt, sackte er in sich zusammen.

Rafael lächelte seine Frau an, dann glitt sein Blick zärtlich über das kleine Geschöpf, das sie auf dem Arm trug. Er griff nach Valeries Hand und zog sie auf den Fremdling zu, der herzzerreißend nach Luft japste. Auch Tristan war inzwischen zu sich gekommen und trottete gähnend hinter ihnen her.

„Simon, Bruderherz, alles in Ordnung?“

Mit rotem Kopf raffte dieser sich auf. „Ich bin also wirklich auf der Erde? Und mir ist noch nicht mal beim Beamen schlecht geworden. Gott, vor lauter Angst, dass ich mich übergebe und daran ersticke, hätte ich mir beinahe in die Hose gemacht.“ Seine Stimme klang kläglich.

Rafael schloss ihn überschwänglich in die Arme. „Ist das schön, dass du da bist. Und mach dir keinen Kopf wegen der Luft, man gewöhnt sich daran.“

Ein glückliches Lächeln huschte über Simons perfekte Gesichtszüge. Da erst nahm er von Valerie Notiz und starrte sie sekundenlang an wie ein exotisches Tier im Zoo. „Sie hat tatsächlich helle Haare!“, stammelte er. Er räusperte sich und versuchte, seiner Stimme einen beiläufigen Klang zu verleihen. „Hallo, du musst Valerie sein. Schön dich endlich persönlich zu treffen.“ Als sie auf ihn zuging, um ihm die Hand zu schütteln, wanderte sein Blick erneut zu ihren Haaren.

„Viele Grüße von unseren Eltern“, verkündete er schließlich wieder an Rafael gewandt. „Sie können es kaum erwarten, ihr Enkelkind und ihre Schwiegertochter kennenzulernen. Ich glaube, wenn ihr beide nicht bald nach Siria kommt, lassen sie sich noch hierherbeamen.“

Rafael grinste. „Ja, das werden wir demnächst tun. Valerie ist ganz versessen darauf, unsere Heimat zu sehen. Aber während der Schwangerschaft war uns das einfach zu riskant."

Simons Augen hefteten sich auf das winzige Menschenkind in Valeries Armen, das gerade herzhaft gähnte. „Und das ist …?"

„Lilly", antwortete Valerie lächelnd.

„Oh, hallo, Lilly. Mein Gott, Rafael! Wer hätte gedacht, dass du imstande bist, so ein süßes Wesen zu produzieren. Und dann noch in Blond."

Rafael strahlte stolz. „Ja, Simon, da musst du dich mächtig ins Zeug legen, wenn du das toppen willst. Doch zuerst müssen wir mal eine passende Frau für dich finden. Das wird bestimmt kein Kinderspiel. Wer will schon einen Mann, der unselbstständig ist wie ein Säugling und jedes Mal kotzt, wenn er in ein Kinderkarussell steigt … Autsch!", jaulte er auf. „Valerie, warum schlägst du mich?"

Seine Frau bedachte ihn mit einem strafenden Blick. „Rafael, sei doch nicht so gemein."

Doch Simon winkte lächelnd ab. „Er hat leider recht. Da ich von klein auf dieses Magenproblem hatte, hat unsere Mutter mich furchtbar verhätschelt. Aus dem Grund haben mir schon einige Frauen den Laufpass gegeben." Er hob den rechten Arm. „Doch ich gelobe Besserung. Aber eins interessiert mich. Rafael, wie konntest du Zacharias und Gregor nur davon überzeugen, dass du von der Erde aus Sirias Überleben sichern kannst?"

„Ja, das war wahrlich kein Honigschlecken. Irgendwann haben sie jedoch eingesehen, dass David sich unmöglich alleine um all die Männer kümmern kann, die sie zur Erde senden wollen. Ich habe übrigens auch durchgeboxt, dass du dir deine Zukünftige selbst aussuchen darfst, damit dir das Theater erspart bleibt, das ich hatte."

Simon linste zu Valerie hinüber. „Ich will eine Blondine. Sie fasziniert mich."

Rafael lachte. „Das bleibt ganz dir überlassen, solange du die Pfoten von meiner Frau lässt. Was mich betrifft, ich wollte eigentlich nie eine Blonde. Und was habe ich bekommen?" Unendliche Zärtlichkeit lag in dem Blick, mit dem er Valerie bedachte.

Simon grinste. „Wow, dich hat es aber so richtig erwischt. Mensch, Brüderchen, das freut mich. Ich hatte schon Angst, du würdest in deinem Leben nie mehr glücklich werden."

Kumpelhaft legte Rafael den Arm um den Erdenbesucher und führte ihn auf einen großen schwarzen Daimler zu. „So, jetzt bringen wir dich erst einmal nach Hause. Du kannst in dem Hotel wohnen, das David uns zur Hochzeit geschenkt hat. Aber nur, wenn du deine Wohnung in Ordnung hältst. Vergiss nicht, Mum ist nicht mehr da, um hinter dir herzuräumen."

Er musterte kurz Simons Raumanzug. „Wie gut, dass du fast die gleiche Statur hast wie ich, so bleibt dir das zeitraubende Klamottenkaufen schon erspart. Und sobald dir die Gebräuche der Erde in Fleisch und Blut übergegangen sind, lassen wir dich auf die Frauenwelt los." Er nickte seinem Bruder ermutigend zu. „Jobtechnisch habe ich mir auch schon ein paar Gedanken gemacht. Du könntest Valerie bei der Hoteleröffnung unter die Arme greifen, denn ich habe eine Deadline für mein nächstes Drehbuch. Obendrein kannst du dich als Security nützlich machen, es sei denn, du hast andere Ambitionen."

Der Schock stand Simon ins Gesicht geschrieben. „Ich? Security? Ich bin Computerfreak. Du weißt schon, dass ich Gewalt hasse wie die Pest?"

Rafael lachte. „Glaub mir, du bist prädestiniert für diesen Job, auch wenn dir das momentan noch nicht einleuchtet. Ach, und damit du es gleich weißt: Ein erklärtes Ziel habe ich mir auf die Fahne geschrieben. Siria wird niemals aussterben. Dafür werde ich höchstpersönlich sorgen!“ Und er lächelte seine Frau vielsagend an.

Wie es weitergeht …

Ein Blick in Band 2

Inzwischen hat es auch Rafaels jüngeren Bruder auf die Erde verschlagen: Simon, ein Computergenie mit begnadeter Intelligenz und einem Hang zur Alltagsuntauglichkeit. Nicht die ideale Kombination, um eine geeignete Frau aufzureißen, auch wenn man so höllisch attraktiv ist wie der spleenige Informatiker. So widmet er sich nach einigen missglückten Affären doch lieber dem Hacken von Computern. Bis er den fatalen Fehler begeht, sich mit der mächtigen deutschen Geheimdienstorganisation BSC anzulegen. Denn diese hetzt ihm postwendend ihre beste Undercoveragentin auf den Hals: Jana, eine 32-jährige skrupellose Power-Frau, die Simon in ein erbarmungsloses Katz-und-Maus-Spiel verwickelt. Bis beiden letztendlich die Kontrolle über die Geschehnisse entgleitet …

Jetzt verfügbar: Sei mein Stern – Teil 2 der Siria-Serie

Ein Blick in Band 3

Hätte der Tierarzt Mark für Frauen nur ein halb so geschicktes Händchen wie für Tiere, würde sein Einsatz auf der Erde sicherlich erfolgreicher verlaufen. Denn kaum hat er die quirlige Elena kennengelernt, verliert sie bei einem Unfall ihr Gedächtnis. Eine Fügung des Schicksals? Vielleicht! Elena kauft ihm nämlich bedenkenlos ab, dass Außerirdische auf der Erde das Normalste der Welt sind. Orientierungslos, wie sie ist, verfrachtet Mark sie schließlich auf seinen Heimatplaneten Siria. Mitnichten darauf gefasst, dass der rothaarige Wirbelwind binnen kürzester Zeit nicht nur sein Leben, sondern auch das seiner beiden Töchter auf den Kopf stellt. Was aber wenn Elena eines Tages ihr Gedächtnis wiedererlangt …?

Coming soon: Teil 3 der Siria-Reihe

3194812R00225

Printed in Germany
by Amazon Distribution
GmbH, Leipzig